W0207849

VERLAG • DAS KULTURELLE GEDÄCHTNIS •
ASTV NON VI

Ernst Ottwalt

DENN SIE WISSEN WAS SIE TUN

EIN DEUTSCHER JUSTIZROMAN

Mit einer zeitgenössischen Rezension von
KURT TUCHOLSKY

Herausgegeben von
CARSTEN PFEIFFER

VERLAG DAS KULTURELLE GEDÄCHTNIS

ÜBER DEN WERT DES DENKENS 009

RECHT UND GERECHTIGKEIT 021

ZWEITAUSENDDREIHUNDERTFÜNFUNDACHTZIG 056

DIE FABRIK 088

DIE KONSUMENTEN 129

TSCHEKA 159

DIE PYRAMIDE 190

DER HENKER 234

DAS FUNDAMENT 292

OBWOHL SIE ES WISSEN 321

KURT TUCHOLSKY, AUF DEM NACHTTISCH 351

ERNST OTTWALT: EINE BIOGRAPHISCHE SKIZZE 355

Dieses Buch ist kein Schlüsselroman. Die Figur des Richters Friedrich Wilhelm Dickmann ist jedoch nur insoweit Phantasieprodukt, als zu ihr kein bestimmter deutscher Richter Modell gestanden hat. Dagegen sind sämtliche Rechtsfälle, Gerichtsverhandlungen, Urteile und Ereignisse, die hier beleuchtet werden, als Tatsachen aus den Jahren 1920–1931 belegbar. Auf Tatsachen beruhen auch sämtliche Schilderungen des inneren Betriebs der deutschen Rechtspflege. Es liegt in der Geschichte der deutschen Republik begründet, dass diese Tatsachen dem Leser zuweilen unglaubhaft erscheinen mögen. Daher bittet der Autor den Leser, sich über den Verlag an ihn zu wenden, wenn irgendwelche Zweifel an dem dokumentarischen Charakter dieser oder jener Darstellung in dem Roman auftauchen sollten. Alle derartigen Anfragen werden beantwortet durch Offenlegung des Tatsachenmaterials, auf das sich die fraglichen Stellen stützen.

ÜBER DEN WERT DES DENKENS

Ernst Ottwalt
DENN SIE WISSEN WAS SIE TUN

Eine Gestalt mittlerer Größe. Die Gesichtsfarbe frisch. Die blauen Augen blicken ruhig über zwei runde Backen in eine Welt ohne Rätsel. Die Haut des Nackens wirft zwei wulstige Falten über dem Kragen: das ist Dickmann, Friedrich Wilhelm mit Vornamen, Landgerichtsrat und Doktor der Rechte, verheiratet und Vater von zwei Kindern.

Muss man mehr von dem Landgerichtsrat Dickmann wissen? Hat es Zweck, in sein kleines Leben hineinzuleuchten? Man könnte noch feststellen, dass ihm das Bier schmeckt, und dass er leise keucht, wenn er die zwei Treppen zu seiner Wohnung hinaufgestiegen ist, die in einem Neubau des Berliner Westens liegt. Sein Herz ist nämlich nicht ganz in Ordnung. Ins Theater geht Landgerichtsrat Dickmann selten, öfter dagegen in ein Konzert. Bachsche Oratorien kann er nicht hören, weil er schon bei dem zweiten Choral mit den Tränen kämpft. Sein Lieblingsgericht ist Kalbsnierenbraten. Von Weinen bevorzugt er Burgunder, Beaujolais, Zimmertemperatur.

Seine politischen Ansichten sind die eines guten Staatsbürgers, der an den schlechten Zeiten missvergnügten Anteil nimmt, und der doch aufgeklärt genug ist, hin und wieder nach den tieferen Ursachen zu fragen, die diesem oder jenem unerfreulichen Geschehen zugrunde liegen mögen. Seine Kollegen halten ihn für einen netten Menschen. Bei seinen Vorgesetzten ist er beliebt, weil er soziale Gesinnung, menschlichen Takt und vollendete Höflichkeit mit fröhlicher Unbefangenheit und der Haltung eines ehemaligen Kavallerieoffiziers zu verbinden weiß. Trotz seinen jungen Jahren hat er Aussicht, demnächst Landgerichtsdirektor zu werden. Sein verstorbener Vater war es auch schon.

So sieht der Mann aus, der jeden Morgen ins Berliner Kriminalgericht geht, um dort einer kleinen Strafkammer vorzusitzen. Kürzlich ist ihm zum ersten Male der Vorsitz in einem großen Schöffengericht übertragen worden, und man findet allgemein, dass er seine Sache gut macht.

Selbst sein bester Freund oder seine Gattin – Annemarie, geborene Franke, Tochter des Senatspräsidenten Franke – kämen in Verlegenheit, sollten sie mehr als dies über Wesen und Art des Landgerichtsrats Doktor Friedrich Wilhelm Dickmann aussagen. Eindringlicheres Fragen würde vielleicht noch die Tatsache ans Licht bringen, dass Dickmann in seinem Leben niemals Hunger gelitten hat, und dass er nicht viel davon hält, über Dinge nachzudenken, die doch nicht zu ändern sind.

Und in diesem Punkt hat er seine Erfahrungen, die er scheu vor aller Welt verheimlicht, und die nachgerade in Vergessenheit zu geraten beginnen. Dickmann denkt immer seltener an das, was er „die dumme Sache von damals“ nennt, und er tut gut daran. Denn über den Wert des Denkens gibt es doch eigentlich nur eine einzige Meinung, und das ist die, dass nicht viel dabei herauskommt.

Dass Dickmann Strafrichter ist, hat mit seiner Ansicht über den Wert des Denkens nichts zu tun. Man weiß ja, wie Menschen zu ihren Berufen kommen. Dickmann selbst erzählt es gern, dass Bismarck nur deswegen Staatsmann geworden sei, weil er sich als Referendar nicht mit seinem Amtsrichter vertragen konnte. Alles Zufallssache. Hätte Deutschland zum Beispiel nicht den Weltkrieg verloren, dann wäre Friedrich Wilhelm Dickmann jetzt Rittmeister im Dragonerregiment Kaiser. Oder vielleicht auch schon Major. Ein Dickmann kommt überall weiter.

Die dumme Sache von damals? Du lieber Gott, das ist nun schon so lange her. Kleiner Unglücksfall, kann jedem mal passieren. Das darf man nicht überwerten. Dickmann tut's ja auch nicht. Dickmann legt das Recht aus. Er ist ein schlichter Diener am Gesetz der deutschen Republik, die solchem Diener der Gerechtigkeit sechshundert Mark Monatsgehalt zahlt, vorausgesetzt, dass er Landgerichtsrat ist und so und so viele Dienstjahre hinter sich hat. Die Notverordnung hat da erhebliche Abzüge gebracht, und will man Landgerichtsrat Dickmann schimpfen hören, dann muss man das Gespräch auf die Notverordnung bringen. Da schimpft er sogar dann, wenn er die Robe anhat, denn er ist ja der Ansicht, die Notverordnung sei eine unmittelbare Folge des Versailler Diktats, unter dem das ganze deutsche Volk so namenlos leidet. Vom Herrn Reichspräsidenten angefangen bis zum letzten Arbeitslosen. Volksgemeinschaft!

Von der Not der Arbeitslosen weiß Dickmann mehr als mancher, der sie dauernd im Munde führt. Von zehn Angeklagten, die vor seinem Richtertisch stehen, sind mindestens acht arbeitslos und haben ihre Tat in einer offenbaren Notlage begangen. Das schützt sie natürlich nicht vor der Strafe. Wenn es Dickmann auch manchmal wirklich leid tut, so einen armen Kerl verurteilen zu müssen, – er ist ja nicht allmächtig: über ihm steht das Gesetz, das Sühne verlangt, und an dem nicht gedreht noch gedeutelt werden darf.

Ob das Gesetz gut ist oder schlecht, – Dickmann kann es nicht ändern, und es kommt nicht viel dabei heraus, wenn man über Dinge nachdenkt, an denen nichts zu ändern ist ...

So nimmt er es zur Kenntnis, dass der unbestrafte Motorenschlosser May zur Zeit der Begehung der Tat arbeitslos war. Das kann einem leid tun, aber das entschuldigt gar nichts. Am allerwenigsten das Verbrechen des Landfriedensbruchs.

„Hunger haben Sie gehabt?“, fragt Landgerichtsrat Dickmann den Angeklagten. „Bekommen Sie denn keine Arbeitslosenunterstützung?“

Der Angeklagte schüttelt den Kopf, und das überrascht den Richter gar nicht. Denn er weiß, dass die Notverordnung viele Arbeitslose um ihre Unterstützung gebracht hat.

Darum fragt er ruhig weiter: „Wohlfahrtsunterstützung?“

Der Angeklagte schüttelt den Kopf: „Meine Ansprüche werden gerade geprüft.“

Davon kann man allerdings nicht satt werden, denkt Dickmann und weiß jetzt, dass der Arbeitslose hungrig war, als er die Wurst an sich nahm.

Bitte, das steht fest: der Angeklagte ist im Besitze einer Wurst betroffen worden, unmittelbar, nachdem mehrere junge Burschen die Schaufensterscheibe eines Lebensmittelgeschäfts eingeschlagen hatten. Die Wurst hat im Rinnstein gelegen, als der Angeklagte sie aufhob? Dickmann lächelt nachsichtig: faule Ausrede.

Das Schöffengericht unter dem Vorsitz des Landgerichtsrats Dickmann verurteilt den arbeitslosen Motorenschlosser Ernst May zu sieben Monaten Gefängnis wegen Landfriedensbruchs.

Sieben Monate Gefängnis, weil ein Mensch Hunger gehabt hat? Sieben Monate Gefängnis wegen einer Wurst? Nein, nicht wegen einer Wurst, sondern wegen Landfriedensbruchs, das ist ein Unterschied. Wenn heute die Hungernden zur Selbsthilfe schreiten und Lebensmittelgeschäfte plündern, dann ist die öffentliche Ordnung und die Staatsautorität in höchster Gefahr. Es soll doch dem Landgerichtsrat Dickmann niemand einreden wollen, ein hungernder Mensch müsse heute plündern, um satt zu werden. Wenn der Angeklagte wirklich Hunger gehabt hat, warum bettelte er dann nicht?

Halt! Nein, es ist niemand da, der den Landgerichtsrat Dickmann darauf aufmerksam macht, dass ja auch Betteln nach geltendem deutschen Recht eine strafbare Handlung ist, dass Betteln mit Haft bis zu sechs Wochen und nachfolgender Überweisung in ein Arbeitshaus bestraft werden kann. Es ist niemand da, der feststellte, dass in einem Berliner Gerichtssaal ein deutscher Richter einem Hungernden keinen besseren Rat geben konnte, als den, eine strafbare Handlung zu begehen ...

Und so darf der Vorsitzende des großen Schöffengerichts unbekümmert mit harten Worten die asoziale Gesinnung eines hungrigen Menschen anprangern und schmähen, der eine Wurst von der Straße aufgehoben hat, die ihm nicht gehörte. Er darf es. Er muss es sogar, denn wie sollte er sonst ein Urteil fällen?

Dickmann hält nicht viel davon, über Dinge nachzudenken, die doch nicht zu ändern sind. Es kommt nicht viel dabei heraus. Wer ist denn der Landgerichtsrat Doktor Dickmann, dass er sich den Luxus des Denkens leisten könnte? Ein schlichter Diener am Recht, eine Gestalt mittlerer Größe. Kein Christus, der das Leid der ganzen Welt auf seine schwachen Schultern nähme.

Übrigens, das Leid der Welt ist eine irreale Größe, mit der der Jurist Dickmann nichts anzufangen weiß. Er kennt im Dienst nur eine Fülle von strafrechtlichen Tatbeständen, die sauber unter einen oder mehrere Paragraphen des geltenden Rechts zu subsumieren sind. Das ist alles. Im Privatleben – das unbedingt von seiner Funktion als Diener der Gerechtigkeit zu trennen ist! – kultiviert Dickmann zwar einige Überzeugungen allgemeineren Charakters, die in ihrer Gesamtheit das ausmachen, was er seine Weltanschauung nennt. Aber das ist unwichtig: den Landgerichtsrat fragt niemand nach seiner Weltanschauung.

Also wäre es unbillig, von ihm zu verlangen, Gefühle und Einsichten seines privaten Ichs bei seiner Funktion als Richter der deutschen Republik zu berücksichtigen. Ganz abgesehen davon hat der Landgerichtsrat auch in seinem Privatleben noch niemals Veranlassung gehabt, sich über die biologische Erscheinung des Hungers besondere Gedanken zu machen. Er kennt ihn nur als Synonym für Appetit. Daran kann der Fall des arbeitslosen Motorenschlossers ebenso wenig etwas ändern wie der Überfall auf den Geldbriefträger, der Gott sei Dank noch glimpflich abgegangen ist: der Geldbriefträger hat nur eine leichte Kopfverletzung davongetragen, die ihn nicht hindern konnte, nach dem kleinen Zwischenfall seinen Bestellgang fortzusetzen. Die Leidtragenden dieses plumpen Raubüberfalls sind die verletzte Staatsautorität und der arbeitslose Gelegenheitsarbeiter Hermann Schneider. Der Postfiskus ist nicht geschädigt worden.

Die Kriminalbeamten, die den Räuber Schneider bereits zwei Stunden nach seiner Tat in einer Herberge im Nordosten Berlins verhaften konnten, wussten sich keinen anderen Rat, als ihrem Häftling ihre eigenen Frühstücksbrote zu geben; er verschlang sie gierig.

„Was hatten Sie denn am Tag vor dem Überfall gegessen?", fragt Landgerichtsrat Dickmann den Angeklagten.

„Nichts, Herr Vorsitzender."

„Und am Tage vorher?"

„Eine trockene Schrippe."

Also Hunger. Wieder einmal der Hunger, der einen Menschen straffällig werden ließ. Das entschuldigt natürlich nichts: „Aber wenn man Hunger hat, schlägt man doch nicht einen Geldbriefträger nieder!", entrüstet sich Dickmann.

Der arbeitslose Gelegenheitsarbeiter Hermann Schneider kann darauf nichts antworten. Der Vorwurf des Richters ist unbedingt berechtigt. Wenn man Hunger hat, isst man. Und wenn man nichts zu essen hat?

„Wenn Sie Hunger hatten, warum haben Sie dann nicht gebettelt?"

Der Angeklagte hebt erstaunt den Kopf: „Ich bin schon einmal wegen Betteins zu vier Wochen Haft verurteilt."

Dickmann runzelt unwillig die Augenbrauen. Er hat im Augenblick nicht daran gedacht, dass man nicht betteln darf. „Wann war das?", fragt er den Angeklagten grob. „Im Jahre 1931."

„Ich möchte doch mal den Berliner Bürger sehen, der einen hungrigen Bettler von seiner Türe schickt, ohne ihm etwas zu essen zu geben!" Nein, Dickmann denkt nicht mehr daran, dass er vorgestern einen Bettler von seiner Türe fortgehen ließ, ohne ihm etwas zu geben. Es kommen ja jetzt so viele Bettler, und Dickmanns hatten kein Kleingeld im Hause. Man kann doch auch nicht jedem Bettler fünfzig Pfennige schenken!

Zwei Jahre Gefängnis wegen versuchten schweren Raubes! Erstens müssen die Geldbriefträger bei Ausübung ihres schweren Berufs geschützt werden. Zweitens muss die Staatsautorität aufrechterhalten werden. Drittens, – ja was noch? „Man kann es ja verstehen, wenn ein hungriger Mensch vielleicht ein Brot oder sonst etwas zu Essen stiehlt, aber ein derartiger Raubüberfall zeugt von einer so verwerflichen Gesinnung, dass eine empfindliche Strafe am Platze schien ..."

Nein, es ist niemand da, der den Landgerichtsrat Doktor Dickmann darauf aufmerksam machte, dass er kürzlich trotz allem menschlichen Verständnis einen Hungernden zu sieben Monaten Gefängnis verurteilt hat, weil er etwas zu Essen gestohlen hatte. Sieben Monate Gefängnis wegen einer Wurst, das heißt, wegen Landfriedensbruchs.

Dickmann hält nicht viel vom Denken. Es hat nicht viel Zweck, über Dinge nachzudenken, die doch nicht zu ändern sind. Hätte er bei der Urteilsbegründung nachgedacht, wäre er vielleicht zu dem Schluss gekommen, dass nicht nur die Geldbriefträger bei der Ausübung ihres schweren Berufs geschützt werden müssten, sondern dass ein Kulturstaat die Verpflichtung hätte, seinen hungernden Bürgern zu essen zu geben. Aber wo steht das im Gesetz der deutschen Republik? Nur in der Reichsverfassung. Also ist es unbillig, von Dickmann etwas anderes zu erwarten, als ein hartes Urteil für den Gelegenheitsarbeiter

Hermann Schneider, der den Geldbriefträger überfallen hat. Unbillig die Zumutung, darüber nachzudenken, warum ein Mensch, der leben will, der nichts will, als nicht sterben, sich so rettungslos im Netz der Strafrechtsparagraphen eines Kulturstaates verstricken muss: Betteln, Landfriedensbruch, versuchter schwerer Raub ...

Ist Dickmann etwa schuld an der Arbeitslosigkeit? Soll er etwa darüber nachdenken, dass das Unglück in Deutschland Verbrechen heißt?

Dickmann zieht seine Robe aus, geht zum Bahnhof Bellevue, besteigt einen Stadtbahnzug und fährt nach Hause. Er küsst seine Frau flüchtig auf die Stirn, wundert sich, dass die Telefonrechnung wieder so hoch ist, – vielleicht telefoniert das Dienstmädchen heimlich? Er lässt seinen kleinen Jungen an seinen Beinen hochklettern und isst dann Abendbrot. Es gibt frische Blutwurst mit Stampfkartoffeln und Sauerkraut. Dann gähnt Dickmann verstohlen, lockert den Hosengurt und hilft seiner Frau, die Kinder ins Bett zu bringen.

Wilhelm darf noch einmal mit ihm „Hoppe, hoppe Reiter" spielen. Und dann müssen die Kinder mit Frau Landgerichtsrat beten. „Ich bin klein, mein Herz ist rein, soll niemand drin wohnen, als Jesus allein."

Dickmann steht im Türrahmen zum Kinderzimmer. Um seine Lippen spielt ein gerührtes Lächeln. Er möchte seiner Frau über das Haar streichen, aber er tut es nicht.

Na ja, und dann sitzt Dickmann mit seiner Frau im Wohnzimmer. Sie addiert die Rabattbons des Kolonialwarengeschäfts. Er liest Zeitung. Draußen regnet es. Die gelbverhangene Stehlampe spiegelt sich in der blanken Politur des Tisches.

Nichts Besonderes in der Zeitung. Der ehemalige Präsident des Reichsgerichts, Dr. Simons, hat auf dem evangelischen Kirchentag eine Rede gehalten über die Mitarbeit des evangelischen Kirchenausschusses bei der Vorbereitung des neuen Strafgesetzbuchs. Dr. Simons sieht die Strafrechtspflege mit Bedauern mehr und mehr in materialistisches Fahrwasser abgleiten. Die religiöse Grundlage des Strafrechts könne so leicht in Vergessenheit geraten. Der Mensch braucht einen gnädigen Gott, aber einen strengen Richter, meint Dr. Simons, der Mann, den die deutsche Republik auf den Posten des höchsten deutschen Richters berufen hatte.

Dickmann gähnt leise.

Der 4. Strafsenat des Reichsgerichts verurteilte am 25. Mai 1931 den Tischler Max Feldmann aus Mainz wegen militärischen Verrats zu fünf Jahren Festungshaft unter Zubilligung mildernder Umstände. „Feldmann war während des Krieges als ehemaliger Angehöriger der Fremdenlegion in Frankreich interniert und hatte sich im September 1918 erneut zu fünfjähriger Dienstleistung in der Fremdenlegion verpflichtet. Der Strafsenat nahm an, dass er damals zermürbt gewesen sei." Dickmann blättert weiter.

Wissenschaftliche Beilage. „Die Irrlehre des historischen Materialismus." Halt, das muss er sich aufheben. Er muss den Artikel mal lesen. Staatsanwalt Spann und Amtsgerichtsrat Wehner haben sich neulich in seinem Beisein über historischen Materialismus und über den Marxismus unterhalten. Kein Wort hat er verstanden, er hat sich nur tief verwundert, einen Staatsanwalt und einen Amstgerichtsrat so sachkundig über so absurde Dinge sprechen zu hören. Eine merkwürdige Zeit, in der man lebt!

„Der deutsche evangelische Kirchentag billigt die rechtlichen und sittlichen Grundgedanken, die den Ausschuss bei einer sorgfältigen und nicht ergebnislosen Mitarbeit bei der Reform der Strafgesetzgebung geleitet haben und fordert ihn auf, weiterhin in dieser Richtung tätig zu sein. Insbesondere möge er immer wieder mit allem Nachdruck dahin wirken, dass in der Strafrechtspflege, die es an Ernst und Strenge fehlen lässt, der Ernst der Strafe als Strafe gewahrt werde ..."

Das Zeitungspapier knirscht: Dickmann hat das Blatt unwillig beiseite gelegt. Er will nicht mehr. Man soll ihn wirklich in Ruhe lassen. Er tut seine Pflicht, mehr kann er nicht. Aber die wenigen Stunden, die ihm noch am Tage bleiben ... Er steht auf und stellt den Lautsprecher an. Ein dicker Kloß Musik quillt aus dem schwarzen Trichter, eine näselnde Stimme füllt den Raum mit quäkendem Geräusch: „Yes, Sir, that's my baby. I wonder, where my baby is to night ..."

Ein heulendes Kreischen: Dickmann dreht wütend an der Sperrscheibe: „Immer dieser verfluchte Negermist!", schimpft er grob.

Seine Frau hebt erstaunt die weißlich-blonden Augenbrauen und verzieht schmerzlich das Gesicht. „Oh!", sagt sie und legt vor diesem Fluch die Handmuschel schützend und ausdrucksvoll vor ein Ohr.

Das ist nun das Leben, ja? Dickmann bedankt sich dafür. Er bedankt sich bestens dafür, verstehen Sie? Er hat keine Lust mehr. Um sich zu beruhigen, setzt er sich an das Klavier und schlägt dröhnend in die Tasten: Pariser Einzugsmarsch, Finnländischer Reitermarsch. Die Töne brausen, und Dickmann singt zu seinem Spiel: „Raram tata ram tata ram tatatata ..."

Dabei wird ihm wohler. Ist ja auch alles halb so wild. Ernst der Strafe als Strafe? Soll er vielleicht darüber grübeln, ob in der Tat die deutsche Strafrechtspflege es an Ernst und Strenge fehlen lässt? Er denkt gar nicht daran. Er hält nicht viel davon, über solche Dinge nachzudenken. Früher einmal, ja. Aber heute ist er über solche Kindereien hinaus. Zweifel und Bedrückungen gibt es nicht mehr, schlimm genug, dass es sie je gegeben hat. Gelegentliche schlechte Laune kann man erfolgreich bekämpfen mit erprobten Formeln: „Strafe muss sein." Oder „Kunstfehler kommen überall vor". Und in besonders schwierigen Situationen hilft die empörte rhetorische Frage: „Wo kämen wir denn sonst hin!"

Der Kopf Friedrich Mehnerts rollte in den Sand ... Strafe muss sein. Der arbeitslose Kriegsinvalide Adam Kazmierziak vegetiert im Arbeitshaus ... Wo kämen wir denn sonst hin! In deutschen Gefängnissen sitzen jahraus jahrein, Tag für Tag fünfundvierzigtausend Menschen, die Bevölkerung einer größeren Mittelstadt ... Strafe muss sein.

Die Ehefrau Ebersberger wurde vom Volksgericht Regensburg zum Tode verurteilt, zu lebenslänglichem Zuchthaus begnadigt und im Wiederaufnahmeverfahren wegen erwiesener

RECHT UND GERECHTIG-KEIT

Ernst Ottwalt
DENN SIE WISSEN WAS SIE TUN

Der Student der Rechte Friedrich Wilhelm Dickmann hat ein schwarzes Wachstuchheft vor sich liegen und schreibt mit seiner unausgeschriebenen Handschrift fieberhaft nach, was der Professor auf dem Katheder vorträgt.

Er braucht sich dabei nicht sehr zu beeilen, denn der Professor hält seine Vorlesung über „Einfache Rechtsbegriffe" für etwas sehr Wichtiges. Er spricht ganz langsam, damit seinen Hörern ja kein Wort entgeht. Mit taktierenden Bewegungen eines gichtgekrümmten Zeigefingers unterstreicht er seine Worte und wiederholt des besseren Verständnisses wegen diesen oder jenen Satz noch einmal.

„Ein Rechtssatz knüpft an einen Tatbestand eine Rechtsfolge an." Dickmann schreibt und findet, der Satz sei klar und verständlich. Nicht so der Professor, denn ungeklärt sind die Fragen, was denn nun ein Tatbestand sei und was eine Rechtsfolge.

Der Zeigefinger sticht in die Luft: „Der Tatbestand besteht in einem Vorgang, der sich an einem gegebenen Zustand abspielt."

Dickmann schreibt, und die Stimme des Professors schwillt an: „Er setzt sich zusammen aus einer Mehrheit von Tatsachen, den Tatbestandselementen, Tat-bestands-e-le-men-ten, die teils Vorgänge, teils hingegen Zustände sind."

Dickmann schnauft leise. Jetzt hebt der Professor beide Zeigefinger und dämpft seine Stimme zu geheimnisvollem Flüstern: „Die rechtserheblichen Tatsachen zerfallen in rechtserhebliche Zustände, Rechtszustände, und rechtserhebliche Vorgänge, Rechtsvorgänge."

Nein, der Professor gibt nicht nach. Noch lange nicht haben seine Hörer den Satz verstanden, den er vor fünf Minuten geäußert hat. Seine Stimme erhebt sich triumphal. Die ungeheure Schwierigkeit der Materie und die Schärfe der eigenen Definitionen begeistern den alten Mann: „Zu den Rechtszuständen gehören insbesondere die Rechtsverhältnisse, zu den Rechtsvorgängen die Rechtsgeschäfte."

Dickmann schreibt, hoffnungslos und mit qualvoll gefurchter Stirn. Der Professor aber endet milde und glücklich: „Die Rechtsfolge besteht meist in Entstehung, Endigung oder Änderung eines Rechtsverhältnisses."

So still ist es im Hörsaal, dass man das Zischeln der Federn und Bleistifte auf dem Papier der Kolleghefte hören kann. Hundert junge Menschen verschlingen automatenhaft die Worte des Professors und glauben sich alsdann im Besitz einer juristischen Offenbarung. Hundert junge Gehirne werden von der

Terminologie erfasst, von dem unerhörten Genuss, so schwierige und so gewaltige Dinge denken und aussprechen zu dürfen wie „Rechtsfolge", „Tatbestandsmerkmale" oder „Rechtsvorgänge". Und hinter dem dicken Nebel fremdartiger Begriffe ist längst die Einsicht in die einfache Tatsache verschwunden, dass ein Gesetz Vorschriften aufstellt, die befolgt werden müssen. Denn nichts anderes hat der Professor ja gesagt.

„Es bleibt nun also lediglich noch zu klären, was wir unter Entstehung, Endigung oder Änderung eines Rechtsverhältnisses zu verstehen haben. Römisch Eins ... Römisch Zwei ..."

Der Professor redet und redet, aber der Student der Rechte Friedrich Wilhelm Dickmann schreibt nicht mehr mit. Er hat den Faden längst verloren.

Dickmanns erstes Zusammentreffen mit der Gerechtigkeit endet in trübem Stumpfsinn. Gerechtigkeit? Oder Rechtswissenschaft? Oder Gesetz? Dickmann weiß nicht mehr die Unterschiede, die zwischen diesen Begriffen doch bestehen müssen. Er klammert sich an die Gerechtigkeit, eine große und heilige Sache. Eine Selbstverständlichkeit außerdem. Und die Rechtswissenschaft ist dazu da, die mannigfaltigen Beziehungen der Menschen untereinander auf eine gerechte und anständige Weise zu regeln. Das ist alles. Oder: es sollte alles sein.

Friedrich Wilhelm Dickmann ist unzufrieden mit seinem Leben. Dass er jetzt in Jena Student ist, hätte er sich noch vor einigen Monaten nicht träumen lassen. Aber eines Tages kam er aus dem Weltkrieg nach Hause wie von einem Sonntagsausflug in den Grunewald. Nichts weiter als ein junger Mann von zweiundzwanzig Jahren. Ohne Portepee und Kokarde. Ein Leutnant a. D. des Dragonerregiments Kaiser. Ein Nichts. Einfach ein junger Mann, der Sohn des Landgerichtsdirektors Dickmann in Berlin.

Quälende Wochen, Missmut und stumpfes Hindämmern. Dem Leutnant Dickman ist mit der Revolution mehr zusammengebrochen als eine Staatsform, er hat mehr verloren als einen Krieg. Sein ganzes Leben ist sinnlos geworden. Man lebt und weiß nicht mehr, wozu. Man steht morgens auf, trinkt schlechten

Kaffee und fühlt nichts außer einem dumpfen und unbestimmbaren Druck im Gehirn. Was nun?

Und immer ist da in unendlichen Wiederholungen der Fluch und die nüchterne Feststellung, der Rachewunsch und die Sehnsucht: „Wenn es nach Recht und Gerechtigkeit ginge ..."

Wenn es nach Recht und Gerechtigkeit ginge, dann ritte der Leutnant Dickmann jetzt an der Spitze des zweiten Zugs dritter Eskadron Dragonerregiments Kaiser, das Eisen des Pallaschs schlüge klappend an die Steigbügel, schwarz-weiße Fähnchen flatterten von den Lanzenspitzen, und vorn an der Tete des Regiments spielte schmetternde Musik den Finnländischen Reitermarsch. Wenn es nach Recht und Gerechtigkeit ginge, dann säßen die Novemberverbrecher jetzt nicht im Königlichen Schloss und zerfetzten die seidenen Sessel mit ihren plumpen Messern, an denen noch der Speck vom Frühstück klebt. Nein, sie ständen, armselige, kleine Schacher, vor dem Richtertisch des Landgerichtsdirektors Dickmann und brächen zusammen unter seiner strafenden und zürnenden Stimme.

Gerechtigkeit!

Es ist so klar und einfach: was jetzt geschieht, ist bitteres, blutiges Unrecht, die strahlende Vergangenheit war das goldene Zeitalter der Gerechtigkeit.

Eines Tages ist dann der Leutnant Friedrich Wilhelm Dickmann nach Jena gefahren und hat sich in der Universität als Studierender der Rechtswissenschaft immatrikulieren lassen. Er will Richter werden, will helfen, die Beziehungen der Menschen untereinander auf eine anständige und gerechte Weise zu regeln.

Dickmann steht in der Universitätsbibliothek und hat ein dickes Buch in der Hand, in dem er misstrauisch herumblättert. Das Bürgerliche Gesetzbuch. Das ist also die Summe der Rechtsnormen, die in der deutschen Republik das Leben der Menschen regeln sollen. 2385 Paragraphen. Zweitausenddreihundertfünfundachtzig! Allgemeiner Teil, Recht der Schuldverhältnisse, Sachenrecht, Familienrecht, Erbrecht ...

Kleinlaut klappt Dickmann das dicke Buch zu.

Dann schweift sein Blick über die Titel auf den Buchrücken, die zu Tausenden in den Regalen stehen. Sein Kopf wird heiß. Mein Gott, was sind die zweitausenddreihundertfüufundachtzig Paragraphen des Bürgerlichen Gesetzbuches gegenüber diesem Dschungel von Verordnungen, von Gesetzbüchern, Einführungsgesetzen, Kommentaren!

Dickmann liest erschüttert: Strafgesetzbuch, Strafprozessordnung, Zivilprozessordnung, Gesetz über Angelegenheiten der Freiwilligen Gerichtsbarkeit, Gerichtsverfassungsgesetz, Gerichtskostengesetz, Grundbuchordnung, Konkursordnung, Handelsgesetzbuch, Börsengesetz, Bankgesetz ...

Wie kompliziert doch die Beziehungen der Menschen zueinander sind!

Und zu jedem einzelnen Gesetzbuch gibt es Kommentare. Dutzende von Kommentaren. Dicke Bücher, die den Umfang des erläuterten Gesetzes um ein Vielfaches übertreffen. Es gibt die unübersehbare Menge der verwaltüngsrechtlichen Verordnungen und der Steuergesetze, die Gewerbeordnung, das Haftpflichtgesetz, Maß-und Gewichtsordnung, Kraftverkehrsgesetz.

Dickmanns Augen schweifen weiter: Gesetz über den Absatz von Kalisalzen, Rechtsanwaltsordnung, Geschäftsaufsicht zur Abwendung des Konkursverfahrens, Kaufmannsgerichtsgesetz, Gewerbegerichtsgesetz ... Da steht noch ein schmaler Band. Dickmann nimmt ihn aus dem Regal: „Hauptmängel und Gewährfristen beim Viehhandel (Viehmängelordnung)" ...

Er stellt den Band resigniert beiseite und seufzt. Wer soll sich in diesem Wirrwarr zurechtfinden I Und da – und da: meterlange Reihen von gleicheingebundenen Büchern: Entscheidungen höchster Gerichte in Strafsachen, in Zivilsachen. Hundert Bände Entscheidungen des Reichsgerichts! Und das alles muss man kennen, denn auch die höchstrichterlichen Entscheidungen haben eine Art von Gesetzescharakter.

Dickmann schlägt einen Band auf: Reichsgerichtsentscheidungen in Strafsachen. Er liest die fettgedruckten Titel, die anzeigen, welche schwierige und prinzipiell wichtige Rechtsfrage in dem darunter abgedruckten Urteil endgültig und für alle Zeiten geklärt worden ist: „Kann im Falle fraudulöser Vermögensverschiebung dem Erwerber eine Zwangsvollstreckung aus dem Anfechtungsanspruch des verletzten Gläubigers bereits drohen, bevor dessen Forderung fällig, ein vollstreckbarer Schuldtitel über sie erwirkt oder die Anfechtung erklärt worden ist?"

Was mag das heißen? Oder dies hier: „Begründet die viehseuchenpolizeiliche Anordnung, dass Pferde an bestimmten Grenzeingangsstellen zur Untersuchung zu stellen sind, eine Einfuhrbeschränkung oder ein Einfuhrverbot?"

Dickmann sieht sich scheu um, ob ihn vielleicht jemand bei seiner Lektüre beobachtet. Dann stellt er den Band beiseite und verlässt schnell das Bibliotheksgebäude. Ein tiefes Misstrauen gegen die Gerechtigkeit erfüllt ihn. Jeder Mensch weiß doch genau, was gerecht und billig ist, warum dann diese Unzahl von Gesetzen?

An jenem Tage, da er sich dazu entschloss, Rechtswissenschaft zu studieren und Richter zu werden, sah alles viel einfacher und selbstverständlicher aus. Dickmann weiß es noch wie heute. Sein Vater erhielt den Besuch seines Landgerichtspräsidenten, weil er nach der Revolution nicht wieder ins Gericht gegangen war. „Ich diene diesem Staat von Verbrechern nicht!", hatte er immer und immer wieder gesagt.

Und nun hört der junge Dickmann aus dem Nebenzimmer die milde und überzeugende Stimme des Präsidenten: „Lieber Herr Kollege! Das Vaterland braucht in dieser schweren Zeit jeden einzelnen Mann. Sie wollen mich doch nicht meines treuesten und bewährtesten Mitarbeiters berauben? Dass unser Vaterland jetzt von Verbrechern regiert wird, die hinter Schloss und Riegel gehörten, wenn es nach Recht und Gerechtigkeit ginge, – lassen wir das. Es werden wieder andere Zeiten kommen. Das Reich wird einst zu alter Größe und Schönheit erstehen ... äh, sich erheben wie ein Phönix aus der Asche. Dann wird man Rechenschaft verlangen. Und Sie wollen murrend und untätig abseits stehen?"

Man hört immer nur die sanfte, ölige Stimme des Präsidenten, die manchmal zu energischer und herzlicher Wärme anschwillt.

Der Landgerichtsdirektor schweigt. „Und dann denken Sie bitte auch an Eines, verehrter Herr Kollege: wir, wir preußischen Richter, sind jetzt dazu berufen, gewissermaßen den ruhenden Pol in der Erscheinungen Flucht zu bilden. Bedenken Sie, ich habe schon wieder die ersten Termine in Strafsachen ansetzen können! Die Herren Ihrer Kammer warten auf Sie. Alles ist bereit. Recht muss doch Recht bleiben, Herr Kollege, und wir sind seine Hüter. Das Vaterland wird es uns noch einmal danken, was wir in dieser schwersten Zeit für die sittliche Gesundung unseres armen, verirrten Volkes getan haben. Wir wollen und müssen Dämme bauen gegen die Schlammflut des Unglaubens und der Ungerechtigkeit. Wir tragen auf unseren Schultern die letzten Stützen des alten Reichs. Gott der Herr möge uns Kraft geben, dass wir nicht unter dieser Last zusammenbrechen. Es ist eines jeden Gewissenspflicht, mitzuarbeiten an der herrlichen Aufgabe, dass der alte Spruch wieder Wahrheit werde:

„Ein Gott, ein Kaiser und ein Reich,
Ein deutsches Recht, für alle gleich!"

Landgerichtsdirektor Dickmann steht wie ein Baum. Seine Augen füllen sich mit Tränen. Er streckt dem Präsidenten die Hand hin und sagt stark und freudig: „Herr Präsident, ich komme!"

Der junge Dickmann fröstelt vor Ergriffenheit. Aus dem unteren Stockwerk tönt Klavierspiel. Die vierzehnjährige Tochter des Obersten von Krause übt ein vaterländisches Lied. Sie spielt schlecht und laut. Aber Dickmann dröhnt die Melodie wie Donner des Gerichts in den Ohren: „Ich bin ein Preuße, kennt ihr meine Farben?"

Kurz darauf steht er vor seinem Vater: „Wenn du nichts dagegen hast, möchte ich Jura studieren."

Landgerichtsdirektor Dickmann erhebt sich, legt seinem Sohn schwer die Hand auf die Schulter und sagt ergriffen: „Gott befohlen, mein Sohn."

Ja, so ist Dickmann zu dem Entschluss gekommen, Rechtswissenschaft zu studieren. So einfach war das alles noch vor wenigen Wochen ... Vielleicht muss man sich an die Gerechtigkeit erst gewöhnen? Vielleicht muss man törichte und kindische Vorstellungen in sich ersticken, um wirklich zu wissen, was Recht und Gerechtigkeit ist?

Friedrich Wilhelm Dickmann ist ein gründlicher Mensch. Das liegt ihm im Blut. Er kann sich nicht einfach über alle diese Dinge hinwegsetzen. Pandekten, Digesten, Novellen, die ganze Römische Rechtsgeschichte, der ungeheure Wissensstoff, der täglich auf ihn einstürmt, und den er in sich aufnehmen soll, – all das verwirrt ihn. Er findet sich nicht mehr zurecht. Gerechtigkeit?

Manchmal muss der junge Student lächeln, wenn er etwa daran denkt, dass er sich als Kind unter der Gerechtigkeit immer einen hochgewachsenen älteren Herrn mit kurz gehaltenem Vollbart vorgestellt hat, der jeden Sonntag in die Kirche geht und am Sedanstag und zu Kaisers Geburtstag den Frack anzieht, unter dessen Revers die geliebten Orden klirren: Landgerichtsdirektor Dickmann ...

Im übrigen aber ist Dickmann Angehöriger des Corps Markomannia Jena. Das gehört sich so. Das Altherrenband eines deutschen Corps ist in Deutschland immer noch die beste Garantie für eine reibungslose Karriere gewesen. Warum sollte es in der Republik anders sein? Nächstens wird Dickmann seine erste Mensur fechten. Das ist jetzt wichtiger als alles andere ...

Im „Schwarzen Bär“ in Lobeda ist Hochbetrieb. Im großen Tanzsaal hat man ein großes Stück grauer Teerpappe ausgebreitet, Sägemehl, zwei Stühle. Ein scharfer Jodgeruch mischt sich mit dem Qualm der Zigaretten und den Ausdünstungen unausgeschlafener Menschen: die Corps von Jena haben Mensurtag.

Es liegt etwas Besonderes in der Luft. Die korrekten, kalten Gesichter der Corpsburschen verbergen nur unvollkommen eine gewisse Erregung. Die Füchse diskutieren eifriger als sonst. Ein Westfale und ein Thüringer haben sich in betrunkenem Zustand des Nachts auf dem Marktplatz geprügelt. Nun wollen sie die Schmach der „tätlichen Beleidigung“ mit Blut sühnen: eine schwere Säbelmensur.

Die beiden Paukanten erscheinen. Nackt bis zum Brustbein, Binden um Hals und Handgelenk, die Fechtbrille vor den Augen, ein kreisrundes dickes Leder auf dem Herzen, um tödliche Säbelhiebe nach Möglichkeit zu verhindern.

Sie stehen sich gegenüber. Ein Sekundant lüftet die Drahtmaske und schnarrt vorschriftsmäßig seinen Spruch: „Herr Unparteiischer, wir bitten um Silentium für die Austragung einer schweren Partie Säbel auf die Dauer von fünfzehn Minuten, gegebenenfalls bis zur Abfuhr, zwischen Herrn von Schnurbein und Herrn Borgmeyer."

Der junge Unparteiische – seine Augen sind klein vor Müdigkeit, und er hat augenscheinlich Mühe, sich auf den Beinen zu halten – hebt kaum den Kopf: „Bevor ich die Partie freigebe, mache ich die Herren Paukanten darauf aufmerksam, dass sie im Begriff stehen, eine im Sinne des Strafgesetzbuchs strafbare Handlung zu begehen. Ich fordere sie daher auf, sich zu versöhnen." Ohne Pause weiter: „Ich konstatiere, dass mein ernst gemeinter Versöhnungsversuch gescheitert ist und gebe die Partie frei."

Dickmann hört ehrfurchtsvoll die durch jahrzehntelanges Herkommen geheiligten Formeln. Ihre Bedeutung versteht er nicht. Er wird nachher seinen Leibburschen danach fragen ...

Dumpfe Schläge klatschen auf die Bandagen, hellere auf den bloßen Körper. Geklirr, Kommandorufe, die Sekundanten fallen ein.

„Herr Unparteiischer, wurde drüben der dritte Hieb ausgelassen?" „Kann ich nicht entscheiden." – Geklirr, Kommandos. „Herr Unparteiischer, drüben vor los?" – „Jawohl." – Sehr höflich, wie um Entschuldigung bittend: „Ich bitte, das zu monieren."

Feierlich wie die Zelebrierung einer uralten Kulthandlung rollt die Mensur ab. Zwischenrufe der Sekundanten. Knappe Entscheidungen des Unparteiischen. Der Paukarzt tupft mit einem Wattebausch auf blutenden Wunden herum. Blut sickert über die Binden, färbt das helle Fleisch der bloßen Brust rot, sammelt sich in den Falten des Bauchschurzes ...

„Herr Unparteiischer, wir erklären die Abfuhr!“ Herrn Borgmeyer hat es erwischt; ein feiner roter Strich verbindet sein linkes Schlüsselbein mit der rechten Brustwarze: Bruststreicher. Die Wundränder klappen auf einmal breit auseinander. Stoßweise rinnt das Blut.

„Silentium! Herr Borgmeyer erklärt die Abfuhr. Es wurden sieben Minuten gepaukt. Silentium ex! Mensur ex!“

Stimmengschwirr. Borgmeyer verliert bedenklich viel Blut. Aus dem Flickzimmer dringt sein verhaltenes Stöhnen. Mit zwanzig Nadelstichen näht der Paukarzt die Wunde zu, ermuntert seinen Patienten: „Na wat denn! Hast tadellos gestanden! Nu mach man keine Geschichten. Is ja alles in Ordnung. Kannst später mal mit deinem Schmiss vor deiner Frau paradieren. Wunderbarer Ehebettrenommierer, dieser Bruststreicher ...“

Dickmann geht mit seinen Korpsbrüdern von Wittig und Franke nach Winzerla zur Haltestelle der Straßenbahn. Von Wittig verbreitet sich sachgemäß über die Mensur.

In Dickmanns Gehirn hat sich eine Frage verfangen, die er loswerden muss: „Du, was ist das eigentlich mit der Strafbarkeit der Säbelmensur?“, fragt er verlegen. Wittig fühlt sich juristisch angeregt: „Das ist eine ziemlich blödsinnige Sache. Paragraph 202 Strafgesetzbuch. Zweikampf mit tödlichen Waffen. Festung bis zu zwei Jahren. Wenn sowas zur Anzeige kommt, werden die Paukanten unbedingt bestraft. Der Unparteiische auch. Aber wenn er nachweisen kann, dass er sich ernsthaft um die Verhinderung des Zweikampfs bemüht hat, bleibt er straflos.“

Darum also die formelhaften Redewendungen, die Dickmann vorhin erstaunt haben: „... ich konstatiere, dass mein ernsthaft gemeinter Versöhnungsversuch gescheitert ist ...“

„Kommt denn sowas überhaupt zur Anzeige?“

Von Wittig lacht: „Manchmal schon. Die Staatsanwaltschaft ist ja natürlich verpflichtet, jeder Anzeige einer strafbaren Handlung nachzugehen. Aber die Leute hätten ja viel zu tun, wenn sie sich um die Mensuren kümmern wollten. Sieh mal, jedes Kind in Jena weiß, dass die Corps im ‚Schwarzen Bären‘ in Lobeda fechten. Die Polizisten sehen ja häufig genug zu. Ich habe noch nie erlebt, dass einmal ein Mensurtag von der Polizei unterbrochen worden ist. Wäre ja auch noch schöner. So ein Staatsanwalt wäre ja für sein ganzes Leben unmöglich."

Franke und Dickmann hören aufmerksam zu. Auch Franke studiert Jura. Er lächelt amüsiert: „Also eigentlich, wenn man sich's recht überlegt, macht sich jeder Staatsanwalt eines Amtsverbrechens schuldig, wenn er von seiner Kenntnis einer bevorstehenden Mensur keinen Gebrauch macht?"

Von Wittig lächelt vergnügt: „Selbstverständlich! Stell' dir vor, was das für ein Unsinn ist."

Dickmann lächelt nicht. Hier muss doch irgendwo ein ganz prinzipieller Unterschied sein, den er nicht versteht. Die Mensur ist eine strafbare Handlung, gut. Das ist zwar blödsinnig, aber es steht im Strafgesetzbuch, und die Gerichtsbehörden haben sich damit abzufinden. Ein Staatsanwalt, der eine strafbare Handlung nicht verfolgt, macht sich selbst strafbar, und trotzdem? Ein Richter, der selbst Mensuren gefochten hat, soll eine Mensur bestrafen? Unmöglich. Aber dann müsste man das ganze Gesetz abschaffen, sonst gäbe es doch zweierlei Recht? Kann man Wittig danach fragen?

Dickmann ist sehr beunruhigt, darum gibt er seiner Stimme einen forschen, unbekümmerten Klang, wie er Wittig fragt: „Sag' mal, wie verträgt sich die Haltung der Gerichte eigentlich mit der allgemein anerkannten Gleichheit vor dem Gesetz?"

Von Wittig und Franke fassen die Frage Gott sei Dank als guten Witz auf, – sie lachen herzlich, und Dickmann stimmt laut in dies Gelächter ein.

Wittig doziert spaßhaft: „Gleichheit vor dem Gesetz? Blödsinn. Dann würde also Herr Borgmeyer oder Herr von Schnurbein jedem Lausejungen gleich zu achten sein, der silberne Löffel stiehlt oder Blutschande treibt, was? Ne, mein Lieber, die Sache ist ganz anders: es gibt Menschen, die sind dem Gesetz Untertan. Das Gesetz ist für sie da und gegen sie, und das geht in Ordnung. Dann gibt es aber auch Menschen, die wenden das Gesetz an. Die müssen sich natürlich von den anderen irgendwie unterscheiden, sonst könnten sie am Ende von einem Polizisten mit einem Lausejungen verwechselt werden. Das Unterscheidungsmerkmal sind eben die Schmisse. Und ihr tut gut daran, dass ihr auch bald auf Mensur kommt, damit ihr vor derartigen peinlichen Verwechslungen geschützt seid."

Alle drei lachen.

Dickmann am lautesten ... Und wie er dann bald selbst bandagiert und bebrillt, den ungefügen Korbschläger mit den blau-silberschwarzen Farben des Corps in der Hand, auf Mensur steht, da denkt er weder an die Ungleichheit vor dem Gesetz noch an irgend etwas anderes als daran, seinem Gegner die scharfe dünne Klinge durchs Gesicht zu ziehen. Besinnungslos und doch sauber und korrekt schlägt er die Hiebe, die man ihm auf dem Paukboden beigebracht hat: Terz, Quart, Hochterz, Tiefquart. Fühlt manchmal flache Schläge dumpf auf seine Bakken klatschen, warmes weiches Rieseln und wacht erst auf, wie er den Unparteiischen sagen hört: „Es wurde ausgepaukt. Mensur ex, Silentium ex!"

Seine ersten Schmisse führt er stolz spazieren. Den Sarkasmus Wittigs hat er längst vergessen. Dickmann ist zweiundzwanzig Jahre alt, Corpsstudent in Jena, und das Leben ist schön ...

In dieser Zeit lernt Dickmann Lenchen Flöter kennen, und damit erfüllt sich eine Schuld, die das Leben an ihn hat. Dumpfe Tage, rotwirbelnde Nächte, eine süße Müdigkeit in den Gliedern und im Kopf nichts als warme und zärtliche Gedanken an ein kleines, sehr zierliches Mädchen mit rotblonden Haaren und einer Nase, die sich ganz wenig aufwärts biegt.

Friedrich Wilhelm Dickmann ist glücklich. Manchmal bedauert er sich nachträglich, dass er dieses unwahrscheinliche Maß von Glückseligkeit nicht schon früher erfahren hat: die harmlose und lasterhafte Liebe eines kleinen Bürgermädchens von achtzehn Jahren.

Dickmann weiß nicht viel von Frauen. Und das Wenige, was er von ihnen erfahren hat, war eher Leid als Lust. Einmal – sein Regiment war gerade von Russland nach Frankreich gekommen –, da ging der Leutnant Dickmann auf der Rückreise vom Urlaub durch die Straßen Kölns. Das kalte Grauen saß ihm im Rücken, und sein Blick war stier und brennend auf die Köstlichkeiten des Lebens gerichtet, fraß sich ein in die Gestalten von Frauen und Mädchen, klammerte sich an jedes gütige Gesicht. Er hätte weinen mögen vor lauter Verlassenheit und Todesangst. Ja, damals geschah es. Sommer 1916. Eine schlanke Frau, vornehm, zärtlich. Wein im Domhotel. Fiebernder Gang durch abendliche Straßen, eine schöne Wohnung, ein Bett. Damals geschah das Entsetzliche: dass die Frau plötzlich nach unendlichen Umarmungen aufschrie, ihn aus irren Augen anstierte, schluchzte, brüllte, ihn anfiel wie ein wildes Tier. Und dieser Name, der sich fluchend und bebend von ihren zerbissenen Lippen rang, war nicht derjenige Friedrich Wilhelm Dickmanns: „Lothar! Lothar! Komm wieder! Ah du! ..."

Eine Kriegerwitwe. Lothar war schon lange nichts mehr als ein feuchter Fleck im dunklen Humusboden Nordfrankreichs. Und wie von Furien gepeitscht floh der Leutnant Dickmann aus dem Hause, durch die Straßen, hinter ihm der würgende Schatten des Toten und vor ihm die graue Nacht und die kalte Angst.

Ja, das war das Schlimmste. Schlimmer als jene Nacht im Offizierspuff von Valenciennes. Das Dragonerregiment Kaiser in Ruhe. Sekt, süßlich duftendes Weiberfleisch. Die Offiziere betrunken. Gekreisch, Klavierspiel, eine magere Frau, die ihn mit dünnen, gierigen Armen umfängt. Rittmeister Baron Ralstow mit der Ziehharmonika neben dem Bett: „Wir winden dir den Jungfernkranz." Gelächter, Zoten, bleierner Schlaf, endloses Erbrechen. Vier Wochen Lazarettbehandlung: Gonorrhoe. Das schleimige Grinsen des Oberstleutnants, bei dem sich Dickmann aus dem Lazarett zurückmeldete ... Aber der Schrei der Kriegerwitwe war schlimmer.

Und nun ist Friedrich Wilhelm Dickmann wunschlos glücklich. Lenchen Flöter, ein kleines Bürgermädchen! Sie spricht nicht richtig deutsch. Ihre Füße sind nicht so ganz sauber. Der Vater ist Werkstattschreiber in den Zeiss-Werken.

Er hat sie auf dem Tanzboden in Lobeda kennen gelernt. Es gibt hier anscheinend keine sozialen Unterschiede: Studenten, Arbeiter, Landwirte aus der Umgebung. Arbeiterinnen, Bardamen, kleine Angestellte. Der Saal ist gedrängt voll. Neben dem Corpsstudenten sitzt der Zeissarbeiter. Der eine hat einen Schmiss, der andere nicht. Das ist der ganze Unterschied zwischen ihnen. Dieselbe Art, wie sie die schweißige Hand am Rücken ihrer Tänzerin hinuntergleiten lassen. Die gleichen Tanzschritte, das gleiche, halb freche, halb verlegene Grinsen, mit dem sie törichte Worte auf kleine Mädchen einreden, die sich bedingungslos anschmiegen an die pralle Kraft der Schultern und Schenkel. Sie wollen ja alle dasselbe.

Dickmann verabschiedet sich von seinen Corpsbrüdern.

Weise ruft ihm eine Zote zu. Graf Westernkirch tanzt mit einer unwahrscheinlich dicken Bauerntochter. Vielleicht erinnert sie ihn an die Mägde auf dem väterlichen Gut.

Dickmann geht mit Lenchen nach der Stadt zurück. Arm in Arm. Er erzählt ihr Witze, ihre Schulter drängt sich unter seinen Arm. Ihr Lachen klingt so kindlich. Sie laufen durch Wiesen, singen blöde Schlagerlieder: „Einen neuen Kinderwagen kauft ich mir, alles wegen dir, alles wegen dir ...“

Beim Abschied küsst er sie und fühlt nichts von dem Schauer, der über ihre Glieder läuft. Er geht pfeifend und summend nach Hause. Am nächsten Sonntag ist wieder Tanz in Lobeda ...

Wieder dieser nächtliche Weg an der blinkenden Saale. Dickmann ist sehr still. Er atmet gepresst.

„Bist du eigentlich krank?“, fragt Lenchen mit kindlicher Stimme.

„Nein, wieso?“

„Du brauchst es mir ja nicht zu sagen.“

„Wie kommst du denn darauf?“

Lenchen schlägt nicht die Augen nieder. Sie verzieht nur ein wenig den Mund, sonst ist sie ruhig wie nur je: „Weil du gar nicht mit mir schlafen willst.“

Dickmann nimmt sie. Ein Bahndamm ist da irgendwo. Fünf Minuten vor der Stadt. Man sieht schon die Gaslaternen. Der Leutnant a. D. und Student der Rechte Dickmann vom Corps Markomannia Jena. An der Böschung eines Bahndamms. Wie ein Landstreicher.

Dickmann ist von Lenchen berauscht. Er ist sehr zärtlich, sehr weich. Er möchte seinen Kopf an ihre Brust legen, die Augen schließen ...

Das geht natürlich nicht. Zusammennehmen! Donnerwetter, ein kleines Mädchen, achtzehn Jahre, spricht nicht richtig Deutsch, – Dickmann bringt sie nach Hause. Lenchen sagt kein Wort. Manchmal sieht sie ihn scheu von unten an oder streichelt schüchtern seine Hand.

Dickmann wischt sich mit dem Handrücken die Lippen und strafft seine Armmuskeln. Er ist sehr groß, sehr stark. Er ist sehr freundlich, und es ist sehr nett von ihm, wenn er sich jetzt zu ihr niederbeugt, sie flüchtig unter einer Straßenlaterne küsst, „Kleinchen" zu ihr sagt und „Mausi".

Tage folgen, an denen Dickmann strahlender Laune ist. Verschwiegene Abende auf seiner Bude. Abendessen zu zweit. Der Räucheraal liegt im Pergamentpapier. Sie trinken Likör aus Wassergläsern. Diese langen Nächte! Lenchen hängt mit bewundernden Augen an seinen Lippen. Ist mit allem zufrieden. Plättet ihm seine Krawatten. Manchmal, wenn er Kneipe hat, schleicht sie sich an das Markomannenhaus heran, und am nächsten Tag erzählt sie ihm, was für Lieder sie da gesungen haben, und wie deutlich man seine Stimme herausgehört hat.

Dickmann ist oft sehr gerührt über Lenchen. Er möchte eigentlich noch viel netter zu ihr sein, ganz anders. Aber jedes Mal, wenn er fühlt, wie in seinem Inneren eine verborgene Tür aufzubrechen droht, verschließt sich sein Mund, und seine Liebkosungen werden feindselig: Haltung bewahren! Zwischen einem Dickmann und der Tochter eines Schreibers gibt es doch immerhin eine Distanz, die auch im Bett gewahrt bleiben muss. Nach einer durchwühlten Nacht ärgert sich Dickmann oft: Kraftverschwendung, Zeitvergeudung. Es gibt soviel andere Dinge, an die man jetzt denken muss: drüben in Weimar dieser schändliche Kuhhandel um die Reichsverfassung. Die Novemberverbrecher, die alten Reichsfarben, – es ist eine schwere Zeit. Auf der Kneipe singen sie jetzt ein neues Lied. Nach der Melodie: „Stimmt an mit hellem, hohen Klang". Irgend jemand hat es aus Berlin mitgebracht. Sie singen es zornig bewegt, einmal, viermal, obgleich das Lied nur einen Vers hat: „Von unsrer Fahne schwarz-weiß-rot, da nahmen sie uns das Weiße und wischten sich den Arsch damit. Jetzt haben wir schwarz-rot-scheiße."

Ja, es ist wirklich nicht schön in Deutschland. Und da lässt man sich von einem kleinen Mädel unterkriegen. Dickmann ärgert sich über das, was er seine Schwäche nennt: Lenchen braucht ihn nur aus ihren feuchten blauen Augen so von unten herauf anzusehen, und alle seine guten Vorsätze gehen zum Teufel.

Nur, dass Lenchen so gar keinen Takt hat: diese widerwärtigen physiologischen Schweinereien! Dass sie nicht merkt, wenn Dickmann keine Lust auf sie hat. Dass sie immer da ist. Demütig, freundlich. Wie ein kleines Tier, das man anlockt und streichelt. Langweilige Geschichte!

Dickmann gähnt: „So nun geh man wieder, Kleinchen. Morgen hab' ich keine Zeit. Corpsbesuch. Der Alte Herr Detleffsen ist da. Kannst ja übermorgen mal vor der Haustür pfeifen. N'Abend ..."

Man braucht sich nicht anzustrengen. Lenchen kommt ja doch wieder, pfeift jeden Abend vor Dickmanns Haus mit komisch gespitztem Munde den Pfiff des Corps und lacht über das ganze Gesicht, wenn Dickmann zu Hause ist und sie heraufwinkt.

Vier Wochen nach jenem wilden Abend an der Böschung des Bahndamms erschrickt Dickmann plötzlich aufrichtig: er hat an diesem Abend nichts vor. Eigentlich hat er sich mit Lenchen verabredet, aber er ist faul und müde, sitzt auf der Veranda des Corpshauses und sieht gedankenlos und wohlig in den sinkenden Abend. Dann spielt er mit Franke und Westernkirch eine Partie Billard.

Das geschieht jetzt öfter. Dickmann merkt es gar nicht. Immer häufiger kommt jetzt etwas dazwischen, und immer öfter pfeift Lenchen vergebens vor seinem Hause. Dickmann hat sie herzlich gern, ganz gewiss! Aber er hat doch schließlich auch noch andere Sachen zu tun. Nächstens wird er seine Burschenpartie fechten. Nach der Fechtstunde ist er immer sehr müde. Und außerdem hat er jetzt eigentlich erst entdeckt, was für reizende Leute seine Confüchse sind. Er spielt mit ihnen Karten, reitet ins Saaletal, spielt vormittags Klavier im Corpshaus. Es ist wirklich nicht seine Schuld, wenn er immer seltener an Lenchen denkt und sie sich immer seltener ins Bett wünscht.

Das Sommersemester nähert sich seinem Ende. Dickmann weiß schon, dass er Mittwoch über acht Tage nach Hause in die Ferien fahren wird. An diesem Abend geschieht es zum ersten Mal, dass Lenchen, auf Dickmanns Schoß sitzend, plötzlich in ein hemmungsloses Schluchzen ausbricht. Dickmann ist peinlich berührt. Es liegt doch gar nichts vor. Warum hat er sich denn das Mädel so! Er weiß nicht recht, wie er sich mit einer weinenden Frau zu benehmen hat. Erst klopft er ihr den Rücken, wie man einem Pferd den Hals tätschelt, und murmelt gedankenlos die alten Kavalleristensprüche, mit denen man aufgeregte Tiere beruhigt: er pfeift leise durch die Zähne, sagt „Ola“, „Ts, ts, ts, gutes Tierchen!“

Aber Lenchen schluchzt und schluchzt. Zwischen zwei jähen Tränenströmen schluckt sie hoch: „Sei nicht böse, aber ich bin so traurig.“ Aber Dickmann wird doch böse. Erst versucht er noch, sie zu beruhigen, dann schimpft er: „Nun hör’ doch schon auf mit dem blöden Geflenne!“ Und wie Lenchen erschrocken zu weinen aufhört, hält ihr Dickmann eine sehr ernste und sehr vernünftige Rede:

„Wir wollen doch einmal grundlegend Klarheit schaffen zwischen uns, nicht wahr? Ich bin für reinliche Verhältnisse, Kleinchen. Du bist ein guter Kerl, und ich habe dich sehr gern. Ganz bestimmt, hab’ ich. Aber du musst doch verstehen! Das Corps, mein Studium! Es kann nicht immer so weiter gehen, dass wir Tag für Tag zusammen sind. Wir müssen ein bisschen vernünftig sein. Das verstehst du doch, nicht wahr? Na also, bist ja mein gutes Mausi.“

Lenchen lächelt unter Tränen. Und wie sie in Dickmanns Arm einschläft, spricht sie leise im Schlaf, und Dickmann versteht „... ja auch ganz vernünftig sein ...“

Dann sehen sie sich ein paar Tage lang nicht. Dickmann hat noch hin und wieder den bekannten Pfiff unter seinem Fenster gehört, aber sich nicht gemeldet. Drei Tage vor seiner Abreise in die Ferien fängt ihn Lenchen spät abends auf dem Weg vom Corpshaus zu seiner Wohnung ab. Dickmann sieht auch im unbestimmten Licht der Straßenlaternen, wie blass sie ist.

„Ich muss dir etwas sagen", flüstert sie und weint.

Dickmann hört ihr zu und pfeift leise durch die Zähne.

„Verflucht noch mal!", schimpft er und fährt sich nervös durch die Haare. „Das ist ja weiß Gott eine schöne Überraschung, ja. Eine reizende Überraschung, wie gesagt. Verflucht noch mal."

Lenchen sieht ihn flehend an: „Was soll ich nun bloß machen?"

Dickmann weiß es auch nicht. Aber er ist ein anständiger Mensch. Schließlich auch seine Schuld. Bitte, nicht ausschließlich! – Aber immerhin ist er mitschuldig an diesem Malheur. Da muss natürlich etwas geschehen. Er wird sich der Sache annehmen. Wozu hat man einen Corpsbruder, der Mediziner im neunten Semester ist. Schütze wird das schon machen. Verdammt peinlich, ihn um so prekäre Sachen zu bitten ... Dickmann streicht Lenchen beruhigend über das Haar: „Lass man gut sein, das werden wir schon kriegen. Komm man morgen Abend zu mir."

Dickmann schläft die Nacht nicht gut. Er wiederholt sich immer wieder die Rede, mit der er morgen seinen Corpsbruder Schütze davon überzeugen wird, dass es einfach seine Pflicht ist, ihm zu helfen ...

Wie er dann vor Schütze steht, ist er doch viel verlegener, als er gedacht hat: „Du hör' mal, ich habe da eine sehr ... also eine Bitte an dich oder vielmehr eine Frage."

Schütze schweigt.

„Also ich habe da Pech gehabt. Oder vielmehr ein kleines Mädel von mir ..."

Schütze fuchtelt mit beiden Händen in der Luft herum: „Mensch, hör' bloß auf! Immer der alte Dreck. Lass mich bloß damit zufrieden!"

Dickmann schweigt konsterniert. Schütze fragt begütigend: „Was is'n das für ne Toppsau, was?"

„Erlaube mal ..."

„Also schön: keine Toppsau. Natürlich ein hochanständiges Mädchen. Jungfrau und so. Pastorentochter, wie?"

„Ihr Vater ist Angestellter bei Zeiss", sagt Dickmann kleinlaut.

Schütze macht ein Gesicht wie ein weiser Priester: „Sieh mal, lieber Freund, ich bin so immerhin einige sechs Jahre älter als du, du kannst ruhig noch etwas von mir lernen. Ich habe mir an solchen Weibergeschichten schon mal verdammt die Finger verbrannt. Halte mich da jetzt ganz raus. Ich würde natürlich zur Verfügung stehen, wenn, sagen wir mal, durch diesen Unglücksfall irgendeine Katastrophe verhindert werden könnte. Aber du siehst doch wohl ein bisschen zu schwarz. Was ist denn nun wirklich schon dabei, wenn so ein Mädel ein uneheliches Kind kriegt? Ihr messt da immer mit falschen Maßstäben. Gewiss, wenn es deine Schwester wäre, – aber so? Kommt doch in Jena alle Tage vor! Passiert garnischt weiter. Der Alte wird dem Mädel ordentlich den Hintern vollhauen, und damit ist die Sache erledigt. Pass mal auf, nach ein, zwei Jahren reißen sich die ältesten Tanten der Familie danach, den kleenen Dickmann auf den Topf setzen zu dürfen. Ist in diesen Kreisen immer so: erst großes Zetergeschrei und nachher ist gar nichts gewesen. Ne, mein Lieber, du kannst billigerweise von mir nicht verlangen, dass ich mir um sowas Läuse in den Pelz setzen soll."

Schütze redet väterlich und vernünftig. Dickmann braucht sich wirklich keine unnötigen Gedanken zu machen. Ist das Mädchen vielleicht etwa Jungfrau gewesen, als er sie kennen lernte? Na also! Hat sie denn nicht schon früher Liebschaften mit Studenten gehabt? Ist Dickmann überhaupt der Vater des Kindes?

Ein anständiger Mensch ist er: die Beweisführung Schützes scheint ihm etwas zu schlüssig, um einwandfrei zu sein. Dickmann hat die Pflicht, Lenchen zu helfen. Gewiss, – aber recht hat Schütze ja eigentlich. Du lieber Gott, ein kleines Bürgermädchen, das auf dem Tanzboden in Lobeda verkehrt. Im Grunde durch und durch verdorben. Sie hat sich ihm ja doch selbst an den Hals geworfen. War ja ganz nett, die Kleine. Aber auf die Dauer doch ein bisschen langweilig. Und überhaupt: wohin soll das führen ...

Dickmann schweigt. Schütze klopft ihm väterlich auf die Schulter: „Also mach' dir man keine Kopfschmerzen. Lass die Kleine ruhig das Kind austragen. Um die Alimente machst du dir ja wohl keine Sorgen, wie? Kommt für dich hier ja gar nicht in Frage ..."

Dieses Gespräch begibt sich kurz vor dem gemeinsamen Mittagessen. Letzter Tag vor den Ferien. Von Wittig sagt deshalb beim Mittagessen „schweren Ferienton" an, jeder von den wohlerzogenen Corpsstudenten kann sich heute benehmen, wie er will.

Man kommt aus dem Lachen nicht heraus. Holtgrave hat eine unnachahmliche Fähigkeit, rollend und dröhnend zu rülpsen. Westernkirch greift mit beiden Fäusten in die Suppenschüssel und fischt sich die Würstchen heraus. Kramer gießt seinem Nebenmann ein Glas Bier auf den Teller. Mitten in das Gemüse. Dickmann hat über alledem keine Zeit, an Lenchen zu denken.

Kaffeetrinken, Schnaps, Likör, Skatspiel, abends Semesterschlußkneipe ... Gegen zwölf Uhr nachts läutet es schüchtern an der Tür des Markomannenhauses. Der Corpsdiener sieht ein kleines, blondes Fräulein, das ihn mit entsetzten Augen nach Herrn Dickmann fragt. Aus dem Kneipzimmer dröhnt das Hämmern eines Klaviers, Gesang, Gejohle.

Der Corpsdiener zuckt die Achseln, dann lacht er mitleidig: „Lass man, Kleinchen, das hat gar keinen Zweck, dass ich dir den Dickmann runterrufe. Der Junge liegt schon seit ner guten Stunde in der Leichenkammer. Blau wie eine Radehacke. Geh' man nach Hause, Kindchen. Komm man morgen Abend wieder, ja?"

Das Mädchen dreht sich langsam um. Der Corpsdiener sieht noch, dass sie vorm Gartentor ihr Taschentuch vor das Gesicht presst und haltlos schluchzt. Er kratzt sich nachdenklich den Kopf. Kann das Mädel gut verstehen: morgen fangen die Ferien an, der junge Herr fährt nach Hause, und wer weiß, wie es im nächsten Semester aussieht. Na, wird sich schon trösten, die Kleine.

Dickmann packt seine Koffer. In zwei Stunden geht der Zug. Er hat heftige Kopfschmerzen. Sorgen hat er außerdem. Er wird den alten Herrn bitten müssen, im nächsten Semester seinen Wechsel zu erhöhen. Ganz ausgeschlossen, dass er mit achthundert Mark im Monat auskommen kann.

Wie der Gepäckträger kommt, seinen Koffer abzuholen, fällt ihm Lenchen Flöter noch einmal ein. Donnerwetter ja. Freilich, freilich: Schütze hat recht. Was geht ihn das Ganze eigentlich an? Es wäre ja immerhin ganz gut gewesen, wenn Schütze die kleine Operation vorgenommen hätte. Aber was nicht ist, ist nicht.

Er fährt mit von Wittig und Franke zusammen nach Berlin. Der Zug setzt sich in Bewegung. Dickmann steht gedankenlos am Fenster. Ihm ist, als sähe er hinten an der Bahnsteigsperre einen rotblonden Lockenkopf. Dieses rotgeblümte Kleid kommt ihm auch merkwürdig bekannt vor. Unsinn! Dickmann wendet sich rasch in das Abteil zurück: „Kommt ihr mit in den Speisewagen?“, fragt er seine beiden Corpsbrüder.

Die Passagiere des D-Zuges München—Berlin blicken freundlich auf die drei großen, elegant gekleideten jungen Herren, sehen die Schmisse in ihren Gesichtern, die geleerten Bierflaschen auf dem Tisch und lächeln nachsichtig, wenn sich an jenem Tisch ein Gelächter nach dem anderen erhebt: „Gott ja, – junge Leute ...“

Drei Wochen kann Dickmann nur in Berlin bleiben. Er muss trotz der Ferien wieder nach Jena zurück, denn für Kriegsteilnehmer werden Zwischensemester abgehalten. Obwohl Dickmann erst zu Anfang des Jahres sein Studium begonnen hat, geht er nun schon in sein drittes Semester. In anderthalb Jahren kann er sein Examen machen.

Er hat in den kurzen drei Wochen in Berlin soviel erlebt, dass er kaum an Lenchen Flöter denken konnte. Nun ist er in Jena, leise Erinnerungen tauchen auf, werden stärker, – und eines Sonntagabends fährt er nach Lobeda zum Tanz.

Er sieht sich in dem gefüllten Saal um und wird unruhig: Lenchen ist nicht hier. Also entweder liebt sie ihn noch so, dass sie ohne ihn nicht zum Tanz geht. Das sähe ihr sehr ähnlich.

Oder, – oder die dumme Sache ist doch nicht in Ordnung gekommen, wie er es immer gehofft hat.

Endlich trifft er im Gewühl der Tanzenden die dicke Frieda, die er öfter mit Lenchen zusammen gesehen hat. Gleichgültige Begrüßung, unter der er eine aufkeimende Angst zu verstecken sucht: „Wo ist denn eigentlich Lenchen?"

Frieda sieht ihn erstaunt an: „Das wissen Sie am Ende noch gar nicht?"

Dickmann wird nervös: „Nun sagen Sie doch schon ..."

„Lenchen, die is doch gestorben! Ja. Und das wissen Sie nich? Sagen Sie mal! Die is doch gestorben, nich? An Blutvergiftung, ja. Schon vor vierzehn Tagen ..."

Blutvergiftung, Blutvergiftung, – natürlich, man kann an Blutvergiftung sehr leicht sterben. Ganz tückische Sache: man schneidet sich da in den Finger, kaum zu sehen, die Hand schwillt an, der Arm. Das geht dann sehr schnell ... Lenchen ist an Blutvergiftung gestorben. Schlimm, schlimm. Armes Mädel.

Und während die Musik lärmend und gellend einen neuen Tanz beginnt, steht Dickmann mitten im Saal und stottert gedankenlos: „So so, an Blutvergiftung ..."

Frieda zieht ihn beiseite. Ihr breites Gesicht glänzt vor Tanzschweiß und Geheimnis: „Wissen Sie, was is los gewesen? Die is anjebufft geworden, und da hat sie wohl keinen gefunden, der's ihr weggebracht hat, und da hat sie's selbst gemacht. Ja, und denn hat sie Blutvergiftung gekriegt und ist gestorben. In zwei Tagen lebendig und tot ..."

Das Leben ist schwer, das Leben ist sinnlos. Geheimnisse liegen in der warmen Luft. Wie der Mond glänzt.

Die dunkle Silhouette der Berge, fern die schlafende Stadt. Dickmann schwankt im Gehen. Vielleicht kommt es vom vielen Schnaps. Und Lenchen ist tot. An Blutvergiftung gestorben. „Und die Nacht hat dein Angesicht, und der Wind, der von Liebe spricht, hat dein unvergessliches Lachen." Von Hermann Hesse ist das. Sehr schön.

„Ausgeschlossen!", sagt Dickmann plötzlich laut. Er ist ganz allein auf den Saalewiesen. Die hohen Pappeln rauschen.

„Ausgeschlossen!“, sagt er noch einmal, und dann bleibt er stehen. Wer hat hier gesprochen? Dickmann ist nicht schuld, ausgeschlossen! Das Leben ist schwer, das Leben ist sinnlos. Muss so ein armes, kleines Mädel sterben, ja. Und Dickmann hat nun kein Lenchen mehr. Ganz allein ist Dickmann, steht in tiefster Nacht einsam zwischen Fluss und Berg und denkt an die tote Geliebte. Rechtet und hadert mit dem finsteren, grausamen Geschick.

Vielleicht kommt es doch vom Schnaps? „Haltung! Haltung!“, kommandiert er sich. „Nicht schlapp machen! Sich nicht unterkriegen lassen vom Schicksal! Fortiter in modo, suaviter in re! Blau-silber-schwarz. Haltung bewahren! Ein alter Soldat! Corpsstudent!“

Der Feldweg ist schmal. Der Fuß stolpert über Feldsteine. Haltung! Haltung! Aber dann ist es auf einmal vorbei: Dickmanns Augen weiten sich vor Entsetzen. Ein Schatten ist da vor ihm: weiche Konturen, der Bahndamm, Lenchen, Blutvergiftung, Tod, Schuld, Schicksal, – Dickmann stürzt wimmernd an der Böschung nieder. Seine Hände krampfen sich in das dürre Gras. Wie arm er ist! Wie schlecht es ihm geht!

„Lenchen! Lenchen!“

Aber der Name der Toten ist nichts als eine schützende Hülle, die sich weich und dicht über Schuld und Erkenntnis legt. So dicht, dass sie ersticken.

Dickmann erhebt sich bald wieder und trocknet seine Tränen. Und vielleicht war das Weinen nur dazu da, die entschlossene und männliche Haltung doppelt groß und heroisch erscheinen zu lassen, mit der er jetzt seiner Wohnung zugeht ...

Einmal nur noch, nach Wochen, taucht Lenchen aus dem Schutt der Erinnerung auf: bei einer Kneipe legt Dickmann den Kopf auf den Tisch und schluchzt. Von Wittig, der morgen endlich sein Assessorexamen machen will, nimmt sich seiner an:

Abgesehen von allem anderen: wir wollen sachlich bleiben. Dickmann muss sich klar darüber sein, dass er sich in dem Konflikt der Pflichten, in den ihn der kleine Unglücksfall gestürzt hat, völlig richtig benommen hat. Es gibt da ein Gesetz, das die

Abtreibung verbietet, auch die Beihilfe dazu ist strafbar. Dickmann will einmal deutscher Richter werden. Das Gesetz über alles! Es ist manchmal schwer, das Gesetz zu befolgen, aber die erhabene Größe einer bindenden Rechtsvorschrift duldet kein müßiges Räsonnieren. Jede Schuld erfordert ihre Sühne. Im Grunde kann Dickmann froh sein, dass alles so gekommen ist. Er hätte sich sonst vielleicht sein ganzes Leben mit der Erinnerung an einen Rechtsbruch quälen müssen.

So redet von Wittig, und Dickmann hört ihm mit ernstem Gesicht zu. Im ungewissen Nebel von Selbstbedauern und Betrunkenheit erscheint er sich selbst bald als ein schlichter und männlicher Märtyrer der Gerechtigkeit.

Dickmann wird erster Chargierter des Corps Markomannia. Auf der Kneipe steht er mit gewinkelten Füßen vor dem großen Lehnstuhl des Präsiden, schlägt mit dem Schläger auf den Tisch und achtet peinlich auf die strikte Durchführung der geheiligten Trinkvorschriften: „Ad exercitium salamandri ... eins, zwei, drei.“ „Füchse hoch mit einem Ganzen!“ „Wir haben heute die Ehre, den Herrn Vertreter eines hohen C. C. des Corps Masovia in unserer Mitte zu sehen. Wir hoffen und wünschen ...“ „Alter Herr Graf Bork, darf ich mir ganz gehorsamst einen Ganzen auf dein Spezielles gestatten?“ „Danke sehr, ehrt kolossal, sehr zum Wohle, prost!“ „Wir singen pagina 343, O wonnevolle Jugendzeit’. Silentium für das Lied!“

Dickmann kommt in diesem Semester nicht viel in die Universität. Die Hauptsache ist, dass man sich rechtzeitig bei Semesterbeginn in der Quästur der Universität einfindet, seine Kollegiengelder bezahlt und dafür sorgt, dass die Professoren den Besuch der belegten Vorlesungen durch ihr Testat bestätigen. Man braucht dazu nicht selbst ins Kolleg zu gehen. Man schickt zweckmäßig einen jungen Fuchs hin, und der freut sich über die Ehre, dem gefürchteten „Ersten“ einen Gefallen tun zu dürfen.

Dickmann ist sehr beliebt im Corps. Kein Spielverderber. Macht jeden Unsinn mit, wenn er sich nur mit seiner hohen Stellung als erster Chargierter verträgt. Das ist im einzelnen nicht so leicht zu entscheiden, denn er trägt ja die Verantwortung nicht nur für sich und seine Corpsbrüder. Nein, auch für die Generationen alter Markomannen, für jene Ministerialdirektoren, Senatspräsidenten, Landräte, Syndici und Rittergutsbesitzer, in deren Herrenzimmer über dem Schreibtisch eine blaue Mütze, das blau-silber-schwarze Band und zwei gekreuzte Schläger hängen.

Die Tradition des deutschen Corps lastet auf Dickmanns Schultern, und er trägt diese Last freudig und bewusst. Lenchen Flöter? Dickmann lächelt ruhig: man darf sich vom Leben nicht unterkriegen lassen. Über solche Dinge muss man hinwegkommen. Mit der Gerechtigkeit ist nicht zu spaßen, sie ist heilig und groß. Es ist verboten, die Frucht im Mutterleibe zu töten, so steht es im Gesetz, und da hat man nicht zu fragen und zu räsonieren.

Die Begriffe von Recht und Gerechtigkeit beginnen sich bei Dickmann zu klären. Zum mindesten verlieren sie ihr Gewicht. Dickmann hat den jähen Sturz von der Höhe seines Daseins als preußischer Kavallerieoffizier in die Bedeutungslosigkeit eines einfachen jungen Mannes aus gutem Hause jetzt überwunden. Er hat gelernt, dass er umgeben und eingeordnet ist in eine Schar ernstzunehmender Menschen, auf die es ankommt, und die schließlich einmal Deutschlands Schicksal bestimmen werden. Er hat gelernt, dass er auch noch als Leutnant a. D. eine soziale Größe ist, mit der gerechnet werden muss ...

So findet ihn der Kapp-Putsch am 13. März 1920 auf dem Platz, auf den er gehört. Sein Corpsbruder von Schweina kommt aufgeregt in sein Zimmer gestürzt: „Los! Uniform einpacken! Wir fahren nach Erfurt."

Dort ist das Studentencorps der Marburger Universität eingetroffen, um Ruhe und Ordnung in Thüringen wiederherzustellen. Tausend Akademiker, fast alles ehemalige Offiziere. Freilich: Ruhe und Ordnung sind in Thüringen gar nicht erschüttert worden, aber wer fragt danach? Dickmann nicht. Er packt seine Uniform in den Koffer und meldet sich in Erfurt bei dem Kommandeur des Freikorps, stolz und freudig. Denn Dickmann will sein Teil beitragen zur Errettung Deutschlands von der Herrschaft der Novemberverbrecher.

Dickmann marschiert in Reih und Glied. Links und rechts neben ihm gehen deutsche Männer, zu allem entschlossen und bereit.

Prachtvolle Leute sind die Marburger Kommilitonen. Kerle, mit denen man den Teufel aus der Hölle holen kann. Man braucht gar nichts zu reden. Es versteht sich alles von selbst. Es gibt keinen Bolschewismus, wo das Studentencorps marschiert. Brausendes Leben! Wirbelndes Geschehen. Man kommt gar nicht zur Besinnung. „Soldatenleben, ei, das heißt lustig sein ..."

Die Landstraße von Gotha nach Eisenach. Wundervolle Landschaft im ersten Frühlingslicht. Lieder, Lachen. Es geht nach Gotha, Ordnung schaffen. Kommandant: Fregattenkapitän von Selchow. Kompanieführer: Kamerad Goebel, wie Dickmann Leutnant a. D. und Student der Rechte.

Plötzlich huscht der Schatten eines Geheimnisses über die marschierende Kolonne hin. Irgendeine Anzeige: Spartakisten sollen verhaftet werden. Abseits von der Straße, in Bad Thal, erscheinen Truppen. Der Führer hat eine Liste in der Hand. Wo er sie her hat, – kein Mensch weiß es. Das ist auch nicht so wichtig. Die Hauptsache sind die fünfzehn Namen, die auf diesem Blatt Papier verzeichnet sind. Die Namen von fünfzehn Arbeitern, Spartakisten, Rotarmisten. Was sie getan haben sollen, – kein Mensch weiß es. Aber das ist auch nicht so wichtig. Befehl zur Verhaftung liegt vor: man muss gehorchen. Und man gehorcht so gern.

Weinende Frauen, schreiende Kinder. Schwere Hand auf die Schulter: „Verhaftet!" Da hat man sie. Fünfzehn Arbeiter, Männer, Jünglinge. Die einen sehen ganz sympathisch aus. Die anderen erkennt man gleich an der schlechten Kleidung, an den dunklen Augen, Gott weiß woran noch, als Spartakisten, rote Hunde. Ab mit ihnen. In die Mitte genommen. Sollen nach Gotha gebracht werden.

Weinende Frauen und Kinder: „Schnauze halten!"

Fünfzehn Mann. Man hat sie. Die Herren Kommilitonen beschimpfen sie, treten ihnen mit Nagelstiefeln ins Gesäß: Spartakisten, Verbrecher!

Es geht alles so rasend schnell. Heute Morgen noch in Erfurt. Jetzt Nachtquartier in einem Dorf: Settelstedt. Die Gefangenen ins Spritzenhaus. Befehl des Kapitäns von Selchow: „... mache darauf aufmerksam, dass rücksichtslos auf fliehende Gefangene geschossen wird!"

Die Bande da! Fünfzehn Mann. „Aufpassen auf die Schweine!"

Unruhige Nacht. Posten schreiten klappend durch stille Straßen. In den Quartieren wird getrunken. Man hat Gefangene gemacht. Schade, dass das Standrecht aufgehoben ist. Man muss diese Strolche an die ordentlichen Gerichte abliefern, muss denen die Untersuchung überlassen. Schande so was! Dass man sich mit diesen Burschen rumquälen muss, auch noch aufpassen auf sie. Wie haben es die Spartakusleute in Berlin gemacht?

„Haben Sie nicht gelesen? Sechzig Schupobeamte in Lichtenberg abgeschlachtet!" Jede Kugel ist zu schade für diese Leute ...

Fünfzehn Gefangene im Spritzenhaus. Rotgardisten!

Morgennebel. Man friert. Auf sieben Uhr früh ist der Abmarsch befohlen. In Richtung Mechterstedt. „Aufpassen auf die Gefangenen!"

Da ist ein Flüstern, ein Getuschel, ein Lächeln. Befehle. „Gefangene zur sechsten Kompanie!" Die marschiert ganz am Ende der Kolonne. Führer ist Kamerad Goebel. Er hat eben einen Gefangenen in den Arsch getreten. Man hört sein Schimpfen und Fluchen bis hierher: „Ihr Lumpen! Totschlagen müsste man euch!"

Die Landstraße von Eisenach nach Gotha am Morgen des 25. März 1920. Zwischen Settelstedt und Mechterstedt. Dickmann marschiert. Seine rechte Hand ist in den Riemen des Karabiners gehakt.

Krachen. Eine Salve. Schuss! Schuss! Geschrei. Von hinten kommt ein Mann an der Kolonne vorbei gelaufen. Brüllt irgendetwas: „Hinten lassen sie die Gefangenen von der Straße treten und erschießen sie!"

Rotgardisten! Verbrecher!

Man muss dabei sein. Zwei, fünf, zehn laufen zurück. Eine Straßenbiegung. Schatten im Nebel. Dickmanns Fuß stößt an etwas Weiches: ein Körper. Blut bespritzt seinen Schuh.

Immer noch Schüsse!

Da steht ein Gefangener, beide Hände abwehrend nach vorn gestreckt, Handflächen nach außen. Steht ganz allein. Abseits, links der Straße feldgraue Gestalten. Gewehrschlösser schnappen.

Der Mann auf der Straße! Hoch das Gewehr. Sicherungsflügel herum, Vollkorn! Langsam durch bis zum Druckpunkt, – Schuss! Der Mann fällt.

Dickmann wacht auf. Gestalten rennen an ihm vorbei. „Los weiter! Nicht stehen bleiben! Anschluss nach vorn nehmen!" Kurzer Trab, dann die marschierende Kolonne ...

Um sieben Uhr war man von Settelstedt abmarschiert. Um acht Uhr marschiert eine andere Kompanie des Studentencorps auf der Landstraße von Settelstedt nach Mechterstedt. Sind komische Leute, diese Studenten. Vorn an der Spitze flattert eine schwarz-rot-goldene Fahne. Nennen sich Republikaner, wollen die Republik retten. Ihr Führer ist ein Universitätsprofessor. Professor der Theologie. Außerdem Hauptmann der Reserve.

Ein Schrei. „Tote!"

Dunkle Flecke auf dem Schotter der Chaussee. Da, hier, da ... Sechs, acht, zwölf, fünfzehn! Schüsse in Kopf, Brust, Bauch. Mancher Körper von Kugeln zerfetzt. Einschussöffnungen sitzen vorn!

Schweigen. Entsetzte Blicke. Das heißt Mord. Mord an fünfzehn wehrlosen Arbeitern. Kein Mensch weiß, was sie getan haben.

Der Theologieprofessor spricht stockend. „Untersuchung ... Die Ehre nicht nur der Marburger, sondern der gesamten deutschen Studentenschaft. Unschuldiges Blut ..."

Dickmann steht auf einer Straße und steckt sich eine Zigarette an. Eine scheue Stimme: „Verzeihung, Herr Kamerad, Sie haben doch vorhin auch geschossen?"

Hat Dickmann geschossen? Er schweigt einen Augenblick: „Geschossen? Ja, – ich glaube wenigstens ..."

„Es ist nur, ich meine für den Fall einer Untersuchung, – Sie haben ja wohl auch, – Fluchtversuch ..."

Dickmann nickt. Ja natürlich, Fluchtversuch. Sah so aus, als ob der Mann weglaufen wollte. Stand ja schon ganz allein auf der Straße. Richtig, da hat er geschossen. Vollkorn, langsam durch bis zum Druckpunkt ...

Gefangene. Eine Frau dabei, Frau Wolf aus Mechterstedt. Neunundfünfzig Jahre alt. Sie werden vorne bei einer anderen Abteilung mitgeführt. Ein Offizier läuft neben der Kolonne her, den Karabiner in der Hand. Blaurot vor Erregung, heisere Stimme: „Habt ihr noch Gefangene hier? Raus damit! Abgeben an die sechste Kompanie. Werden nicht weit kommen, die Brüder!"

Proteste, Schimpfen, drohend gereckte Fäuste. Die Gefangenen werden nicht abgegeben. Da ist Frau Wolf, ihr Gesicht ist von einem Kolbenstoß getroffen. Die Augen sind halb zugeschwollen.

Ein paar Mann drängen sich schützend um die Gefangenen.

„Das wollen Soldaten sein! Ein Haufen Feiglinge!"

Die Marburger Kommilitonen geraten sich gegenseitig in die Haare. Leutnant Goebel kann sich nicht beruhigen über diese Sorte von Akademikern, die die Gefangenen nicht hergeben wollen ...

Der Theologieprofessor lässt nicht locker: Untersuchung. Warum sind die Gefangenen verhaftet worden? Befehl. Der Kommandant hat eine Denunziation bekommen. Von wem, sagt er nicht. Der Hauptmann Professor untersucht. Warum gingen die Gefangenen am Schluss der Kolonne? Laut Vorschrift müssen sie doch in der Mitte der Abteilung geführt werden. Warum sind sie erschossen worden? Fluchtversuch? Fünfzehn Mann auf einmal? Und keiner ist entkommen?

Der Morgen des 25. März will nicht enden. Er hängt an Dickmann wie eine Kette. Untersuchung. Ein Gerichtsoffizier aus Kassel. Vernehmungen. Vierzehn Studenten, vierzehn ehemalige Offiziere. „Also da haben Sie geschossen, Herr Kamerad?"

„Jawohl, Fluchtversuch, – das Gelände war günstig ..."

„Ich danke Ihnen. Bitte Herrn Dickmann ..."

„Fluchtversuch, das Gelände war günstig, niedrig gezielt. Zweck lediglich Verhinderung des Entweichens, gedeckt durch Befehl des Kapitäns von Selchow ..."

„Ich danke Ihnen … Bitte Ihre Personalien."

„Dickmann, Friedrich Wilhelm, Alter 24 Jahre, Student der Rechte, Leutnant a. D."

„Wo waren Sie aktiv, Herr Kamerad?"

„Preußisches Dragonerregiment Kaiser …"

„Ah! Kommandeur Oberstleutnant von Briese, nicht wahr? Ich danke Ihnen."

Das Abenteuer ist zu Ende. Die Schüsse, die am 25. März auf der Landstraße zwischen Mechterstedt und Settelstedt gefallen sind, blieben die einzigen, die das Studentencorps abgab. In Thüringen Ruhe. Die Aufrührer im Ruhrgebiet entwaffnet. Haftbefehle gegen die Urheber des Putsches. Reichskanzler Kapp nicht ergriffen. General Lüttwitz nicht ergriffen. Oberst Bauer flüchtig, Major Pabst flüchtig, Herr von Jagow gegen Kaution aus der Untersuchungshaft entlassen. Dr. Schiele gegen Kaution …

Standgerichte im Ruhrgebiet: ein Leutnant, ein Unteroffizier, ein Mann. „Todesurteile der Standgerichte bedürfen der Gegenzeichnung des Gerichtsherrn." Die Generäle Kabisch und von Watter handeln korrekt. Was können sie dafür, dass ihnen die Urteile der Standgerichte nicht vorgelegt werden? Sie wissen von nichts …

Erschießungen in Dortmund, in Wanne-Eikel, in Gevelsberg, in Wesel, in Castrop, Buer, Essen. Kriegsgerichte, außerordentliche Kriegsgerichte. Nur Rädelsführer werden bestraft, und solche Leute, die „ein Verbrechen gegen das Leben, schwere Körperverletzung oder Brandstiftung" begangen haben?

Hunderte, tausende von Arbeitern, die sich zur Abwehr gegen das hochverräterische Kappunternehmen erhoben haben, sind gemeine Verbrecher. Sie fallen nicht unter die Amnestie, das ist ganz in der Ordnung. Die Herren Friedrich Ebert und Dr. Heinze haben das Gesetz unterzeichnet. Friedrich Ebert …

Ein Arbeiter erschießt einen Kappsoldaten während des Kampfes: „Mord, fünfzehn Jahre Zuchthaus." Ein Arbeiter beschlagnahmt in einer Bäckerei Brot für seine Kameraden: „Räuberische Erpressung. Fünfzehn Jahre Zuchthaus …"

Dickmann sitzt in seinem Zimmer in der elterlichen Wohnung. Irgendwo in seinem Schreibtisch liegt eine Anklageschrift. Er liest die Urteile der Kriegsgerichte in den Zeitungen. Statistiken, wie viele Jahre Zuchthaus bisher gegen Arbeiter verhängt worden sind.

Er ist sehr gedrückt. Hat gar keine Lust, wieder nach Jena zu fahren, wenn die Ferien vorbei sind. Irgendwann findet gegen ihn ein Verfahren vor dem Kriegsgericht statt. Die Anklage lautet auf Totschlag.

Frau Landgerichtsdirektor ist außer sich vor Empörung. Ihr Sohn! Wie ein ganz gemeiner Verbrecher auf der Anklagebank! Unvorstellbar. Es gibt eben keine Gerechtigkeit mehr. Weil Fietichen ein paar Verbrecher erschossen hat, soll er vor Gericht. Verkehrte Welt.

Der Landgerichtsdirektor verweist ihr dieses Lamentieren. Gewiss, es gibt auf der Welt keine Gerechtigkeit mehr. Aber bei deutschen Richtern? Er macht eine Handbewegung, die alles sagt. Landgerichtsdirektor Dickmann ist ein Diener der Gerechtigkeit, und wie ihn gibt es tausende. Er weiß: Recht muss doch Recht bleiben.

Dickmanns Vater ist auch während der schlimmsten Kampftage ins Gericht gegangen. Zu Fuß den weiten Weg nach Moabit. Die Herren seiner Kammer waren auch alle erschienen. Während in der Stadt mit Kanonen geschossen wurde und auf dem Dach des Kriminalgerichts die schwarz-weiß-rote Fahne der Rebellen wehte, haben Schwurgerichtssitzungen stattgefunden. Recht muss doch Recht bleiben. Hier gab es keinen Generalstreik. Die Maschinen arbeiteten weiter.

Berufungsverhandlungen waren vor des Direktors Kammer angesetzt. Die verurteilten Rechtsbrecher fürchteten sich vor dem Weg durch den Kugelregen. Ihre Richter waren zur festgesetzten Zeit im Gericht. Mit besonderen Ausweiskarten hatten sie die Postensperren durchschritten.

„Wo ist der Angeklagte? Nicht da? Beschlossen und verkündet: die Berufung wird auf Kosten des Angeklagten verworfen gemäß § 329 Strafprozessordnung ..."

Recht muss doch Recht bleiben. Draußen knattern Maschinengewehre, – gilt nicht: § 329 Strafprozeßordnung ...

Der Landgerichtsdirektor ist ganz ruhig. Als sein Sohn die Anklageschrift bekam, hat er sie sehr genau durchgelesen. Die Mutter schluchzte. Er sagte nichts.

Und wenn Dickmann einmal versucht, mit seinem Vater über die bevorstehende Verhandlung vor dem Kriegsgericht zu sprechen, stößt er auf freundliche Ablehnung: „Wenn du ein reines Gewissen hast, mein Junge, dann hast du nichts zu fürchten. Es ist noch nie von einem preußischen Gericht ..."

Dickmann glaubt es ihm. Aber ist sein Gewissen rein? Er sagt: „Jawohl, Papa!" Sehr laut, sehr ruhig. Aber er weiß es nicht. Er besucht Regimentskameraden, die in Berlin wohnen und bespricht mit ihnen seinen Fall. Nicht als ob es eine große Sache wäre, nein: ganz nebenbei. Man will sich doch nicht lächerlich machen.

Baron Schmiedel hat in Berlin mitgekämpft. Von Rienitz ist in Breslau vom Kapp-Putsch überrascht worden. Da hat er ganz andere Sachen erlebt als Dickmann. Ist alles gut abgegangen. Wäre ja auch noch schöner. Heute Abend soll Dickmann mal zu ihm kommen. Ein Breslauer Schupomajor ist da, den Rienitz in den Kampftagen kennen gelernt hat.

Der Polizeioffizier erzählt: „Kaum waren die Gefangenen auf dem Kasernenhof, da lagen sie auch schon. Unsere Leute waren ja wie verrückt. Wird mancher unschuldig darunter gewesen sein. Aber was ist da zu machen? War ja scheußlich, wenn dann am nächsten Tag die Weiber angelaufen kamen und nach ihren Männern wimmerten. Ja du lieber Gott, wo gehobelt wird, fallen Späne."

Der Breslauer Major wiegt bedauernd den Kopf. „Ja, und dann haben wir ihnen irgendetwas vorgelogen. Dabei schwammen die Kerle längst in der Oder. Wie? Nein, Verfahren sind nicht deswegen anhängig gemacht worden. Warum auch? Sehen Sie, ich bin ein loyaler Mensch. Ich bin dagegen, dass man jetzt im Ruhrrevier so scharf gegen die Arbeiter vorgeht. Wir wollen uns nichts vormachen, meine Herren, wir haben doch alle Dreck am Stecken. Aber ich gebe zu, dass gewisse staatspolitische Gründe dafür sprechen, dass man die viehischen Rohheiten der Rotarmisten nicht ungestraft lässt. Sonst schwillt den Brüdern der Kamm. Wir leben schließlich auf einem Pulverfass. Wer weiß, was wir noch mit den Bolschewisten erleben. Aber von mir aus könnte man die Leute ruhig laufen lassen ..."

Solche Gespräche sind nicht dazu angetan, Dickmanns Unruhe zu beheben. Vielleicht wird ihm gar nicht soviel passieren. Der Alte Herr, Rechtsanwalt Kursch, hat ihm das erklärt: weil Dickmann bei einem Zeitfreiwilligenkorps war, darum kommt er vors Kriegsgericht, und das ist ein großer Vorteil für ihn. Die Reichsverfassung hat zwar festgesetzt, dass die Militärgerichtsbarkeit aufgehoben werden soll. Jetzt ist da auch so eine Verordnung herausgekommen, aber die tritt wohlweislich erst im Oktober 1920 in Kraft, wenn nach menschlichem Ermessen die letzten Verfahren aus den Kapptagen erledigt sind.

Das ist es nicht, was Dickmann hören will. Verurteilung, – kein Mensch wird schlechter von ihm denken, wenn er verurteilt wird. Aber wie steht es mit dem, was sein Vater „gutes Gewissen" genannt hat? Er will den Rechtsanwalt danach fragen, aber der lässt ihn nicht zu Worte kommen:

„... wenn ihr nach dem ordentlichen Strafrecht angeklagt wäret, dann könntet ihr nur wegen Körperverletzung mit Todeserfolg oder wegen Totschlag bestraft werden. Aber im Militärstrafgesetzbuch gibt es so kniffliche Unterschiede, wie Wachtvergehen oder missbräuchliche Benutzung der Waffe ..."

Dickmann verabschiedet sich schnell von Kursch. Wie steht es mit dem guten Gewissen?

Dickmann forscht peinlich genau in seinem Inneren nach. Er ist fest davon überzeugt, dass die Gefangenen gar keinen Fluchtversuch gemacht haben. Bei ruhiger Überlegung ist er zu diesem Ergebnis gekommen. Die Leute hätten ja wahnsinnig sein müssen, wenn sie fliehen wollten. Wie viel hunderte sind nicht in den beiden Jahren seit der Revolution „auf der Flucht erschossen" worden! Von Karl Liebknecht bis zu den fünfzehn Arbeitern aus Bad Thal. Jedes Kind in Deutschland weiß das.

Aber Dickmann kann sich nicht von dem Vorwurf freisprechen, unbedacht gehandelt zu haben. Er hat sich nicht in der Hand gehabt. Keine Haltung, keine Besonnenheit. Ein bisschen blamabel für einen alten Soldaten. Aber schließlich nicht weiter gefährlich. Der Breslauer Major hat ganz recht: wo gehobelt wird, da fallen Späne. Und außerdem: schade ist es um die Erschossenen sicher nicht. Dickmann weiß zwar nicht, welcher Verbrechen man sie beschuldigt hat. Aber sie waren Spartakisten. Und wenn sie vielleicht auch nicht gerade den Rätestaat errichten wollten, so haben sie sich doch gegen die Erneuerung Deutschlands gewehrt. Sind an ihrem kleinen Teil mit Schuld daran, dass das vaterländische Unternehmen Kapps zusammengebrochen ist. Nein, schuldlos sind sie ganz gewiss nicht. Es ist nicht schade um sie.

Und nach solchen eingehenden Selbstprüfungen, die sich durch Tage und Wochen hinziehen, kommt Dickmann zu der Erkenntnis, dass er ein gutes Gewissen hat.

Manchmal macht er sogar schon Witze über die ganze Geschichte ...

In Jena erreicht ihn die Vorladung zum Termin, Juni 1920. Vierzehn Angeklagte. Die Marburger Kommilitonen sind guter Laune. Der Zuhörerraum ist überfüllt. Lauter Studenten. Sie trampeln, wenn einer der Angeklagten ein patriotisches Kraftwort gebraucht, und scharren, wenn ein akademischer Zeuge ungünstig aussagt. Der Vorsitzende hat anscheinend nichts dagegen, dass gescharrt und getrampelt wird.

Tage dauert die Verhandlung. Zeugen treten auf, die damals bei einer anderen Abteilung als Gefangene marschierten. Sie berichten von Misshandlungen durch die Studenten, von dunklen Drohungen mit Tod und Erschießen, von sinnlosen Quälereien ...

Das Netz zieht sich über den Angeklagten zusammen.

Der Angeklagte Goebel gibt zu, in jenen Tagen „sehr aufgeregt“ gewesen zu sein. Es kann schon vorgekommen sein, dass er Gefangene getreten hat.

Immer dichter ... Republikanische Studenten: die Abteilung hat einen schlechten Ruf gehabt wegen der brutalen Gefangenenmisshandlungen. Die Lage der Erschossenen ließ die Vermutung, sie seien auf der Flucht gewesen, nicht zu ...

Immer dichter ... Dickmann wird unruhig. Frau Wolf erzählt, ein Student habe ihr zugerufen: „Dich altes Aas schieß ich tot ..."

Vierzehn junge Herren. Sehr korrekt, sehr höflich. Ehemalige Offiziere. Viele haben frische, einfache Jungensgesichter. Wenn man sie so sieht, traut man ihnen Brutalitäten nicht zu.

Der große Verteidiger stellt sich schützend vor sie. Das ist ein sehr vornehmer Herr, gepflegter, weißer Spitzbart, ein Monokel im Auge. Seine Worte haben Gewicht. Man muss auf ihn hören, wenn er die Unschuld seiner Mandanten nachweist.

Ein sachverständiger Arzt. Bei manchen Leichen ist festgestellt, dass die Schüsse von hinten gekommen sind. Bei anderen ließ sich das nicht entscheiden. Das Gegenteil auch nicht ...

Der Staatsanwalt: Zwei Jahre Gefängnis wegen Totschlags, wütendes Gescharre.

Nach einer halben Stunde Gerichtsberatung Freispruch für alle vierzehn Angeklagten. Es könne ihnen nicht nachgewiesen werden, dass ihre Angaben unrichtig seien. Die Erschossenen hätten einen Fluchtversuch gemacht. Wenigstens haben die Angeklagten das geglaubt. Klare Aussagen ... Missbräuchlicher Gebrauch der Waffe liegt auch nicht vor ...

Na also.

Wie Landgerichtsdirektor Dickmann das Marburger Urteil in der „Deutschen Tageszeitung" liest, lächelt er still. Er hat es ja gewusst. Ein Dickmann mordet nicht. Ein Dickmann hat ein gutes Gewissen. Und noch nie ist es geschehen, hat es geschehen können, dass von einem preußischen Gericht ...

Und der Verteidiger Dr. Lütgebrune wird bald darauf zum Ehrenbürger der Universität Marburg designiert.

ZWEI-TAUSEND DREI-HUNDERT FÜNF-UNDACHTZIG

Ernst Ottwalt
DENN SIE WISSEN WAS SIE TUN

Dickmann studierte die letzten Semester in Berlin. Zuerst mit einem Grauen vor der Langenweile und dem kalten Dunst der Hörsäle, dann sachlich interessiert, und endlich sogar mit der Begeisterung, deren seine verschlossene, korrekte und nüchterne Persönlichkeit fähig ist.

Er versteht nicht mehr, was ihn früher an der Materie so abgestoßen und ernüchtert hat: die Welt ist klar und durchsichtig wie ein Kristall. Geht man nahe an die Dinge heran, dann enthüllt sich die ungeheuerliche Kompliziertheit menschlicher Lebensbeziehungen, die ihn erschreckt und verwirrt hat, als eine Fülle von sehr bemerkenswerten Tatbeständen, Demonstrationsobjekten für den überlegenen, lächelnden Juristenverstand.

Dickmann hat sich früher, als er noch auf der Schule war, mit Kontrapunkt beschäftigt. Sehr zum Ärger seines Vaters, der in dieser gründlichen Neigung für ein absonderliches, also nicht juristisches oder militärisches Spezialgebiet eine Gefahr für die äußere Lebensgestaltung seines Sohnes erblicken zu müssen glaubte. Dickmann spielt auch gern Schach. Auf der Schule war das einzige Fach, in dem er mehr als Durchschnittliches leistete, die Mathematik.

Nun entdeckt er Beziehungen und Kongruenzen zu seinen früheren Liebhabereien, die ihm als durchaus neuartig und interessant erscheinen. Das Gesetz: klar und eindeutig wie ein mathematischer Fundamentalsatz, wie die Entwicklung einer sizilianischen Partie oder wie die Umkehrungen eines Dreiklangs!

Wie wundervoll eine Bestimmung des Gesetzes zur nächsten überleitet. Wie alle und jede menschliche Erschütterung oder Tragödie, Diebstahl oder die Ausstellung eines Schuldscheins, Blutschande oder eine Todeserklärung vorm Amtsgericht sich zwanglos und mit fast wollüstiger Logik einfügt in das riesige, komplizierte und doch klare Gewebe des Rechts. Wie jede Nebensächlichkeit des Alltags plötzlich ihr bestimmtes Gewicht gewinnt!

Dickmann liebt die Rechtswissenschaft. Aber er sagt nicht mehr „Recht und Gerechtigkeit“. Er sagt „Gesetz“. Das Gesetz ist die Gerechtigkeit, und es gibt keine Gerechtigkeit außer im Gesetz. Das Gesetz ist gut. Allerdings – es gibt auch Gesetze, die nicht gut sind: z. B. die Verfassung der deutschen Republik. Aber da empfindet es Dickmann als große Beruhigung, dass dieses Gesetz, das einzige, welches eine objektive Ungerechtigkeit statuiert, von keinem ernstzunehmenden Menschen anerkannt wird.

Er hört Staatsrecht bei einem berühmten Professor, der manche Kommentare und Monographien geschrieben hat. Ein ehrwürdiger alter Gelehrter. Man kennt seinen Namen. Geheimer Rat, Doktor dreier Fakultäten.

Wie beruhigt Dickmann ist! Er trampelt begeistert Beifall, wie er den Professor über die neue deutsche Reichsverfassung vortragen hört: „Meine Herren, es gibt einen gewissen Hugo Preuß. Der ist hier Professor an der Handelshochschule. Bedenken Sie: an der Handelshochschule! Der hat die Reichsverfassung geschrieben. Die Reichsverfassung ist teilweise ernst, teilweise Bierzeitung. Wenn ich mir eine lustige Stunde verschaffen will, lese ich hie und da in der Verfassung."

Der Professor wartet, bis der Beifallssturm sich etwas legt. Dann sagt er mit todernstem Gesicht: „Wir kommen jetzt zu der sogenannten Präambel der Verfassung. Passen Sie hübsch auf, meine Herren, damit Sie wissen, wie man's nicht machen soll." Und kreischend, die Hände zu jüdischem Mauscheln gespreizt, deklamiert der Geheimrat ironisch: „Das deitsche Volk, einig in seinen Stämmen ..."

Trotz seiner bescheidenen Begeisterung für das von ihm gewählte Studium hat Dickmann das Gefühl, dem Stoff nicht ganz gewachsen zu sein. Er neigt zu unbestechlicher Selbsteinschätzung. Er weiß, dass er kein Kirchenlicht ist, sondern nur ein normal begabter junger Mann. In der Schule hat er sich gerade immer vorm Sitzenbleiben retten können. Und was er an Kenntnissen vermissen ließ, ersetzte er durch untadelige Haltung und höfliche Aufmerksamkeit, die ihn seinen Lehrern angenehm machte. Dass es bessere, gewandtere Juristen gibt als ihn, – das ist eine der ersten Erkenntnisse, die er einer Übung über Bürgerliches Recht verdankt. Und diese Erkenntnis materialisiert sich in der Person des Kommilitonen Wilhelm Krause.

Manche von den gestellten Übungsaufgaben erscheinen Dickmann sehr schwer. Seinen Vater möchte er nicht gern um Rat fragen. Aber neben ihm sitzt ein rothaariger junger Mann, den Dickmann wegen seiner fabelhaft schnellen und richtigen Antworten bewundert.

Dickmann hat außer mit seinen Corpsbrüdern bisher keinen Verkehr mit Studenten gehabt. Ihm ist die Welt, in der sich die „Finken", die nichtinkorporierten Studenten, bewegen müssen, immer armselig und dunkel erschienen. Er hat von der Höhe seiner Zugehörigkeit zum Corps Markomannia auf diese armen Burschen immer mit einem Gefühl herabgesehen, das aus Nichtachtung, Neugier und Mitleid gemischt war. Einmal ist er in Jena an der Speiseanstalt vorbeigegangen, in der die meisten Nichtinkorporierten zu essen pflegten. Es roch grauenhaft und deprimierend nach Kohl und Kartoffeln!

Und nun sitzt so ein Student mit roten Haaren und nicht ganz sauberen Fingernägeln neben ihm, und Dickmann bewundert ihn. Bald lernt er Krause kennen, denn so heißt der junge Mann: Wilhelm Krause.

Wilhelm Krause fühlt sich augenscheinlich hoch geehrt, dass der feine Kommilitone ihn anspricht. Er macht kleine, lächerliche Verbeugungen und zupft nervös an einer unmöglichen Krawatte herum. Den äußeren Grund ihrer Bekanntschaft bildet die schwierige Frage, die der Professor zur Lösung stellte: „Was für ein Vertrag liegt in der Lösung einer Badekarte für ein warmes Bad?"

Krause ist über die Frage des Professors geradezu begeistert. Er speichelt etwas beim Sprechen. Offenbar hat er einen Zungenfehler. Dickmann ist das sehr peinlich, aber er muss die Frage bis zum nächsten Mittwoch gelöst haben. Schriftlich und unter Anziehung sämtlicher nur irgendwie in Betracht kommender Gesetzesstellen. Denn gerade darin zeigt sich die fundamentale Kenntnis des bürgerlichen Rechts, auf die der Professor ganz besonderen Wert legt.

Sie stehen in einer Fensternische des Universitätskorridors. Krause blättert wild im Bürgerlichen Gesetzbuch herum, und seine wulstigen Lippen formen sich mit so offensichtlichem Vergnügen zu juristischen Fachausdrücken, dass Dickmann dieses Phänomen erstaunt betrachtet, anstatt auf die geistvollen Deduktionen zu hören.

„Sehen Sie, Herr Kommilitone: Paragraph 631. Werklieferungsvertrag! Durch den Werkvertrag wird der Unternehmer zur Herstellung des versprochenen Werkes, der Besteller zur Entrichtung der vereinbarten Vergütung verpflichtet. Man müsste also zunächst einmal fragen: liegt in der Herstellung eines warmen Bades die Herstellung eines Werkes im Sinne von Paragraph 631? Beachten Sie: warmes Wasser. Kann man herstellen, muss man herstellen, denn warmes Wasser fließt nicht so ohne weiteres aus dem Wasserhahn. Ich würde also sagen, in der Lösung einer Badekarte für ein warmes Bad liegt ein Werkvertrag."

Krause blättert aufgeregt weiter. Dabei murmelt er: „Fünfhundertfünfundsechzig ... fünfhundertfünfundneunzig ..."

Dann schreit er entzückt auf: „Ha! Sehen Sie, man könnte natürlich auch sagen, es liegt ein Mietvertrag vor. Verstehen Sie? Man mietet etwas. Man mietet in diesem Falle eine Badewanne, die mit warmem Wasser gefüllt ist. Man mietet sie für eine bestimmte Zeit, die in der Badeordnung der betreffenden Badeanstalt festgelegt sein wird. Aber ..."

Krause hebt den Zeigefinger und lächelt listig. Er zieht seinen schmalen Körper wie einen Flitzbogen zusammen: „Der Mann, der baden will, erhält durch die Lösung einer Badekarte das Recht, sich in die mit warmem Wasser gefüllte Badewanne zu legen. Kann man nun ein Recht mieten?"

Krause sieht Dickmann provozierend an. Der zuckt die Achseln.

„Nein, man kann es nicht!" Krause klatscht in die Hände. „Man kann es nicht! Rechte können nur verpachtet, aber nicht vermietet werden! Vergleichen Sie, Herr Kommilitone, Paragraph 535, Paragraph 580 ..."

Dickmann sieht sein Gegenüber fassungslos an. Der redet und redet. Paragraphen wirbeln in der Luft herum. Miete, Pacht, Werkvertrag, Dienstvertrag ...

Man findet sich nicht durch. Man geht in eine Badeanstalt, löst eine Karte, legt sich in eine Badewanne. Die Sache ist erledigt. Erledigt? Ha! Mietvertrag, Pachtvertrag ...

Krause ist zu Ende. Er räuspert sich und sagt mit froher Entschlossenheit: „Ich entscheide mich also für einen Werkvertrag."

„Warum?“, fragt Dickmann gedankenlos.

„Mein Gott, –“ Krause zuckt geringschätzig die Achseln. „Weil es das Ausgefallendste ist. Sehen Sie, über diesem Abschnitt von Fragen steht ‚Miete, Pacht‘. Der Professor will also in der Lösung der Aufgabe den Unterschied zwischen Miete und Pacht festgestellt haben. Ist doch langweilig! Schön, ich werde diesen Unterschied auseinandersetzen und dann sagen, dass keins von beiden in Frage kommt. Allerdings ...“

Krause murmelt vor sich hin, blättert wieder im Gesetzbuch hin und her. „Allerdings muss man, wenn man einen Werkvertrag als vorliegend erachtet, nachweisen, dass der Mann, der die Badekarten abgibt, in der Tat auch selbst das kalte Wasser auf die vorgeschriebenen dreißig Grad erwärmt. Dann stimmt's.“

So genau wollte es Dickmann gar nicht wissen. Er fragt noch einmal schüchtern: „Aber was ist denn nun richtig?“

„Richtig?“ Krause fragt es im Tone so ehrlicher Entrüstung, dass Dickmann sofort das Gefühl hat, eine furchtbare Dummheit begangen zu haben.

„Richtig? Darauf kommt es doch gar nicht an, Herr Kommilitone. Die Hauptsache ist, dass Sie Ihre Meinung gut fundieren können. Dass der Professor merkt, Sie verstehen Ihren Kram, und ich sage Ihnen ein für allemal: je ausgefallener Ihre Lösung ist, desto besser wird sie zensiert werden. Sehen Sie: Werkvertrag! Kommt hier an sich gar nicht in Frage. Aber wenn ich in meine Arbeit etwas schreibe wie ‚locatio, conductio operis‘, oder wenn es mir gelingt, die Verabfolgung eines warmen Bades als den Umsatz einer Arbeitsleistung gegen Vergütung zu definieren, dann habe ich recht, und der Professor freut sich.“

„Aber die Rechtsfolgen?“

Krause lächelt nachsichtig. Man merkt ihm an, dass er den Fall des Juristen Dickmann für hoffnungslos hält: „Rechtsfolgen? Ja, du lieber Gott. Wenn Sie baden wollen, die Karte bezahlt haben, und das Wasser fließt kalt in die Wanne oder überhaupt nicht, dann können Sie ihr Geld zurückverlangen. Ganz piepe, ob Sie glauben, einen Miet-, Pacht- oder Werkvertrag abgeschlossen zu haben.“

Dickmann möchte eigentlich noch fragen, warum denn überhaupt dies ganze Deduktionstheater aufgeführt werden muss, wenn im Effekt doch alles auf dasselbe hinausläuft. Aber er wagt es nicht. Irgendeinen Zweck wird es schon haben.

Krause redet noch einiges mehr. Dass z. B. der ganze Reiz der Juristerei ja darin liege, dass sich nie mit hundertprozentiger Gewissheit sagen lässt, wie eine Rechtsfrage entschieden werden kann oder muss.

Dickmann hätte auch hiergegen noch einen kleinen Einwand. Ein Satz fällt ihm ein, den er neulich in einer juristischen Zeitschrift gelesen hat: „Das rechtsuchende Publikum hat einen Anspruch auf Rechtssicherheit." Das hat ihm eingeleuchtet. Wie sollte es anders sein? Dickmann verscheucht seine lästigen Gedanken mit einer wischenden Handbewegung: „Ach was!"

Nachdem die beiden bereits mehrfach miteinander „gearbeitet" haben, wobei es im wesentlichen darauf ankam, dass Krause Dickmann bei der Lösung der Übungsaufgaben half, bittet ihn Dickmann, ihn in seiner Wohnung zu besuchen.

Das Dienstmädchen meldet ihn an: „Ein Herr Krause." Krause steht in der Diele und wagt nicht, sich auf einen der Klubsessel zu setzen. Es erfordert Dickmanns ganzen Takt, den sichtlich erschütterten und tödlich verlegenen Kommilitonen zu einem harmlosen Gespräch zu bringen. Sie sitzen in Dickmanns Zimmer. Das Mädchen schiebt einen Teewagen an den niedrigen Tisch: Sandwichs, Tee, Likör, Zigaretten ...

Wilhelm Krause ist sehr höflich, sehr gemessen. Von seiner gewohnten Lebhaftigkeit ist heute nichts zu merken. Er antwortet auf Dickmanns Fragen kurz, und Dickmann zeigt ihm die Bibliothek seines Vaters. Krause scheint zerstreut. Er schnauft leise vor sich hin. Seine Hände zittern, wie er einen kostbaren Band des Code civil aus dem Regal nimmt. Juristische Monographien über seltene Rechtsgebiete, uralte Werke über preußisches Landrecht, längst verschollene Gesetzestexte. „Donnerwetter!", sagt Krause bewundernd.

Nachher ist nicht mehr viel mit ihm anzufangen. Und wie dann noch zufällig der Landgerichtsdirektor in Dickmanns Zimmer kommt, ist es mit Krause ganz und gar vorbei: er steht steif, sagt keinen Ton, und seine dicken Ohren glühen dunkelrot. Dickmann ist das sehr unangenehm, sein Vater sieht ihn so merkwürdig an.

„Was wollen Sie später mal anfangen, Herr Krause?"

„Richter, Herr Landgerichtsdirektor!"

„So so, Richter", sagt der kühl, und Dickmann ist alles furchtbar peinlich. So was will nun Richter werden. Kollege! Man steht sozusagen auf einer Stufe. Wilhelm Krause und Friedrich Wilhelm Dickmann. Genau dasselbe. Krauses Vater ist Bürovorsteher bei einem Rechtsanwalt. Und da muss der Junge natürlich mindestens Rechtsanwalt werden, Amtsrichter. „Mein Sohn, Amtsgerichtsrat Krause ..."

Dickmann ist sehr nachdenklich geworden und sehr freundlich zu dem armen Krause: „Sagen Sie mal, warum wollen Sie eigentlich Richter werden? Sie mit Ihrer Beweglichkeit sind doch geradezu der geborene Rechtsanwalt ..."

Krause lächelt einfach und zieht an den Fingern, dass es knackt: „Und wie soll ich jemals zu dem Geld kommen, das dazu gehört, eine Praxis anzufangen?"

Ach so, ja, man braucht Geld dazu. Dickmann hat nicht daran gedacht. Und Dozent, Professor?

Krause lacht einfach. Als ob schon jemals ein Außenseiter Professor an deutschen Universitäten geworden wäre. Privatdozent, kein Verdienst, jahrelanges Warten. Wovon soll man leben? Man muss schon Vermögen haben, wenn man das aushalten will. Oder die Tochter eines Professors heiraten, damit der Schwiegervater ein gutes Wort bei der Fakultät einlegt. Aber wird eine Professorentochter Wilhelm Krause heiraten? Die Herren sind allmächtig, lassen keinen Unberufenen in ihre Kreise eindringen. Nein, – die Revolution hat daran nicht das Geringste geändert.

Dickmann lächelt über sich. Er hat sich eben auf dem Gedanken ertappt: man müsste eigentlich Professor werden ... Dschungel! Dschungel! Man findet sich nicht durch.

Gut, dass Dickmann an der Atmosphäre seines Elternhauses, an der klaren, vorbildlichen Erscheinung seines Vaters einen Rückhalt hat. So bleiben ihm die schlimmsten Skrupel erspart.

Noch besser wäre es gewesen, er hätte Gerhard Donath niemals kennen gelernt!

Dickmann bespricht nach einer Übung mit Krause die nächste Aufgabe: „Jemand gibt einer Frauensperson, mit der er ein Verhältnis hatte, da er sich verheiraten will, als Abfindung einen Schuldschein über tausend Mark. Ist der Schuldschein gültig?"

„Natürlich nicht", sagt eine Stimme neben den beiden.

Krause ist überrascht. „Natürlich nicht?"

Der Student zieht die Schultern hoch: „Ich bitte zu beachten: wenn ein Mensch heiraten will, dann ist das eine im Sinne der Rechtsordnung außerordentlich begrüßenswerte Tatsache. Der Mann muss mit allen Mitteln in diesem Vorhaben unterstützt werden. Ein weibliches Wesen, dem er vor seiner Verheiratung eine Abfindung versprechen muss, ist eine ‚Frauensperson'. Es ist rechtens und gottgewollt, dass dieses Mädchen von ihrem ungetreuen Liebhaber beschissen werden muss. Wo kämen wir denn sonst hin?"

Der fremde Student lächelt freundlich: „Gestatten Sie, Donath."

Krause und Dickmann sind leicht erstaunt. Sie wissen nicht, ob sie lachen oder indigniert sein sollen.

Donath lässt ihnen keine Zeit. Er setzt sich nonchalant auf einen Tisch und redet weiter: „Es widerspricht unzweifelhaft dem Sinn des Gesetzes, dass einer Hure – denn nur um eine solche kann es sich hier handeln – von Rechts wegen der pünktliche Erhalt ihres Sündenlohnes garantiert werden sollte. Also, um auf unsere Aufgabe zurückzukommen: der Schuldschein ist natürlich nicht gültig."

Krause speichelt vor Erregung: „Immerhin recht bemerkenswerte Beweisführung. Was hat die aber mit dem Gesetz zu tun?"

Donath verbeugt sich freundlich: „Alles, Herr Kommilitone."

Dickmann ist ratlos.

Krause zischt empört: „Grotesk!"

„Wenn Ihnen die Beweisführung nicht zusagt, bin ich auch gern bereit, Sie mit den im Bürgerlichen Gesetzbuch ausdrücklich gebilligten Mitteln vorzunehmen. Also: der Schuldschein ist nicht gültig. Weil nämlich nach Paragraph 518 ein Schenkungsversprechen der gerichtlichen oder notariellen Beurkundung bedarf. Ein Schuldschein, wie derjenige, den der Liebhaber seiner verlassenen Geliebten ausstellt, bedeutet nichts anderes als ein Schenkungsversprechen, eine schenkweise erteilte abstrakte Schuldanerkenntnis. Was zu beweisen war. Es geht auch auf diese Art."

Krause räuspert sich: „Ihre Lösung ist richtig. Ihre erste Darstellung war ein guter Witz, aber völlig abwegig. Denn der Gesetzgeber wollte ganz offenbar mit dieser Bestimmung den wirtschaftlich Schwächeren schützen. Ihn veranlassen, entweder die Schenkung sofort zu bewerkstelligen, oder aber dem Beschenkten die größtmöglichen Garantien dafür geben, dass das Versprechen auch wirklich eingehalten werden wird."

„Herr, Sie versündigen sich an den heiligsten Imponderabilien des Schuldrechts! Das Gesetz ist nicht dazu da, die Vermögensveränderung zu schützen, sondern den dauernden Besitz des Eigentümers zu garantieren. Wenn der wirtschaftlich Schwächere unterstützt werden sollte, dann genügte es vollauf, gerade dem formlosen Schenkungsversprechen die größte Rechtswirksamkeit einzuräumen. Guten Abend, meine Herren ..."

Dickmann sieht dem Studenten Donath belustigt nach. Ein Mann mit Humor. War sehr lustig, dieser Blödsinn, den er da vorhin mit seinem Beweis angestellt hat. Da geht er: schlank, gutangezogen. Im Corps ist der sicher nicht gewesen. Offizier auch nicht. Wie er mit den Armen schlenkert!

„Unangenehmer Bursche!", stellt Krause empört fest.

Richtig, da ist ja auch noch Krause. Er steht neben ihm. Eine entsetzliche Krawatte trägt der Mann wieder. Und diese schwarzen Fingernägel! „Unangenehmer Bursche!", sagt Krause. Und Dickmann nickt gedankenlos. Dann ärgert er sich darüber. Was hat Krause an dem Donath rumzumäkeln. Bisschen verrückt mag er ja sein keine Disziplin, aber sicher aus guter Familie. Nein, Krause hat kein Recht, Donath zu kritisieren. Soll sich erst mal die Pfoten waschen.

„Sehen Sie", Krause wird sehr ernst, „das ist so einer von den Leuten, die mit einem schlechten Witz das Recht verdrehen wollen. Sie lachen, aber glauben Sie mir, das ist eher zum

Weinen! Stellen Sie sich vor, so ein Mann wird später mal Beamter. Oder vielleicht sogar Richter! Keinen Respekt vor dem Gesetz. Destruktive Tendenzen. Immer dieser Blödsinn mit dem wirtschaftlich Schwächeren und der Garantie des Eigentums. Das sind bolschewistische Methoden. Sie höhlen das Gebäude unserer Kultur, unserer Staatsmoral, unseres Rechts von innen her aus. Und wir, – na, sehen Sie, Sie lachen auch noch darüber."

Dickmann lacht wirklich: „Entschuldigen Sie, aber wie ein Bolschewist sieht der wirklich nicht aus."

Krause ist unversöhnlich. Er sieht Dickmann aus braunen Augen vorwurfsvoll an: „Lachen Sie nicht, sage ich Ihnen. Solche Leute sind eine Gefahr. Sie bohren mit ihrer teuflischen Dialektik in den Grundlagen des Rechts herum, und eines Tages fällt die ganze Geschichte zusammen."

Dickmann opponiert. Krause nimmt sich entschieden zuviel heraus. Hysterisch ist das. Scheint eifersüchtig auf den Jungen zu sein, weil der augenscheinlich Geld hat. Dickmann wird sehr offiziell und überlegen: „Wenn man Sie so reden hört, denkt man, Sie wären ein alter Priester und sprächen über Religion ..."

„Ich bin Jurist und rede über das Recht", fällt Krause triumphierend ein. „Wo sind da die Unterschiede?"

Dickmann weiß darauf nichts zu erwidern. Vielleicht hat Krause sogar recht. Aber die Bundesgenossenschaft mit diesem aufgeregten rothaarigen Menschen schmerzt, wenn sie gegen einen Mann wie Donath gerichtet ist.

Es geht ihm überhaupt öfter ganz merkwürdig. Wenn Krause vorhin gesagt hat, man müsste mit Maschinengewehren zwischen die Bolschewisten schießen, dann ist das genau dasselbe Rezept, das Tressen gestern Abend empfohlen hat. Aber bei Krause hört sich das alles ganz anders an. Wie kommt das? Vielleicht hat Krause überhaupt kein Recht, genau so zu sprechen? Es klingt bei ihm alles viel feiger, brutaler, gröber. Mein Gott, wer ist denn Krause schließlich? Sohn eines Bürovorstehers. Kann mal Richter werden, gut. Aber deswegen ist er immer noch kein feiner Mann ...

„Gerade jetzt, wo alle sittlichen und rechtlichen Begriffe ins Schwanken geraten sind", sagt Krause und macht dabei ein so ernstes Gesicht, als spräche er vom Tode seines Vaters. Unangenehm. Dickmann verabschiedet sich sehr kühl von ihm, und sein Kommilitone sieht ihn traurig und von unten herauf an.

Keine halbe Stunde später hört Dickmann seinen Vater entrüstet ausrufen: „Es ist entsetzlich, wie jetzt alle sittlichen Begriffe ins Schwanken geraten! Dass sich Männer, die ernst genommen sein wollen, schützend vor das Verbrechen stellen!"

Dickmann ist beunruhigt. Krause Arm im Arm mit dem Landgerichtsdirektor und dem Rittmeister von Tressen? Wo liegt der Fehler? Hier kann etwas nicht stimmen.

Es muss etwas Schreckliches vorgefallen sein, wenn der Landgerichtsdirektor zu Hause von seinen beruflichen Angelegenheiten zu seinen Angehörigen redet: „Komm mal her, du kennst die ganzen scheußlichen Einzelheiten des Tatbestandes nicht. Du bist darum unvoreingenommen. Ich möchte gerne von dir hören, was du zu diesem Fall sagst."

Dickmann setzt sich seinem Vater gegenüber und hört aufmerksam zu: „1917 hat ein Arzt einem Patienten, der nicht ins Feld gehen wollte, eine Giftinjektion gemacht. Der Mann bekam ein geschwollenes Knie und musste ins Krankenhaus, wo er bis zum Ende des Krieges blieb. Jetzt hat sich dieser Feigling auch noch mit seiner Drückebergerei gerühmt, die Staatsanwaltschaft erhob Anklage, und gestern haben wir den trefflichen Arzt zu anderthalb Jahren Gefängnis verurteilt. Drei Jahre Ehrverlust hat er natürlich auch noch bekommen. Was sagst du dazu?"

Dickmann ist verlegen. Du lieber Gott, Krieg. Das ist nun schon so endlos lange her. Was ist inzwischen nicht alles geschehen. „Natürlich, ist doch ganz richtig", sagt er zerstreut.

Der Landgerichtsdirektor ist ehrlich erschüttert. Dickmann hat ihn noch kaum so gesehen: „Und nun lies das hier! Lies das hier!", ruft er erregt und schlägt mit der flachen Hand auf ein zerknittertes Zeitungsblatt. Dickmann liest: „Ein befremdendes Urteil".

„Das wagt so ein Mann zu schreiben! Ein Journalist! Ein gebildeter Mann immerhin. Stellt sich schützend vor das Verbrechen! Eine verruchte Zeit, in der wir leben!“

Dickmann liest: „§ 142 Strafgesetzbuch. Der Paragraph stellt denjenigen unter Strafe, der sich selbst verstümmelt, um sich seiner Wehrpflicht zu entziehen.“ Der verbrecherische Arzt hat Beihilfe dazu geleistet. Wenn es nach dem Direktor gegangen wäre, wäre der Kerl ins Zuchthaus gekommen.

Er kann sich nicht beruhigen: „Befremdendes Urteil! Weil Deutschland keine Wehrpflicht mehr hat, deshalb soll der Mann nicht bestraft werden? Kann ich vielleicht etwas dafür, dass die Novemberverbrecher Deutschland wehrlos und ehrlos gemacht haben! Der Paragraph soll jetzt sinnlos sein? Er ist Gesetz, und ich habe mich nur nach dem Gesetz zu richten. Dann hätten die Leute eben den Paragraphen aufheben sollen. Kann ich vielleicht etwas dafür, dass sie es vergessen haben? Sie haben sich ja auch nicht gescheut, die Strafbestimmungen über Majestätsbeleidigungen einfach durch eine Verordnung außer Kraft zu setzen. Hätten sie doch das ganze Strafgesetzbuch aufheben sollen. Aber nein, – dazu waren die Herren natürlich nicht fähig. Zu einem wirklich gesetzgeberischen Werk hat es bei ihnen nicht gelangt. Sie haben das Strafrecht des kaiserlichen Deutschland bestehen lassen, und wir sollen uns womöglich einer Rechtsbeugung schuldig machen, wenn wir nach diesem Gesetz Recht sprechen!“

Der Landgerichtsdirektor geht mit großen Schritten im Zimmer auf und ab. Seine Stimme zittert vor Empörung. Sein Sohn sieht ganz plötzlich sehr klar. Er hat daran noch gar nicht gedacht: kaiserliches Recht, Recht der Republik ... Dickmann unterdrückt ein Lächeln. Eigentlich komisch. Da machen die Leute eine Revolution und lassen die alten Gesetze einfach bestehen. Im Grunde genommen ist es doch nun einmal sinnlos, eine Selbstverstümmelung zu bestrafen, wenn Deutschland überhaupt keine Wehrpflicht mehr hat. Aber das ist Gesetz, kaiserliches Gesetz ...

Dickmann hat eine sehr schlechte Meinung von den Revolutionären. Stümper sind das. Kleine Handwerker. Haben keine

Ahnung von der Rechtswissenschaft. Sein Vater hat ganz recht. Ist doch eine Unverschämtheit von diesem Journalisten, dieses völlig gesetzmäßige Urteil „befremdend“ zu nennen. Na ja, diese Leute sympathisieren mit dem Verbrechen schon aus dem Grunde, weil sie selbst Verbrecher sind. Was ist schon für ein Unterschied zwischen so einem Minister, der während des Krieges den Munitionsstreik geleitet hat, und einem Einbrecher? Der eine muss nach dem, der andere nach einem anderen Paragraphen bestraft werden. Alles eine Gesellschaft. Und so etwas regiert in Deutschland!

„Alle sittlichen Grundsätze sind ins Wanken geraten ...“

Das hat Krause auch gesagt. Aber Dickmann weiß immer noch nicht, warum es ihm so peinlich ist, wenn Wilhelm Krause dieselben Ansichten äußert wie sein Vater. Vielleicht liegt der Grund für diese Unsicherheit in der bedauerlichen Tatsache, dass heute eben immer mehr Leute aus den unteren Schichten sich in Berufe drängen, die ihnen eigentlich nicht zukommen. Das korrumpiert die Leute natürlich. Sie reden der herrschenden Klasse zum Munde. Dickmann lächelt, als hätte er sich auf einer Dummheit ertappt. „Herrschende Klasse!“ Das kommt davon, dass man jetzt immer diesen Unsinn liest, man gewöhnt es sich direkt schon an, im Stil der roten und rötesten Zeitungsschreiber zu sprechen und zu denken.

Übrigens, – so töricht ist es doch gar nicht: es muss auch so etwas wie Volk geben. Kann doch nicht jeder Landrat oder Landgerichtsdirektor sein. Warum wehrt man sich eigentlich gegen die Bezeichnung „herrschende Klasse“?

Dickmann fühlt sich nun einmal als Aristokrat, und das verbindet ihn mit jenem sarkastischen Studenten Donath, der den guten Krause neulich so in Zorn gebracht hat.

Donath über das geltende Strafrecht reden zu hören, ist ein vollendeter Genuss. Nichts ist dem Mann heilig. Er wäre in der Tat ein ganz gefährlicher Mensch, wenn man alle seine Worte ernst nehmen wollte. Aber Dickmann hat ein sehr feines Empfinden dafür, dass Donath das alles nicht so schlimm meint. Sohn eines reichen Bankiers, unausgefüllt, klug, kalt, – der Mann kann gar nicht anders, als sich über seine Mitmenschen und deren heiligste Gefühle lustig zu machen: Donath ist eben Aristokrat.

Der Landgerichtsdirektor sieht den Verkehr seines Sohnes mit Donath offenbar nicht sehr gerne. Was ist dieser Donath für ein Mensch? Im Krieg hat er es nicht weiter als bis zum Fähnrich gebracht. Im Corps war er nicht, und dabei stammt der Mann aus guter Familie. Mauvais sujet? Der Landgerichtsdirektor ist sehr förmlich, wenn er ihn zufällig einmal bei seinem Sohn sieht.

Das hindert Dickmann nicht, Donath häufig zu besuchen. Manchmal treffen sie sich abends bei einer Flasche Wein, manchmal spielen sie auch Tennis miteinander.

Dickmann hört sich Donaths geistreiche Paradoxien mit jenem sachlich heiteren Interesse an, mit dem man etwa dem Spiel eines eleganten Barsois zusieht: es bedeutet nicht viel, aber es sieht gut aus. Was Donath sagt, hört sich alles so spielerisch an, so angenehm boshaft ...

„Ich beneide Sie, Dickmann", sagte Donath weich und lehnt sich weit in seinen Sessel zurück. „Ich beneide Sie. Ich bin gern mit Ihnen zusammen. Sie haben so eine erfreuliche Kraft in allem, was Sie denken und tun. Ich bringe die nicht mehr auf. Sie haben Ihre feste Meinung über sich selbst und über das Leben, – was tut es, dass diese Ansichten idiotisch sind. Sie haben wenigstens welche. Sie sind mit Ihrer ganzen Liebe zum Altpreußentum ein einziger Anachronismus. Aber hübsch, sehr hübsch sogar."

Dickmann lächelt. Es sitzt sich so weich in diesen tiefen Sesseln aus weißem, japanischem Rindsleder. Donaths „Meukow" ist wundervoll. Eine angenehme Stimme hat der Mann. Dickmann lächelt schläfrig.

„Und wenn ich mir so Ihren Vater ansehe. Fabelhaft!

Eine ehrwürdige Ruine. Ein wandelnder Atavismus. Einfach indiskutabel: Gott, das Recht, Seine Majestät und der Kösener S. C. Großartig sowas. Dass es so etwas gibt in dieser Zeit des Moneymachens und des platten Durchschnitts. Ne, der Mann lügt nicht. Der nicht. Er ist lächerlich. Aber aus Überzeugung. Er ist ungerecht. Aber er weiß es nicht."

Die blauen Tabakswölkchen ringeln sich in der unbewegten Luft des Zimmers. Dickmann dämmert vor sich hin. Hört mit halbem Ohr auf Donaths Worte und lässt sich dessen haltlose Geisteleien eingehen wie ein süßes Gift, halb begehrend, halb widerwillig.

Donath spricht. Dickmann träumt. Was das für eine Zeit ist. Am Rhein stehen Marokkaner als französische Besatzung. Schande und Schmach. Sein Vater hat heute Nachmittag fast geweint, als sie davon gesprochen haben ...

Donath lässt das Grammophon laufen. Schluchzende Stimmen, dunkle Sehnsüchte: „... he brought me out of the miry clay, he set my feet on the rocks to stay ..."

„Was ist das?", fragt Dickmann halblaut.

„Ein Negerchoral ..."

Schwarze Schmach. Lustmorde in der Pfalz. Die Senegalesen hatten beim Sturmangriff das Messer zwischen den Zähnen. Farbige Franzosen, gierige Affenköpfe. „... he puts a song in my soul to day ..." Samtenes Streicheln. Schwarze Schmach. Deutsche Frauen: „Aoh, Lord help me!"

Negermusik. Entsittlichung unseres Volkes. Man darf sich so einen Mist nicht anhören. Weg mit dieser sanften Lethargie von Cognac und Negro-spirituals! Deutsche Frauen! Schwarze Schmach am Rhein, – wie fern das alles liegt ...

Solche Abende verlebt Dickmann oft. Manchmal hat er am nächsten Tag ein unheimliches Gefühl im Magen, das er sich nicht erklären kann. Es ist so ähnlich wie der Magenschmerz aus der Kinderzeit, den die Erwachsenen „schlechtes Gewissen" nannten.

In solchen Stimmungen lässt sich Dickmann mit Krause in umfangreiche politische Gespräche ein, in denen die beiden herzhaft auf Gott und alle Welt schimpfen. Oder er verabredet sich mit seinen Regimentskameraden von Rienitz und Schmiedel, die hier in Berlin ein müßiges Dasein führen: Rennplätze, Tanzdielen, Klubs, Weinkneipen, Weiber. „Phänomenaler Abend heute ..."

Oder er geht zum Corps Holsatia auf die Kneipe. Tabaksqualm, Bierreden, Trinksprüche, Lieder, gelbes Bier in hohen

Deckelgläsern. „Wir haben die Ehre und das Vergnügen, den Herrn Vertreter eines hohen CC. der Markomannia Jena heute unter uns zu sehn. Wir wünschen demselben einige vergnügte Stunden in unserer Mitte und hoffen und wünschen, dass sich die freundschaftlichen Beziehungen zwischen der Markomannia einerseits und der Holsatia andererseits weiterhin festigen mögen zum Wohle unseres Bundes, des Verbandes und darüber hinaus zum Wohle des gesamten Vaterlandes."

Wie oft er das schon gehört hat. Immer dasselbe. „Silentium für das Lied!" „Herr Verbandsbruder, darf ich mir gehorsamst einen Ganzen aufs Spezielle gestatten?" – „Danke vielmals, ziehe mit!" Nachher Radau auf der Auguststraße. Irgendeine Hure, Absteige am Schiffbauerdamm oder in der Karlstraße: „Bubi, du bist doch nu so besoffen, und dabei noch so gemütlich ..."

Ne, bei Donath ist es netter ...

Aber Dickmann muss jetzt arbeiten, bald fertig werden. Man kann doch dem alten Herrn nicht immer auf der Tasche liegen. Fängt schon an, etwas ungeduldig zu werden. Das Geld wird knapp. Markentwertung. Alles diese Juden und Schieber. Folge der Versklavung Deutschlands.

Dickmann arbeitet. Strafrecht, Strafprozessordnung. Wie klar das alles ist. Haftbefehl, Voruntersuchung, Hauptverhandlung. Über die Stellung des Verteidigers. Macht direkt Spaß.

Was so die Menschen alles anstellen: Urkundenfälschung, schwere Urkundenfälschung. Diebstahl, schwerer Diebstahl. Rückfallsdiebstahl. Vergehen und Verbrechen wider die Sittlichkeit. Störung der öffentlichen Ordnung und der Religion. Gotteslästerung. Hochverrat. Landesverrat, Kriegsverrat, diplomatischer Landesverrat, Abtreibung, Aufreizung zum Klassenhaß. Menschenraub. Tolle Sachen ...

Strafrecht: da ist ein Tatbestand, hier ist ein Paragraph. Man braucht nichts weiter zu tun, als für den richtigen Tatbestand den richtigen Paragraphen auszusuchen. „Der Täter ist also nach § 217 zu bestrafen." Erledigt. Man braucht dann bloß noch abzulesen, was da für eine Strafe angegeben ist. Zuchthaus nicht unter drei Jahren. Im Milderungsfall Gefängnis nicht unter drei

Monaten. Kinderleicht: man sucht sich aus, was einem zu passen scheint. Freies richterliches Ermessen.

„Eine ledige Frauensperson trinkt ein Glas Zuckerwasser, in der irrigen Meinung, dadurch die Unterbrechung einer Schwangerschaft zu bewirken, die nur in ihrer Einbildung existiert. Ist die Frau strafbar?"

Gelegenheit, sich gründlich mit dem Problem des „Verbrechens wider das keimende Leben" zu beschäftigen. Keimendes Leben, – wie war das doch? Lenchen Flöter. Junge, Junge, verflucht hätte man dabei reinfallen können: „Eine Schwangere, welche ihre Frucht vorsätzlich abtreibt, oder im Mutterleibe tötet, wird mit Zuchthaus bis zu fünf Jahren bestraft. Sind mildernde Umstände vorhanden, tritt Gefängnisstrafe nicht unter sechs Monaten ein. Dieselben Strafvorschriften finden auf denjenigen Anwendung, welcher mit Einwilligung der Schwangeren Mittel zu der Abtreibung oder Tötung bei ihr angewendet oder ihr beigebracht hat."

Junge, Junge, fünf Jahre Zuchthaus! Hast noch verdammt Schwein gehabt, dass Schütze damals nicht rangewollt hat!

Freilich: nun ist Lenchen tot ...

Fünf Jahre Zuchthaus! Gut, dass das arme Mädel gestorben ist, sonst hätte sie vielleicht noch bestraft werden müssen. Merkwürdig, wie leicht man selbst als gebildeter Mensch in die Gefahr geraten kann, mit dem Strafgesetz zu kollidieren.

Aber das hat mit diesem Fall hier gar nichts zu tun. Dickmann wälzt Kommentare und Lehrbücher, um festzustellen, ob die Frau strafbar ist. Natürlich Blödsinn. Erstens war die Frau ja gar nicht schwanger. Zweitens hätte das Zuckerwasser niemals eine Schwangerschaftsunterbrechung herbeigeführt. Aber man muss gerade bei solchen Fragen sehr vorsichtig sein. Man kann sich da irren. Der gesunde Menschenverstand ist keine rechtserhebliche Größe. Was Dickmann sich unter Gerechtigkeit vorstellt, das ist dem Gesetzgeber gleichgültig.

Also Vorsicht! Dickmann sucht und sucht. Dann lacht er. Famos: jetzt hat er's raus. Sieh mal an, die Frau muss wirklich bestraft werden. Macht doch Spaß, sowas! Jaja, man muss bloß die Gesetze kennen. Dickmann schüttelt den Kopf: tolle Sache, diese Rechtsfindung.

Also los. Dickmann schreibt; sorgfältig, mit einem genießerischen Lächeln formt er seine Sätze. Augenblick mal: „Die Frauensperson war der Ansicht, sie wäre schwanger. Sie trank Zuckerwasser, um die eingebildete Schwangerschaft zu unterbrechen. Die völlige Untauglichkeit des Mittels schließt die Strafbarkeit nicht aus. Die Frau hatte, als sie das Zuckerwasser trank, die Absicht einer Fruchtabtreibung, eines Verbrechens." Dickmann streicht „Absicht" und schreibt „dolus". Hört sich besser an. „Nach der allgemein anerkannten Lehre von der Strafbarkeit eines Versuchs mit untauglichen Mitteln am untauglichen Objekt ist die Frau strafbar."

Dickmann stutzt: da fehlt eigentlich noch etwas. Dass die Frau bestraft werden muss, steht fest. Aber wie? Zuchthaus bis zu fünf Jahren, Gefängnis nicht unter sechs Monaten? Da muss der Richter entscheiden. Kommt ganz darauf an, was das für eine Frau ist. Man muss sich auf seinen persönlichen Eindruck verlassen können. Man ist doch schließlich Menschenkenner und weiß, ob die Angeklagte einfach ein dummes Luder oder eine Verbrecherin ist. Für das dumme Luder genügen sechs Monate Gefängnis durchaus. Die Verbrecherin muss entsprechend schärfer angefasst werden. Denn es kommt ja nicht auf die Folgen der Tat an, sondern auf die Stärke des verbrecherischen Willens. Dickmanns Aufgabe ist indessen mit der Feststellung der Strafbarkeit an sich erfüllt ...

Donath hat seinen ausgesprochen scheußlichen Tag. Eben haben sie den Fall der versuchten Abtreibung noch einmal durchgesprochen. Der Professor verliert kein Wort über die ethischen und rechtlichen Motive, die die Fruchtabtreibung als ein schweres Verbrechen erscheinen lassen. Man weiß das ja. Es gibt Leute, die wollen diese Paragraphen aufheben. Lächerlich ...

Donath ärgert sich: „Ein Rindvieh ist dieser Professor!"

Dickmann fühlt sich durch den Fall juristisch angeregt und will es auf einen kleinen Disput ankommen lassen:

„Wieso?"

„Nun sagen Sie mir bloß: hat dies nur noch das geringste mit Gerechtigkeit zu tun?" Dickmann kennt Donath gar nicht wieder. Er ist heute so ernst.

„Gerechtigkeit. Gerechtigkeit!" Dickmann sagt das in einem Ton, als spräche er von einer schmutzigen Sache. „Lassen Sie doch die Gerechtigkeit aus dem Spiel und überlegen Sie sich den Fall mal mit allen Konsequenzen. Logisch, unangreifbar, einwandfrei ..."

Donath lächelt maliziös: „Sie haben da eben etwas recht Bemerkenswertes gesagt. Ich soll die Gerechtigkeit aus dem Spiel lassen. Wenn ich bei der Findung eines Urteils die Gerechtigkeit aus dem Spiel lasse, dann ist das Urteil, – wie sagten Sie doch? Logisch, unangreifbar, einwandfrei. Das ist sehr hübsch. Ich glaube, Sie eignen sich hervorragend zum Strafrichter."

Dickmann ärgert sich. Donath hat ihn auf einer Dummheit ertappt. Das nimmt er ihm übel. „Ach Sie mit Ihrem ewigen Geschimpfe!", sagt er unwillig, und es soll überlegen klingen.

Donath schweigt, und einige Tage hindurch sind ihre Beziehungen zueinander sehr förmlich und kühl.

Dickmann hat ein sehr sicheres Empfinden dafür, wieweit man Donaths geistvollen Spötteleien folgen darf. Dieser Fall scheint ihm wichtig. Er schließt sich ab, aber er merkt es nicht. Gerechtigkeit, – da hört der Spaß auf. Die Gerechtigkeit kann man nicht diskutieren. Man könnte ebenso gut von der Existenz Gottes oder vom Leben nach dem Tode reden. So etwas tut man nicht. Solche Dinge sind heilig. Dickmann spricht auch nicht über Gott, also soll Donath nicht von der Gerechtigkeit sprechen, wenn er sein Freund bleiben will.

Dickmann stammt aus einem frommen Hause. Im Salon steht Thorwaldsens einladender Christus. Es gehört zum guten Ton, dass man jeden zweiten oder dritten Sonntag in die Kirche geht. Mittags und abends wird vor und nach dem Essen gebetet. „Der liebe Gott" spielt im Denken seiner Eltern eine große Rolle.

Während des Krieges und in Jena hat Dickmann nicht mehr viel an den lieben Gott gedacht. Aber ihm ist immer etwas unbehaglich, wenn er sich der unbestreitbaren Tatsache erinnert, dass der liebe Gott in seinem Denken und Fühlen keinen Platz mehr hat. Er vermeidet es, sich darüber klar zu werden. Damals, als er plötzlich merkte, dass er schon seit Wochen das gewohnte Abendgebet nicht mehr sprach, war er ein Junge von sechzehn Jahren. Das waren sehr drückende Schuldgefühle, die ihn dann befielen.

Jetzt ist Dickmann vernünftiger. Er hat sich mit dem lieben Gott auf den Standpunkt gegenseitiger Duldung geeinigt. Dickmann bezweifelt die Existenz Gottes nicht, aber er gesteht ihm nicht das Recht zu, sich allzu eingehend mit dem persönlichen Leben seines Kindes Friedrich Wilhelm Dickmann zu beschäftigen. Ein gentlemen-agreement, das wenigstens von Dickmanns Seite aus strikt eingehalten wird. Er duldet nicht, dass jemand in seiner Gegenwart faule Witze über den lieben Gott macht. Allerdings ist sein Protest oft schwächlich und kaum bemerkbar, aber das tut nichts. Auf das Herz kommt es an. Und Dickmanns Herz ist bei Gott. Trotz allem.

Manchmal geht er mit seinem Vater, der Mitglied des Gemeindekirchenrats ist, in die Kirche. Dann singt er laut und ergriffen die Liturgie mit. Sein Vater ist nach einem solchen gemeinsamen Kirchgang immer besonders höflich und freundlich zu ihm. Es muss schon was dran sein am lieben Gott. Das kann man nie so genau wissen. Man kann sich da scheußliche Unannehmlichkeiten zuziehen. Eines Tages stirbt man, und dann stimmt es doch mit der ewigen Seligkeit und der ewigen Verdammnis, und dann ist es zu spät. Das muss man vermeiden ...

Eines Tages stößt Dickmanns Vater, der dann und wann die Kollegheft̄e seines Sohnes durchblättert, auf folgenden Satz: „Die innere Zugehörigkeit zu den sozialen Organismen verleiht dem einzelnen die Kraft zu strafen und zu richten."

Der Landgerichtsdirektor schüttelt den Kopf. Er legt das Heft aus der Hand und scheint sehr verstimmt. Nach dem Abendessen bittet er seinen Sohn in sein Arbeitszimmer. Das geht in jenen außerordentlich gepflegten Formen vor sich, gegen die es einfach keine Opposition gibt: „Wenn du nichts anderes vorhast, darf ich dich wohl einen Augenblick ..."

Sie sitzen sich in Klubsesseln gegenüber. Der Vater bietet ihm höflich eine Zigarre an: „Rauchst du?"

Dickmann deutet eine Verbeugung an. „Danke sehr."

Sie schweigen. Der Landgerichtsdirektor scheint verlegen. Dann sagt er vorsichtig: „Ich habe mich niemals in deine Studien eingemischt. Ich bin der Ansicht, jeder junge Mensch muss Nöte und Freuden einer Erkenntnis selbst auskosten. Ich muss heute von diesem Prinzip abweichen, weil ich eine große Gefahr zu erkennen glaube, vor der ich dich bewahren möchte. Ich las vorhin in deinem Kollegheft diesen bedauerlichen Satz und bin erschreckt zu sehen, dass heute die moralische und religiöse Knochenerweichung auch schon auf die Hochschullehrer übergegriffen hat. Was heißt dieses trübe Bekenntnis zu den sozialen Organismen? Nichts. Bestenfalls das Eingeständnis einer ungeheuerlichen Leere und seelischen Armut. Sieh dir dieses Volk an, sieh dir diesen Staat an und sage mir, was für Kräfte aus diesem jämmerlichen Pack zu schöpfen sind."

Dickmann lauscht respektvoll. Er weiß nicht, wo der Vater hinaus will. Er hatte bisher keine Veranlassung, sich darüber klar zu werden, woher der Richter das Recht zum Richten und zum Strafen nimmt.

„Gott der Allmächtige ist es, dem wir verantwortlich sind. Wenn wir das Gefühl der unendlichen Bindung an Gott verloren haben, dann sind wir arme Menschen, deren Richten und Strafen sinnlos ist und ungerecht. Wir sind Diener der göttlichen Gerechtigkeit, und jedes Urteil soll sein wie ein Gottesdienst. Vergiss das niemals!"

Dickmann verbeugt sich zustimmend. Also Gott, und nicht das Gesetz?

„Vergiss das niemals!" Die Stimme seines Vaters bebt. „Versprich es mir!"

Hacken zusammen, die Hand ausgestreckt, steht Dickmann vor seinem Vater und verspricht ihm, niemals die unendliche Bindung an die göttliche Majestät zu vergessen: „Ich verspreche es dir!", sagt er schlicht und stark, und es ist wie in der Kirche.

Der Landgerichtsdirektor lächelt nicht. Sein Gesicht ist streng und ergriffen. Er zitiert Bibelsprüche: „Auge um Auge, Zahn um Zahn. Wer Blut vergießt, des Blut soll wieder vergossen werden. Nein, die Gerechtigkeit kommt von Gott. Wie sollte sonst der Richter die ungeheure Verantwortung seines Berufs tragen können, wenn er sich nicht im Einklang befände mit Gottes Willen?"

Dickmann weiß es nicht. Er weiß nur, dass sein Vater recht hat. Der ist ein Diener Gottes, unantastbar und gerecht, unbarmherzig und eifernd. So wie er müsste man sein.

Aber Dickmann betet auch nach dieser Unterredung nicht mehr, und vor jedem Gedanken an Gott und die ewige Seligkeit zieht er sich auf ein unverbindliches „Es wird schon etwas dran sein" zurück. So denkt er und erkennt mehr und mehr die religiösen Grundlagen des Rechts der deutschen Republik: Gotteslästerung, Störung des Religionsfriedens, die Heiligkeit der von Gott geschaffenen Ehe, die Rechtlosigkeit eines in sündiger Unzucht gezeugten unehelichen Kindes, das in vermögensrechtlicher Beziehung mit seinem Vater nicht verwandt ist. Ja, wie sollte man dies alles als gerecht empfinden, wenn man die unendliche Bindung an Gott vergessen hat?

Aber das sind Theorien. Sie haben mit dem praktischen Leben nicht viel gemein. Nur selten spürt man noch etwas vom Willen Gottes in der Geschichte.

Da fallen an einem schönen Junimorgen des Jahres 1922 aus einer Maschinenpistole ein paar Schüsse, Handgranaten knallen, und Dickmann hört auf dem Heimweg von seinem Repetitor, dass aufopferungsvolle deutsche Männer den Minister Rathenau ermordet haben. Er kann ein anerkennendes „Donnerwetter" nicht unterdrücken. Das sind doch noch Kerle. „Und setzet ihr nicht das Leben ein ..."

Wie die Meute der Republikaner und Novemberverbrecher aufheult! Wie sie nach Blut und Sühne schreien. Ja, der Schlag hat gesessen. Dickmann bewundert die Techow, Kern und Fischer. Vor einigen Tagen hat man auf der Holsteiner-Kneipe einen Trinkspruch ausgebracht: „Schlagt tot den Walter Rathenau, die gottverfluchte Judensau!“ Dann haben sie mit Geschrei einen Ganzen geleert, und das war alles. Aber diese hier, diese deutschen Männer ...

Der Landgerichtsdirektor missbilligt den Mord an sich. Die Heiligkeit des Lebens, Gottes Gebote, das Gesetz. Aber er gibt zu, dass es so etwas wie einen seelischen Notstand geben kann, den das Gesetz nicht anerkennt: wenn diese Männer sich in ihrem Gewissen gedrungen gefühlt haben, den Schädling zu töten, dann müssen sie das vor Gott und ihrem Gewissen verantworten. Ist ihr Gewissen rein, wird Gott ihnen verzeihen. Es wäre zu wünschen, dass die irdische Gerechtigkeit sich dieses Falles nicht anzunehmen brauchte. Ein schweres Amt muss es sein, diese braven, heißblütigen und opferwilligen Jungens wegen Mordes verurteilen zu müssen. Das ist harte Pflicht, Gesetz. Was wissen wir armen Menschen. „Gott aber siehet das Herz an ...“

Dickmann weiß nichts weiter von dem Minister Rathenau, als dass er ein Jude und infolgedessen ein Schwein ist. Nicht als ob Dickmann ein Antisemit wäre. Er erkennt gerne an, dass es „auch“ anständige Juden gibt. Sicher, – aber ein Fremdstämmiger darf nicht an verantwortlicher Stelle die Geschicke des deutschen Volkes leiten. Juden, – das sind Leute, die nicht die Wäsche wechseln, und die andauernd nach Knoblauch oder Zwiebeln riechen. Außerdem verdienen sie Geld. Sie nutzen ihre „Gastvölker“ aus, schneiden gewissermaßen Riemen aus der Haut des armen Deutschen. Nein, nein, ist schon in Ordnung, dass sie das Schwein gekillt haben.

Die unendliche Bindung an Gott? „Du sollst nicht töten?“ Freilich, freilich. Aber es gibt auch Ausnahmen. Beim nächsten Regimentsabend trinken die Angehörigen der Offiziersvereinigung des ehemaligen Dragonerregiments Kaiser auf das Wohl der Mörder. Und einige Wochen später erheben sie sich von den Plätzen: eine Minute ehrenden Gedenkens den Männern, die sich selbst gerichtet haben ...

Die Juden, die Juden!

Man sieht es, wie sie die ganze Welt beherrschen, unsichtbar und tausendfingrig an allen Schnüren ziehen, durch die die

Marionetten der Weltwirtschaft mit den mystischen „Dreihundert“ verbunden sind, die nach des toten Rathenaus Meinung die Welt regieren: die Mark fällt ...

„Es ist eine verruchte Zeit!“, stöhnt Dickmanns Vater. Und Frau Landgerichtsdirektor schlägt entsetzt die Hände zusammen: „Aber dann werden wir ja alle arme Leute, wenn das mit der Geldentwertung so weitergeht ...“

Der Landgerichtsdirektor nickt grimmig: „Wir kommen unters Pack! Wir verelenden!“

Und über allem schwebt der Fluch: „Die Juden! Die Juden!“

Eugen Holtgrave besucht seinen Schwager. Frau Dickmann ist eine geborene Holtgrave. Aus der Firma „Rheinische Metallwarenfabrik vormals Friedrich Holtgrave & Sohn“. Der Landgerichtsdirektor hat sich mit ihr verlobt, als er Assessor beim Oberlandesgericht Düsseldorf war.

Der Generaldirektor Holtgrave sieht sehr schwarz. Man weiß nicht, wie das alles noch enden wird. Gewiss, – es gibt Möglichkeiten genug, sich der drohenden Geldentwertung zu entziehen. Aber er weiß nicht, ob sein Schwager kaufmännisch genug denkt, um diese Möglichkeiten auszuschöpfen.

Landgerichtsdirektor Dickmann verzieht das Gesicht: „Kaufmännisch denken!“ Als ob man in Schmutz griffe! Welch eine verruchte Zeit, in der wir leben! In der man Landgerichtsdirektoren zum kaufmännischen Denken zwingen will!

Holtgrave spricht sehr sachlich über die erstaunlichen Gewinnchancen, die darin liegen, dass man heute sehr große Verbindlichkeiten eingeht und sie dann nach Wochen oder Monaten in stark entwertetem Gelde zurückzahlen kann. Vorausgesetzt natürlich, dass die Geldentwertung nicht nur bestehen bliebe, sondern fortschritte. Und man muss ja wohl damit rechnen. Leider, sagt der Generaldirektor ...

„Ich würde dir vor allen Dingen empfehlen, deine Anleihepapiere schleunigst abzustoßen und dafür Industrieaktien zu kaufen. Sie repräsentieren einen bestimmten Realwert, der sich zweifellos in steigenden Kursen ausdrücken wird, so dass die geldliche Substanz unter allen Umständen erhalten bleibt ...“

Der Landgerichtsdirektor spricht kein Wort. Sein Gesicht verliert keinen Augenblick den widerwilligen Ausdruck. Holtgrave lächelt diskret: diese Beamten! Ihre Zeit ist vorbei. Heute regiert das kaufmännische Denken.

Einige Tage darauf steht der Landgerichtsdirektor am Schalter der kleinen Privatbank, die sein und seiner Frau Vermögen verwaltet. Mit festen Schriftzügen stellt er eine Verkaufsorder aus, „bestens". Er greift in seine Brusttasche, liest sich sorgfältig noch einmal einen Zettel durch und gibt Anweisung zu kaufen: „Baroper Walzwerk", „Hammersen Spinnerei".

Eine verruchte Zeit, in der Landgerichtsdirektoren an der Börse spekulieren müssen, um ihr Vermögen zu erhalten ...

Auch Dickmann spürt die verruchte Zeit. Am Taschengeld, das er von seinem Vater bekommt, und das täglich knapp und knapper wird. Das wäre wirklich nicht nötig, aber der Landgerichtsdirektor ist in eine Angstpsychose verfallen, gegen die es keine Argumente gibt. So muss Dickmann sehen, dass er bald mit seinem Studium fertig wird.

Er arbeitet. Jeden Tag sitzt er mehrere Stunden in einem großen Zimmer zusammen mit zwanzig anderen Studenten, die sich auf das Referendarexamen vorbereiten wollen. An einem Stehpult steht Dr. Karge und doziert – er ist Repetitor und bei ganzen Generationen von Juristen bekannt dafür, dass er den gesamten Wissensstoff in einem Minimum von Zeit und unter Ausschaltung aller Gesichtspunkte vortragen kann, die nicht unmittelbar zur Sache gehören. Hier gibt es keine Sophistereien mehr, keine Skrupel, kein selbständiges Nachdenken. Hier regiert der Paragraph. Hier ist die Rechtswissenschaft Memorierstoff, nichts weiter.

Alles, was Dickmann bisher auf der Universität gelernt hat, erscheint ihm jetzt sinn- und zwecklos. Dr. Karge trägt viel besser vor als die meisten Universitätsprofessoren. Er weiß, was er will und was seine Hörer brauchen. Die Studenten bezahlen ihm in jedem Monat ein schönes Stück Geld und verlangen dafür die größtmögliche Garantie, ihr Examen zu bestehen.

Das Geld ist nicht umsonst ausgegeben. Dr. Karge ist einfach unbezahlbar. Wenn ein Kandidat erfährt, vor welche Prüfungskommission er kommen wird, dann kennt Dr. Karge jeden einzelnen der Examinatoren ganz genau. Er weiß, dass Geheimrat Bruchmüller eine Vorliebe für die Paragraphen des Zwangsvollstreckungswesens hat, und dass Senatspräsident Laubach gewisse Einzelheiten des Steuerrechts bei seinen Fragen bevorzugt. Für jeden Hörer Dr. Karges besteht das ungeschriebene Gesetz, nach bestandenem Examen seinem Repetitor mitzuteilen, was für Fragen man ihm gestellt hat und ob dieser oder jener Examinator freundlich gewesen ist.

Die Antworten werden sorgfältig auf Kartothekkarten eingetragen. Und jeder Kandidat ist in der Lage, sich jederzeit über die wissenschaftlichen Steckenpferde seiner Examinatoren zu informieren.

„Wen haben Sie noch? Kuhlmann? Augenblick mal. Kästner, Kirchhof, Kuhlmann. Der Mann hat im Verlauf von vier Jahren dreimal nach den Bestimmungen über Gewährleistung bei Sachmängeln gefragt. Informieren Sie sich bitte. BGB. Paragraphen 459–493. Wollen wir noch mal zusammen durchgehen ...“

So reduziert sich die ganze Rechtswissenschaft unter Dr. Karges eindringlichem und übersichtlichem Vortrag auf eine Reihe von Fundamentalsätzen, die man auswendig lernen muss. Arbeiten, arbeiten! Sich nicht von irgendwelchen Theorien oder Philosophien verwirren lassen!

Und Dickmann arbeitet. Bis es dann eines Tages soweit ist, dass er die Hausaufgabe für die erste juristische Prüfung erhält. Sechs Wochen hat er Zeit, um diese schwierige Frage zu klären: „Ein Student lässt eine im Duell erhaltene Wunde absichtlich nicht behandeln, um einen Renommierschmiss zu haben. Infolgedessen tritt Brand hinzu, und der Verletzte stirbt. Vermögen hinterlässt er nicht, hätte aber für sein Fortkommen die besten Aussichten gehabt. Kann ein uneheliches Kind des Verstorbenen gegen dessen Duellgegner auf Grund § 844 auf eine Geldrente klagen, falls die Erben des Gestorbenen sich durch Berufung auf § 1712 Absatz 2 seinen Unterhaltsansprüchen entziehen?“

Man muss nachher die Versicherung abgeben, dass man die Arbeit ohne fremde Hilfe angefertigt hat. Auch der Landgerichtsdirektor weist ihn noch einmal nachdrücklich auf diese selbstverständliche Bestimmung hin. Aber mit seinem Sohn gelegentlich einmal über die betreffenden Paragraphen des Bürgerlichen Gesetzbuches sprechen, – das darf er. Das überschreitet nicht den Rahmen einer familiären Unterhaltung über juristische Dinge.

Auch der Repetitor Dr. Karge will seinem Hörer nicht in die Arbeit hineinreden. Das darf er nicht. Aber was hindert ihn daran, in einer besonderen Repetitoriumsstunde das interessante und weit verzweigte Gebiet der unerlaubten Handlungen noch einmal durchzusprechen? Nicht, ohne zugleich die rechtliche Stellung eines unehelichen Kindes mit all seinen Nebenfolgen und Variationen grundlegend zu beleuchten?

Und so fertigt der Referendar Dickmann seine Hausarbeit ohne fremde Hilfe an. Mit seiner großen und ungelenken Handschrift reiht er Satz an Satz. Zitiert Reichsgerichtsentscheidungen, versenkt sich liebevoll in Rechtsauffassungen, die nach dem Wortlaut der Paragraphen an sich wohl Berechtigung haben könnten, denen aber aus diesem oder jenem Grunde im vorliegenden Falle die Gültigkeit zu versagen sei ...

Wie Dickmann zufällig erfährt, macht auch Wilhelm Krause in nächster Zeit das Examen. Die beiden haben sich längere Zeit nicht gesehen. Besondere Sympathien hat Dickmann ja für den rothaarigen Kommilitonen niemals gehabt. Sie haben sich entfremdet. Ihre Lebenssphären sind auch zu verschieden voneinander.

Trotzdem lächelt Dickmann erfreut, wie er Krause auf der Staatsbibliothek trifft, wo jener mit zitternden Fingern und verstörten Augen in Kommentaren und Gesetzbüchern herumblättert. Krause ist so in seine Arbeit vertieft, dass er Dickmann einen kurzen Augenblick nicht erkennt.

Sie stehen, eine Zigarette rauchend, im Hof der Bibliothek.

„Bei welchem Repetitor sind Sie?“, fragt Dickmann. Und Krause lächelt. Man kann nicht entscheiden, ob verächtlich oder geniert.

„Repetitor?“, fragt er erstaunt. „Ich brauche keinen Einpauker. Ich arbeite für mich allein. Das ist zweckmäßiger und übrigens auch billiger.“

Dickmann bewundert Krause und bemitleidet ihn zugleich. Billiger. Daran hat er nicht gedacht. Vielleicht kann Krauses Vater die Repetitorgebühren nicht bezahlen. Das Examen selbst kostet ja ohnehin schon Geld genug.

Aber das darf Krause natürlich nicht zugeben, dass er nur des Geldes wegen nicht zu einem Repetitor geht, und so verbreitet er sich aufgeregt und speichelnd über den Unfug des sinnlosen Einpaukens: „Auf diese Art und Weise kann doch jedes Rindvieh Referendar werden, vorausgesetzt, dass er stumpfsinnig genug ist, monatelang Paragraphen auswendig zu lernen. Es kommt doch beim Examen viel mehr darauf an, nachzuweisen, dass man imstande ist, juristisch zu denken. Scharf, logisch, unbeirrbar."

Krause sieht schlecht aus. Auf seinen sommersprossigen Backen glühen zwei rote Flecke. Seine Augen haben rote Ränder.

Dickmann sagt freundlich: „Sie arbeiten zuviel, mein Lieber. Sie sollten sich ein bisschen schonen. Ein Mann wie Sie wird das Examen doch auch ohne viel Büffelei bestehen."

Krause lächelt verlegen und geschmeichelt: „Gott, man muss doch auch leben."

Wie? Dickmann versteht nicht recht. Arbeitet Krause etwa auch noch, um seinen Lebensunterhalt bestreiten zu können? Er wird sehr unruhig. Was soll er tun? Krause direkt danach fragen, sähe indiskret aus. Ihn bemitleiden? Ihm vielleicht helfen? Die Situation ist stärker als Dickmann. Er macht ein hilfloses Gesicht und tut, als hätte er Krauses Bemerkung gar nicht verstanden. Sie verabschieden sich auch bald von einander, und dann ärgert sich Dickmann über sich. Vielleicht hat er sich nicht richtig benommen?

Je mehr er aber über den Fall des Rechtskandidaten Wilhelm Krause nachdenkt, desto eindringlicher bleibt er an einem unangenehmen Gedanken hängen: Krause will Richter werden wie er. Später sind sie Kollegen. Krause arbeitet vielleicht wie ein Pferd, um überhaupt leben zu können. Dickmann findet seine eigene Arbeit für das Examen schon heroisch und hat sich um seinen Lebensunterhalt keine Sorgen zu machen.

Er fühlt nun eigentlich die Verpflichtung, darüber nachzudenken, weshalb er vor Krause so bevorzugt ist. Er tut es auch. Aber ganz unmerklich verschiebt sich das Problem: Nicht, dass es Dickmann soviel besser hat als Krause, ist das Erstaunliche, sondern dass ein Mann wie dieser rothaarige Sohn irgendeines obskuren Schreibers es wagt, sich in Kreise einzudrängen, die ihm von Rechts wegen verschlossen bleiben müssten. Was kann das schon für ein Richter werden? Der Mann hat doch keine Ahnung, worauf es ankommt. Ungewandt, schwerfällig, schlecht angezogen, kein Verkehr mit den maßgebenden Leuten, – Dickmann sieht in Krause so etwas wie die Karikatur eines Richters.

Im Corps haben sie manchmal von solchen Leuten gesprochen, die als alte Männer mit langen weißen Bärten in irgendeinem gottverlassenen Nest als Amtsrichter leben und sterben. Morgens sich mit dämlichen Bauern auf dem Gericht herumplagen müssen, und abends mit dem Apotheker und dem Tierarzt in der Kneipe sitzen und Skat spielen. Dickmann sieht sehr schwarz in Krauses juristische Zukunft. Was kann sein Büffeln denn für einen Zweck haben? Was nützen ihm all sein Fleiß und seine unbestreitbaren juristischen Fähigkeiten? Ein deutscher Richter muss eine Persönlichkeit sein. Und Wilhelm Krause ist keine Persönlichkeit, sondern der ehrgeizige Sohn eines Bürovorstehers, dessen Hybris sich noch einmal rächen wird ...

Dickmann kann es sich übrigens nicht leisten, lange an Krause zu denken. Er arbeitet schwer. Die Hausaufgabe ist erledigt. Auf vierundvierzig großen Foliobogen, Falzrand von zehn Zentimetern, hat er seine Ansichten über den Fall des an den Folgen eines Duells gestorbenen Studenten dargelegt. Eine gute, saubere Arbeit.

Dann sitzt er fünf Tage lang mit vier anderen Kandidaten in einem Raum des Kammergerichts und löst schriftliche Aufgaben aus fünf verschiedenen Rechtsgebieten. Er stöhnt dabei. Abends ist er todmüde. Er hat das Gefühl, dass seine Arbeiten etwas unklar sind. Am vierten Tag, nach einer Arbeit über Steuerrecht, ist er völlig verzweifelt und fürchtet, lauter Unsinn geschrieben zu haben. Wenn er sich nicht vor den

Professoren und seinem Vater genierte, – er träte am liebsten noch vom Examen zurück.

Aber am nächsten Tag, wie er seine Kenntnis der Strafprozessordnung beweisen kann, ist das alles wieder vergessen ...

„In einem der Würde der Gelegenheit entsprechenden Anzuge“ steht auf der Ladung zum mündlichen Examen.

Dickmann zieht am frühen Morgen den Frack an, sorgfältig knüpft er die weiße Binde. Aus einer kleinen Schatulle holt er die Ordensschnalle. Dr. Karge hat ihm gesagt, er solle alle Orden anlegen, die er hat. Das mache einen ausgezeichneten Eindruck.

„Bedenken Sie, Herr Kollege!“, hat er gesagt, „die Professoren, die da als Ihre Examinatoren sitzen, sind alte Leute. Früher ging man nicht so verschwenderisch mit den Dekorationen um. Wenn einer von ihnen den roten Adlerorden vierter Güte bekam, dann war er weiß Wunder was. Die Leute verknüpfen mit einer ordensgeschmückten Brust die Vorstellung eines um das Vaterland hochverdienten Menschen. Also immer raus mit dem ganzen Klempnerladen.“

Dickmann steckt das eiserne Kreuz erster Klasse in die Stofflösen des Fracks. Er lässt die kleine Ordensschnalle liebevoll durch die Finger gleiten, bevor er sie an der Frackklappe befestigt. Dann sieht er in den Spiegel. „Janz dankenswert dekoriert!“, würde sein Kamerad Ralstow sagen. Ist doch gut, dass man bei einem feudalen Regiment gedient hat. Jeder deutsche Fürst, der mal im Kasino zu Besuch war, hat die Orden seines Landes unter die Offiziere verteilt. Das Lippesche Hauskreuz, der Orden vom Zähringer Löwen, das Bayerische Militärverdienstkreuz, die Hessische Tapferkeitsmedaille ...

Schade, dass man damals nicht zu den Fliegern gegangen ist. Das blaue Emaille des Pour le mérite würde auf der weißen Hemdbrust sehr gut aussehen.

Sein Vater drückt ihm die Hand: „Na, Kopf hoch!“, lächelt er ermunternd. Gute Ratschläge hat er ihm schon genug gegeben. „Wenn du was nicht weißt, – einfach von irgendetwas anderem reden, worüber du gut Bescheid weißt. Bloß nicht stumpfboldig dastehen. Die Examinatoren wollen doch einen allgemeinen Eindruck von dir haben ..."

Ein Saal im Kammergericht. Im Hintergrund drängen sich als Zuhörer Kandidaten, die nächstens auch das Examen machen wollen. Auf Stühlen die fünf Examinanden. Dickmann kennt sie nur flüchtig. Ein Verbandsbruder von der Lusatia-Leipzig ist dabei. Der ist auch im Frack erschienen, zwei andere tragen unmögliche Cuts. Der Fünfte, ein wendiger, kleiner Jude, ist sogar nur in einem verschossenen blauen Anzug erschienen ...

Ein Senatspräsident, vier Professoren und zwei praktische Juristen als Beisitzer.

„Herr Kandidat, was wissen Sie ..."

Dickmann lässt sich nicht bluffen. Ernst, feierlich, geschlossen, gibt er seine Antworten. Manchmal weiß er etwas nicht. Dann schweift er vom Thema ab, und die Professoren lächeln. Der kleine Jude macht seine Sache brillant. Lässt keine Frage aus.

Dickmann ist sehr bleich, wie am Nachmittag die Prüfungskommission wieder im Saal erscheint. Der Senatspräsident: „... die freudige Mitteilung, dass alle Herren die Prüfung bestanden haben. Herr Seligsohn mit dem Prädikat „gut". Herr Dickmann mit dem Prädikat „befriedigend." ...

Nachher gibt der Senatspräsident Dickmann die Hand: „Herzlichen Glückwunsch. Grüßen Sie bitte Ihren Herrn Vater von mir. Bei meinem Referendarexamen hat mich Ihr Großvater geprüft ..."

Der Referendar Seligsohn in seinem blauen Anzug verschwindet fast neben Dickmann. Der schlägt die Hacken zusammen, dankt mit lauter, sonorer Stimme, und die Examinatoren sehen ihm freundlich nach.

Am Abend gibt es bei Dickmanns Burgunder. Schmiedel und Kienitz sind auch da. Der Landgerichtsdirektor stößt mit seinem Sohn an. Seine Augen sind feucht ...

DIE FABRIK

Ernst Ottwalt
DENN SIE WISSEN WAS SIE TUN

Der Referendar Friedrich Wilhelm Dickmann – blauer Anzug, dunkle Krawatte, Lackstiefel – bleibt stehen und nimmt unwillkürlich den Hut ab. Es ist keineswegs warm an diesem Januarmorgen. Es gibt keinen Grund für diese Geste. Und wenn er sich jetzt mit dem Taschentuch über die Stirn fährt, als ob er sich den Schweiß abtrockne, dann tut Dickmann es nur, weil er selbst das Ungewöhnliche seines Verhaltens empfindet und es in eine ganz natürliche Sache umbiegt. Man muss wohl so eindrucksfreudig und so mit Zukunftsgedanken erfüllt sein wie er, um vor diesem unschönen und unzweckmäßigen Zweckbau stehen zu bleiben und den Hut abzunehmen.

Friedrich Wilhelm Dickmann ist im Begriff, sich bei der Staatsanwaltschaft zum Dienstantritt zu melden: ein feierlicher Augenblick!

Protzige Türme, wie aus einem Bilderbuch herausgeschnitten, Bogenfenster, Butzenscheiben. Auf dem Dach in Reih und Glied ausgerichtet Statuen, die irgendwelche Eigentümlichkeiten des in diesem Hause geübten Handwerks symbolisieren: das Kriminalgericht, Sitz der Strafgerichtsbehörden Berlins.

Hallen, Treppen, Korridore. Eine Zimmertür: „Herr Kollege!" Und Dickmann ist eingeordnet in den ungeheuren Mechanismus, in diese wunderbar exakt funktionierende Maschinerie, in der alles menschliche Geschehen – Hunger, Leidenschaft, dunkle Triebe, Lebensglück und Menschenwert, Zukunftsangst und Vergangenheitsekel – gesiebt, gewogen und zu leicht befunden wird.

Der erste Eindruck ist groß. Und er wird noch überwältigender, je mehr man Einblick gewinnt in dieses scheinbar sinnverwirrende und doch so geordnete Ineinander und Durcheinander geheimnisvoller Vorgänge. Dickmann wird nicht müde, den riesigen Komplex der Gänge, Zimmer, Treppen und Hallen zu durchstreifen. Er atmet beglückt die dumpfe kalte Luft voller Aktenstaub und Menschendunst ein. Und fühlt immer wieder die unbeschreibliche Genugtuung, dabei zu sein, dazu zu gehören, nichts zu sein als ein kleines Rädchen, eine Pleuelstange oder eine Übersetzung in diesem lautlos und unerbittlich arbeitendem Getriebe ...

Hallen, Treppen, Korridore. Durch tausend Türen sieht man in Zimmer, Verhandlungsräume, Registraturen und Archive. In Winkeln und Nischen Symbole der Gerechtigkeit: Themis mit Waage und Schwert, Bibelsprüche an den Wänden. Reichsadler und Kaiserkronen.

Und Akten! Dieses erregende Fluidum, das ihnen entströmt! Hunderttausend Aktendeckel, Millionen Aktendeckel. Schicksal, Vergangenheit und Zukunft tausender von Menschen bergen diese verstaubten, schmutziggelben Pappstücke. Anklageschriften, Eröffnungsbeschlüsse, Verhandlungsprotokolle, Zeugenaussagen, Sachverständigengutachten, Urteilsbegründungen, – Gebirge von Akten. Schwarze Tinte auf weißem Papier: ein Mensch fiel der Gerechtigkeit in die weitgeöffneten Arme, vegetierte eine Zeitlang hinter roten Mauern und Eisengittern, und das flüchtige Geschehen dieses kleinen Daseins ist aufgehalten für Zeit und Ewigkeit, für Mit- und Nachwelt.

Eine Tür geht auf: schwarze Talare auf erhöhter Estrade, ernste Gesichter, feierliche Stille. Bogenfenster, braune Eichentäfelung, Galerien, pompöse Kronleuchter. Ein reichverschlungenes Gerank von stilisierten Blättern und Blüten. Steht dieses Schmiedewerk hier zum Schmuck? Nein, es ist das Gitter, das den Raum der Anklagebank abschließt gegen den großen Schwurgerichtssaal. Zwar trennt es einen Menschen von der Freiheit, aber es sieht gut aus. Kunstgewerbe im Dienst der Strafrechtspflege.

Über dem Richtertisch auf malerisch und kunstvoll verschnörkelten Stuckbändern kernige Sprüche, in strenger gotischer Fraktur gemeißelt und gemalt: „Ein jeder Richter sitzt an Kaisers Statt". „Am starken Gericht erkennt man des Kaisers Gerechtigkeit ..."

Das Kalenderblatt hinter dem Präsidentenstuhl zeigt die Jahreszahl 1923 – das fünfte Jahr der deutschen Republik ...

„Strafsache Kandier!" Ein tonloses Kommando, und eine Tür öffnet sich in den Raum der Anklagebank. Man hat sie vorher nicht beachtet, hat sie kaum gesehen. Man ahnt hinter ihr eine Treppe. Ein Mensch erscheint. Das Gericht sieht ihn zum ersten Mal. Bisher war er ein Aktenzeichen: „I. Z. 1238/22 B". Man sieht ihn nicht lange. Bald verschwindet er wieder hinter jener Tür. Bald ist er wieder nur ein Aktenzeichen. Eine Nummer im Gefängnis. Oder im Zuchthaus.

Die geheimnisvolle Treppe führt durch einen Gang in das Untersuchungsgefängnis. Aus der Dämmerung seiner Zelle holt man für ein paar Stunden einen Menschen in das grelle Licht der Öffentlichkeit, damit er sein Urteil empfange.

Auf Treppen und Korridoren des Gerichts merkt man nichts davon. Das Gericht hat sein Urteil gesprochen, eine Tür fiel ins Schloss, ein Mensch verschwand. Ist ausgelöscht. Auf Monate oder Jahre. Was weiter mit ihm wird ...

Das Volk drängt sich im Hintergrund der Verhandlungssäle. Jenes Volk, in dessen Namen hier Recht gesprochen wird. „Seien Sie ruhig dahinten, sonst lasse ich den Zuhörerraum räumen!“, schreit ein Richter, und das Volk schweigt wie gescholtene Schuljungen.

Treppen, Hallen, Korridore, – aber nicht für die Hauptperson der funebren Szenen, die sich hier abrollen, nicht für den Angeklagten. Auch nicht für das Volk. Das schiebt sich hastend über enge, schmutzige Hintertreppen, wartet geduldig vor verschlossenen Türen, um teilzuhaben an dem, was im amtlichen Deutsch der Strafprozessordnung „Öffentlichkeit des Verfahrens“ heißt. Wie das alles ineinander übergreift! Dieses dreifache Treppensystem, wie zweckvoll, wie logisch ... Prunk und Weite für die Diener des Staats und seiner Gerechtigkeit, der Hinteraufgang für das Volk, und jener unsichtbare Treppenwirbel, in dem man lautlos ertrinkt, für den, der im Kampf mit der Gerechtigkeit unterliegt.

Gelächter, Gespräche. Ein Staatsanwalt raucht mit gelangweiltem Gesicht eine Zigarette auf dem Korridor. Rechtsanwälte in ihren Roben hasten durch die Gänge, würdig und feierlich, lachend oder geschäftsmäßig. Journalisten unterhalten sich. Sprechen dann und wann mit einem Richter oder einem Staatsanwalt in jenem besonderen Tonfall, der aus Vertraulichkeit, Hochmut und Respekt gemischt ist, ihre Gleichgestelltheit allzu laut betonend: „Meinen Sie nicht auch, Herr Staatsanwalt?“

Zeugen sitzen da auf den Bänken, lehnen sich an die Wand. Manche mit einem Gleichmut, dem man seine Unechtheit ansieht. Andere dösen einfach vor sich hin. Die meisten aber, kleine Bürger, sehnen fieberhaft den Augenblick herbei, an dem sie vor Gericht ihre Aussagen machen dürfen: den Augenblick, wo sie Herr und Richter über ihren Mitmenschen sind. Der Traum aller Beiseitegeschobenen, Nichtbeachteten wird so tollkühnste Wirklichkeit.

Dickmann sieht das alles mit sehr scharfen Augen. Er ist wunschlos glücklich, wenn er hier mit einem Aktenstück unter dem Arm eilfertig durch die Korridore traben darf. Wenn er auch erst auf der alleruntersten Sprosse der juristischen Hierarchie steht, – jeder Landgerichtsdirektor, selbst der Oberstaatsanwalt nennt ihn „Herr Kollege"!

Manchmal steht er am Fenster und sieht gelangweilt hinaus auf die roten Mauern des Untersuchungsgefängnisses. Dächer, Gitter, Tore und darüber ein lächerlich unproportionierter Dachreiter. An der Kreuzblume auf seiner Spitze erkennt man, dass er ein Kirchturm ist. Dickmann weiß: da drüben sitzen jetzt ein paar hundert Menschen. Man hat sie verhaftet, auf der Straße aufgegriffen, aus dem Bett geholt, Frauen und Mütter haben geweint. Nun sitzen sie da drüben und warten. Warten. Wochen oder Monate. „Die Dauer der Haft ist nicht begrenzt." „...wird der Haftbefehl aufgehoben, so weit nicht das zuständige Gericht die Fortdauer der Haft verhängt ..."

Dickmann hat seine Strafprozessordnung im Kopf und freut sich darüber. Er ist überhaupt ein sehr tüchtiger Jurist. Staatsanwalt Rodebach, der seine Ausbildung leitet, ist mit ihm zufrieden.

„Wenn Sie etwas nicht verstehen, immer fragen, immer fragen, Herr Kollege! Wir sind alle mal Referendare gewesen ..."

Dickmann lebt in den ersten Tagen und Wochen seiner Tätigkeit bei der Staatsanwaltschaft wie in einem ständigen Rausch. Freilich – das merkt ihm niemand an. Er würde es als äußerst beschämend empfinden, erführe jemand, dass ihm die nebensächlichen Arbeiten, die der Staatsanwalt ihm zur Erledigung überlässt, Freude machen.

Wie wundervoll das alles funktioniert! Ein unerhörter Genuss, sich so ein dickes Aktenstück vorzunehmen und die ganze Geschichte zu rekonstruieren, die da geschehen ist. Man hält die

Fäden in der Hand, die von dem Verbrechen zur Kriminalpolizei führen, zum Vernehmungsrichter, zum Untersuchungsrichter, zur beschließenden Strafkammer, zum Schöffengericht oder zur erkennenden Kammer.

Da wird einem Pferdehändler in der Romintenerstraße eine Pferdedecke gestohlen. Hier: ein Aktenstück, die Strafanzeige des Bestohlenen bei der Polizei. „Es erscheint der Pferdehändler Emil Wilde und erklärt ..." Zeugenprotokolle, der Portier hat einen Mann mittlerer Größe aus dem Pferdestall kommen sehen. Ein neues Aktenstück: „der derzeit wohnungs- und erwerbslose Arbeiter Max Holle ... gibt zu ..." Vorläufige Festnahme durch die Polizei. Eingeliefert ins Polizeigefängnis. Vorgeführt dem Vernehmungsrichter. Vorstrafenregister: der Mann ist bestraft einmal 1917 wegen Diebstahls vom Schöffengericht Berlin-Mitte mit sechs Tagen Gefängnis, 1919 vom Amtsgericht Charlottenburg wegen Diebstahls mit vierzehn Tagen Gefängnis, 1921 vom Schöffengericht Berlin-Mitte wegen Diebstahls mit zwei Monaten Gefängnis ... Scheint ein ziemlich trüber Bursche zu sein. Weiter, weiter, was geschieht nun mit ihm? Da, hier: Haftbefehl: „... da wegen der Höhe der zu erwartenden Strafe Fluchtverdacht vorliegt."

Dickmann zündet sich eine Zigarette an. Er blättert weiter. Wie klar das alles ist – halt: Höhe der zu erwartenden Strafe? Was heißt das? Mal sehen, was kann der Mann bekommen? Er schlägt im Strafgesetzbuch nach. Diebstahl, schwerer Diebstahl, Diebstahl im strafverschärfenden Rückfalle ... Aha: schwerer Diebstahl im Rückfalle, Mindeststrafe zwei Jahre Zuchthaus. Bei mildernden Umständen nicht unter einem Jahr Gefängnis.

Zwei Jahre Zuchthaus für eine Pferdedecke. Na ja, der Mann ist dreimal wegen Diebstahls vorbestraft, es gehört sich, dass man so einen Kerl scharf anfasst. Was hat er denn früher gestohlen? Dickmann blättert zurück. Einmal eine Jacke, das zweite Mal einen geräucherten Schinken, – wann war denn das? Ach so, kurz nach dem Krieg. Gab nichts zu fressen damals. Das dritte Mal, ja, das sieht schon schlimmer aus: ein Fahrrad. Na also, Gewohnheitsdieb. Ganz einfache Sache. Dreiundzwanzig Jahre ist der Bursche erst alt und hat schon viermal geklaut. Kann noch was Nettes werden aus dem.

Trotzdem: zwei Jahre Zuchthaus für eine Pferdedecke?

Was geht das Dickmann an, wie? Gesetz ist Gesetz. Er soll jetzt die Anklageschrift fertig stellen und sie der Strafkammer einreichen. Weiter hat er mit dem Fall nichts zu tun.

Dickmann gibt sich viel Mühe mit der Abfassung seiner ersten juristischen Arbeit. Es ist allerdings nicht so schwierig, wie er es sich gedacht hat. Man braucht nur in einem der zahllosen Aktenbände nachzusehen, wie man so etwas macht. Hier: an den Kopf muss man schreiben: „Haftsache! Anklage!"

„Der Gelegenheitsarbeiter Max Holle, zur Zeit in Untersuchungshaft Berlin NW 52, Alt-Moabit 12a, wird angeklagt, im Bezirk des Amtsgerichts Berlin-Mitte im Dezember 1922 eine fremde bewegliche Sache, nämlich eine dem Pferdehändler Emil Wilde gehörige Pferdedecke aus einem verschlossenen Raume entwendet zu haben in der Absicht, sich dieselbe rechtswidrig anzueignen. – Verbrechen nach § 242 StGB.

Dickmann atmet auf. Fein, wie gut das geht. Nun muss er aus den Akten noch das Ermittlungsergebnis feststellen. Ganz einfache Sache. Bloß langweilige Schreibarbeit. Und er schreibt.

Hin und wieder stört ihn ein Gedanke, der ganz und gar nicht zur Sache gehört. Da liest er z. B., der Angeschuldigte sei bereits zweimal auf seinen Geisteszustand hin untersucht wurden. Scheint ein bisschen verrückt zu sein. Spinale Kinderlähmung gehabt, sichtbare Folgen am Körper, sein Verstand hat sehr enge Grenzen, man kann ihn im Gefängnis nur in der Irrenabteilung halten, da sein Geisteszustand die Haft nicht gestattet.

Was soll man mit so einem Menschen im Gefängnis? Vielleicht billigt man ihm den Schutz des § 51 zu? Vielleicht hat er sich bei Begehung der Tat in einem Geisteszustand befunden, der die Verantwortlichkeit ausschließt?

Bei der Sache bleiben! Hier: „Beweismittel: a) Angaben des Angeschuldigten, b) Vorstrafakten des Holle 89 J. 2376/22 Staatsanwaltschaft I Berlin, c) Sachverständiger Gerichtsarzt Dr. Müller, d) Zeugen: Pferdehändler Emil Wilde ..."

Dickmann bekommt Respekt vor sich selbst. Er fertigt eine Anklageschrift an. Nicht etwa mit der ausgesprochenen Absicht, den gleichgültigen Arbeiter Max Holle unter allen Umständen zur Bestrafung zu bringen. Ein Rad greift in andre, – kann ein Zahnrad Empfindungen haben, „die Absicht" hegen? Und dann: Staatsanwalt Rodebach hat ihm neulich mit feierlichem Gesicht und nachdrücklicher Betonung erzählt, die preußische Staatsanwaltschaft sei die objektivste Behörde der Welt. Und so kommt denn auch in dieser Anklageschrift alles zum Ausdruck, was für den Einbrecher günstig sein könnte: dass er sich nicht im Besitz seiner vollen Geisteskräfte befindet, dass er zur Zeit der Begehung der Tat wohnungs- und arbeitslos war, sich also in einer „gewissen Notlage" befunden habe ...

„Es wird beantragt, das Hauptverfahren zu eröffnen und die Verhandlung und Entscheidung der Sache vor der Strafkammer des Landgerichts I in Berlin stattfinden zu lassen."

Staatsanwalt Rodebach ist ganz zufrieden mit seinem Referendar: „Nur hier am Schluss haben Sie noch etwas vergessen", sagt er freundlich und schreibt mit seiner fahrigen Handschrift hinter den letzten Satz: „sowie die Fortdauer der Untersuchungshaft gegen den Angeschuldigten aus den bisherigen Gründen anzuordnen."

„Was waren denn eigentlich für Gründe angegeben?", fragt er dann gleichgültig. Die Maschine schnurrt ...

„Da wegen der Höhe der zu erwartenden Strafe Fluchtverdacht vorliegt ..." War es Dickmann, der dies sprach?

„Richtig", sagt der Staatsanwalt und gähnt. „Und mit solchem Quatsch muss man sich rumquälen. Irgendeinem Kerl wird eine Pferdedecke geklaut. Staatsaktion! Hundertzwanzig Seiten Akten!"

Das versteht Dickmann nicht. Ihm scheint die Sache mit der Pferdedecke außerordentlich interessant. Diese Akten! Man hat den derzeit wohnungs- und arbeitslosen Max Holle noch gar nicht gesehen, und schon entsteht aus diesen Blättern ein plastisches Bild der Tat, von der Eigenart und der Lebenssphäre des Täters. Dass es sich um einen lebenden Menschen handelt, dass dieser Max Holle wirklich lebt, – man vergisst es völlig, und das ist gerade das Großartige. Man vergisst das völlig ...

Ein lebender Mensch? Wer denkt daran!

Der Fall Max Holle verliert sich im Gestrüpp der aktenmäßigen „Vorgänge". Das Verfahren „schwebt". Irgendein Landgerichtsrat hat die Akten auf seinem Schreibtisch liegen, und alles geht seinen Gang. Der Untersuchungsgefangene avanciert vom Angeschuldigten des Vorverfahrens zum Angeklagten des Hauptverfahrens, die beschließende Strafkammer erlässt einen Eröffnungsbeschluss und setzt den Termin für die Hauptverhandlung an ...

Ein lebender Mensch?

Drei Schritt hin, drei Schritt her. Eine Uhr schlägt einmal. Wenn sie zweimal schlägt, weiß man, dass eine Viertelstunde vergangen ist. Eine Viertelstunde, die wie Feuer brennt. Ob draußen die Sonne scheint? Max Holle weiß es nicht. Er kann sie nicht sehen.

Drei Schritt hin, drei Schritt her ...

Kalt war es im Dezember. Die Wärmehallen der Stadt Berlin werden um sechs Uhr geschlossen. Wo soll man dann hin? Die Wartesäle der Bahnhöfe sind schön warm, aber sie sind nicht für Max Holle geheizt. „Wenn ich dich hier jetzt noch mal sehe, mein Junge ..." droht der Schupomann, und Max Holle wimmert: „Wo soll ich denn hin? Wo soll ich denn hin?" – „Geht mich nichts an. Geh doch ins Obdachlosenasyl."

Jeden Tag kehren hunderte von Obdachlosen vor den verschlossenen Türen um: „Alles besetzt". Und Max Holle ist unter diesen Elenden ja der Allereiendeste und der Allerverachtetste. Er hat keinen breiten Brustkasten und keine groben Fäuste, er kann sich nicht wehren, wenn man ihn zurückstößt von der Pforte, die ihm ins Paradies zu führen scheint: in die stinkende Luft der Schlafsäle. Wärme für eine ganze Nacht! Eine ganze Nacht Wärme! Lässt es sich ausdenken, was das für eine Glückseligkeit ist?

Kalt ist es im Dezember. Am Spreeufer steht ein Sandkasten. Bei Glatteis streuen die Straßenreiniger daraus Sand auf den Fahrdamm. Man kann den Deckel der Kiste heben, man kann sich einwühlen in den Sand, man kann liegen eine lange Nacht. Aber der Frost beißt in den Knochen, treibt das Wasser in die Augen ...

Menschen gibt es, die schlafen jetzt in warmen Zimmern. Menschen gibt es, die haben warme Kleider, Mäntel, Decken. Ein Tier hat es besser ...

Ein Pferdehändler in der Romintenerstraße. Max Holle hat früher einmal bei ihm gearbeitet. Im warmen Stall stehen die Pferde, man legt ihnen Decken über, dass sie nicht frieren. Pferde haben Decken, Tiere! Und der Mensch schläft in einem Sandkasten und friert, friert.

Er hat sie, weich ist sie und warm. Man kann sich ganz und gar darin einwickeln. Man friert nicht mehr, man schläft, ahh ...

„Da hamse was!"

Der Gefängniswärter reicht ihm ein Stück Papier, Max Holle dreht es unschlüssig in den Händen. Eine Tür klappt, ein Schloss knirscht. Der Untersuchungsgefangene ist wieder allein. Allein mit jenem weißen Fleck, der da auf dem Holztisch liegt.

Max Holle weiß es nicht anders, als dass alles feindlich und bedrohlich ist, was von außen in seine Einsamkeit dringt. Drei Schritte hin, drei Schritte her, – aber der weiße Fleck bleibt.

Er sieht Schriftzeichen, liest Worte und versucht, ihren Sinn zu verstehen: „Auf Antrag der Staatsanwaltschaft wird gegen den Gelegenheitsarbeiter ... hinreichend verdächtig erscheint ... fremde bewegliche Sache ... Untersuchungshaft dauert aus den bisherigen Gründen fort ..."

Schnell und still legt der Gefangene das Blatt aus der Hand. Morgen ist Sonntag.

Max Holle steht in dem Holzkasten, der ihm als Kirchenbank dient und lauscht den Worten des Pfarrers. „Er war der Allerverachtetste und Unwerteste ..."

„... welcher hinreichend verdächtig erscheint ..."

„... er war so verachtet, dass man das Angesicht vor ihm verbarg, darum haben wir ihn nichts geachtet ..."

„... in der Absicht, sich dieselbe rechtswidrig zuzueignen ..."

„Da er gestraft und gemartert ward, tat er seinen Mund nicht auf, wie ein Lamm, das zur Schlachtbank geführt wird, und wie ein Schaf, das verstummt vor seinem Scherer und seinen Mund nicht auftut ..."

„Verbrechen gegen Paragraph ..."

„Aber der Herr wollte ihn also mit Krankheit zerschlagen ..."

Und die Untersuchungshaft dauert fort.

Kalt war es im Dezember, Tiere hatten warme Ställe und Decken. Man verbarg sein Angesicht vor ihm und achtete ihn nicht.

Endlich, nach Wochen, in denen Dickmann den Namen Max Holle fast schon vergessen hat, ist dieses Körnchen so weit in dem Mühlengang gekommen, dass eines Morgens Staatsanwaltschaftsrat Dr. Rodebach zu Dickmann sagt: „Heute ist die Verhandlung Holle, in der Sie damals die Anklageschrift angefertigt haben. Wollen Sie sich die Sache nicht anhören?"

Ein Justizwachtmeister führt den Angeklagten herein, öffnet die Türe zur Anklagebank und bedeutet dem Mann, er solle sich setzen.

Dickmann ärgert sich, dass sein Herz klopft. Dies ist also der Gelegenheitsarbeiter Max Holle. Er betrachtet ihn sehr genau, während der Staatsanwalt nicht den Kopf nach ihm hebt. Eine niedrige Stirn, der Mund steht offen, schwarze Zähne, die linke Hand scheint verkrüppelt, seine kleinen grauen Augen blinzeln teilnahmslos gegen das helle Licht der Fenster.

„Das ist doch ein Idiot!", denkt Dickmann überrascht. Der Angeklagte sitzt verloren und einsam in der Anklagebank.

Dickmann wendet sich flüsternd zum Staatsanwalt: „Verzeihung, hat der Mann eigentlich keinen Verteidiger?"

Dr. Rodebach blättert in den Akten und schüttelt lakonisch den Kopf.

„Aber der Mann ist doch gar nicht fähig, der Verhandlung zu folgen?" Der Staatsanwalt sieht Dickmanns erstauntes Gesicht, steht auf und holt vom Richtertisch einen Kommentar der Strafprozessordnung. Er schlägt ihn auf: § 140 und folgende.

Dickmann bedankt sich sehr höflich und liest. Dem Angeklagten muss von Amts wegen ein Verteidiger bestellt werden, wenn „die Verteidigung eine notwendige ist". Die Verteidigung ist notwendig, wenn den Gegenstand der Verhandlung ein Verbrechen bildet, und wenn der Angeklagte die Stellung eines Verteidigers beantragt.

Na also? Schwerer Diebstahl im Rückfall ist doch ein Verbrechen. Warum hat der Angeklagte denn keinen Verteidiger? Dr. Rodewald flüstert Dickmann zu: „Das Gericht muss zwar in diesem Fall einen Verteidiger bestellen, aber nur dann, wenn der Angeklagte es ausdrücklich verlangt."

Der Angeklagte muss es beantragen. Der Untersuchungsgefangene Holle muss sich der Gefängnisverwaltung vorführen lassen und dem Beamten mitteilen, er bäte in Gemäßheit des § 140 Strafprozessordnung, ihm von Amtswegen einen Verteidiger zu bestellen. Das hat der Untersuchungsgefangene unterlassen. Seine Schuld ...

Dickmann wird unruhig. Aber er kann seinen Gedanken nicht zu Ende denken. Ein Herr ist in den Saal getreten, begrüßt höflich den Staatsanwalt. Ein Journalist. Er lächelt vertraulich und fragt: „Interessante Sache?"

Der Staatsanwalt schüttelt energisch den Kopf: „Nichts für Sie. Langweiliger Kram. Schwerer Diebstahl im Rückfall". Der Journalist bedankt sich sehr höflich und geht wieder hinaus. Für solche Bagatellen hat seine Zeitung keinen Platz. Der Gelegenheitsarbeiter Max Holle ist keine Persönlichkeit, deren Schicksal die Öffentlichkeit interessiert. Ja, wenn der Mann noch einen Mord begangen hätte ...

Achtung! Verbeugung!

Das Gericht erscheint. Fünf Herren. Die Strafkammer. Ein Landgerichtsdirektor als Vorsitzender. Dickmann kennt ihn. Der Direktor Berg besucht öfter seinen Vater. Ein verschlossener, etwas nervöser Herr.

Zeugenaufruf: der Pferdehändler Emil Wilde und der Portier Franz Bach.

„Bitte auf dem Flur zu warten."

Der Vorsitzende setzt sich umständlich seinen Kneifer auf und blättert in den vor ihm liegenden Akten. Er spricht undeutlich: „... in der vorliegenden Sache ist Eröffnungsbeschluss ergangen am ..."

Er reicht den Aktenband einem jüngeren Beisitzer. Der liest mit kräftiger, lauter Stimme und ausdrucksvoller Betonung vor: „Gegen den Gelegenheitsarbeiter Max Holle wird auf Antrag der Staatsanwaltschaft wegen der Beschuldigung ... der Angeklagte ist der Tat hinreichend verdächtig ... Stempel. Unterschrift."

Direktor Berg räuspert sich: „Stehen Sie mal auf, Angeklagter!"

Max Holle bleibt stumpfsinnig sitzen.

„Angeklagter! Sie sollen aufstehen, habe ich gesagt."

Ein Justizwachtmeister übersetzt dem Angeklagten die Aufforderung des Vorsitzenden in wilde Gesten. Der Mann erhebt sich.

„Sie haben also eben den Eröffnungsbeschluss gehört. Sie wissen, was Ihnen vorgeworfen wird. Was haben Sie darauf zu erwidern?"

Schweigen.

„Was Sie darauf zu erwidern haben!"

Der Direktor schüttelt ungeduldig den Kopf. Er hebt seine Stimme zu kräftigem Kommandoton: „Na also, Haben Sie die Pferdedecke gestohlen oder nicht? Das können Sie doch wenigstens beantworten."

Max Holle nickt.

„Na, nun erzählen Sie mal, wie sind Sie denn dazu gekommen?"

Schweigen.

Der Vorsitzende seufzt tief auf: „Also gut, ich werde Ihnen helfen: Sie gingen also die Romintenerstraße entlang, nicht wahr?"

Nicken.

„Und da kamen Sie an dem Haus des Pferdehändlers Wilde vorbei, den Sie kannten, weil sie früher mal in seinem Betrieb gearbeitet haben, nicht wahr?"

Nicken.

Der Landgerichtsdirektor setzt sich bequemer in seinen Sessel. Jetzt scheint die Sache ja endlich in Fluss zu kommen. Er blickt zur Decke empor und fragt freundlich: „Nun, und wie schürzte sich der Knoten?"

Schweigen.

„Angeklagter! Sie sollen antworten! Verstehen Sie denn nicht, was ich sage?"

Max Holles Gesicht bleibt stumpf und leer.

Der Vorsitzende wendet sich kopfschüttelnd an einen unscheinbaren Herrn, der auf der Bank der Sachverständigen sitzt: „Ach, Herr Medizinalrat, Sie kennen den Angeklagten ja wohl. Ist der Mann immer so stumpf, oder verstellt er sich nur?"

Der Medizinalrat zuckt die Achseln und lächelt: „Ach nein, ich glaube, er kann die Fragen nicht verstehen."

Der Vorsitzende runzelt die Brauen: „Ist ja schrecklich mit dem Mann."

Die vier anderen Richter sehen starr und unbeteiligt vor sich hin. Der Staatsanwalt blättert immer noch in seinen Akten. Dickmann schämt sich. Er schämt sich der erdrückenden Übermacht, mit der der Staat und die Gerechtigkeit gegen den Arbeiter Max Holle zu Felde ziehen. Da steht der Bursche in der Anklagebank, stiert vor sich hin. Um ihn ein leerer Raum. So einsam wie draußen im Leben ist er auch hier im Gerichtssaal. Wenn der Mann wenigstens einen Verteidiger hätte! Aber das hat er nicht beantragt, und so hat er eben keinen ...

Halt, Max Holle redet. Etwas undeutlich zwar, aber er redet: „Es war so kalt ..."

Der Vorsitzende lacht jovial: „Im Dezember ist es meistens kalt. Aber deswegen stiehlt man doch keine Pferdedecken!"

„... und da stand eine Türe auf ... und da bin ich in den Schuppen gegangen ... und da lag eine Pferdedecke ..."

Der Staatsanwalt beugt seinen Kopf zu Dickmann: „Da sehen Sie", flüstert er, „so idiotisch ist der Mann nicht, dass er nicht ganz genau weiß, wie viel darauf ankommt, ob die Türe offen stand oder nicht. Ganz geriebener Junge."

Der Zeuge, Pferdehändler Emil Wilde, ein vierschrötiger, freundlicher Mann mit breitem Bauch wird vernommen.

„Aufstehen dahinten! Sprechen Sie mir nach: Ich schwöre ..."

Der Zeuge hebt seine schwere rote Hand und spricht die Eidesformel: „... bei Gott dem Allmächtigen und Allwissenden, dass ich nach bestem Wissen die reine Wahrheit sagen, nichts verschweigen, nichts hinzusetzen werde, sowahr mir Gott helfe."

Natürlich war die Türe verschlossen. Der Schlüssel lag in einer Fensternische. Das hat der Angeklagte noch gewusst von der Zeit her, wo er bei dem Zeugen gearbeitet hat. Da gibt es gar keinen Streit, das ist bombensicher.

„Wenn ick jewusst hätte, det Maxe det jewesen is, – ick hätte ihm eene jelangt, und die Sache wäre erledigt jewesen. Anjezeigt hätte ick ihn bestimmt nich. Der is ja doof, der kann doch nicht dafür. Und dann war't doch so kalt."

Die Pferdedecke hat der Bestohlene auch wieder bekommen. Schaden ist nicht entstanden. Ja, das ist ja sehr betrüblich, aber wenn einmal Anzeige erstattet ist, und die Staatsanwaltschaft von einer strafbaren Handlung Kenntnis bekommen hat, dann muss die Sache ihren Lauf nehmen.

„Herr Vorsitzender, ick habe jarkeen Interesse daran, det der Mann soll bestraft werden ..."

„Das ist Ihre Sache, Herr Zeuge, das interessiert uns hier nicht", wehrt der Vorsitzende spitz ab. „Verzichten Sie auf den anderen Zeugen, Herr Staatsanwalt? Ich denke, die Sache ist doch jetzt klar."

„Ich verzichte."

„Angeklagter, verzichten Sie auch auf die Vernehmung des anderen Zeugen? Ob Sie auf die Vernehmung des anderen Zeugen verzichten?! Nach der Strafprozessordnung haben Sie das Recht, auf der Vernehmung des Zeugen zu bestehen."

Max Holle knurrt irgend etwas.

„Also gut." Der Vorsitzende wendet sich zum Gerichtsschreiber. „Schreiben Sie: auf die Vernehmung weiterer Zeugen wird mit allseitigem Einverständnis verzichtet. Herr Medizinalrat, darf ich bitten?"

Vor dem Zeugentisch steht jener unscheinbare Herr, der vorhin bereits in die Verhandlung eingegriffen hat. Er hat eine sympathische Stimme. Seine blauen Augen leuchten freundlich und fast etwas kindlich unter weißen Brauen hervor. Er spricht mit stockender Stimme, zuckt manchmal die Achseln und sieht zu dem Angeklagten hinüber, der bei seinen Worten zu weinen beginnt: „Der Angeklagte ist ein unglücklicher Mensch. Einer von denen, die für das Leben völlig untauglich sind. Ich habe ihn eingehend untersucht und festgestellt, dass er an den Folgen einer spinalen Kinderlähmung leidet. Er stammt aus einer erblich belasteten Familie, Vater war Trinker, Mutter schwere Psychopathin. Sein Verstand hat äußerst enge Grenzen ... Von einem Aufenthalt in der Strafanstalt kann man sich nicht das geringste versprechen. In Einzelhaft kann man ihn überhaupt nicht halten. Dann schluchzt und schreit er den ganzen Tag. Seine Zurechnungsfähigkeit ..." der Medizinalrat zuckt die Achseln. „Bei Begehung der Tat hat sich der Angeklagte in einem Zustand befunden, der die normale Verantwortlichkeit bedeutend herabmindert. Seine Zurechnungsfähigkeit ist außerordentlich beschränkt ..." Der Sachverständige schweigt. Er hat einen Eid geleistet, dass er das Gutachten nach bestem Wissen und Gewissen erstatten wolle.

„Sie halten also die Voraussetzungen des § 51 für vorwiegend?", hilft ihm der Vorsitzende ein.

Dickmann beugt sich unwillkürlich weiter vor, um den Medizinalrat besser verstehen zu können.

Der schweigt. Zuckt die Achseln. Schweigt. Dann sagt er sehr leise: „Als ich den Angeklagten direkt danach fragte, gab er mir zu, er wisse, dass man nicht stehlen dürfe, dass Stehlen ein Unrecht sei."

„Sie meinen also, dass er sich bei Begehung der Tat über das Rechtswidrige seines Handelns im klaren war?"

Der Medizinalrat sieht sich hilflos im Kreise um: „Es hat den Anschein ..."

Aus. Geliefert ist der Mann. Schwerer Diebstahl im strafverschärfenden Rückfall. Nichts zu machen.

„Herr Staatsanwalt, darf ich bitten?"

Dr. Rodebach erhebt sich, räuspert sich leicht und legt die Hände auf den Rücken: „Meine Herren Richter, keinem Zweifel kann es unterliegen, dass die Tat sich in der Weise abgespielt hat, wie die Anklage es behauptet. Das Ergebnis der Beweisaufnahme lässt keine Bedenken zu. Wenn zu diesem Fall überhaupt noch etwas zu sagen ist, dann liegen die Gründe hierfür nicht so sehr in der Sache selbst, als vielmehr in der Persönlichkeit des Angeklagten." Räuspern.

Dr. Rodebach streift den Angeklagten mit einem flüchtigen Blick. „Meine Herren Richter, nun ist es zweifellos der Fall, dass der Angeklagte den Eindruck eines geistig minderwertigen Menschen macht. Wenn ich zunächst von den Ausführungen des Herrn Sachverständigen abstrahieren darf, möchte ich darauf hinweisen, dass wir zwar von dem Angeklagten im Laufe der Verhandlung keinen zusammenhängenden Satz gehört haben, dass die Geisteskräfte Holles andererseits aber zweifellos dazu ausgereicht haben, nicht weniger als viermal Einbrüche zu begehen, deren Nebenumstände, insbesondere die Art ihrer Ausführung, den Schluss auf eine geistige Unzurechnungsfähigkeit des Täters doch wohl nicht so ohne weiteres zulassen. Ich bin der Ansicht, dass solche Leute wie der Angeklagte eine soziale Gefahr darstellen. Ich möchte darauf hinweisen, dass gerade in gegenwärtiger Zeit, wo die Inflation eine so bedauerliche Verwilderung der moralischen Begriffe zur Folge hat, sich die Zahl derartiger Diebstähle und Einbrüche in bedenklicher Weise mehrt. Der Herr Sachverständige hat auf die direkte Frage des Herrn Vorsitzenden eingeräumt, dass der Strafausschließungsgrund des § 51 dem Angeklagten nicht zuzubilligen sei. In Anbetracht der Tatsache jedoch, dass wir es bei dem Angeklagten mit einem Menschen von herabgeminderter und eingeschränkter geistiger Verantwortlichkeit zu tun haben, bitte ich, ihm noch einmal mildernde Umstände zuzubilligen. Ich beantrage daher gegen ihn eine Gefängnisstrafe von einem Jahre und bitte, die erlittene Untersuchungshaft auf die Strafe anrechnen zu wollen."

„Angeklagter, Sie haben das letzte Wort!"

Der Angeklagte schweigt.

„Haben Sie noch etwas zu bemerken? Wie? Sie bitten um eine milde Strafe, nicht wahr? Sie bitten um eine milde Strafe, wie? Wir werden beraten."

Das Gericht zieht sich in das Beratungszimmer zurück. Die fünf Herren halten sorgfältig die Reihenfolge ein, die ihr

Dienstalter ihnen aufzwingt: erst geht der Vorsitzende hinaus, dann der Nächstältere ...

Max Holle sieht aus dem Fenster.

Dr. Rodebach steht auf: „Kommen Sie“, sagt er zu Dickmann, „wir wollen draußen eine Zigarette rauchen.“

Die Luft im Verhandlungssaal war schlecht. Dickmanns Kopf schmerzt. Rodebach ist müde. Die beiden Herren schlendern im Korridor auf und ab. Es hat keinen Zweck, bis zur Verkündung des Urteils in ihr Zimmer zu gehen. Der Staatsanwalt meint, die Beratung würde nicht lange dauern. Die Sache ist ja ganz einfach.

Dickmann fragt: „Sie meinen, dass er Ihrem Antrag gemäß verurteilt wird?“

Rodebach zuckt die Achseln: „Sollte man annehmen. Ganz dicht scheint ja der Mann wirklich nicht zu sein. Da liegt kein Grund vor, ihn schärfer zu verurteilen.“

So, Max Holle wird also auf ein Jahr ins Gefängnis kommen. Er ist ein unglücklicher Mensch, hat der Medizinalrat gesagt. Einer von denen, die völlig untauglich fürs Leben sind. Und darum kommt er ins Gefängnis. Vielleicht wäre es besser für ihn, man internierte ihn in einer Irrenanstalt?

Der Staatsanwalt macht eine abwehrende Handbewegung: „Nicht doch! Wenn alle solche Leute in die Irrenanstalt sollten, dann könnten wir alle Gefängnisse schließen. Denn jeder Rechtsbrecher hat irgendwo einen kleinen Stich. Sie hören doch, was der Sachverständige gesagt hat: § 51 liegt nicht vor.“

Dickmann gibt nicht Ruhe: „Aber der Mann macht doch einen völlig idiotischen Eindruck?“

„Kann ich vielleicht was dafür?“, fragt Dr. Rodebach scharf. „Lassen Sie bloß diese Sentiments aus dem Spiel, Herr Kollege! Sie können sich schon auf meine bald fünfzehnjährige Praxis als Staatsanwalt verlassen, dass ich bestimmt keine irrsinnigen Strafanträge stelle.“

„Aber ich bitte sehr, mit keinem Gedanken habe ich ...“

„Also meinetwegen nicht. Ich möchte Ihnen aber für Ihre künftige Laufbahn einen guten Rat mitgeben. Finden Sie sich mit den gegebenen Tatsachen ab. Es macht auf mich und alle geschmackvollen Leute immer einen entsetzlich deprimierenden Eindruck, einen Richter oder Staatsanwalt als missverstandenen Christus durch die Welt laufen zu sehen. Sie werden mangelhafte Gesetzesvorschriften oder solche, die Sie für mangelhaft halten, bestimmt nicht aus der Welt schaffen. Ganz abgesehen davon, dass ich der festen Überzeugung bin, dem Mann da drin geschieht sein volles Recht, wenn er auf ein Jahr ins Loch kommt. Man muss die Gesellschaft vor solchen Minderwertigen schützen ..."

Ja, da ist nichts zu machen. Dickmann hat noch viel zu lernen. Er muss die Augen weit offen halten. Er muss schweigen. Was versteht er denn schon von der Gerechtigkeit? Bisher nur so viel, dass die Praxis etwas anders aussieht, als es die Universitätsprofessoren mit warmem Pathos und ethischem Hochgefühl darzustellen belieben.

Dickmann ist gar nicht mehr neugierig, wie er wieder im Gerichtssaal sitzt und das Gericht erscheinen sieht.

Der Landgerichtsdirektor hat ein Blatt Papier in der Hand, von dem er mechanisch abliest: „Im Namen des Volkes! Stehn'se mal auf, Angeklagter! Es ergeht folgendes Urteil: der Angeklagte wird wegen schweren Diebstahls im Rückfalle unter Zubilligung mildernder Umstände zu einer Gefängnisstrafe von einem Jahre verurteilt. Die erlittene Untersuchungshaft ist anzurechnen."

Na also. War vorauszusehen. Die Urteilsbegründung, die der Vorsitzende stockend und ungeschickt vorträgt, deckt sich im wesentlichen mit dem, was der Staatsanwalt vorhin gesagt hat.

„Die nächste Sache, Herr Wachtmeister! Der Angeklagte ist abzuführen!"

Max Holle dreht sich noch einmal um. Ein schräger Blick aus seinen kleinen Augen trifft Dickmann. Es liegt darin die schreiende Anklage eines kranken Tieres, und Dickmann zuckt zusammen ...

Das darf er nicht. Er muss den Namen Max Holle ganz schnell vergessen. Er muss den Kopf freibehalten für die Aufgaben seines Lebens. Er muss anders werden, härter. Alle sind so, die er bewundert, und denen er sich unterordnet: sein Vater, der Direktor Berg, der Staatsanwalt Rodebach. Dickmann ist ein schwacher Mensch ...

Und die Maschine schnurrt.

Er muss anders werden. Er kann nicht mit juristischen Scharfsinnigkeiten glänzen wie Krause, nicht mit geistreichen Paradoxen wie Donath. Er ist schwer und zuverlässig, was man ihm sagt, das tut er und freut sich seiner hemmungslosen Unterordnung als einer guten Tat, und unter Akten und Verordnungen erstickt der Mensch Friedrich Wilhelm Dickmann, noch ehe er zum Leben erwacht ist.

Weiter: Dr. Rodebach legt ihm eine Anzeige der Polizei auf seinen Tisch. Am 23. März hat die Hilfsarbeitersehefrau Katharina Schott auf dem Friedhof der evangelischen Johannisgemeinde einen Kranz niedergelegt. Eine rote Schleife trug die Inschrift: „Auf Nimmerwiedersehen!"

Eine Hilfsarbeitersehefrau glaubt nicht an die Wiederauferstehung des Fleisches. Was ist das? Eine blitzende Reihe juristischer Assoziationen rollt ab: Wiederauferstehung, Leben nach dem Tode, Religion, Vergehen und Verbrechen wider die Religion und die öffentliche Ordnung, Gotteslästerung. – Der Fall liegt klar: „Gotteslästerung", sagt Dickmann fragend zu dem Staatsanwalt hinüber, und der nickt:

„Jawoll. Machen wir im Wege des Strafbefehls ab. Dahinten irgendwo müssen die Formulare liegen. Sehnse mal nach, wie man das macht. Antrag auf Erlass eines Strafbefehls."

Dr. Rodebach ist heute ausgezeichneter Laune. Er macht Späßchen über diesen Strafbefehl: „Was wollen wir der Frau geben? Was meinen Sie? Drei Wochen Gefängnis? Bisschen viel, was? Na also, seien wir barmherzig und schreiben wir vierzehn Tage."

Und Dickmann schreibt. Die Staatsanwaltschaft bittet das Amtsgericht, einen Strafbefehl erlassen zu wollen. „Bei nicht erheblichen Delikten kann der Amtsrichter auf Antrag der Staatsanwaltschaft einen Strafbefehl ohne vorhergehende Verhandlung erlassen."

Dickmann schreibt. Man muss sich genau an die Formen halten, in denen so ein Antrag gestellt zu werden pflegt. Das ist zwar nirgends ausdrücklich vorgeschrieben, aber man macht das eben so. Und außerdem: es liegt unbestreitbar ein starker ästhetischer Reiz darin, einen Schriftsatz in dem kunstvollen und verschlungenen Periodenbau des Juristendeutschs abzufassen. Lange Sätze, je verwickelter, desto amüsanter und befriedigender. Dickmann hat noch in keinem amtlichen Schriftstück kurze, knappe Sätze gefunden. Das muss sich wohl nicht gehören. Er schreibt und gibt sich genießerisch und respektvoll dem Rausch der Phrase hin: „Nach einer Anzeige der Polizei soll die Hilfsarbeitersehefrau Katharina Schott am 23. März 1923 öffentlich eine der christlichen Kirchen beschimpft und dadurch zugleich in einem zu religiösen Versammlungen bestimmten Orte beschimpfenden Unfug verübt haben, indem sie auf dem der evangelischen Johanniskirchengemeinde gehörigen Friedhof am Grabe des Christian Mühlbauer in einem mit roten Rosen und roten Schleifen verzierten Fichtenkranz eine Tafel mit der Aufschrift ‚Auf Nimmerwiedersehen!' niederlegte und dadurch die christliche Lehre von der Auferstehung der Toten in grober, ungebührlicher Weise verspottete und verhöhnte ..."

Eigentlich allerhand: da legt so eine Arbeiterfrau einen Kranz auf ein Grab. „Auf Nimmerwiedersehen!" Was ist denn schon dabei? Hätte Dickmann es gesehen, – er hätte höchstens darüber den Kopf geschüttelt. Natürlich ist das eine Ungehörigkeit und geschmacklos außerdem. Aber vierzehn Tage Gefängnis für eine Geschmacklosigkeit? Deswegen soll die Frau ihr Leben lang als „vorbestraft" gelten?

Die unendliche Bindung an Gott, – Dickmann hat seinem Vater versprochen, sie niemals zu vergessen. Das religiöse Moment im Strafrecht ... Aber wenn er nun beim besten Willen diese Bindung nicht fühlt, was dann? Gesetz ist Gesetz. Hier legte irgendein Proletarierweib einen geschmacklosen Kranz auf ein Grab, und das heißt Gotteslästerung.

Was hat Gottes erhabene Majestät, wie sie Dickmann dunkel vorschwebt, mit der Hilfsarbeitersehefrau Katharina Schott zu tun? Nichts, nichts, nichts ...

Dickmann verlässt mit Dr. Rodebach zusammen das Gerichtsgebäude. Ein unfreundlicher, nasskalter Frühlingsabend. Der Staatsanwalt pfeift leise vor sich hin. Er möchte noch einen ordentlichen, steifen Grog trinken gehn, ob Dickmann Lust dazu hat?

Sie sitzen sich gegenüber. Es macht Freude, den Staatsanwalt Rodebach anzusehen: groß, ständig gutgelaunt, elegant, witzig. Ein leidenschaftlicher Junggeselle. Er hat so gar nichts von der schneidigen Würde, die der öffentliche Ankläger in der Vorstellung des Volkes besitzt. Dr. Rodebach ist Staatsanwaltschaftsrat, wie der Gerichtsschreiber Lindemann Justizsekretär ist. Irgendetwas muss der Mensch ja schließlich tun. Warum soll man nicht Staatsanwalt sein?

Manchmal sagt der Staatsanwalt „Herr Kam'rad!" zu Dickmann. Er hat den Krieg als Hauptmann der Reserve in einem Infanterieregiment mitgemacht, hat an der Palästinafront gekämpft und versteht anregend davon zu erzählen. Oft witzelt er auch über die „Scheiß-Republik" und amüsiert sich darüber, dass er als „politischer Beamter" den Weisungen des Justizministeriums zu folgen hat. Und dabei ist der Justizminister ein Republikaner! Das ist wirklich sehr spaßhaft, und Dr. Rodebach, der irgendeinen guten Freund im Ministerium hat, erzählt Wunderdinge davon, wie die Beamten ihren Chef bei jeder Gelegenheit düpieren. Der arme Mann hat gar keine Ahnung, was in seinem Ressort vorgeht, ist ganz und gar auf die Gutmütigkeit seiner Räte angewiesen ...

Nein, Dr. Rodebach ist eine erfreuliche Erscheinung. Vielleicht kann Dickmann ihn fragen, wie er es mit der Bindung an das göttliche Wesen hält? Warum eine Frau, die nicht an Gott und die Auferstehung glaubt, bestraft werden muss?

Dickmann ist sehr vorsichtig: man kann nicht wissen, wie der Staatsanwalt seine Frage aufnehmen wird. Aber Dr. Rodebach lächelt nur. Mitleidig und überlegen. Er lehnt sich in seinen Stuhl zurück, trinkt einen tiefen Schluck Grog und beginnt zu reden. Man merkt ihm an, dass es ihm Freude macht, sich sprechen zu hören:

„Da kommt ihr jungen Leute von der Universität und habt so allerlei merkwürdige Ideen an Euch. Gerechtigkeit! Religiöses Moment im Strafrecht! Du lieber Gott, das ist doch glatter Mist. Ich verstehe gar nicht, wie heute noch so etwas möglich ist. Lieber Herr, wir wollen uns nichts vormachen: was den lieben Gott anbetrifft, so sind wir doch alle mehr oder weniger der Meinung, uns um den alten Herrn nicht allzu viel zu kümmern. Ich möchte keineswegs das zarte Pflänzchen Ihrer Religiosität durch raue Worte knicken. Ich lege allergrößten Wert auf die Feststellung, dass ich alle paar Wochen einmal in die Kirche gehe. Ich möchte auch durchaus nicht auf das erhebende Gefühl verzichten, zu wissen, dermaleinst hält an meinem Grabe ein würdiger Diener Christi eine schwungvolle Leichenpredigt: Er war ein aufrechter deutscher Mann und so weiter. Aber das religiöse Moment im Strafrecht ist – verzeihen Sie – ein bejammernswerter Atavismus."

Dickmann schweigt verwirrt. Aber die vierzehn Tage Gefängnis für die Arbeiterfrau? Man muss sehr vorsichtig sein.

„Aber wie stehen Sie dann zu den Strafbestimmungen der Gotteslästerung?"

Rodebach hebt erstaunt die Augenbrauen: „Nanu, was haben die denn mit Religiosität zu tun?"

Macht der Staatsanwalt einen Witz? Dickmann lächelt unschlüssig. Aber Dr. Rodebachs Gesicht ist durchaus ernst: „Sie werfen da zwei Dinge durcheinander, die nichts miteinander zu tun haben. Ich bin selbstverständlich damit einverstanden, dass die Gotteslästerung und jede Störung des religiösen Friedens bestraft wird. Und zwar sehr energisch bestraft wird. Ich glaube sogar, wir haben die Frau mit dem Kranz reichlich milde angefasst. Aber das hat mit Religiosität oder mit meiner höchstpersönlichen Ansicht über den lieben Gott nicht das Geringste zu tun."

Wie soll man das verstehen? Wo ist hier die unendliche Bindung an das göttliche Wesen?

Dr. Rodebach lächelt nachsichtig: „Das kommt davon, dass die ollen Universitätsprofessoren euch den Kopf mit allen möglichen ethischen Phrasen voll schmieren. Humbug! Immer und immer die Idee der Gerechtigkeit! Wenn wir uns nur nach den

Postulaten dieser Idee richten wollten, – ich sage Ihnen, wir könnten alle Strafgerichte schließen und dafür einen Käseladen aufmachen. Nein, es gibt noch etwas anderes, und das ist meiner Ansicht nach viel, viel wichtiger als das ganze Gesabbere von der Gerechtigkeit."

Dr. Rodebach räuspert sich. Seine Stimme klingt scharf und hell. Dickmann reißt sich unwillkürlich aus seiner nachlässigen Haltung auf. „Und dieses Wichtigere ist die Staatsidee!"

Staatsidee. – Das sagt er mit solchem Nachdruck, dass Dickmann sich wundert. Von der Staatsidee als Faktor der Strafrechtspflege hat Dickmann in Kollegs und im Dienst bisher nichts gehört. Was hat die Staatsidee mit der Gerechtigkeit zu tun? Was mit dem Vergehen und Verbrechen gegen die Religion?

Dr. Rodebach hat seine Schärfe schon wieder vergessen. Es macht den Eindruck, als reuten ihn seine energischen Worte. Er redet salopp, schnoddrig, übertrieben gleichgültig: „Sehen Sie, die destruktiven Tendenzen des Sozialismus und schon früher die des bürgerlichen Liberalismus haben die Grundlagen des modernen Staates bedenklich aufgelockert. Es muss irgendwelche Festpunkte geben. Man kann einen Staat nicht einfach mit dem Zugeständnis zusammenhalten, dass er eine Institution der reinen Zweckmäßigkeit sei. Man muss diese materielle Grundlage moralisch und philosophisch überbauen, sonst kracht eines Tages die ganze Geschichte zusammen. Gotteslästerung, – man könnte die Störung eines Gottesdienstes ganz einfach als Hausfriedensbruch bestrafen. Aber dann entstände der Eindruck, als wäre die religiöse Erbauung einer Gemeinde eine ganz alltägliche Angelegenheit. Die Verbrechen wider die Religion würden sich in unglaublicher Weise mehren. Und das kann sich der Staat einfach nicht leisten. Es gibt schon viel zu viel Dinge, um die sich seine Untertanen in die Haare geraten, wenn nun auch noch die Religion dazu käme, – ich danke schön."

Staatsidee. Zweckmäßigkeitsmaßnahme. Wie nüchtern sich das anhört. Ob alle Staatsanwälte so denken wie Dr. Rodebach? Dickmanns Vater sicher nicht. Ist denn die Staatsidee überhaupt eine rechtserhebliche Größe? Gewiss, – da sind die Paragraphen, die den Hochverrat und den Landesverrat unter Strafe stellen. Aber man weiß ja, dass Hochverrat unter Umständen eine sehr ehrenhafte Sache sein kann. Ludendorff, Traugott von Jagow. Trotzdem muss er bestraft werden. Richtig: Staatsidee. Aber Gotteslästerung? Und vor allem: warum spricht man das nicht einfach aus? Warum hört Dickmann jetzt zum ersten Mal von diesen Dingen? Dr. Rodebach fällt die Schweigsamkeit des Referendars auf: „Warum so nachdenklich?"

Dickmann sucht nach Worten. Gehört es sich, dass eine so einfache Tatsache wie ein Verstoß gegen den Gotteslästerungsparagraphen zu solchen erstaunlichen Schlussfolgerungen führen kann, wenn man darüber nachdenkt?

„Sie sagen Staatsidee. Ich habe nie davon gehört. Niemals darüber nachgedacht. Vielleicht haben Sie recht. Ganz sicher sogar, aber ich verstehe eins nicht: warum lassen sich die Kommentatoren des Strafgesetzbuchs auf so schwierige theologische und philosophische Theorien ein, wenn der ganze Paragraph eine reine Zweckmäßigkeitsmaßnahme ist?"

„Weil die Welt beschissen werden will.", stellt Dr. Rodebach sachlich fest. „Oder wenn Ihnen die feinere Form dieses schönen Spruchs angenehmer ist: mundus vult decipi. Wenn es nur gebildete und vorurteilsfreie Menschen wie uns beide gäbe, dann wären diese moralischen und philosophischen Notkonstruktionen wahrhaftig nicht nötig. Aber die Spießer aller Berufe und Geschlechter glauben doch nur dann an die Existenzberechtigung eines Gesetzes, wenn man sie in Einklang mit den übernatürlichen Mächten setzt. Idee der Gerechtigkeit, das höchste Wesen. Der liebe Gott als Buhmann, als Kinderschreck ... Ne, ne, lieber Freund, das geht nun einmal nicht anders ..."

Dickmann schweigt. Er hört nicht mehr so ganz genau, was Dr. Rodebach sagt. Der Dämmerschoppen zieht sich in die Länge. Sie sind schon beim vierten Glase Grog, und die Gedanken werden von diesem warmen, süßen Zeug nicht schneller und leichter.

„Mir persönlich ist es entsetzlich gleichgültig, ob Sie an den lieben Gott aus dem Religionsbuch glauben oder an den Großen Affen von Schechian."

Dr. Rodebach unterbricht sich. Seine feinen, langen Finger formen zärtliche Gebilde in der Luft: „Ahh! Der große Affe von Schechian! Kennen Sie das nicht? Das ist ein Götze. Kommt vor in einem entzückenden Roman ‚Tanzai oder der Schaumlöffel'. Von Crébillon fils, so einem alten Schwein aus dem achtzehnten Jahrhundert. Müssen Sie lesen. Einer der reizendsten erotischen Romane der Weltliteratur. Eine Leichtigkeit, eine Frechheit, mit der dieser Mann an die heikelsten Dinge rangeht! Ich habe da zu Hause eine Ausgabe mit äußerst grazilen Stichen. Müssten Sie sich anschaffen. Sie werden viel davon haben. Leider hat – glaube ich – Kollege Schneider neulich die ganze Auflage beschlagnahmt. ‚Verbreitung unzüchtiger Schriften', §184. Übrigens auch so eine Sache, über die man stundenlang diskutieren könnte ..."

Crébillon fils, entzückende Erotik, grazile Kupferstiche ...

Dickmann sieht nicht mehr ganz klar. Vielleicht liegt das am Grog? Dieser große, elegante Herr mit dem formidablen Durchzieher auf der linken Backe, – wie ist das doch? Öffentlicher Ankläger, streng, aber gerecht. Die objektivste Behörde der Welt ist die preußische Staatsanwaltschaft. Crébillon fils, Staatsidee, Vergehen und Verbrechen wider die Religion und die öffentliche Ordnung, der Große Affe von Schechian, der liebe Gott als Buhmann, als Kinderschreck ...

Dickmann geht nach diesem Dämmerschoppen ohne Abendbrot zu Bett.

Dr. Rodebach hat in den nächsten Tagen einige Termine wahrzunehmen. Dickmann sieht ihn wenig. Sie können nicht mehr auf ihr Gespräch zurückkommen, und im Grunde ist das Dickmann sehr angenehm.

Dann wirft ihm der Staatsanwalt eines Tages ein Schriftstück auf den Tisch: „Wird Sie interessieren."

Dickmann liest. Es ist ein Antrag auf Erlass eines Strafbefehls gegen die Hilfsarbeitersehefrau Katharina Schott, der vom Amtsgericht zurückgekommen ist: „Urschriftlich zurück zur Äußerung, ob gegen Erhöhung der Strafe auf vier Wochen Gefängnis Widerspruch erhoben wird. Die Beschuldigte ist bereits einmal wegen des gleichen Vergehens bestraft. Es erscheint mit Rücksicht auf die in der Wiederbegehung der Straftat sich zeigende Energie des verbrecherischen Willens die Zufügung einer empfindlicheren Strafe angebracht ..."

„Schreiben Sie bitte, dass hierseitig Bedenken gegen eine Erhöhung der Strafe nicht vorliegen", sagt Dr. Rodebach eilig, und Dickmann wird rot.

Staatsidee, Zweckmäßigkeitsmaßnahme, die Gerechtigkeit ...

Bald ist der Staatsanwaltschaftsrat nur noch eine Erinnerung. Amtsgericht für Zivilsachen, für Strafsachen, Landgericht, Kammergericht, – Dickmann arbeitet überall. Immer wieder ist etwas Neues, und immer wieder ist es das Alte: die Maschine läuft.

Dickmann sieht Richter, arbeitet bei ihnen, lernt sie kennen und beurteilen: junge und alte, eifrige und bequeme, nervöse und phlegmatische, aber es sind immer Richter, Angehörige einer großen Familie, Glieder einer Kaste, die weit herausgehoben ist aus dem Volk, eine besondere Sprache spricht und sich abschließt gegen jedermann, der nicht zu ihr gehört.

Er lernt Richter kennen und kritisieren. Aber seine Kritik ist milde, und es ist etwas in ihr von der Spottsucht eines Schuljungen oder von dem heimlichen Räsonnieren eines Unteroffiziers über seinen Vorgesetzten: immer steht im Hintergrund die Autorität, das Vorbild, die Unantastbarkeit des Höheren. Und trotz allen Unterschieden will es dem jungen Juristen scheinen, als sei einer wie der andere.

Und überall Akten. Gebirge von Akten. Geschäftsnummern, Paragraphen, sachliche und pathetische Plädoyers der Anwälte ...

Die Korridore des riesigen Amtsgerichtsgebäudes sind erfüllt von brausendem Gesumm. Rechtssuchende Staatsbürger irren umher, hasten unsicher und gehemmt, vergleichen ihre Vorladungen mit den Nummern der Zimmer, bis sie den Saal gefunden haben, in dem ihre Sache verhandelt wird ...

„... Die halbzehn-Uhr-Sachen alle schon verhandelt? Herr Wachtmeister, rufen Sie die zehn-Uhr-Sachen auf."

Ein Justizwachtmeister schnurrt eine Reihe von Namen herunter. Ein Knäuel Menschen schiebt sich in den Verhandlungssaal. Feierliche Gesichter. Da sitzt der Richter. Er wird Recht sprechen, wird entscheiden, ob Frau Wieder an Herrn Brand die Zahlung zu leisten hat oder nicht. Ob Herr Schmidt berechtigt ist, von Herrn Gerhard die Summe von Reichsmark ...

Rechtsanwälte drängen sich vor dem Richtertisch. Sie haben keine Zeit. Während sie hier stehen und warten, dass die Reihe an sie kommt, wird im nächsten Saal vielleicht gerade eine andere Sache aufgerufen, die sie auch zu vertreten haben. Nervös zuckende Augenbrauen. Bitten, höfliche Erinnerungen:

„... Herr Amtsgerichtsrat, darf ich vielleicht ..."

„Gut. Nr. 2585/23 J. Müller gegen Lansing ..."

Der Referendar Dickmann sitzt auf dem Stuhl des Protokollführers links vom Richter und fertigt Protokolle an.

„Schreiben Sie: für Müller in Vollmacht Herr Rechtswalt Dr. Meyer VII. Für Lansing erscheint ... Müller gegen Lansing!"

Rechtsanwalt Meyer VII. packt schon seine Akten zusammen: „Die Gegenpartei ist nicht erschienen, ich beantrage Versäumnisurteil."

„Herr Kollege: Nr. 2585/23 J. Es ergeht Versäumnisurteil ..."

Die nächste Sache. Zwei Rechtsanwälte. Sie stehen rechts und links an zwei Pulten. Sind sehr höflich miteinander. Alte Kollegen. Sehen sich schon seit zwanzig Jahren jeden Tag auf dem Gericht ...

„Schreiben Sie: ... nehmen Bezug auf die Schriftsätze ... Nächster Termin am Dienstag, den 23. Juni morgens zehn Uhr Zimmer 383."

Die nächste Sache. „Schreiben Sie: der Beklagte erklärt sich bereit, ... in zehn Raten, beginnend am ..."

Zwei andere Menschen vor den Pulten.

„Noch zehn-Uhr-Sachen?"

Eine Frau drängt sich unschlüssig durch den Knäuel von wartenden Rechtsanwälten und Parteien vor den Richtertisch.

„Wer sind Sie denn?"

„Frau Lansing."

„Zeigen Sie mal Ihre Vorladung. Geschäftsnummer 2585/23 J. Ihre Sache ist erledigt. Es ist Versäumnisurteil gegen Sie ergangen. Herr Wachtmeister, die halb-elf-Uhr-Sachen!"

Ein neuer Menschenschwall quillt in den Verhandlungssaal. Neue Geschäftsnummern. Andere Rechtsanwälte. Aufgeregte Parteien, deren Kampfeifer plötzlich erstirbt vor der sachlichen, unendlich nüchternen Atmosphäre des Gerichtszimmers.

„... und beantrage, die Klage kostenpflichtig abzuweisen." – „Nehme Bezug auf meinen Schriftsatz vom 18. des Monats und bitte um Entscheidung nach Lage der Akten." – „Schreiben Sie: die Sache wurde vertagt." – „Ich habe den Kläger bereits durch Schreiben vom 14. vorigen Monats darauf aufmerksam gemacht." – „Schreiben Sie: Termin zur Verkündung des Urteils wird festgesetzt auf den ..."

Frau Lansing steht immer noch vor dem Richtertisch, ihre Vorladung in der Hand.

„Was wollen Sie denn noch? Ihre Sache ist erledigt."

Frau Lansing hat Wochen und Wochen auf den Augenblick gewartet, wo sie vor dem Richter ihr Recht beweisen kann. Sie braucht doch nicht zu bezahlen. Wochenlang hat sie sich alles überlegt, was sie sagen wollte. Jedes Wort sitzt. Und nun?

„Es ist Versäumnisurteil gegen Sie ergangen. Verstehen Sie denn nicht? Sie waren zur festgesetzten Zeit nicht hier, und damit ist Ihre Sache erledigt."

„Aber ich bin doch schon seit neun Uhr ..."

Der Amtsgerichtsrat verliert die Nerven: „Herrgott noch mal! Immer dieselbe Geschichte! Ihre Nummer ist aufgerufen worden, und Sie haben sich nicht gemeldet."

„Aber ich kann doch nichts dafür! Ich weiß doch nicht ..."

„Ihre Sache ist erledigt. Herr Rechtsanwalt? Schreiben Sie: der Beklagte erkennt an ... Was wollen Sie denn noch, Frau Lansing? Ich kann doch nicht einfach ein Urteil aufheben, bloß weil Sie nicht aufgepasst haben. Erheben Sie Einspruch, wenn Sie das wollen. Schreiben Sie bitte ..."

Dickmann schreibt mit glühenden Backen. Wie das alles klappt. Ein Betrieb! Großartig einfach! Und wie eindeutig und klar das alles ist. „Ersuchen um Vorlegung von Urkunden." Rasch, keine Zeit! Form nach § 165 Zivilprozessordnung. Formular: „In der Prozesssache ... wird zur Vorlegung der Handlungsbücher des Beklagten Termin auf den ... bestimmt." – „Ersuchen um Abnahme eines Eides." Weiter, weiter: Form. Z. P. Nr. 31: „In der Prozesssache ... wird zur Leistung des dem Kläger im Beweisbeschluss vom ... auferlegten Eides Termin bestimmt auf den ..."

Draußen auf den Korridoren drängen sich schon wieder andere Prozessparteien. Rechtsanwälte laufen vorbei, Akten unter dem Arm. „Keine Zeit, keine Zeit." „Herr Kollege Abrahamsohn, Herr Kollege Abrahamsohn! Mein Gott, wo stecken Sie denn? Keine Zeit. Muss nachher noch Ehescheidungstermin in Charlottenburg wahrnehmen."

Die beiden Rechtsanwälte betreten eilig den Saal. Ein paar formelhafte Wendungen. „Schreiben Sie bitte!" Nicht fünf Minuten dauert das Ganze. Weiter, weiter. „Die Sache Schmidt gegen Marquardt!"

Und während oben Urteil auf Urteil, Beschluss auf Beschluss verkündet oder vertagt wird, steht irgendwo auf einem Korridor eine Frau und weint. Sie weiß nicht, was mit ihr geschehen ist. Was soll sie denn nun zu Hause erzählen? Sie versteht das alles nicht. Versäumnisurteil, Einspruch. Ja, wenn sie sich einen Rechtsanwalt genommen hätte. Aber das kostet Geld, und sie hat doch keins.

„Die nächste Sache bitte!"

Und während in tausend Zimmern Aktenberge anschwellen, hat hier irgendeine Frau Lansing den Glauben an die Gerechtigkeit verloren.

Wichtigkeit! Dickmann hätte die Frau vorhin am liebsten geohrfeigt. So ein Unfug. Stört die Verhandlung immer wieder mit ihrem Quatsch. Soll sie doch aufpassen. Hier hat man keine Zeit. Muss so eine Frau doch verstehen, und wenn sie noch so dämlich ist.

Weiter, weiter ...

Während seiner Ausbildungszeit bei der Zivilabteilung des Amtsgerichts wacht Dickmann nur selten auf aus der tiefen Betäubung, die die endlosen Beschlüsse, Vertagungen. Verkündungen, Beweiserhebungen, Urteile hervorrufen.

Man vergisst beinahe, warum man hier ist. Worum es sich hier handelt. Es ist ja auch so gleichgültig! Ist ja doch immer dasselbe: Geld, Geld, Geld. Die einen wollen es haben, und die anderen geben es nicht her. Der eine hat es nicht, und der andere braucht es.

Wie die Leute sich um die paar Mark aufregen! Tun so, als hinge Leben und Seligkeit davon ab, dass ihr Gegner zahlt. Die Welt ist schlecht, Verflucht noch mal, das merkt man erst so richtig, wenn man Tag für Tag Klagen und Beschwerden hören muss.

Manchmal erschrickt Dickmann, wenn er erkennt, was eigentlich von dem Ideal der Gerechtigkeit übrig geblieben ist, das doch sein Leben zu bestimmen scheint. Immer wieder diese platten, unerfreulichen, materiellen Dinge. Der Richter nichts als der Büttel, der die Forderungen eines geldgierigen Menschen eintreibt. Alles, was Dickmann auf der Universität gelernt hat, neunundneunzig Prozent aller Gesetzesvorschriften, aller Verordnungen und Bestimmungen: Geld, Geld, Geld. Die einen wollen es haben, und die anderen geben es nicht her.

Und die Gerechtigkeit?

Unten im Lichthof des Gebäudes steht unter dem Namensschild mit den Initialen des Kaisers die Statue der Themis, Waage und Schwert in der Hand.–Dickmann ist Wochen und Wochen an ihr vorbeigegangen und hat sie nicht bemerkt. Dann hat er leicht befremdet genickt: „Ach ja: Themis mit Waage und Schwert."

Aber diese Wahrnehmung war blass und undeutlich wie die schüchternen Fragen nach der Gerechtigkeit, die ihm Augenblicke der Müdigkeit zu beantworten aufgeben.

Er beantwortet sie nicht. Er hat keine Zeit. Er vergisst sie. Der Apparat ist zu groß, die Maschinerie zu geölt. Sie steht so sehr im Vordergrund, dass man die Gerechtigkeit nicht sieht ...

Weiter, weiter: Zwangsvollstreckung, einstweilige Verfügung, dinglicher Arrest, Grundbuchsachen, Handelsregister, Vereinsregister, Verfahren bei Aufnahme eines Testaments, Verfahren bei der freiwilligen Versteigerung eines Grundstücks ...

Wo ist das Gesetz? Erstickt, überwuchert, verkümmert, beiseite geschoben von den Formularen und Verordnungen, die eifrige Menschen zu seiner Auslegung und Anwendung erdacht haben.

Wo ist das Leben?

Es muss irgendwo da sein. Man sieht an den Termintagen Menschen, dann erfährt man, dass es Angelegenheiten des wirklichen Lebens sind, die sich in diesem papiernen Netz verfangen haben.

Ein korrekter, leicht übermüdeter, ungebührlich tief von seiner Wichtigkeit durchdrungener Beamter nimmt ein Blatt Papier nach dem anderen aus einem Regal und beschreibt es mit Tinte in geheiligten Formeln und Wendungen: man nennt ihn Amtsgerichtsrat. Er nennt sich einen Diener der Gerechtigkeit und weiß fünf Minuten später nicht mehr den Namen einer gewissen Frau Lansing, die ...

Das dumme Aas! Man muss doch die Form wahren.

Die Form! ...

Dickmann sitzt nun wieder im Kriminalgericht und bearbeitet beim Amtsgericht Strafsachen. Er kennt das von der Staatsanwaltschaft her. Nur, dass er hier Urteilsbegründungen ausfertigt, an den Sitzungen teilnimmt und im Beratungszimmer aufmerksam zuhört, wenn der Richter den Schöffen seine Ansicht von der abzuurteilenden Sache vorträgt.

Er lernt viel. Zum Beispiel, dass die Schöffen höchst überflüssige Menschen sind, die vom Strafgesetzbuch keine Ahnung haben, und die immer das tun, was der Richter ihnen vorschlägt. Er lernt noch mehr: dass man das Verbrechen empfindlich bestrafen muss, gerade jetzt, wo diese bedauerliche Verwilderung der moralischen Sitten besorgniserregend um sich greift, wie ihm sein Vorgesetzter immer erzählt.

Der Amtsgerichtsrat Wiedemann ist ein sehr schneidiger Herr. Er lehnt diese Zeit so durchaus ab, dass er es für seine heiligste

Pflicht hält, ihren Symptomen unnachsichtig entgegenzutreten. Und diese Symptome sind eben Rechtsbrecher, Diebe, Betrüger, Schwindler, ungetreue Angestellte, Menschen, die vom Geiste des Mammons vergiftet sind und sich an fremdem Gut vergreifen.

Dickmann hat großen Respekt vor Wiedemanns gefestigten und starren Moralbegriffen. Sein Vorgesetzter ist ein ausgezeichneter Verhandlungsleiter. Mit Leib und Seele bei der Sache. Dem kann kein Angeklagter etwas vormachen. Wiedemann hat eine kleine Schwäche für Fälle, die noch nicht restlos aufgeklärt sind. Es ist langweilig, einen geständigen Angeklagten vor sich zu haben, der zu allem ja sagt, was man ihm vorwirft. Da gibt es keine Möglichkeit, die geistige Überlegenheit des Richters spielen zu lassen.

Aber wenn ein Angeklagter Ausflüchte macht, alles ableugnet, sich geschickt verteidigt, – dann ist Amtsgerichtsrat Wiedemann in seinem Element. Dann wird er geradezu liebenswürdig. Und manchmal hat es den Anschein, als sei er dann dem Angeklagten für seine Halsstarrigkeit fast dankbar.

Man muss das sehen, wie er in solchen Fällen seinen eirunden, kahlgeschorenen Schädel in die Schultern vergräbt, seine Augen bis auf einen kleinen Spalt schließt und freundlich vor sich hin lächelt: „Natürlich, natürlich, Sie sind völlig unschuldig. Hier auf der Anklagebank sitzen immer nur völlig unschuldige Menschen!“ Ein feiner, heller Kopf. Eine Gerichtsverhandlung ist für ihn ein reiner Sport. Wie er plötzlich ganz gemütlich zu reden anfängt, wie er dem Angeklagten recht gibt, ihn in seinem guten Gewissen bestärkt, um dann plötzlich die Brille abzunehmen und ihm mit einem boshaften Lächeln seine Widersprüche nachzuweisen. Je schwieriger die Verhandlung, um so milder wird der Richter. Und ein abgefeimter Schwindler, der ihm den Schuldbeweis so sauer wie möglich gemacht hat, kann auf ein verhältnismäßig mildes Urteil rechnen.

Dickmann bewundert Wiedemann restlos. Und wie der die Schöffen zu nehmen versteht! Er lässt ihnen erst gar keine Zeit, vielleicht eine gegenteilige Meinung zu äußern, redet und redet, wirft mit Paragraphen um sich und Reichsgerichtsentscheidungen, dass den Laienrichtern der Kopf raucht. Ein vorzüglicher Strafrichter ...

„Guten Morgen, meine Herren!"

Amtsgerichtsrat Wiedemann kommt gut ausgeschlafen in das Beratungszimmer, wo die Schöffen und der Referendar Dickmann bereits auf ihn warten. Die beiden Schöffen sind Handwerksmeister, anständige, brave Leute. Wiedemann begrüßt sie mit besonderer Herzlichkeit. Sagt „Herr Meister!" zu ihnen und erkundigt sich fachmännisch und teilnehmend nach dem Stand ihrer Unternehmungen. Ja ja, eine verfluchte Zeit. Man weiß gar nicht, wo einem der Kopf steht. Gerade das Kleingewerbe hat es heute besonders schwer. Die Unbotmäßigkeit der Arbeiter, ihre Geldgier, mit nichts sind die Leute mehr zufrieden. Freilich, freilich, früher war es besser. Die beiden Schöffen strahlen vor Freude und Stolz über das Verständnis und die Leutseligkeit des Richters. „Na, dann wollen wir mal anfangen."

Dickmann nimmt rechts hinter dem Gericht Platz. Er hat in dieser Verhandlung keine andere Funktion als zuzuhören.

In der Anklagebank erhebt sich ein großer, blonder Kerl. Sieht ein bisschen verwahrlost aus.

Die Vernehmung beginnt. Zwanzig Jahre alt, Schlosser von Beruf, jetzt arbeitslos. Hat früher in Saarbrücken gearbeitet, ist wegen Stilllegung seiner Fabrik entlassen. Amtsgerichtsrat Wiedemann blättert in den Akten

„Und da sind Sie dann eines Tages von Saarbrücken nach Offenbach gegangen, nicht wahr? Sagen Sie mal, was wollten Sie denn da eigentlich?"

„Arbeit suchen."

„Soso. Arbeit suchen. Natürlich. Wenn es in Saarbrücken keine Arbeit gibt, dann gibt es vielleicht in Offenbach welche. Ausgerechnet in Offenbach. Na, mal weiter."

„Und da habe ich auch keine Arbeit bekommen."

„Wovon haben Sie denn da gelebt?"

Der Angeklagte zuckt die Achseln.

Wiedemann räuspert sich: „Gebettelt wahrscheinlich. Na, mal weiter."

„Am Bahnhof sagten mir dann ein paar Kollegen, ich könnte hier Arbeit bekommen. Da bin ich denn auch angenommen worden und habe eine Stunde lang Kohlen geschippt."

Der Amtsgerichtsrat zieht den Kopf ein: „Sagen Sie ma, was waren denn das für Leute, die Ihnen die Arbeit angewiesen haben?"

„Französische Beamte."

„Soso. Französische Beamte. Na, und das hat Sie gar nicht gestört, dass das Franzosen waren, wie? Da haben Sie sich natürlich gar nichts bei gedacht?"

„Nein."

Der Amtsgerichtsrat nimmt die Brille ab und lehnt sich in seinen Sessel zurück: „Das war ja auch die einfachste Sache von der Welt. Da kommen Franzosen nach Offenbach, lassen auf dem Bahnhof Kohlen verladen, und da finden Sie gar nichts bei."

Der Angeklagte schweigt.

„Sagen Sie ma, was dachten Sie sich eigentlich dabei? Was? Ich meine, schämen Sie sich denn gar nicht? Sie wussten doch ganz genau, dass die Franzosen kein Recht hatten, unsere Kohlen zu stehlen, was?"

„Das habe ich nicht gewusst."

„Natürlich nicht. Sie dachten, die Franzosen haben ein Recht dazu, mitten im Frieden in Deutschland einzufallen und sich zusammenzustehlen, was sie gerade kriegen können, was? Und das wollen Sie uns einreden? Schämen sollen Sie sich was, als deutscher Mann Ihre Hand zu einem gemeinen Diebstahl zu bieten, den die Franzosen ausgeführt haben."

„Ich hatte Hunger und konnte keine Arbeit kriegen ..."

„Sie sind ja auch so schwächlich, was? Nirgendwo gab es Arbeit. Warum laufen Sie denn sinnlos und aufs Geratewohl nach Offenbach? Sie hätten doch zu Hause bleiben können. Sie sind ja nach Begehung der Straftat auch einfach auf blauen Dunst hin nach Berlin gefahren und haben hier gebettelt. Vielleicht nennen Sie das Arbeit suchen?"

Der Staatsanwalt redet ein paar sachliche Worte. Die Franzosen haben die Kohlen gestohlen, und der Angeklagte hat ihnen

Beihilfe dazu geleistet. Er hat sich demnach der Beihilfe zum Diebstahl nach § 242 des Strafgesetzbuchs schuldig gemacht: „Ich beantrage daher eine Gefängnisstrafe von einem Monat."

„Angeklagter, haben Sie noch etwas dazu zu sagen?"

„Ich habe nicht gewusst, dass ich mich strafbar machte. Ich habe doch bloß eine Stunde lang beim Kohlenschippen geholfen. Ich bin außer der Haftstrafe wegen Bettelns und Obdachlosigkeit noch niemals bestraft worden ..."

Im Beratungszimmer zünden sich die Herren Zigarren an. Amtsgerichtsrat Wiedemann ist sehr höflich zu den beiden Schöffen: „Tolle Sache, wie? Da klauen die Franzosen unsere schönen Kohlen, und der Kerl hilft ihnen dabei. Ganz einfach. Es ist natürlich völlig sinnlos, wenn der Mann sagt, er habe nicht gewusst, dass die Franzosen kein Recht zu diesem Diebstahl gehabt hat ten. Kein Recht zu einem Diebstahl! Und das will der Mann nicht gewusst haben ..."

Der Amtsgerichtsrat redet ununterbrochen. Die beiden Schöffen hören aufmerksam zu: „In dieser schweren Zeit ... nationale Knochenerweichung ... schwarze Schmach an Rhein und Ruhr ... deutsche Männer. Meinen Sie nicht auch, dass ein Monat Gefängnis ein bisschen sehr wenig für so ein Verbrechen ist? Meines Erachtens ist hier doch eine empfindlichere Strafe am Platze." Der Amtsgerichtsrat lächelt freundlich: „Meine Herren, so wie ich den Mann einschätze, sitzt der die vier Wochen – wie man in Berlin so schön sagt – mit einer Arschbacke ab."

Gelächter, in das Dickmann herzlich mit einstimmt.

„Ich finde, drei oder noch besser vier Monate wären eine angemessene Sühne. Na, wollen erst mal sehen. Herr Referendar, wie denken Sie über den Fall? Ist Ihnen am Plädoyer des Staatsanwalts nichts aufgefallen?"

Dickmann überlegt fieberhaft: Beihilfe zum Diebstahl ...

Nein, Dickmann ist nichts aufgefallen.

Amtsgerichtsrat Wiedemann lächelt nachsichtig, und während die beiden Schöffen ihn respektvoll ansehen, greift er zum Strafgesetzbuch: „Meine Herren, in Frage kommen hier die Paragraphen 242 und 258 des Strafgesetzbuchs. Meiner Ansicht nach liegt Beihilfe zum Diebstahl nicht vor. Die Franzosen haben die Kohlen, also fremde bewegliche Sachen, einem anderen in der Absicht rechtswidriger Zueignung entwendet. Aber als der Angeklagte seine Tätigkeit begann, war der Diebstahl ja doch schon vollendet. Es handelte sich nunmehr nur noch um die Beiseiteschaffung der Diebesbeute. Meiner Überzeugung nach liegt hier also nicht Beihilfe zum Diebstahl nach § 242 vor, sondern Hehlerei nach § 258. Ist Ihnen das klar, meine Herren?"

Die beiden Schöffen sehen sich an und nicken krampfhaft mit dem Kopf. Amtsgerichtsrat Wiedemann lächelt unendlich fein: „Sie haben sonst natürlich das Recht, Ihre andersgeartete Rechtsauffassung hier darzulegen, und wir würden dann darüber abstimmen. Aber ich darf jetzt feststellen, dass Sie mit mir der Ansicht sind, es kommt hier nicht Beihilfe zum Diebstahl, sondern Hehlerei in Frage. Die Sache ist ja auch durchaus geklärt. Die Strafbestimmungen sind klar und eindeutig, lassen keinen Zweifel zu. Ach, so, ja, die Frage des Strafmaßes. Meine Herren, ich bin dafür, den Angeklagten zu vier Monaten Gefängnis zu verurteilen. Herr Schmiedersky, anderer Ansicht? Nein. Herr Kaphausen? Nein. Also Einstimmigkeit. Herr Kollege, darf ich bitten, den Protokollführer zu rufen."

Dickmann erhebt sich und ruft den Protokollführer ins Beratungszimmer. Der Amtsgerichtsrat diktiert ihm die Urteilsformel in die Feder. Dann macht er sich kurze Stichworte für die mündliche Urteilsbegründung.

Er lächelt freundlich: „Herr Kollege, passen Sie hübsch auf. Sie werden später das Urteil ausfertigen müssen."

Der Amtsgerichtsrat ist dafür bekannt, dass er sich schon bei der mündlichen Urteilsbegründung eines gepflegten Stils befleißigt. Seine Referendare haben nicht mehr viel Arbeit, wenn sie das Urteil schriftlich fixieren.

„Meine Herren, darf ich bitten?"

Das Gericht betritt den Saal. Der Angeklagte erhebt sich. Der Vorsitzende spricht mit lauter, deutlicher Stimme das Urteil: „Im Namen des Volkes! Der Angeklagte wird wegen Hehlerei zu vier Monaten Gefängnis verurteilt."

Wiedemann sieht zur Decke empor. Sein Gesicht zeigt den Ausdruck äußerster Sammlung. Langsam und überlegt redet er weiter, ein klassisches Urteil, klar, einfach, unangreifbar. Dickmann bewundert ihn.

„Die Anklage sieht in der Tätigkeit des Angeklagten eine Beihilfe zu dem Diebstahl, den die Franzosen fortgesetzt an den der deutschen Eisenbahnverwaltung gehörenden Vorräten an Kohlen verübten. Sie nimmt also an, der Diebstahl sei erst mit der Wegnahme der Kohlen durch die Kohlenschipper begangen worden. Nun unterliegt es keinem Zweifel, dass die Franzosen widerrechtlich in Offenbach eingedrungen sind, und noch viel weniger kann es zweifelhaft sein, dass die Franzosen keine Berechtigung dazu hatten, im Bahnhofsgebiete alles zusammenzustehlen und nach Frankreich zu befördern. Sie haben also fremde bewegliche Sachen einem anderen in der Absicht rechtswidriger Zueignung weggenommen, sich mithin des Verbrechens des Diebstahls nach § 242 Strafgesetzbuchs schuldig gemacht. Als der Angeklagte seine Tätigkeit begann, war aber der Diebstahl bereits vollendet. Es bedurfte nur noch der Wegbringung der Diebesbeute. Der Angeklagte hat den Franzosen wissentlich Beistand geleistet, um ihnen die Vorteile des Diebstahls zu sichern. Und er hat dies getan um seines Vorteils willen, denn er war mittellos und hat die Arbeit ausgeführt, um einen eigenen Vorteil zu gewinnen."

Der Amtsgerichtsrat macht eine kleine Pause. Seine Stimme, bisher sachlich und ruhig, schwillt an. Er sieht drohend zu dem Angeklagten hinüber:

„Seiner Behauptung, er habe nicht gewusst, dass die Franzosen kein Recht zur Wegnahme der Kohlen gehabt hätten, ist der Glaube zu versagen. Denn jeder halbwegs nationalgesinnte Deutsche hat so viel Rechtsempfinden, dass er das Vorgehen der französischen Truppen als einen brutalen Willkürakt ansieht. Dazu kommt weiter noch, dass es an und für sich schon eines Deutschen unwürdig ist, für die Franzosen freiwillig zu arbeiten. Selbst die Not durfte den Angeklagten nicht dazu bringen, sich den Franzosen als Kohlenschipper anzubieten. Lediglich der Umstand, dass seine Angabe, er habe nur eine Stunde gearbeitet, nicht widerlegt werden konnte, ließ die Sache etwas milder erscheinen. Der Angeklagte ist abzuführen ..."

Nach der Verhandlung ist Pause. Amtsgerichtsrai Wiedemann trinkt mit Dickmann eine Tasse Kaffee in der Kantine. Dazu isst er ein paar belegte Schrippen, die er umständlich aus Butterbrotpapier auswickelt. Das Papier glättet er, knifft es sorgfältig und steckt es wieder ein.

Wiedemann frühstückt. „Sie essen nicht?", fragt er zu Dickmann hinüber. Der schüttelt den Kopf: „Ich esse nachher zu Hause."

Der Amtsgerichtsrat schlürft den Kaffee: „Jajaja", knurrt er. „Das ist ein Leben. Früher, vor der Inflation, habe ich immer an Verhandlungstagen im Restaurant gegessen. Aber wer kann sich das heute leisten? Schieber, Betrüger, Devisenschwindler, Raffkes und gelernte Arbeiter. Die ja, aber ein deutscher Richter? Ich sage Ihnen, Herr Kollege: was ich das schon bedauerte, dass ich Richter geworden bin. Maurer hätte man werden müssen. Maurer! Wenn denen das Geld knapp wird, dann streiken sie ein bisschen, und prompt schmeißt man ihnen alles in den Rachen, was sie haben wollen. Ist es nicht so?"

Dickmann nickt. Er weiß zwar von den Bauarbeiterlöhnen nichts, aber man hört doch allgemein, dass der Arbeiter der hauptsächlichste Inflationsgewinnler ist.

Wiedemann nimmt sich das zweite Brötchen vor: „Zum Kotzen!", stellt er fest. „Da sitzt man nun hier und frisst Brötchen, weil man nicht mal das Geld zum Mittagessen hat ..."

Weiter, weiter: „Strafsache Fiedler!"

Ein Mann hat in einem Hause die Klingeln und Türgriffe abgeschraubt und das Messing verkauft: „Sechs Monate Gefängnis! Gerade in heutiger Zeit, wo die Metalldiebstähle so erschreckende Ausmaße angenommen haben, scheint es angebracht, derartige Straftaten ganz empfindlich zu sühnen ..."

„Strafsache Kühn!" Ein Betrüger. Amtsgerichtsrat Wiedemann rollt mit den Augen vor Entrüstung, als der Angeklagte eine Zahl nennt. Er schnappt nach Luft, dann schreit er: „Aber das ist ja ... das ist ja das Jahresgehalt eines deutschen Richters! Wissen Sie das?"

Der Angeklagte weiß es nicht. Er hat sich noch niemals Gedanken darüber gemacht, wie der Staat die Funktionäre der Gerechtigkeit bezahlt. Er kann ja nicht wissen, dass der Mann im schwarzen Talar, der über ihn Recht sprechen soll, ein schlechtbezahlter Beamter ist, der sich darüber erregt, dass er zu Mittag belegte Brötchen essen muss!

Im Beratungszimmer: „Meine Herren! So ein Mann hat nichts gelernt als das bisschen Kaufmann. Und unsereiner, vier Jahre Studium, fünf Jahre Vorbereitungszeit im Justizdienst, unsereiner muss mit dem Geld, das der Angeklagte in ein paar Tagen verdient hat, ein ganzes Jahr lang auskommen. Meine Herren, da wundert es einen wirklich nicht mehr ..."

Der Angeklagte Kühn wird wegen Betruges zu neun Monaten Gefängnis verurteilt. Bisher ist er unbestraft. Vielleicht wäre er mit einer Geldstrafe davon gekommen, wenn der Amtsgerichtsrat Wiedemann im Restaurant gegessen hätte ...

Immer neue Gesichter in der Anklagebank, – rohe, freche, ängstliche, armselige, sympathische. Immer neue Lebensschicksale. Männer, Frauen, halbe Kinder, Greise ... Weiter, weiter!

Wie Dickmann einmal nach einigen Tagen zu dem Amtsgerichtsrat sagt: „Dieser Schlosser Bläser ..." Da unterbricht ihn Wiedemann: „Bläser? Bläser? Wer ist das?"

„Der Montageschlosser aus dem Saargebiet ..."

Wiedemann legt dem jungen Kollegen die Hand auf die Schulter: „Lieber Freund, das müssen Sie nicht tun. Der Mann ist verurteilt, und damit ist die Sache für mich erledigt. Ich will Ihnen einen guten Rat geben: wenn Sie das Gerichtsgebäude im Rücken haben, dann denken Sie nicht mehr an das, was tagsüber im Dienst geschehen ist. Mach' ich immer so. Fällt mir nicht ein, mir für die paar Pfennige Gehalt auch noch meine freien Stunden versauen zu lassen! Schließlich hat man doch auch noch so etwas wie ein Privatleben!"

Richtig! Der Amtsgerichtsrat Wiedemann führt auch ein Privatleben. Das hat Dickmann vergessen. Wichtiger als diese traurige Reihe von Menschen, die vor seinem Richtertisch stehen, erscheint dem Richter die Tatsache, dass sein Junge gestern eine saumäßige Zensur nach Hause gebracht hat, und dass seine Tochter in der dritten Lyzeumsklasse sitzen geblieben ist.

„Meine Frau ist eben viel zu schwach zu den Kindern. Wenn ich da nicht mal von Zeit zu Zeit ...“

„Jetzt ist Feierabend“, sagt Amtsgerichtsrat Wiedemann energisch und beginnt sein Privatleben zu führen. Seine Kinder zu prügeln und sich über seine Frau zu ärgern. Und kein Gedanke an die flüchtigen Schatten im Gerichtssaal wird seinen Schlaf stören. Keine Brücke führt von dort in das wirkliche Leben, das jenseits der Paragraphen und der Maschine liegt.

DIE KONSUMENTEN

Ernst Ottwalt
DENN SIE WISSEN WAS SIE TUN

Gibt es wirklich keine Brücke?
Es sollte keine geben, beschließt Dickmann. Denn was ist das Leben? Alles zerrinnt einem unter den Händen. Man hat keine Festpunkte mehr. Man hängt irgendwo im Raum und kennt nicht oben und unten mehr. Alles fließt und schwankt: nur das Gesetz bleibt. Das Gesetz, der Beruf ...

Der Weg zu dieser trüben Erkenntnis ist lang und verworren, und will Dickmann sich erklären, wie er zu ihr gelangte, dann findet er nichts als Belanglosigkeiten, die aneinandergereiht doch Zweifel und Erschütterung bedeuten.

Wie nebensächlich ist es, dass der Landgerichtsdirektor Doktor Mann eines Tages zu Dickmann hinüberlächelt: „Sie bekommen eine neue Kollegin. Eine jüdische Referendarin."

Wie kann es geschehen, dass Dickmanns Leben von diesem Tage an sich verändert, an dem er vor einer schlanken jungen Dame steht und mit korrekter Verbeugung seinen Namen murmelt? Genia Lazar heißt sie. Jüdischer kann man nicht heißen.

Was war sein Leben bis dahin? ...

Tage voll Missmut, Müdigkeit und Langeweile, ohne Auftrieb und Freude. Wollte er die Grenzen seines Selbst ausweiten und den Alltag mit dem Glanz des Großartigen und Außergewöhnlichen aufhellen, dann musste er trinken. Denn trinken hat er gelernt: im Regiment, im Corps ... Es ist fast das Einzige, was im Leben wirklich Spaß macht. Man fühlt sich so leicht, man denkt so wunderbar rasch und scharf und sieht plötzlich, dass das Dasein voller versteckter heimlicher Freuden ist.

Manchmal ist da auch noch etwas anderes. Dickmann kommt vom Corpshaus der Holsatia. Ein Uhr nachts. Die Gaslaternen haben einen komischen, milchigen Hof wie ein betrunkener Mond. Der Asphalt federt wie ein Sofa.

„Schatz, hast du mir nichts mitgebracht, ein Spielzeug für die lange Nacht? Damit, wenn ich nicht schlafen kann, so rechts und links kann spielen dran." Wenn man das laut singt, geht es sich noch mal so schön. Man kann auch seinen Spazierstock klappernd an dem Brückengeländer entlangstreichen, das klingt sehr lustig. „Die längste Nacht im Nu vergeht, wenn an mein Bett ein Spielzeug steht ..." Eigentlich ein Hundeleben, was? Man arbeitet bis nachmittags um vier, legt sich eine Stunde schlafen, döst vor sich hin, geht aus, – und das soll vielleicht immer so weiter gehen, wie? Dickmann bedankt sich dafür. Bestens! Wie merkwürdig sich die Lichtreklame im Wasser spiegelt. Mal stehen bleiben, ansehen! Was glotzt der Affe da so dämlich? „Lanzen auf die Lenden, – Eskadron Galopp, Ma-Marsch! H-u-up."

„Na Bubi, bisschen mitkommen?"

Richtig. Ein Mädchen. Das fehlte. Kann man immer gebrauchen. Man los. Sieht nett aus die Kleine. Wie heißt sie? Martha? Marthachen, Marthel, Karl Martell mit dem Beinamen der Hammer. Is denn das fürne Gegend? Am Zirkus, Karlstraße, – ach so.

Schwindelnde Treppen. Festhalten muss man sich. Vorsicht.

Ja doch, Dickmann ist ja schon leise. Auch nicht das Richtige: immer dieselben Zimmer, dieselbe protzige und geschmacklose Kristallkrone. Nippes in allen Ecken, Plüschmöbel. Und wie das mufft und mieft! Wie ekelhaft aufdringlich das Bett da mitten im Zimmer steht.

„Geld?" Natürlich soll sie ihr Geld haben. Dickmann lässt sich nichts schenken. Oho! Dragonerregiment Kaiser! Markomannia Jena! Ob sie eine Ahnung hat, was das heißt? Das Mädchen steht mit kritischem Gesicht daneben, wie Dickmann mit flackernden Händen in seiner Brieftasche herumklaubt.

Die alte Sau! Kann gar nicht abwarten, dass sie ihre paar lumpigen Pfennige bekommt.

Die Umarmungen klebrig wie Schweiß und Geld. „Die Liebe, die Lie-iebe ist eine Himmelsmacht." Scheiße!

Der Nachhauseweg. Das Geld für ein Auto ist weg. Dreiviertel Stunden mit schwerem Kopf und weichen Knieen durch die nächtliche Stadt. Morgens liegt man grübelnd im Bett. Aus der Dämmerung des neuen Tages kommt eine riesige Faust und legt sich einem würgend um den Hals. Man verliert den Halt, man sinkt ins Bodenlose, man greift entsetzt um sich: Leere überall, gähnende, höhnende, schreiende Leere! Man möchte weinen vor Verlassenheit und Ratlosigkeit. Aber man sagt „Bisschen scharf jesoffen gestern."

Das ist nun alles? Dieses Einerlei? Dieser Weg ins Nichts? Ist man denn schon am Ende? Oho! Man steht am Anfang, man sagt laut und tröstend vor sich hin „Alles wieder besser werden!" Aber die Leere bleibt ... Alles fließt und schwankt. Nur das Gesetz gibt Halt, das Gesetz, der Beruf ...

„Guten Morgen, Herr Kollege!“

Dickmann sieht Genia Lazar traurig an. Sie ist schön. Sie ist klar und einfach. Man müsste von solcher Frau geliebt werden, vielleicht gäbe es dann keine Leere mehr.

Und plötzlich, wie Genia von ihrer Arbeit aufsieht, sagt Dickmann langsam und deutlich: „Mir geht es nicht gut.“ Und es liegt ein Klang in seinen Worten, dass das Mädchen verlegen wird, nach Worten sucht, und endlich wie nebensächlich sagt: „Vielleicht gehen wir nachher ein Stück zusammen?“

„Ja gern“, stößt Dickmann hervor ...

Aber dann ist alles ganz anders. Dickmann versteht nicht mehr, was ihn zu seinem merkwürdigen Bekenntnis am Morgen bestimmt hat. Jetzt geht eine hübsche junge Dame neben ihm. Dickmann beugt sich zu ihr herab, sagt „Gnädiges Fräulein“, macht Konversation, erzählt Kasinogeschichten, renommiert mit Kriegserlebnissen und Mensuren und merkt nicht, dass seine Begleiterin immer stiller wird.

„Lesen Sie viel?“, fragt sie einmal dazwischen.

Liest Dickmann viel? Er weiß es nicht. „Ja, ich glaube“, antwortet er. „Das heißt, ich weiß nicht recht ...“

Aber das ist ja auch nebensächlich. Die Hauptsache ist, dieser jungen Dame zu imponieren, sie mit breiter, selbstverständlicher Männlichkeit zu erdrücken, das Grauen, das er am Morgen vor sich selbst empfunden hat, umzulügen in ein verliebtes Abenteuer.

„Mir geht es nicht gut.“ Hat er das je gesagt?

„Hier wohne ich“, sagt Genia plötzlich. Und wie Dickmann ihr die Hand hinstreckt, sieht sie ihn groß an und fragt: „Und das war alles?“

Dickmann lacht albern. Was denn sonst?

„Sie sind ein vollendeter Trottel!“, stößt das Mädchen da hervor, und Dickmann sieht fassungslos in zwei zornfunkelnde Augen. Dann verschwindet sie im Hausflur.

Das hat man von seiner Gutmütigkeit. Warum lässt man sich überhaupt mit solchen Gänsen ein. Eine Jüdin auch noch. Dickmann geht wütend nach Hause und beschließt, von jetzt ab die

Referendarin Lazar wie Luft zu behandeln. Jeden Gedanken an sie wird er einfach wegschieben ...

Aber am Abend ertappt er sich dabei, wie er vor dem Bücherschrank seiner Schwester Edith steht und sie fragt: „Was liest du eigentlich so?“

Rilke, Hofmannsthal, Stefan George, – Dickmann hat die Namen niemals gehört. Er liest, und manchmal fühlt er sich merkwürdig ergriffen. Das hier, – das ist gut. So ist das Leben, das hat er auch schon oft empfunden. Und er flüstert leise vor sich hin: „Und Kinder wachsen auf mit müden Augen, die von nichts wissen, wachsen auf und sterben, und reife Früchte werden aus den herben und fallen nachts wie tote Vögel nieder ...“

Er bemerkt, dass er die Lippen leise bewegt, schämt sich und ist wütend auf Genia, die ihn zu solchen Albernheiten verleitet hat. Nie wieder wird er sich mit ihr einlassen.

Aber wie sie am nächsten Tage ihm freundlich die Hand hinstreckt und ihm sagt: „Vielleicht habe ich Ihnen gestern Unrecht getan“, da sind alle seine Vorsätze und Entschlüsse dahin. Und aus der beabsichtigten Feindseligkeit wird eine unwillige Zärtlichkeit. Es lässt sich nicht leugnen: der Referendar Dickmann ist in eine kleine Jüdin verliebt! Die Erkenntnis dieser peinlichen Tatsache ist sehr beunruhigend. Man wird zu Klarheiten, zu Einsichten gezwungen.

„Wozu leben Sie eigentlich?“, fragt ihn Genia.

„Das Leben ist sinnlos“, antwortet Dickmann schwer und ärgert sich über diese Antwort.

Ja, – wozu lebt er? „Und immer weht der Wind, und immer wieder vernehmen wir und reden viele Worte.“ Der Referendar und ehemalige Kavallerieoffizier rezitiert Hoffmannsthal und fühlt unter dieser faden Resignation verwandte Saiten aufklingen.

„Quatsch!“, sagt Genia sachlich. „Ist das Ihr Ernst?“

Und Dickmann beteuert wortreich und entschieden, er sei ein schwerer Melancholiker, vom Unwert und der Ziellosigkeit alles Daseins bis ins Tiefste durchdrungen. Alles fließt und schwankt, man hat keine Festpunkte, man hängt irgendwo im Raum und kennt nicht oben und unten mehr ...

„Sie sind in Ihrer Art so etwas wie eine tragische Erscheinung“, sagt Genia nachdenklich. „Sie wissen nicht, wo Sie hingehören. Sie stecken noch in den feudalistischen Begriffen der Beamtenhierarchie und sehen nicht, dass der Feudalismus tot ist. Sie sagen noch ‚Gott‘ und fühlen dunkel und ungern, dass Sie eigentlich ‚Privateigentum‘ sagen müssten.“

Wie dieses Mädchen redet! Dickmann versteht kein Wort. Was geht ihn das an? Er ist der Referendar Friedrich Wilhelm Dickmann, ein ernster, zuverlässiger und etwas weicher junger Mann, der leider mit seiner Stellung im Leben nicht recht fertig wird. Das ist alles.

„Ich kann das sehr gut verstehen“, begütigt Genia. „Sie können aus Ihrer klassenmäßigen Bindung nicht heraus, Sie klammern sich an veraltete Ideologien, weil Sie nicht sehen wollen, dass das Recht nur eine Funktion der Ökonomie ist.“

„Unsinn!“, sagt Dickmann laut und grob. „Idee der Gerechtigkeit, objektives Recht ...“

„Haben Sie schon einmal etwas vom historischen Materialismus gehört?“

„Nein, was ist das?“

Genia zuckt die Achseln, schüttelt den Kopf: „Ein hoffnungsloser Fall!“

Ähnliche Gespräche kommen jetzt oft zwischen ihnen vor, und jedes Mal fühlt Dickmann, dass er bei Genia an Boden verliert, und mit jedem Male wächst sein wütendes Verlangen, sich selbst bestätigt zu sehen und von diesem Mädchen ernst genommen zu werden. Manchmal erzählt er sich mit Assessor Sturm unanständige Witze, wenn Genia im Zimmer ist. Er muss es einfach tun und leidet doch wahnsinnig, wenn er sieht, wie sie verächtlich lächelt. Er kann es nicht lassen, sie immer wieder vom Gericht nach Hause zu bringen, mit ihr zu sprechen und sie zu zwingen, sich mit ihm zu beschäftigen. Immer mehr bröckelt von seiner starren Maske ab, und einmal sagt er wieder ernst und entschlossen: „Mir geht es nicht gut, Fräulein Lazar.“ Dann wird er weich und melancholisch und erreicht es schließlich, dass Genia ihm sagt: „Ich glaube, im Grunde sind Sie ein anständiger Mensch, Dickmann!“

Dickmann wird rot und schweigt. Stumm geht er neben ihr her, und wie er sich von ihr verabschiedet, küsst er ihr die Hand und sagt leise: „Ich danke Ihnen, Genia!“ Mit keinem Gedanken macht er sich klar, wie beschämend es für ihn ist, dass ihn die dürftige Anerkennung einer kleinen Jüdin freut. Ihn, Leutnant a. D. des Dragonerregiments Kaiser!

Die erstbeste Gelegenheit ergreift er wild, um Genia seine Ritterlichkeit zu beweisen: er kommt dazu, wie Assessor Sturm mit hochrotem Kopf auf sie einschreit: „Sie haben hier zu lernen, meine Gnädigste, weiter nichts! Ihre eigenartigen Rechtsauffassungen können Sie später betätigen, wenn Ihnen Ihr Vater von seinem Geld mal 'ne Anwaltspraxis gekooft hat. Hier gibt's so was nicht!“

Dickmann steht vor ihm: „Herr Assessor Sturm, ich darf wohl bitten zu bedenken, dass Sie mit einer Dame sprechen!“ Und sein Gesicht ist so drohend und seine Haltung so entschlossen, dass der Assessor eine ungeschickte Verbeugung macht, „Verzeihung“ murmelt und aus dem Zimmer geht ... Einen Augenblick sieht es aus, als wolle Genia ihm die Hand reichen, aber ihr Lächeln erstirbt plötzlich. Sie verzerrt ihren Mund und sagt scharf: „Nun denken Sie vielleicht, ich wäre Ihnen unendlich dankbar, dass Sie diesem Esel von Assessor über den Mund gefahren sind, wie?“

In der Tat hat Dickmann etwas Ähnliches gedacht. Aber so etwas spricht man doch nicht aus!

„Ich kann mir schon allein helfen, Herr Dickmann!“

Der lächelt trübe: „Das weiß ich. Verzeihen Sie, dass ich mich in Ihre Angelegenheiten gemischt habe.“

„Und das sagen Sie in einem Ton, der von Edelmut und Anmaßung trieft. Ich will es Ihnen sagen, Dickmann: Sie sind mir unangenehm. Ich habe mit Ihnen nichts zu tun. Ich hasse diese trägen Herzen und die stumpfen Hirne! Ich hasse sie. So, nun wissen Sie es.“

„Hass ist mehr als Gleichgültigkeit.“

„Sie sind ein genügsames Gemüt, Dickmann ...“

„Was bleibt mir übrig!“, sagt Dickmann achselzuckend und versinkt in einen Abgrund von Trübsinn und schwelender

Empörung. Was bleibt ihm übrig? Er brauchte Genia nicht zu beachten. Es ist seiner unwürdig, hinter einer kleinen Jüdin herzulaufen. Wohin soll das führen? Aber er ist ein armer Mensch, und der Weg zu Genia ist der Weg zu Beruhigung und Bestätigung. Schön müsste es sein, von einer solchen Frau geliebt zu werden ...

Aber manchmal ist dann auf ihrer Stirn eine scharfe Falte, und Genia sagt: „Politische Justiz".

Dickmann möchte über die törichte, unwahre und abgedroschene Phrase lachen, aber er lächelt nur nachsichtig: „Warum belasten Sie sich mit solchen Dingen? Gäbe es in Deutschland wirklich eine politische Justiz, Sie könnten es doch nicht ändern. Man muss sich abfinden ..."

Genia weint fast vor Empörung: „Halten Sie den Mund! Das ist ja widerwärtig, diese Stumpfheit! Man darf doch nicht einfach aus lauter Faulheit die Augen zumachen! Sie wollen Richter werden, Dickmann, Sie führen die Gerechtigkeit im Munde, – schämen Sie sich denn nicht?"

Nein, Dickmann schämt sich keineswegs. Deutsche Richter sind nicht ungerecht, können es nicht sein. Dass sie harte Urteile fällen, ist notwendig: man muss den destruktiven Tendenzen dieser Zeit entgegentreten ... „Man muss den Geldsack des Bürgers schützen und sagen ‚Gerechtigkeit'!"

„Wenn das Vaterland, die Kultur, die Moral in Gefahr ist, sind außerordentliche Mittel von vornherein gerechtfertigt ..."

„Und der Fall des Oberleutnants Marloh? Zweihundertneunzig Matrosen der Volksmarinedivision kommen in Berlin zum Löhnungsappell. Sie sind der Heeresleitung unbequem, weiter nichts, und ein junger Hund, ein blasser Oberleutnant, zählt die Leute ab und erschießt jeden zehnten. Knallt sie ab ohne Verfahren, ohne Urteil ..."

„Erlauben Sie, Sie sehen das falsch. Der Mann konnte nichts dafür. Er hat einen Befehl seiner vorgesetzten Dienststelle missverstanden ..."

„Und darum wurde er freigesprochen. Erschießt neunundzwanzig Menschen, deren politische Richtung ihm nicht passt, und wird freigesprochen. Im Namen des Volkes, im Namen der Gerechtigkeit!“

„Befehl ist Befehl, und der Mann war Soldat und musste gehorchen!“

„Und der Fall Oltwig von Hirschfeld? Macht einen Mordversuch an dem Minister Erzberger, schießt auf ihn und wird wegen Körperverletzung zu anderthalb Jahren Gefängnis verurteilt. Wissen Sie, wie man im Ruhrgebiet mit den Arbeitern aus den läppischsten, durchsichtigsten Vorwänden umgesprungen ist?“

Dickmann weiß es: „Außerordentliche Verhältnisse erfordern außerordentliche Gegenmaßnahmen ...“

„Und die Gerechtigkeit?!“

Dickmann wehrt sich gegen diese Flut von Anklagen wie ein Ertrinkender. Er wird grob und unanständig, spricht von böswilligen Entstellungen, von gemeinen Lügen, von gewissenloser Hetze, ein deutsches Gericht kann nicht ungerecht sein ...

„Und der Fall Fechenbach! Ein Mensch wird wegen Landesverrats zu elf Jahren Zuchthaus verurteilt. Zu elf Jahren Zuchthaus, weil er ein Telegramm veröffentlicht hat, das längst bekannt war. Der Richter, der ihn verurteilte, hieß Haß. Haß! Oberlandesgerichtsrat Haß aus München und war in diesem Prozess Ermittlungsrichter, Untersuchungsrichter und Verhandlungsleiter in einer Person ...“

Dickmann fährt auf: „Das ist nicht wahr! Das ist unmöglich! Das widerspricht ja der Strafprozessordnung!“

„Das ist doch wahr!“ Genia schreit es fast. „Das ist geschehen am 3. Oktober 1922 in München! Es ist noch viel mehr da geschehen: Sachverständigengutachten wurden verfälscht ... Ach, wozu rede ich!“

Das alles sagt die Frau, die er zu lieben glaubt. Er kann sich nicht einfach die Ohren zuhalten, kann nicht einfach davonlaufen.

Dickmann schüttelt müde den Kopf: „Sie sind grausam, Genia!“, sagt er leise.

„Nein: Sie sind es! Sie sind grausam und feige dazu! Gehen Sie, Dickmann! Ich habe keine Gemeinschaft mit Ihnen. Gehen Sie, sonst muss ich Ihnen sagen, dass ich Sie verachte!“

Und Dickmann geht, müde, stumpf, ausgebrannt, ratlos ...

„Fehlt dir was, mein Fietichen?“ Seine Mutter fragt es zärtlich, hebt sich auf die Fußspitzen und küsst ihn schmatzend auf die Backe.

Mit gequältem Gesicht macht er sich von der Umarmung frei: „Nein, nein. Bisschen viel Arbeit ...“ Soll er sagen: „Die Gerechtigkeit?“

Am nächsten Tag bittet er Genia um Literatur über die politische Justiz Deutschlands. Sie sieht ihn überrascht an: „Ist das Ihr Ernst?“

Dickmann nickt schwer. Er erhält die Broschüren, in denen Journalisten und Juristen ihrem Zorn über den Zustand der deutschen Justiz Luft gemacht haben. Er verschließt die Hefte in seinem Schreibtisch, damit niemand sie bei ihm sieht. In der gleichen Schublade liegen einige pornographische Bücher. Es wäre gleich peinlich, fände man das eine oder das andere.

Einige Tage wagt er nicht, eine der Schriften zu lesen. Endlich entschließt er sich dazu. Er verriegelt die Tür.

„Der Fall Wandt“.

Dickmann kennt den Schriftsteller, der hat dieses üble Buch geschrieben: „Etappe Gent“. Förmlich gewühlt hat das Schwein in Sexualitäten. Wollte man dem Mann glauben, dann hätte das ganze deutsche Offizierskorps aus Leuten bestanden, die sich während des Krieges hinter der Front in Bordellen herumgewälzt haben. So einem Mann kann doch gar kein Unrecht geschehen. Trotzdem, – Dickmann will sich zur Objektivität zwingen.

Ein Schriftsteller wird vom fünften Strafsenat des Reichsgerichts wegen Landesverrats zu sechs Jahren Zuchthaus verurteilt.

Er hat nach dem Kriege ein Dokument veröffentlicht, das die Beziehungen der deutschen Besatzungsbehörden in Belgien zu gewissen flämischen Kreisen aufzeigt. Das Außenministerium und der militärische Sachverständige haben übereinstimmend erklärt, die Veröffentlichung dieses Schriftstückes sei in keiner Weise geeignet, die Wohlfahrt des deutschen Reiches zu schädigen. Trotzdem hat der Senat den Angeklagten verurteilt. Zu sechs Jahren Zuchthaus. Wegen Landesverrats.

Dickmann nickt befriedigt: geschieht diesem Kerl ganz recht, der das Ansehen der deutschen Armee durch seine Genter Erinnerungen so gemein herabgezogen hat. Das heißt: genau genommen handelt es sich natürlich nicht um die Persönlichkeit des Täters, sondern um seine Tat. Aber immerhin ist es außerordentlich bezeichnend, zu sehen, was das für Leute sind, denen die deutsche Justiz angeblich unrecht tut ... Die Erklärungen des Außenministers und des Sachverständigen? Ja du lieber Gott, das ist doch ganz klar: nach der Strafprozessordnung hat das Gericht das Recht, sich völlig frei über die Sachverständigengutachten schlüssig zu werden. Hier ist es den Gutachten eben nicht gefolgt.

Dickmann liest: „Durch den Verrat des Schriftstücks wurden zugleich die belgischen Persönlichkeiten verraten, mit denen die deutsche Regierung während des Krieges in Verbindung stand. Sollte unsere Regierung noch einmal in die Lage kommen, sich der Hilfe jener Männer von neuem zu bedienen – was bei einer Veränderung der heutigen politischen Lage sehr leicht eintreten kann –, so wäre ihr das durch den Verrat bedeutend erschwert worden ..."

Das ist Gerechtigkeit. Freilich, ein peinlicher Rest bleibt doch, – aber ist das so wichtig? Der Schriftsteller Wandt hat die sechs Jahre Zuchthaus reichlich verdient. So denkt Dickmann und fühlt doch, dass dieser Rechtsfall ganz anders bewertet werden müsste, handelte es sich nicht eben um den Verfasser der „Etappe Gent". Dass die Reichsrichter sich vielleicht auch von dieser Erwägung leiten ließen, – wer will es ihnen verdenken? Nennt man das politische Justiz?

Er will nach dem Dienst mit Genia darüber sprechen, aber ehe er ihr noch ein Wort sagen kann, verabschiedet sie sich vor dem Gerichtsportal von ihm: „Ich habe heute keine Zeit", sagt sie flüchtig. Und Dickmann sieht mit Missbehagen und leisem Schmerz, wie sie auf einen vierschrötigen jungen Menschen zugeht, der ihr formlos die Hand gibt. Nicht einmal einen Hut hat der Mann auf. Sein struppiges Blondhaar steht wild um den kantigen Proletenkopf. Kurze Hosen trägt er und einen Schillerkragen. Genia geht neben ihm her, lächelt zu ihm hinauf, legt ihre Hand auf seinen Arm, und Dickmann steht auf der Straße.

Was ist mit der politischen Justiz? Dickmann ist töricht, dass er sich darüber überhaupt Gedanken macht. Genia hat ihn eines dämlichen Proleten wegen stehen lassen. Ihn, Dickmann! Es gibt keine politische Justiz in Deutschland. Genia hat Unrecht ...

Zusammennehmen! Selbstbeherrschung! Innere Disziplin!

Dickmann wird dieser jüdischen Gans was pfeifen! Er denkt gar nicht daran, sich mit ihr in weitere Unterhaltungen einzulassen. Gott sei Dank, dass er stark bleibt, dass er mit höflichem Lächeln ihr die Broschüren wiedergibt, jedem Gespräch ausweicht und vornehm und zurückhaltend sagen kann: „Ich habe da andere Ansichten. Sie werden mich nicht bekehren, Fräulein Lazar."

Sie zuckt die Achseln: „Ich habe nie daran gezweifelt."

Dickmann sitzt ein Würgen in der Kehle, aber er sagt nicht mehr: „Mir geht es nicht gut", sondern er lächelt gehalten und scherzt: „Ich schlage Ihnen ein gentlemen-agreement vor. Jeder lässt dem anderen seine Meinung, und wir vertragen uns trotzdem."

Die Referendarin Lazar nickt unbeteiligt: „Bitte."

Dickmann steht traurig wie ein Kind, dem ein Ball ins Wasser gefallen ist, und sieht seiner entgleitenden Liebe nach. So soll das enden? Er redet sich Mut zu, ruft sich zur Ordnung und tröstet sich damit, dass die wenigen Tage, die er noch mit Genia zusammen arbeiten muss, auch vorübergehen werden, ohne dass er seine Haltung verliert.

Aber wie er sich von seiner bisherigen Kollegin schließlich verabschiedet, weil er jetzt dem Rechtsanwalt Kursch zur weiteren Ausbildung überwiesen ist, bittet er sie doch um ihre Telefonnummer. Sie gibt sie ihm bereitwillig und lächelt nebensächlich: „Rufen Sie doch mal an."

Dickmann schweigt, er seufzt tief auf und flüstert: „Ich hoffe, ich werde es nie tun." Dann dreht er sich kurz um und geht. Aber den Zettel mit ihrer Telefonnummer faltet er sauber zusammen und legt ihn sorgfältig in die Brieftasche. Alles schwankt und fließt. Nur eins bleibt: das Gesetz, der Beruf ...

Ein blankes, schlichtes Messingschild: „Dr. Kursch, Rechtsanwalt und Notar", Dickmanns Corpsbruder und jetziger Arbeitgeber.

Der Rechtsanwalt ist als Spezialist für Ehescheidungen berühmt. Groß ist der Kreis der Rechtsuchenden freilich nicht, der seine Dienste in Anspruch nehmen kann: Kursch arbeitet nicht billig. Es gibt zwar eine Gebührenordnung für Rechtsanwälte, aber Dr. Kursch hat nicht nötig, sich an sie zu halten. Dickmann errötet manchmal, wenn er hört, wie Kursch einem Klienten eine horrende Summe als Honorarforderung für die Übernahme eines Prozesses nennt.

„Ich könnte das nicht", sagt er beklommen.

Dr. Kursch zuckt die Achseln: „Mein Lieber, der Anwaltsberuf ist ein Geschäft wie tausend andere auch. Meinst du, das teure Büro hier bezahlt sich von selbst? Ich bin kein Idealist. Ich kann mir diesen Luxus leider nicht leisten. Bin nicht reich genug dazu. Ich brauche mein Auto und brauche mein Haus in Zehlendorf. Ich kann nicht anders leben. Und schließlich: die Leute haben es ja dazu."

Das ist allerdings richtig. Schon der pompöse Treppenaufgang schreckt Menschen mit wenig Geld ab. Wer zu Dr. Kursch kommt, weiß, dass sich sein Rechtsbeistand jede Minute Arbeit mit einer runden Summe bezahlen lässt.

Dr. Kursch ist ein vornehmer und liebenswürdiger Mann. Seine Herrenabende genießen in den Kreisen, auf die es ankommt, einen ausgezeichneten Ruf. Man weiß von ihm, dass er in der Rosenheimerstraße eine sehr nette Vierzimmerwohnung unterhält, die in Abständen von einigen Wochen oder Monaten immer von einer anderen Dame bewohnt wird. Und die einzelnen Bewohnerinnen gleichen sich alle darin, dass sie jung, schön und elegant sind ...

Dickmanns Ausbildung in der Anwaltsarbeit leidet zweifellos unter einer gewissen Gleichförmigkeit. Dickmann „nimmt

Termine wahr", denn der Anwalt selbst hat keine Zeit dazu, in Verhandlungen zu laufen, bei denen seine Anwesenheit nicht unbedingt notwendig ist.

Dickmann läuft auf den Gerichten herum, Akten unter dem Arm. Er weiß oft nicht, was in diesen Papieren steht. Das ist auch nicht nötig.

„Die Sache Wildmann gegen Wildmann." Drei Landgerichtsräte auf der Richterbank. Ein Rechtsanwalt. „Es erscheint für den Beklagten Rechtsanwalt Dr. Kursch, in Vertretung Referendar Dickmann."

Dickmann schlägt die Akten auf und schnarrt einen auswendig gelernten Satz: „... und bitten um Vertagung."

„Die Sache wird vertagt. Nächster Termin steht noch nicht fest. Sie werden Mitteilung erhalten."

Die Sache ist für heute erledigt. Irgendwo wartet ein Mensch sehnsüchtig darauf, dass sein Prozess endlich entschieden wird. Das ist nebensächlich: die Sache wird vertagt. Rechtsanwalt Dr. Kursch hat heute keine Zeit, und vor allen Dingen liegt die Vertagung der Entscheidung im Interesse seines Mandanten. Vielleicht wird die Gegenseite ungeduldig, hält es nicht mehr aus, ist nach so und so vielen Terminen endlich zum Nachgeben bereit, macht es billiger ...

Dickmann denkt darüber nicht nach. Er steht inzwischen längst vor einer anderen Kammer, murmelt wieder einige Worte, beantragt Vertagung oder Beweisaufnahme oder Anberaumung eines Termins zur Eidesabiegung, und alles das ist im letzten Grunde so unwichtig: die Richter bilden sich ihr Urteil doch nur nach den vor ihnen liegenden Akten.

Und die Gerechtigkeit?

Dickmann fragt nicht mehr oft nach ihr. Der Kampf um das Recht ist ein aufregendes und spannendes Spiel, man kann es verlieren oder kann es gewinnen; der Ausgang ist stets ungewiss; selbst aus der verzweifeltsten Situation führen immer noch geheime Schleichpfade heraus. Man muss sie nur kennen. Die Spielregeln, an die die Partner sich halten, sind streng, verworren und zahllos, und der Spieler, der sie am besten beherrscht, wird und muss gewinnen. Das Spiel kann lange dauern, Monate, Jahre. In den Registraturen der Anwaltsbüros schwellen dicke Aktenbände an, verstauben und vergilben, Menschen werden unterdessen müde und verbittert, aber das Spiel geht weiter. Nichts ist sicher außer der Unsicherheit.

Welch prickelnder, spannender und quälender Reiz, zu sehen, dass der Gegner gewinnen wird. Man kann es sich ausrechnen, es gibt kein Entrinnen mehr, die endliche Niederlage ist gewiss, dass Spiel droht zu Ende zu gehen. Da werden alle Kräfte noch einmal zusammengerafft, um die sichere Niederlage hinauszuschieben, die Entscheidung des Gerichts zu sabotieren. Pathos und Scharfsinn, beleidigtes Rechtsgefühl und bauernschlaue Winkelzüge, Termine, Schriftsätze, Beschwerden, Einsprüche, Formalrügen, – warum? Die Spielregeln sind verletzt worden. Kommt es denn nur auf die Spielregeln an, oder ist die Gerechtigkeit, um die gespielt wird, nicht viel, viel wichtiger?

Manchmal wacht Dickmann aus dem Rausch des zum Selbstzweck gewordenen Spiels auf und stellt so törichte Fragen, dass Dr. Kursch hell auflacht und ihm amüsiert auf die Schulter schlägt: „Kleener Idealist! Mach' man so weiter, wirst verdammt weit kommen, mein Junge. Mensch, wo lebst du denn? Wenn es auf die Gerechtigkeit der Sache ankäme, dann könnten wir alle die Bude zumachen. Die Form, mein Lieber! Auf die Form kommt es an. Deine hochgepriesene Gerechtigkeit ist eine Formsache, und das ist gut: wäre sie es nicht, dann gäbe es weder Rechtswissenschaft noch Rechtsanwälte."

Wenn Kursch so spricht, dann schämt sich Dickmann darüber, dass er sich immer noch nicht an den Betrieb gewöhnt hat.

„Kleener Idealist! Mach' man so weiter, mein Junge!" Der Rechtsanwalt Dr. Walter Kursch ist kein eiskalter Zyniker, kein gewissenloser Rechtsverdreher. Er ist einfach ein Mensch, der gewisse Grundbedingungen des Lebens in der modernen Gesellschaft erkannt hat, und der ein vollendeter Trottel wäre, wollte er von diesen Erkenntnissen keinen Gebrauch machen. Gelegentliche peinliche Überlegungen – er stellt sie seltener und seltener an – erschlägt er mit der Wucht erprobter Binsenwahrheiten, wie etwa der: „Wer Geld hat, kann alle Puppen tanzen lassen!" Oder: „Eine Ehescheidung ist kein Fünfuhrtee."

Der Referendar Dickmann gibt sich alle Mühe, diese goldenen Lebensregeln zu erfassen. Nur an seiner jammervollen Lebensfremdheit liegt es, wenn er sich nicht hinter die Denkergebnisse des urgesunden Menschenverstands zurückzieht, sondern auf die Heiligkeit der Ehe beruft, deren Lösung der Gesetzgeber unter allen Umständen erschweren muss, um die Grundlage der Kultur zu sichern.

Aber in der Sache „Berninger gegen Berninger", deren Akten in vielen dicken Bänden in der Registratur Dr. Kurschs verstauben, ist mit der Heiligkeit der Ehe nicht viel anzufangen. Dieser Prozess hat dem alten Berninger schon viel Geld gekostet, und sein Rechtsanwalt, Dr. Walter Kursch, kann ihm die betrübliche Eröffnung nicht ersparen, dass er ihn noch viel mehr Geld kosten wird. Denn der Prozess ist ein „verzwickter Fall", der Kurschs virtuoses Können und seine souveräne Beherrschung der juristischen Spielregeln zu prachtvoller Geltung bringt ...

Aus kleinen Verhältnissen hat sich der Schlossermeister Berninger im Laufe von dreißig Jahren zum Besitzer großer Fabriken emporgearbeitet; er spielt in der deutschen Eisenindustrie eine maßgebende Rolle. Mit jedem geschäftlichen Erfolg ist er in seinen neuen Lebensstil mehr hineingewachsen. Aber seine Frau blieb immer die Tochter des kleinen Kolonialwarenhändlers Turm, deren bescheidene Mitgift dem strebsamen Fabrikanten den Aufstieg ermöglichte.

Der Fabrikbesitzer Berninger schickt seine Frau zur Erholung auf ein kleines pommersches Gut, das er in der Inflation billig erworben hat. Er selbst macht eine Geschäftsreise ins Ausland. Sechs Monate sehen sich die Eheleute nicht. Wochen und Monate bleiben die Briefe der Frau an ihren Mann unbeantwortet. Endlich entschließt sie sich, eigenmächtig zurückzureisen. Sie klingelt an der Tür ihrer Villa, ein Dienstmädchen starrt sie entgeistert an, schweigt und läuft ins Haus zurück. Es erscheint eine schöne, elegante junge Dame und teilt der Wartenden höflich und entschieden mit, Herr Berninger wünsche sie nicht mehr zu empfangen, sie habe in diesem Hause nichts mehr zu suchen, sie möge wieder nach Pommern zurückfahren, hier sei das Reisegeld. Herr Berninger entlässt die Gefährtin seiner dreißig Ehejahre wie einen ungetreuen Buchhalter ...

Geschrei, Weinen, Flüche: „Der Lump! Der Ausbeuter! Schmeißt mich weg wie einen verfaulten Apfel ..."

Frau Berninger klagt im Armenrecht auf Scheidung. Die Gegenseite beauftragt den Rechtsanwalt Kursch mit der Wahrnehmung ihrer Interessen, und Dickmann hat daher Gelegenheit, aus dicken Aktenbänden sich über die Heiligkeit der Ehe in der modernen Gesellschaft zu informieren. „Wer Geld hat, kann alle Puppen tanzen lassen, und eine Ehescheidung ist kein Fünfuhrtee ..."

Aus bestempelten Papieren und verschnörkelten Sätzen taucht die Tragödie der alternden Kleinbürgerin auf, die ihrem reichgewordenen Mann nicht mehr fein genug ist. Er kann sie nicht mehr gebrauchen. Herr Berninger weigert sich, seiner Frau den „standesgemäßen Unterhalt" zu zahlen, zu dem er verpflichtet ist. Zweitausend Mark im Monat sind dem Millionär zu viel für eine Frau, für die er keine Verwendung mehr hat. Hundert Mark monatlich will er allenfalls zahlen, damit kann seine Frau ganz gut auskommen. Frau Berninger klagt im Armenrecht auf standesgemäßen Unterhalt.

Wie? Hat sich Frau Berninger nicht einer schweren Verletzung ihrer ehelichen Pflichten schuldig gemacht, als sie vor einem fassungslosen Dienstmädchen Beschimpfungen gegen ihren Gatten ausstieß? Kann man angesichts solcher Tat Herrn Berninger die Fortführung der Ehe zumuten? Man kann es keineswegs, behauptet der Rechtsanwalt Kursch in einem umfangreichen Schriftsatz. Herr Berninger klagt auf Scheidung, und der Anwalt der Frau kann nichts weiter tun, als die Achseln zucken und seiner Mandantin raten, unter solchen Umständen ihre Alimentenklage zurückzuziehen: kein deutsches Gericht wird den Anspruch auf „standesgemäßen Unterhalt" anerkennen. Nein, nein, es bleibt bei den hundert Mark, und der Rechtsanwalt

Kursch findet auch, die Frau eines mehrfachen Millionärs könne davon ausgezeichnet leben.

Die Scheidungsklage Berningers wird abgewiesen; die Ehe wird aus alleinigem Verschulden des Mannes geschieden, der verurteilt wird, seiner geschiedenen Frau monatlich zweitausend Mark Unterhalt zu zahlen ...

Rechtsanwalt Kursch legt Berufung gegen dieses Urteil ein. Er gibt keine Ruhe, ein Termin jagt den anderen, neue Zeugen müssen vernommen werden, einer wohnt in Chikago, der andere in Melbourne, Monate gehen hin, ein Jahr, zwei Jahre, drei Jahre ...

„Na, was sagst du zu dem Fall?", will Kursch von Dickmann wissen.

Der schüttelt den Kopf: „Ich verstehe wohl nicht viel davon", sagt er vorsichtig.

„In zwei Wochen ist Termin. Meinst du, dass wir durchkommen werden?"

Dickmann macht ein gequältes Gesicht: „Ich finde das alles so schmutzig."

„Ehescheidungen sind kein Fünfuhrtee", bemerkt Dr. Kursch kühl. „Und außerdem kommt es wenig darauf an, ob man das sauber oder nicht sauber findet. Der Mann will schuldlos geschieden werden und will seiner geschiedenen Frau nicht noch Monat für Monat zweitausend Mark nachwerfen. Immerhin ein sehr begreiflicher Wunsch. Meinst du nicht auch?"

„Aber wenn er doch im Unrecht ist?"

„Unrecht! Unrecht!" Dr. Kursch geht mit großen Schritten im Zimmer auf und ab. „Du bist ein richtiges Kind, Dickmann. Ein tumber Tor. Unrecht! Unrecht!" Kursch reißt eine Schreibtischschublade auf, hält Dickmann ein Blatt Papier entgegen: „Da, zehntausend Mark im Erfolgsfalle. Was, willst du vielleicht noch andere Argumente? Hast du schon einmal zehntausend Mark in deinem Leben verdient? Mal zehntausend Mark auf einem Haufen gesehen?"

Dickmanns Kopf wird heiß. Das da ist sein Corpsbruder Dr. Kursch, der berühmte Anwalt, Diener des Rechts ...

„Na also“, sagt Kursch befriedigt, weil er sich Dickmanns Schweigen als Zustimmung auslegt. „Wenn ich die Sache nicht mache, macht sie ein anderer, und dann verdient ein anderer eben das schöne Geld. Geliefert ist die Frau doch auf alle Fälle. Berninger hat soviel Geld, dass er alle Puppen tanzen lassen kann. Seine Frau klagt im Armenrecht. Hundert Mark bekommt ihr Anwalt. Denkst du, der wird sich für die paar Pfennige ein Bein ausreißen?“

Die Heiligkeit der Ehe, Erschwerung der Ehescheidung, religiöse Grundlage des Eherechts, und Geld, Geld, Geld ...

Die Gerechtigkeit und das Bürgerliche Gesetzbuch erfordern, dass eine Ehe bei Ehebruch, böswilligem Verlassen, bei Bigamie, widernatürlicher Unzucht des Mannes, bei ehewidrigem Verhalten und bei Verweigerung der ehelichen Pflichten geschieden werden kann. Nur in diesen Fällen darf an der Grundlage des Staates, an der Ehe, gerüttelt werden. Und weil das alles so ist, darum sitzt der Rechtsanwalt Dr. Walter Kursch in einem elegant eingerichteten Büro am Kurfürstendamm und verdient viel Geld. Alle Menschen sind vor dem Gesetz gleich, und wer kein Geld hat, hat unrecht ...

Es sind keine sehr erfreulichen Gedanken, die Dickmann sich macht.

Aber jetzt ist der Tag da, der trübe, verworrene, seltsame Tag, an dem Dr. Kursch seinem jungen Corpsbruder auf die Schulter schlägt und lärmend lacht: „Zieh dir heut Abend den Smoking an, ich will einen ausgeben!“ Dickmann wagt nicht, nach der Ursache dieser aufdringlichen Fröhlichkeit zu fragen. Hat nicht heute Morgen vorm Kammergericht die Berufungsverhandlung in Sachen Berninger contra Berninger stattgefunden? Ach was ...

Er wartet, bis ihn Kursch mit seinem Auto abholt. Sie fahren ins Esplanade, essen, trinken, rauchen. Schöne Frauen gehen durch die Halle, elegante Männer. Blumen, Zigarettenduft, Parfüm. Der Burgunder ist weich und schwer. Irgendwann in der Nacht ein Bartisch. Famosen Flip brauen die Leute hier. Das Leben ist großartig. Das elegante Lokal, der teure Alkohol, – bloß Geld muss man haben, dann ist alles gut.

Geld, – da ist es wieder. Dickmann macht eine scheuchende Handbewegung und lacht grundlos. Der Rechtsanwalt schaukelt waghalsig mit seinem Barstuhl: „Tja, – was ich noch sagen wollte ... Also die Sache ist in Ordnung. Den alten Berninger hab' ich nun glücklich doch durchgekriegt. War hell entzückt, der Seege, dass ich die Sache so fein gedeichselt habe. Tja ..."

Dr. Kursch wird langsam betrunken. Er plaudert aus der Schule. Der zurückhaltende Gentleman hält Lobreden auf sich selbst. Das darf er, denn er hat sich auch wirklich redliche Mühe gegeben. „War gar nicht so leicht, mein Lieber. Aber die Frau Berninger wurde langsam ungeduldig. Ihr ging die Puste aus. Kann man ja verstehen: die ewige Unruhe, die Aufregung, der Ärger. So was muss man eben merken, ehe es zu spät ist. Tja ..."

Tüchtiger Kerl, der Kursch. Verdient nicht umsonst seine zehntausend Mark ...

„Und die Gerechtigkeit?"

Der Rechtsanwalt stiert Dickmann einen Augenblick an. Dann lacht er unmäßig: „Kleener Schäker! Kannst so bleiben, mein Junge. Und die Gerechtigkeit! Großartig! Prost, mein Lieber!"

Am frühen Morgen sind sie in der Rosenheimer Straße. Sie trinken Kaffee. Eine junge Dame in wildem Kimono geht ab und zu. Dickmann sieht ihr verlangend nach.

Kursch pufft ihn mit der Faust in die Seite: „Möchste wohl, was?" Dann langt er mit schwerfälligem Griff nach der Frau: „Komm her, Ilonachen, kleene Toppsau ..." Seine Augen fallen zu: „Ilonachen ..."

Ilona wehrt sich, sie spitzt vornehm ihre Lippen: „Aber Dickerchen, nu sei doch ein bisschen anständig, wo wir doch so feinen Besuch haben!"

Berninger contra Berninger. Was der Mensch scheiden, – falsch: was Gott zusammengefügt, das soll der Mensch nicht scheiden. Die Ehe ist die Grundlage der abendländischen Kultur. Deutsche Frauen, Deutsche Treue. Das religiöse Moment im deutschen Eherecht. Wo kämen wir denn da hin, wenn jedes Ehepaar auseinanderlaufen könnte wie die Hunde. Wo wir da hinkämen, will Dickmann wissen. Na also, geht schon in Ordnung.

„Sehnse, jetzt pennt er schon!“ Ilona wirft einen giftigen Seitenblick auf den schlafenden Rechtsanwalt. Dann jammert sie: „Wenn der bloß det Saufen lassen wollte! Morgen früh hat er dann wieder ’n dicken Kopp. Kann Ihnen sagen: det Theater! Franzbranntwein ins Badewasser, eiskalte Brause, Flasche Eau de Cologne ins Genick, frottieren ...“

Dickmann erhebt sich schwindelnd.

Ilona streicht mit wiegenden Hüften an ihn heran: „Schon gehen?“, flüstert sie lockend.

Halt, – nur einen ganz kurzen Augenblick dauert dieses zögernde Schwanken. Dickmann ist ein anständiger Mensch. Kursch bezahlt die Sache, nein: die Frau. Ist ja alles egal. Aber das gibt’s nicht: „Darf ich bitten, mich hinunterzulassen?“

Unten an der Haustür küsst er Ilona die Hand. Küsst sie lange und ernst. Das Mädchen lacht kurz und verwirrt auf, und Dickmann geht nach Hause im Bewusstsein, eine gute Tat getan zu haben. Dass er die Frau nicht angerührt hat, – eigentlich verdammt anständig von ihm ...

Anständig? Was war gestern? Bar, Ilona, Berninger ...

Richtig, man hat sich amüsiert. Hat gut gegessen und getrunken, war vergnügt oder tat so. Und das alles deswegen, weil Herr Berninger seiner geschiedenen Frau nicht zweitausend, sondern nur hundert Mark im Monat Unterstützung zahlen muss. Irgendwo sitzt jetzt eine vergrämte alternde Frau. Frau Julie Berninger, geborene Turm. Tja, so ist das. Dickmann hat einen vergnügten Abend gehabt, weil die alte Frau mit hundert Mark im Monat auskommen muss. Und Kursch hat zehntausend Mark verdient. Der Anwalt des Rechts. Die Würde des deutschen Anwaltstandes, Richter und Rechtsanwalt Arm in Arm als Diener am Recht, schlichte, treue, ehrenwerte Diener der Gerechtigkeit ...

Das hört nicht auf. Das kommt immer wieder. Was hat Dickmann getan, dass Gott ihn so straft?

Warum kann er nicht ruhig und unbeirrt seinen Weg gehen wie tausend und tausend andere?

Warum? Wenn er wenigstens einen Menschen hätte, mit dem er reden, der ihn stärken, trösten, beruhigen könnte! Aber er hat niemand. Die Menschen seiner Umgebung würden erstaunt den Kopf schütteln, wenn sie von den Zweifeln und Bedrückungen Dickmanns hörten. Keinen Menschen hat er. Keinen?

Genia, – man müsste ... Kurz entschlossen klingelt er sie an. Sein Herz schlägt im Halse, wie er ihre Stimme hört. Er verspricht sich einige Male, so erregt ist er. Sie verabreden sich, Dickmann legt leer lächelnd den Hörer in die Gabel und streichelt gedankenlos den Apparat: Genia ...

Sie scheint erfreut, ihn zu sehen. Sie drückt ihm kräftig die Hand. Dickmann stottert vor Glück, wenn er sprechen will. Schließlich schweigt er, und Genia wird verlegen.

„Fehlt Ihnen etwas?", fragt sie schüchtern, und Dickmann nickt krampfhaft. „Kann man Ihnen helfen?"

„Ich weiß es nicht." Und dann erzählt er, erzählt vom Fall Berninger contra Berninger, vom aufregenden Spiel um das Recht, vom Geld, vom Recht, das so ungerecht ist, von allem, was ihn bewegt und schmerzt, und freut sich wie ein Kind, wie Genia ihm sagt: „Vielleicht sind Sie auf dem rechten Wege. Vielleicht kann doch noch etwas aus Ihnen werden."

„Helfen Sie mir dabei, ja?", fragt er bittend und schämt sich gar nicht, dass er bei einer Frau Halt und Stärke sucht.

Sie treffen sich jetzt öfter, gehen zusammen durch den Tiergarten nach Hause, und immer hat Dickmann einen neuen Fall aus der Ehescheidungspraxis des Rechtsanwalts Dr. Kursch zu berichten, mit dem er nicht fertig wird. Wie kann er das auch, wenn er den Fabrikbesitzer Rudolf reden hört, der mit verzweifeltem Gesicht in Kurschs Sprechzimmer sitzt und sich vor lauter Aufregung fortwährend die Stirn mit einem Taschentuch wischt ...

„Vor allen Dingen Ruhe, verehrter Herr!", doziert Dr. Kursch. „Da habe ich schon ganz andere Sachen fertig bekommen. Zum Beispiel der alte Berninger, kennen Sie ja wohl, wie?"

„Lassen Sie mich mit Berninger zufrieden, Herr Doktor!", stöhnt der Klient. „Helfen Sie mir!"

Kursch zündet sich umständlich eine Zigarre an. Dann sieht er nachdenklich zur Zimmerdecke und spricht schneidend sachlich: „Also Sie leben mit einer Dame in gemeinsamem Haushalt, die

Sie in London geheiratet haben. Diese Ehe ist für nichtig erklärt worden auf Betreiben Ihrer geschiedenen Frau, nicht wahr?"

„Ich Esel! Ich Esel!" Rudolf hämmert sich mit der Faust vor die Stirn. „Aus lauter Gutmütigkeit habe ich im Scheidungstermin die Schuld auf mich genommen. Habe völlig grundlos gesagt, ich hätte mit meiner jetzigen Frau Ehebruch getrieben!"

„In Ehescheidungssachen soll man nicht gutmütig sein", bemerkt der Rechtsanwalt kühl. „Jedenfalls liegt die Sache so, dass Ihre Ehe für nichtig erklärt ist, und der Polizeipräsident von Köln Ihnen das Zusammenleben mit dieser Dame verboten hat. Sein gutes Recht ..."

„Aber ich bitte Sie ..."

„Sein gutes Recht, sage ich! Sie leben mit einer Dame in wilder Ehe und erregen damit Ärgernis. Das Ärgernis liegt nicht so sehr in der Führung eines gemeinsamen Haushalts als vielmehr darin, dass die Nachbarn vom Nichtbestehen der Ehe wissen und darüber reden. Nichts gegen zu machen. Heiraten können Sie die Dame nicht. Das haben Sie durch die Nichtigkeitserklärung Ihrer Ehe gemerkt. Das Gesetz verbietet generell die spätere Ehe zwischen dem Ehebrecher und der Ehebrecherin. Möglich ist eine solche Heirat nur, wenn das Landgericht einen Ehedispens erteilt. Diese Erlaubnis ist aber abhängig von der Einwilligung des geschiedenen Gatten, in diesem Fall also Ihrer ersten Frau."

„Und die wird diese Erlaubnis niemals geben! Sie erpresst mich ..."

„Bleiben wir sachlich", gähnte der Anwalt. „Ihre Frau macht die Erteilung ihrer Einwilligung zum Ehedispens von der Zahlung einer Geldsumme abhängig ..."

„Aber das ist doch Erpressung!", schreit der Fabrikant. „Das ist das geltende deutsche Eherecht, dagegen ist nichts zu machen. Zahlen Sie, oder lassen Sie das Heiraten bleiben."

Der Fabrikbesitzer Rudolf ist ein Mann in den besten Jahren, ein erfolgreicher Unternehmer, ein großer, eleganter Herr. Aber jetzt legt er den Kopf auf die Tischplatte und schluchzt wie ein Kind: „Ich kann nicht mehr, ich kann nicht mehr!"

Dickmann sitzt an einem Nebentisch und zwingt sich, ruhig zu bleiben. Die Heiligkeit der Ehe, Erpressung, Ehebruch, Erregung öffentlichen Ärgernisses durch Zusammenleben mit einer nichtverheirateten Frau ...

„So ist das nun mal", sagt der Rechtsanwalt achselzuckend.

„Ich kann nicht mehr! Dieses Weib verfolgt mich, wohin ich mit meiner Frau auch ziehe. Überall, in jeder neuen Stadt neue Denunziationen, neue Verhöre, Vorladungen, neuer Dreck. Meine Frau ist schon ganz krank vor lauter Aufregung. Sie sitzt zu Hause und weint in einem fort. Helfen Sie mir! Um Gotteswillen helfen Sie mir!"

Der Fabrikant springt auf und rast im Zimmer umher: „Das ist doch ungeheuerlich! Meine erste Frau hat mich betrogen, wo sie konnte! Aus Gutmütigkeit habe ich die Schuld auf mich genommen, um ihre Zukunftsaussichten nicht zu verderben. Und nun dies! Ich bin am Ende! Ich kann nicht mehr zahlen! Ich habe mein Vermögen in diesem ewigen Hin und Her eingebüßt! Meine Arbeitskraft, meine bürgerliche Reputation ..."

„Wenn Sie nicht zahlen können oder nicht zahlen wollen ..."

Der Fabrikbesitzer Rudolf ist plötzlich unheimlich ruhig. Er steht auf und fragt fest: „Eine andere Möglichkeit, zu meinem Recht zu kommen, gibt es nicht?"

Kursch zieht den Kopf in die Schultern: „Ich sehe keine."

„Ich danke Ihnen, Herr Rechtsanwalt." Der Fabrikant geht mit festen Schritten aus dem Zimmer.

Dickmann beschäftigt sich eingehend mit einem gleichgültigen Aktenstück.

Der Rechtsanwalt kramt umständlich auf seinem Schreibtisch herum. „Sagst ja gar nichts?", fragt er Dickmann plötzlich.

„Für Geld kann man alles", hört Dickmann sich sagen. „Vor dem Gesetz sind alle Menschen gleich, und wer kein Geld hat, hat unrecht ..."

„Blödsinn!" Dr. Kursch schlägt mit der Faust auf den Tisch, seine Augen funkeln. „Blödsinn! Bist du verrückt? Was sind das für Töne, wie?"

Dickmann schließt die Augen und denkt „Genia".

Dann sagt er kalt: „Das ist die Wahrheit. Du kannst dem Rudolf nicht helfen, weil er kein Geld mehr hat, um die Erpressungen seiner Frau zu befriedigen. Das ist alles, was ich feststellte."

Der Rechtsanwalt spreizt ärgerlich die Hände: „Deine Sorgen möchte ich haben! Die Frau ist in ihrem Recht. Das Gesetz gibt ihr die Möglichkeit, sich ihre Einwilligung abkaufen zu lassen, und aus lauter Edelmut soll sie darauf verzichten, ja?"

„Dann ist das Gesetz grundschlecht ..."

„Kann ich was dafür? Gesetz ist Gesetz, und ob ein Gesetz gut oder schlecht ist, das ist mir scheißegal, verstehst du? Scheiß–egal!"

Das ist der Rechtsanwalt Dr. Walter Kursch, Alter Herr des Corps Markomannia Jena, ein vornehmer Mann, königstreu und gesetzeskundig, ein Diener am Recht. Die Gerechtigkeit führt er weniger häufig im Munde als das Geld. Dickmann sieht Kursch aufmerksam an und erschrickt: grenzt seine Aufmerksamkeit nicht an Verachtung?

Tags darauf findet er auf seinem Schreibtisch ein Zeitungsblatt. Der Anwalt hat es ihm auf seinen Platz legen lassen. Eine Notiz ist rot angestrichen: „In einem Hotel in der Friedrichstadt erschoss heute Nacht der Fabrikbesitzer Rudolf seine Freundin, die unverehelichte ... , jagte sich dann selbst eine Kugel ... Das Motiv der Tat dürfte in Liebeskummer zu suchen sein ..."

Und die Familie ist die Grundlage des Staates ...

Am Abend dieses Tages legt Genia Lazar ihre Arme um den Hals des Referendars Friedrich Wilhelm Dickmann und küsst ihn ernsthaft und schweigend auf den Mund. Dickmann weicht vor diesem fast feierlichen Kuss zurück, mit weitoffenen Augen, in denen die Angst steht, die Angst vor den Rätselhaftigkeiten seines Lebens, mit dem er nicht fertig werden kann ...

Dickmann kann sich seine Niederlage nicht verzeihen. Schon Tags darauf will er sie gutmachen. Aber wie er sich Genia mit täppischen Liebesbezeigungen nähert, schiebt sie ihn beiseite: „Es war eine Dummheit."

Da erst weiß Dickmann, Avas diese Frau ihm bedeutet. Er klammert sich an sie, dringt mit demütiger Beharrlichkeit in ihr

Leben ein und zwingt sie durch seine stille Verzweiflung und Ratlosigkeit, Anteil an ihm zu nehmen.

Genia geht darüber hinweg. Sie bleibt kollegial, so kollegial, dass es nicht wie ein Versprechen klingt, wie sie eines Tages zu ihm sagt: „Besuch' mich doch mal!" Und Dickmann wird sehr verlegen und murmelt etwas von „Besuch machen". Genia lacht laut: „Du bist verrückt!"

Dickmann hat bisher nicht daran gedacht, dass Genia Lazar ein Zuhause hat. Die Welt, die jenseits der Paragraphen liegt, jenseits der Gesellschaftskreise, die er als die seinen ansehen muss, ist verwirrend und seltsam. Dass man eine junge Dame von dreiundzwanzig Jahren besuchen kann, ohne vorher bei ihren Eltern Besuch gemacht zu haben, scheint ihm ein Ding der Unmöglichkeit. Oder etwas Schlimmeres: vielleicht ist Genias Familie nicht gut? Wenn man da so einfach kommen und gehen kann ...

Helle Gardinen. Bücher und Blumen überall. Auf der breiten Chaiselongue da wird sie schlafen. Das Mädchen schiebt den Teewagen ins Zimmer. Liköre, Zigaretten. Dickmann sitzt in korrekter Haltung auf einem niedrigen Sessel und spricht wohlgesetzte Worte mit sonorer, gleichmütiger Stimme, wie sie die Kasinoerziehung hervorbringt. Dann stockt er und bemerkt Genias unglückliches und missmutiges Gesicht. Er benimmt sich also nicht richtig. Genia ist ärgerlich auf ihn. Was will sie von ihm, was soll er tun? Er schweigt trostlos.

Genia versucht zu retten, was zu retten ist. Aber das Schweigen wird immer lastender und quälender. Dickmann nimmt ihre Hand und streichelt sie. Plötzlich fällt er über sie her, reißt sie an sich und küsst sie wild und verzehrend. Ihre Abwehr wird schwächer, ihre Arme fallen kraftlos an ihrem Körper herab ...

Da reißt er sich los, steht vor ihr, keuchend, mit wildem Blick, – und die Gier fällt von ihm ab. Er stößt gepresst hervor: „Ich muss gehen ..."

Dann läuft er stundenlang durch die Straßen und ist sehr unglücklich: unverantwortlich hat er sich benommen. So etwas tut man nicht. Genia ist doch eine Dame! Man missbraucht die Teeinladung einer Dame nicht zu sexuellen Attacken. Wohin soll das führen? Jetzt ist alles vorbei. Die Situation ist unendlich kompliziert, eine Dame zu küssen und in sie verliebt zu sein, das ist für Dickmann, der gewohnt ist, mit Straßenmädchen schlafen zu gehen, ein rätselvoller und unheimlicher Zustand, der unbekannte Gefahren in sich birgt.

Neulich hat er auf der Holsteinerkneipe eine erbitterte Diskussion gehabt: ein Corpsbruder hat keinen Hehl daraus gemacht, dass er mit seiner Verlobten schon vor der Hochzeit ... Man suchte nach einem passenden Ausdruck und einigte sich dann auf die etwas umständliche Umschreibung „intim verkehrt" habe. Man war sich darüber einig, dass dieser Corpsbruder unrecht gehandelt habe. Man stellte fest, er habe seine Braut – eine Dame! – in den Schmutz gezogen, sie gewissermaßen mit einer Hure auf eine Stufe gestellt. Man zieht keine Dame in den Schmutz. Man kann und darf sich ein Straßenmädchen kaufen, – ein lächerlicher Spießer, der daran Anstoß nimmt. Man kann und darf ein Kleinbürgermädel zur Freundin haben. Aber mit einer jungen Dame „unserer Kreise" tut man so etwas nicht.

Und Genia ist doch zweifellos eine Dame. Eine Jüdin zwar, aber doch immerhin aus guter, wohlhabender Familie. Dickmann könnte sich ohrfeigen! Zu Hause schreibt er einen etwas steifen Brief, in dem er sein Benehmen entschuldigt: „... ich weiß, dass Du mich nicht lieben kannst. Ich verlange das auch nicht. Aber ich kann auf Deine Nähe nicht verzichten, und ich verspreche Dir, dass ich nie wieder ..."

Genia liest den Brief und zuckt die Achseln. Es ist alles so schwierig und unerfreulich. Diese Anhänglichkeit ist rührend, und sie ist verächtlich. Genia sagt „Trottel" und sagt „Ein guter Junge". Und hinter ihrer ablehnenden Stärke steht die Schwachheit dieses Widerspruchs: sie will seine Liebe nicht, aber dass er sie liebt, freut sie.

So muss denn einmal jener Abend kommen, an dem die Beiden in einem kleinen Weinlokal sitzen. Im Nebenzimmer eine Geige, die Sonate von Toselli. Manchmal geht der Kellner an ihrem Tisch vorüber und bemüht sich, so auszusehen, als bemerke er sie gar nicht.

Dickmann zerdrückt die Zigarette, die er eben erst angezündet hat. Genia spielt zerstreut mit den künstlichen Blumen, die auf dem Tisch stehen. Dickmanns Augen weiten sich bittend und klagend, langsam schiebt er seine Hand über das fleckige Tischtuch. Genia streichelt sie mit spitzem Finger. Streichelt diese Hand, die ein wenig zu fleischig, zu breit und zu rot ist.

Dann redet er. Unzusammenhängend, stockend: „Du musst bei mir bleiben, Genia, ich kann ohne dich nicht leben. Ich weiß, du willst nichts von mir wissen. Aber bleib bei mir. Lass mir Zeit. Ich werde mich ändern. ich werde ein Mensch werden, um den es sich lohnt. Du bist klüger als ich, besser. Du weißt soviel und hast ein starkes Herz. Das habe ich nicht, Genia. Ich bin schlapp, aber ich werde stark werden. Nur musst du bei mir bleiben ..."

Genias Augen schwimmen.

Plötzlich mischt sich in dies drängende Fordern und Bitten ein jammervoller Ton: „Was habe ich denn schon von meinem Leben gehabt! Schulbank, Krieg, Revolution, – ich habe ja noch gar nicht angefangen zu leben. Was weiß ich denn vom Leben! Du musst es mir zeigen, du musst mir helfen. Ich habe immer nur die wenigen Menschen meiner Umgebung gesehen, immer dasselbe ... Was du von der Gerechtigkeit sagst, – ich habe es ja nur nicht gewusst, ich muss mich erst an diese Gedanken gewöhnen. Lass mir Zeit, Genia. Ich bin nicht schlechter als du ..."

Dickmann redet wie im Fieber und ist doch kalt genug, zu bemerken, dass Genia weich wird unter dieser Flut von Beteuerungen und Bestürmungen. Die Musik spielt einen Tango. Dickmann stürzt ein Glas Wein hinunter. Genias Mund glänzt feucht. Sie flüstert etwas, das er nicht versteht ...

Dann ist er mit einem Male entsetzlich nüchtern. Er friert. Jetzt muss etwas geschehen. Jetzt oder nie. Diese Stunde muss ausgepresst werden bis zum Letzten. Vorsicht! Seine Blicke gleiten an ihrer Gestalt herab. Es muss etwas ...

Dickmann entfernt sich einen Augenblick. Im Waschraum zählt er sein Geld und zieht für eine Mark drei Präservativs aus dem Automaten.

Er zahlt. Sie stehen auf der Straße. Dickmann ist es schwindlig. Er flüstert tonlos: „Wollen wir heute Nacht zusammenbleiben?“ Und Genia nickt stumm.

Ein Auto. Dickmann weiß hier in der Nähe ein Hotel, in dem man es mit dem Anmeldezettel nicht so genau nimmt. Ein schmierig lächelnder Hausdiener. Wie grell der Schlüssel im Schloss knirscht.

Genia ist blass. Und an ihrer fröstelnden Schwäche richtet sich Dickmann auf. Wir stark er ist! Er reißt sie an sich, wirft sich über sie, drängt, keucht, stöhnt ...

Und sieht nicht das Erbarmen, das in ihren Augen steht, groß und dunkel. Sein Mund stammelt Liebesworte, aber es sind Lügen, denn sein Körper weiß nichts von ihnen. Der nimmt Rache für die erlittenen Demütigungen. Politische Justiz? Das Recht eine Funktion der Ökonomie?! Dumme Gans! Wochenlang ist er ihr nachgelaufen. Jetzt liegt sie vor ihm, zerquält, zerwühlt, zerstört ... Seine Muskeln dehnen sich in Kraft und höhnischem Triumph, und seine Liebkosungen sind wie eine Misshandlung.

Dann ist sie auf einmal wieder so fern wie nie zuvor. Kalt ist es im Zimmer und still, man hört nur den stoßweisen Atem des Mädchens. Dickmann geht im Zimmer umher und gähnt.

Dann rülpst er leicht: der Wein war vorhin doch etwas zu süß, er hat es ja gleich gesagt. Genia sitzt auf dem Bettrand. Verwühlte Wäsche hängt an ihr herum. Ihre Schultern heben und senken sich unter schnellem Keuchen. Die Luft im Zimmer steht stinkend und dick wie eine Mauer. „Ehret die Frauen, sie flechten und weben himmlische Rosen ins irdische Leben, knüpfen der Liebe beglückendes Band ...“

Dickmann lacht durch die Nase. Widerwärtig. Tierisch. Auch dies muss geschehen, auch dies ist nichts als ein totes Gewicht mehr in der endlosen Kette der müden und leeren Tage. Dickmann gähnt und angelt nach seinen Hosenträgern. Aus einem Augenwinkel betrachtet er Genia fremd und haßvoll wie ein seltsames Tier. Was will sie noch von ihm? Warum schweigt sie so? Dickmann tut ungeheuer lustig. Er pfeift laut und falsch, geht wiegend auf Genia zu und fasst sie mit der Hand unter das Kinn.

Sie will nach Hause fahren. Soll sie! Im Auto schweigen beide vor sich hin. Aus Höflichkeit schlingt er noch einmal den Arm um sie. Ihr Körper ist steif und wie leblos. Sie kann ihm nicht in die Augen sehen. Dickmann lächelt dumm: immer so bei Frauen, erst ganz groß und dann so klein. Omne animal post coitum triste.

Wenn der Referendar in den nächsten Tagen bei Genia Lazar anruft, ist sie nicht zu Hause, gerade im Badezimmer, schläft schon oder hat sonst eine dringende Abhaltung, die es ihr unmöglich macht, an das Telefon zu kommen. Er ärgert sich zuerst über dies Verhalten, dann versucht er, es lächerlich zu finden, schließlich aber hat er sich daran gewöhnt, wie er sich an die Gerechtigkeit gewöhnt hat, an die politische Justiz Deutschlands und an die juristische Tatsache, dass ein uneheliches Kind mit seinem Vater in vermögensrechtlicher Beziehung nicht verwandt ist.

Ist doch alles ganz klar. Und wichtiger als das Mädchen, ohne das er sich sein Leben nicht mehr vorstellen konnte, ist das Assessorexamen, das Dickmann ohne sonderliche Schwierigkeiten und ohne sonderliche Auszeichnung besteht. Abends gibt es zu Hause wieder eine kleine Feier, und das Jenseits ist versunken.

TSCHEKA

Ernst Ottwalt
DENN SIE WISSEN WAS SIE TUN

Aber eines Tages ist Dickmann doch wieder in den Strudel von Zweifeln und Erkenntnissen hineingerissen, aus dem er sich für alle Zeit gerettet glaubte.

Der Landgerichtsdirektor Dickmann kommt eines Tages nach Hause mit einem Gesicht, dem man Stolz, Freude und Ergriffenheit ansieht. Beim Mittagessen teilt er seiner Familie ernst und feierlich mit, das Vertrauen des Ministeriums habe ihn dazu ausersehen, beim Staatsgerichtshof zum Schutze der Republik als Beisitzer zu fungieren.

Frau Landgerichtsdirektor erhebt sich und küsst ihren Mann auf die Stirn. Edith gratuliert nüchtern und kühl. Nur Dickmann muss ein leises Unbehagen unterdrücken, das er selbst als unstatthaft empfindet.

Staatsgerichtshof? Mit dieser Buchstabenfolge ist für ihn die Erinnerung an einen schmachvollen Willkürakt der republikanischen Reichsregierung verbunden. Nach dem Morde an Minister Rathenau, den Dickmann begeistert miterlebte, ist den Republikanern der blasse Schrecken in die Glieder gefahren über das Erwachen des alten Deutschland. Dickmann hat – ebenso wie sein Vater und alle Gutgesinnten – sich damals empört und entrüstet über die offenbare Ungesetzlichkeit, mit der die Republik zu ihrem Schutze ein Sondergericht einsetzte. Entgegen allen juristischen Gepflogenheiten wurde dem Republikschutzgesetz rückwirkende Kraft verliehen. Eine einfache Verordnung bestimmte, dass die Ministermörder vor diesem Tribunal abgeurteilt werden sollten, das in Leipzig beim Reichsgericht eingesetzt wurde.

Dickmann weiß noch mehr. Er weiß, dass dieses Sondertribunal in vielen Fällen gegen die Männer vorgegangen ist, die sich die Erneuerung Deutschlands zum Ziel gesetzt hatten. Von dem Staatsgerichtshof sind die Mitglieder der Organisation Consul wegen Geheimbündelei zu Gefängnisstrafen von einem bis zu neun Monaten verurteilt worden; alles Kameraden des hochverdienten Kapitäns Ehrhardt, von dem Dickmann sich noch viel für die Wiederherstellung der alten Zustände verspricht.

Und nun freut sich sein Vater ganz offensichtlich, dass er einer der sechs Beisitzer sein soll, die die drei Reichsrichter des Staatsgerichtshofs unterstützen werden?

Dickmanns Glückwunsch klingt gepresst und unsicher. Er weiß ja nicht, dass die Mitglieder der Organisation Consul ihre Strafen niemals abzubüßen brauchten. Er weiß ja noch nicht, dass die Institution des Staatsgerichtshofs, die die Angst der

Republikaner als Instrument gegen die Reaktion zu schaffen gedachte, in den Händen von zehn Männern zu einer furchtbaren Waffe gegen alle freiheitlichen Regungen in Deutschland geworden ist.

„Freust du dich denn?“, fragt Frau Landgerichtsdirektor ihren Gatten.

Der wehrt ab: „Freuen ist wohl nicht der richtige Ausdruck. Ich bin stolz darauf, dass ich an einer so schönen und wichtigen Aufgabe mitarbeiten darf, den Staat vor den Angriffen der Verschwörer zu schützen.“

„Den Staat? Die Republik“, berichtigt Dickmann.

Sein Vater schüttelt ernst den Kopf: „Das siehst du ganz falsch“, sagt er tadelnd. „Republik oder Staat, – das ist in diesem Falle dasselbe. Wir kämpfen gegen die Anarchie, gegen die Gesetzlosigkeit. Wir wissen, wo der Feind steht. Um wieder zu geordneten Zuständen zu kommen, müssen wir zunächst die Republik schützen. Alle Güter unseres Lebens, Religion, Kultur, Privateigentum, lassen sich auch in der Republik bewahren und erhalten. Verstehst du mich?“

Dickmann glaubt zu verstehen. „Was sind denn das für Verhandlungen, bei denen du mitwirken sollst?“, fragt er nach kurzer Überlegung den Vater.

„Der Tschekaprozess“, sagt Landgerichtsdirektor Dickmann lakonisch, und sein Sohn versucht, sich zu erinnern, worum es sich in diesem Prozess handelt. Er möchte seinen Vater nicht danach fragen. Der Landgerichtsdirektor steht auf dem Standpunkt, dass man außerhalb des Dienstbereichs nicht von amtlichen Dingen sprechen dürfe. So bleibt es Dickmann überlassen, sich selbst zu informieren über das, was in Leipzig verhandelt werden soll.

Das ist für ihn nicht leicht. Er war die letzten Jahre so von sich und seinen eigenen Erlebnissen erfüllt, dass er darüber nicht viel Zeit fand, sich mit den großen Ereignissen der Zeit zu beschäftigen. Jetzt möchte er klarer sehen, aber die Literatur über die Kämpfe in der deutschen Republik ist außerordentlich dürftig. Und was er über die Tatsachen in Erfahrung bringen kann, die dem Tschekaprozess zugrunde liegen, ist nicht viel mehr, als dass einige Kommunisten im Januar des Jahres 1924 einen Spitzel erschossen haben, den Friseur Rausch in Berlin.

Genia könnte ihm vielleicht mehr sagen. Aber Dickmann denkt gar nicht daran, sich wieder von ihren einseitigen politischen Ansichten verwirren zu lassen. Das Kapitel Genia Lazar ist für ihn abgeschlossen. Endgültig und für immer.

Sich im April des Jahres 1925 mit den Dingen zu beschäftigen, die 1923 in Deutschland geschehen sind, dazu fühlt Dickmann keine Veranlassung. Nicht viel mehr weiß er davon, als dass man nach dem Hitlerputsch die Kommunistische Partei Deutschlands wegen hochverräterischer Umtriebe hat verbieten müssen, und dass seitdem Dutzende von Kommunisten lediglich deswegen verurteilt worden sind, weil sie der Partei angehörten oder angehört hatten. Dass die Nationalsozialistische Deutsche Arbeiterpartei ebenfalls verboten war, ohne dass man etwas von der Verurteilung eines Nationalsozialisten gehört hätte, daran denkt Dickmann nicht, das fällt ihm nicht auf.

Einmal, sein Vater steht kurz vor der Abreise nach Leipzig, fällt ihm in einem Cafe eine Zeitung in die Hände, die er sonst nicht zu Gesicht bekommt. Dickmann erfährt, dass es sich bei der Ermordung des Friseurs Rausch um eine Waffenschiebung gehandelt hat: die Kommunisten wollten bei einem Potsdamer Reichswehrregiment Waffen stehlen, der Friseur hatte diesen Plan der Polizei verraten, und zwei Kommunisten haben ihn erschossen. Aber es war zu spät: die Polizei hatte bereits ihre Maßnahmen getroffen und im ganzen sechzehn Kommunisten verhaftet, die nun wegen Mordes, Beihilfe zum Mord, Hochverrat und wegen Sprengstoffverbrechens abgeurteilt werden sollen.

Nachdem der Landgerichtsdirektor nach Leipzig abgereist ist, klingelt Rechtsanwalt Dr. Kursch bei Dickmann an: er müsste in den nächsten Tagen auf ein paar Tage nach Leipzig, um eine Revisionssache vorzubereiten. Ob Dickmann ihm nicht Gesellschaft leisten wolle. Bei der Gelegenheit könne er ja auch einmal das Reichsgericht besuchen. Eigentlich gehöre sich das überhaupt für einen jungen Juristen.

Und so geht Dickmann denn an einem Maitage des Jahres 1925 über den weiten Platz, hinter dem sich ein mächtiges, lang gestrecktes Viereck erhebt: das Reichsgerichtsgebäude. Hier residiert das höchste Gericht der deutschen Republik.

Der Assessor Dickmann bleibt einen Augenblick ergriffen stehen. Es ist kaum auszudenken, welches Maß von Feierlichkeit, Wärme und Respekt man in diese wenigen Worte legen kann: das Reichsgericht!

Dieses Haus ist der Angelpunkt des Lebens. Was nur jemals das Leben eines deutschen Staatsbürgers erschüttert hat, eine Wechselklage oder ein Mord, eine Zwangsvollstreckung oder ein Verbrechen wider das keimende Leben, – was gibt es, was der letzten Entscheidung jener Körperschaff entzogen wäre, die in diesem mächtigen Gebäude amtiert? Elf Senatspräsidenten und dreiundneunzig Reichsgerichtsräte sprechen, – und es gibt keinen Zweifel mehr. Ein Heer von deutschen Richtern und Rechtsanwälten neigt das Ohr, und durch alle Gerichtssäle Deutschlands geistert in formelhaften Wendungen die Unterwerfung unter die Meinung jener hundert Männer: „Nach der ständigen Spruchpraxis des Reichsgerichts." „Laut Reichsgerichtsentscheidung Band siebzehn, Seite hundertelf ..."

Über den weiten, weiten Platz dringt der Lärm der Großstadt nicht bis in jene Zimmer, in denen die Reichsrichter sitzen. Still, ernst, fleißig, unnahbar legen sie die Gesetze aus.

Das Reichsgericht!

Ist es ein Wunder, wenn der Assessor Dickmann auf das Reichsgerichtsgebäude zugeht, als marschiere er über ein Paradefeld? Es ist eine Feierlichkeit um ihn wie damals beim Fahneneid.

Er betritt den hohen, kühlen Vorraum. Ein Justizwachtmeister in tadelloser blauer Uniform schlägt die Hacken zusammen, als er Dickmanns Titel hört.

Wo man sich heute einmal eine Verhandlung anhören könne. „Einige Revisionssachen. Und im ersten Stock die Verhandlung vor dem Staatsgerichtshof zum Schutze der Republik. Herr Assessor wissen ja."

„Ich danke Ihnen."

Ein Denkmal des alten Kaisers Wilhelm, ihm gegenüber eine Statue: Wilhelm II. in Ritterrüstung, die nervige Faust am Schwerte. Kronen und Reichsadler in allen Nischen, über allen Torbögen. Dickmann geht andächtig wie durch eine Fürstengruft.

Durch einen Korridor wandelt feierlich eine Gestalt in einer hellroten Robe. Hellrot mit einem breiten, weinroten Samtkragen, ein fein und kunstvoll gefälteltes Jabot vor der Brust: ein Reichsrichter. Er geht an Dickmann vorüber, bemerkt die Schmisse, stutzt und macht eine kaum bemerkbare, vorsichtig einladende Bewegung, und Dickmann reißt den Hut vom Kopf. Der Reichsrichter neigt den Kopf knapp und graziös, und Dickmann sieht dem Davonschreitenden bewundernd nach. „Stil", denkt er ergriffen.

Er öffnet eine Tür. „Zweiter Strafsenat" steht auf dem weißen Porzellanschild. Der Fuß versinkt in einem schweren roten Teppich. Hellbraune Eichentäfelung. Auf erhöhter Estrade sechs rote Roben: ein Senatspräsident, vier Reichsgerichtsräte, ein Reichsanwalt. Eine Bank im Hintergrund, sonst nichts. Nur eine kleine, brüchige Greisenstimme scheint mit sich selbst zu sprechen.

Der Senatspräsident hält ein Blatt Papier in der Hand und liest. Die Augen der Richter starren matt ins Leere. Sechs höchste deutsche Richter in einem öden Zimmer, teilnahmlos, schweigend. Nichts als ein Blatt Papier und eine müde, undeutliche Stimme. Dickmann lauscht ihr beklommen.

Einmal glaubt er einen Namen zu verstehen: „Leister". Da weiß er, was der Senatspräsident liest. Ein Mensch dieses Namens ist vor einiger Zeit trotz seiner wütenden Unschuldsbeteuerungen wegen Mordes zum Tode verurteilt worden. Er hat Revision gegen das Urteil des Schwurgerichts eingelegt. Das Reichsgericht hat darüber zu entscheiden. Es wird nicht von Mord gesprochen, nicht davon, ob der Spruch des Schwurgerichts gerecht gewesen ist: die sechs Männer in den roten Roben sehen nicht die Tat, sie sehen auch nicht das verzerrte, angstvolle Gesicht des Maurers Leister, der in einem Untersuchungsgefängnis sitzt und mit sehnsüchtiger Inbrunst darauf wartet, dass das Reichsgericht einen gerechten Spruch fällt. Aber was ist die Tat, was der Täter? Das Reichsgericht kennt sie nicht, es prüft Akten und die Heiligkeit der Form; nur wenn sie verletzt worden ist, kann das Urteil aufgehoben werden. Hat bei der Fällung jenes Todesurteils ein nicht festangestellter Richter mitgewirkt? Wie viel wichtiger ist diese Frage als der drängende Zweifel, ob ein Mensch vielleicht unschuldig zum Tode verurteilt worden ist!

„... dass also die Bank der Richter ordnungsmäßig besetzt war. Der Revision war daher der Erfolg zu versagen."

Aus. Der Vorhang senkt sich über der Tragödie des Maurers Leister. Das Todesurteil wird damit, dass diese brüchige Greisenstimme plötzlich verstummt, rechtskräftig. Geschieht nicht noch ein Wunder, wird der Mann hingerichtet. Im Namen des Volkes, denn die Bank der Richter war ja ordnungsmäßig besetzt.

Ein mattes Räuspern. Papier raschelt. Der Reichsanwalt wechselt die Hand, die seinen Kopf stützt. Ein Reichsrichter schnaubt diskret die Nase. Vor dem geöffneten Fenster des Sitzungssaals schlägt süß und gespenstisch eine Amsel.

Ein neues Blatt Papier, ein neues Urteil. „Im Namen des Reichs ..."

Der Zuhörer erhebt sich und geht leise hinaus ...

„Sitzung des dritten Zivilsenats." Dickmann tritt ein. Das gleiche Bild: fünf Richter in festliches Rot gekleidet. An zwei Pulten links und rechts vom Richtertisch stehen zwei Rechtsanwälte des Reichsgerichts. Auch sie tragen rote Roben. Nur der weinrote Samtkragen fehlt und das Jabot.

Ein Rechtsanwalt spricht: „Ich bitte, einem hohen Senat zur Erwägung geben zu dürfen ..."

Der andere antwortet: „Ein hoher Senat wird sich darüber schlüssig zu werden haben, ob nicht die Ausführungen meines Herrn Kollegen unter einem anderen Gesichtswinkel zu betrachten sein werden ..."

Der Justizwachtmeister, der hinter den Richtern sitzt, gähnt verstohlen. Er thront in einem bequemen, breiten Armsessel.

Für die Rechtsanwälte stehen nur einfache Rohrstühle da. Aber der Gerichtsdiener gehört ja auch zum Reichsgericht.

Die Anwälte packen ihre Akten zusammen und machen sehr tiefe Verbeugungen ...

Dickmann geht über stille Korridore, über Treppen und steht plötzlich in einem wirren Gewühl vor dem Verhandlungssaal des vierten Strafsenats, in dem die Sitzungen des Staatsgerichtshofs stattfinden. Schutzpolizisten. Justizwachtmeister. Anwälte kommen in erregtem Gespräch aus dem Saal. Sie tragen nicht die rote Robe der Rechtsanwälte am Reichsgericht, sondern schwarze Talare. Sie kommen „aus der Provinz", wie man in Leipzig sagt. Aus Berlin.

Von der hellen Eichentäfelung des Verhandlungssaals heben sich die roten Roben der Reichsrichter und die schwarzen Röcke der Beisitzer ab. Am äußersten linken Flügel der Richterbank sitzt ernst und geschlossen der Landgerichtsdirektor Dickmann.

Über dem Richtertisch hängen zwei Bilder: Wilhelm I. und Friedrich III. Unter ihnen tagt der Staatsgerichtshof zum Schutze der deutschen Republik.

Dickmann macht eine tiefe Verbeugung vor dem Richtertisch, dann setzt er sich bescheiden auf die Zeugenbank und sieht sich interessiert im Saale um. Im Zuhörerraum drängen sich Menschen, von schwerbewaffneten Polizeibeamten sorgfältig beobachtet. An der linken Längsseite des Saales die Anklagebank. Sechzehn Menschen sitzen dort. Ihre an die lähmende Dämmerung der Zelle gewöhnten Augen blinzeln unruhig gegen die helle Frühsommersonne, die in breiten Strahlen durch die hohen Fenster dringt.

Eine dumpfe Stimme näselt undeutliche Worte. Unter den zwölf Verteidigern der Angeklagten entsteht Bewegung. Ein Rechtsanwalt erhebt sich: „Herr Angeklagter, hat man Sie nicht vor der Vernehmung, in der Sie das unrichtige Geständnis abgelegt haben, tagelang hungern lassen?"

Nicht der Angeklagte antwortet, sondern die Stimme des Vorsitzenden knallt scharf in den Saal: „Ich muss diese Frage zurückweisen."

Der Verteidiger atmet mühsam auf. Seine Hand krampft sich um ein Aktenbündel. Er spricht mit unnatürlich leiser Stimme: „Ich bitte, einen Vorhalt machen zu dürfen. Wenn der Angeklagte tatsächlich vor dieser Vernehmung tagelang im Gefängnis gehungert hat ..."

„Herr Rechtsanwalt, ich entziehe Ihnen das Wort."

Der Assessor Dickmann sieht den Vorsitzenden an: Dieser alte Mann mit dem grauen Haar ist also der Senatspräsident Niedner, der ständige Vorsitzende des Staatsgerichtshofs. Das energische Gesicht zeigt die unnatürliche Röte eines Rotweintrinkers. Der große Mund, der an den Winkeln leicht verkniffen ist, verzieht sich beim Sprechen hochmütig oder ironisch. Dies ist der Mann, der seit Jahren die großen politischen Prozesse der deutschen Republik leitet ...

Wieder spricht ein Verteidiger. Er gestattet sich, dabei den Kopf flüchtig den Zuhörern im Hintergrund des Saales zuzuwenden. Und wieder knarrt die Stimme des Vorsitzenden: „Ich muss rügen, dass der Herr Rechtsanwalt sich zum Publikum wendet."

„Herr Vorsitzender, ich bitte, mir diejenige Stelle der Strafprozessordnung zu bezeichnen, in welcher steht, wohin ich mein Gesicht zu richten habe."

Dickmann ist verwirrt: diesen Ton kennt er nicht in Gerichtssälen. Sine ira et studio, nicht in zorniger Leidenschaftlichkeit soll der Richter sein Urteil bilden. Aber hier ist die Atmosphäre mit Feindseligkeit und Hass geladen. Und dabei soll hier über Verbrechen geurteilt werden, auf die Todesstrafe steht.

„Herr Rechtsanwalt, was stehen Sie da herum! Gehen Sie doch auf Ihren Platz!"

„Aber Herr Präsident", erwidert sanft der siebzigjährige Anwalt, „wir sind hier doch nicht in der Schule!"

Dickmann hört ein dumpfes Geräusch: sein Vater hat mit der flachen Hand auf den Tisch geschlagen. Sein Gesicht verzerrt sich zornig. „So eine Frechheit!"

„Herr Vorsitzender, ich bitte, diese Bemerkung des Herrn Beisitzers zu protokollieren."

„Ich lehne das ab. Wir fahren fort ..."

Häufig lachen die Angeklagten. Sie nehmen wohl das Gericht nicht ernst. Und doch müssen sie mit einem Todesurteil oder mit schweren Zuchthausstrafen rechnen, denn sie sind ja Kommunisten. Angehörige einer Partei, die man wegen hochverräterischer Umtriebe hat verbieten müssen. Einer Partei, die die Verfassung der deutschen Republik beseitigen will ...

So denkt Dickmann und runzelt plötzlich nachdenklich die Stirn. Die Verfassung der deutschen Republik? Die Reichsrichter dort, die Beisitzer, sein Vater, der Reichsanwalt, und auch er selbst, – wollen sie denn wirklich die republikanische Verfassung schützen? Würden sie es nicht mit Freuden begrüßen, wenn eines Tages sich die Staatsform Deutschlands änderte? Wollen sie nicht – in diesem Punkte wenigstens – das Gleiche wie die Kommunisten? Aber die einen sitzen in roten Roben und feierlichen Gewändern am Richtertisch und die andern sind zusammengepfercht in der Bank der Angeklagten. Kultur, Religion, Privateigentum – darauf kommt es an. Wie unwichtig ist die Frage, ob Deutschland eine Monarchie oder eine Republik ist! Dickmann ruft sich zur Ordnung: Kommunisten! Aber er wird mit diesen Gedanken nicht fertig. Er schiebt sie weg ...

Ein Verteidiger bittet um Gerichtsbeschluss, ob seine Frage zugelassen werden soll oder nicht.

Der Senatspräsident erhebt sich, und die anderen Herren des Gerichts folgen ihm durch die Tür des Beratungszimmers. Aber noch ehe der letzte Beisitzer hinter der Tür verschwunden ist, kommt der Präsident durch die andere Tür bereits wieder in den Saal und verkündet: „Das Gericht hat beschlossen, die Frage abzulehnen." Die Beisitzer haben noch nicht einmal wieder ihre Plätze erreicht.

Das war doch keine Beratung, denkt Dickmann beunruhigt. Das ist doch eine Farce ...

„Herr Präsident, ich beantrage Gerichtsbeschluss."

„Das Gericht lehnt es ab, sich jedes Mal aus dem Saal schicken zu lassen, wenn es dem Herrn Rechtsanwalt beliebt."

„Ich beantrage die Protokollierung meines Antrages."

Dickmann lauscht atemlos. Diesem Antrag muss stattgegeben werden. Aus dem Sitzungsprotokoll müssen sämtliche Anträge ersichtlich sein, die im Laufe einer Verhandlung gestellt werden. So hat es Dickmann in den Kollegs über Strafprozessrecht gelernt.

Der Mund des Senatspräsidenten verzieht sich: „Ich gebe das nicht zu Protokoll. Herr Protokollführer, protokollieren Sie das nicht!"

Die Stimme des Präsidenten knallt und knarrt, und Dickmann fühlt, wie er rot wird: das geht doch nicht, das widerspricht doch dem Gesetz!

Ein anderer Verteidiger ruft erregt: „Herr Präsident, nach § 273 der Strafprozessordnung muss diesem Antrag stattgegeben werden. Ich bitte nochmals um Protokollierung."

Lächelnd schüttelt der Präsident den Kopf: „Ich lehne ab ..."

Die Stimme des Verteidigers dämpft sich zu scharfem Flüstern. Es scheint, als erschrecke er selbst über das, was er zu sagen hat: „Dann, Herr Präsident, bleibt mir nur der Nachweis der bewusst unrichtigen Anfertigung des Protokolls."

Ein Senatspräsident am Reichsgericht, der Vorsitzende des Staatsgerichtshofs, muss sich von einem Rechtsanwalt Fälschung des Protokolls vorwerfen lassen. Und der Rechtsanwalt hat recht! Er hat recht! Dickmann ahnt eine Katastrophe, er atmet erregt. Was wird der Präsident tun? Ein kurzer Augenblick lähmender Stille. Dann sieht Dickmann den Vorsitzenden lächeln und hört eine gleichmütige Stimme: „Wir fahren fort."

Dem Assessor Dickmann wird schwindlig. Seine Augen weiten sich vor Entsetzen. Er ist es gewohnt, der Justiz ins Antlitz zu sehen. Und immer fand er dies Antlitz kalt und höflich. Zum ersten Mal sieht er, dass sich dieses höfliche Gesicht zu einer brutalen Grimasse verzerren kann ...

Neben ihm unterhalten sich zwei Journalisten. Das schwarzweiße Band an der Rockklappe des einen beweist, dass er auf seine militärische Vergangenheit stolz ist. Der andere sagt mit bedenklichem Gesicht: „Eigentlich ist das ja unzulässig."

Der Angeredete macht eine wegwerfende Handbewegung: „Ich bitte Sie! Gegen das Urteil des Staatsgerichtshofs gibt es ja doch keine Berufung. Da kommt es doch auf die Beobachtung der Form gar nicht mehr an. Ob das Protokoll richtig ist oder falsch, – du lieber Gott: Wichtigkeit! Verurteilt werden die Leute ja doch."

Der Zeuge Regierungsrat Lupfer. Ein Teil der Angeklagten hat in Stuttgart in Untersuchungshaft gesessen, wo Lupfer Gefängnisdirektor ist.

Vereidigung. Ein korrekter höherer Beamter. Seine Aussage ist klar und einwandfrei. Ein unzulässiger Druck sei auf die Angeklagten selbstverständlich nicht ausgeübt worden. Sie haben ihre Geständnisse ganz freiwillig abgelegt.

„Angeklagter Margies, Sie wollten noch etwas bemerken?"

Ein Angeklagter erhebt sich. Er spricht. Und Dickmann fröstelt plötzlich. Der Mann lügt doch! Der Mann lügt, das kann doch nicht wahr sein! Wir leben in einem Rechtsstaat! Was der Angeklagte da sagt, das sind Ungeheuerlichkeiten, Ausgeburten einer kranken Phantasie, verleumderischer Bosheit ...

Aber warum steht der Gefängnisdirektor da am Zeugentisch und tut, als gingen ihn die Worte des Angeklagten nichts an? Um Gottes willen? Warum schweigt der Zeuge? Warum schreit er nicht? Warum wehrt er sich nicht gegen die ungeheuerlichen Beschuldigungen? Warum?

Es gibt einen Paragraphen im deutschen Strafgesetzbuch, der die Erpressung von Geständnissen mit Zuchthaus bedroht. Herr Regierungsrat Lupfer, warum schweigen Sie?

Der Angeklagte Margies spricht: „Ich habe es abgelehnt, während der Voruntersuchung überhaupt irgendwelche Aussagen zu machen. Das ist mein gutes Recht als Angeschuldigter. Da hat man mich plötzlich aus meiner Zelle geholt und mich in eine andere verlegt. Aber das war gar keine Zelle! Das war einfach ein Mauerloch in einer Ecke des Korridors. Kein Fenster, kein Licht. Wenn ein Beamter am Tage die Zelle betrat, musste das elektrische Licht eingeschaltet werden, weil man nicht die Hand vor den Augen sehen konnte. Zwei Monate habe ich in dem Loch gesessen. Zwei Monate ohne Luft und Licht. Man hat mir keine frische Wäsche gegeben. Meine Strümpfe habe ich im Spucknapf ausgewaschen. Meine Füße waren wund. Die Zelle war voller Wanzen. Hier, dieser Zeuge, dieser Herr Regierungsrat Lupfer, hat mir sogar noch verboten, die Wanzen zu töten, die auf meiner Pritsche herumkrochen. Stimmt das nicht, Herr Zeuge?"

Der Regierungsrat wendet den Kopf halb zur Anklagebank hin: „Wahrscheinlich habe ich Ihnen verboten, die Wanzen an der Wand zu töten", sagt er kühl und sachlich.

Der Angeklagte lacht: „Wo sollte ich denn sonst mit den Dingern hin, was? Sie aus dem Fenster werfen? Aber die Zelle hatte ja doch gar kein Fenster. Herr Vorsitzender, das ist doch Erpressung, wenn man mich so quält, um ein Geständnis von mir herauszubekommen!"

Das deutsche Strafgesetzbuch gibt dem Mann recht. Es bedroht sogar einen Beamten, der Geständnisse erpresst, mit Zuchthaus. Der einzige Beamte, der je nach diesem Paragraphen bestraft worden ist, ist der sozialdemokratische Regierungsrat Worch, der nationalsozialistische Studenten bedroht haben sollte. In der Berufungsinstanz ist er wegen erwiesener Unschuld freigesprochen worden ...

„Das ist doch Erpressung, Herr Präsident!"

Senatspräsident Niedner durchschneidet mit der Hand die Luft: „Angeklagter, lassen Sie diese Bemerkungen. Das gehört nicht zur Sache!"

Nicht zur Sache? Die Hände des Assessors Dickmann spreizen und schließen sich. Nicht zur Sache? Wo bleibt das Gesetz? Paragraph 343 Strafgesetzbuch: ein Beamter, der Geständnisse erpresst. Paragraph 116 der Strafprozessordnung: „Dem Verhafteten dürfen nur solche Beschränkungen auferlegt werden, welche zur Sicherung des Zweckes der Haft oder zur Aufrechterhaltung der Ordnung im Gefängnis notwendig sind."

Zwei Monate ohne Licht und Luft in einem muffigen Loch! Das gehört nicht zur Sache? Hier hat man einen Menschen sinnlos und grausam gequält, Beamte, deutsche Justizbeamte haben das getan. Das gehört nicht zur Sache?

Da sitzt der Senatspräsident Niedner, da sitzen zwei Angehörige des höchsten deutschen Gerichts, da sitzt ein Vertreter der Reichsanwaltschaft, der „objektivsten und gerechtesten Behörde der Welt“, da sitzen sechs hohe Beamte, Regierungspräsidenten, Ministerialräte, Landgerichtsdirektoren, – und keiner findet ein Wort, diese Grausamkeit zu verwerfen, den Schuldigen zur Rechenschaft zu ziehen, das Gesetz zu verteidigen gegen die Willkür eines Gefängnisdirektors? Keiner?

Dickmann atmet gepresst. Sein Herz klopft ihm im Halse. Man muss etwas tun. Man muss etwas sagen, sonst macht man sich mitschuldig an dem Verbrechen, das an diesem Mann begangen worden ist. Das höchste deutsche Gericht lässt diese Ungeheuerlichkeiten mit kaltem Achselzucken durchgehen? Der soignierte alte Herr, der am linken Flügel der Richterbank sitzt und Landgerichtsdirektor Dickmann heißt, bringt nichts weiter auf als eine höfliche, unbeteiligte Bewegung der Abwehr? Zwei Monate in einem dunklen Loch, nicht Luft, nicht Licht – Halt! möchte Dickmann rufen. Das geht doch nicht!

Aber der Präsident hat längst einen neuen Aktenband zur Hand genommen: „Wir fahren fort“, sagt er gleichmütig.

Zeugen treten auf. Polizeibeamte, gutgenährte Männer, die die Hacken zusammenschlagen, die Hand straff im rechten Winkel heben und mit sonorer Stimme bei Gott dem Allmächtigen und Allwissenden schwören, die reine Wahrheit zu sagen. Zivilbeamte mit zu hohen Kragen, deren Stimme unsicher wird vor der Feierlichkeit dieses Raumes.

Auch der Landgerichtsrat Bühner steht vor dem Zeugentisch. Er hat die Ermittlungen gegen die Angeklagten geleitet. Er hat sie monatelang in den engen Zellen des Polizeigefängnisses gelassen, obwohl das Gesetz dies verbietet.

„Warum taten Sie das, Herr Zeuge?“

Der Landgerichtsrat hebt nach dieser Frage eines Verteidigers nicht einmal den Kopf: „Aus Zweckmäßigkeitsgründen.“

„Genügen Zweckmäßigkeitsgründe, um Gesetzesbestimmungen aufzuheben?“, fragt ein Verteidiger.

Der Landgerichtsrat lächelt. Protestrufe. Erregt aufspringende Rechtsanwälte – und eine scheuchende Handbewegung des Präsidenten: „Wir fahren fort."

Dickmann hört wieder neben sich flüstern: „Tüchtiger Kerl, der Niedner, was?" Mit einem dumpfen Brausen in den Ohren lässt Dickmann die Verhandlung an sich vorüberrauschen, hört die Stimme des Präsidenten und die erregten Zwischenrufe der Verteidiger. Hier geht es um das Leben. Man müsste den Angeklagten alle nur erdenklichen Vorteile gewähren, um sie vor einem möglichen Fehlurteil zu schützen. Man müsste die Zeugen scharf ins Verhör nehmen, man müsste ...

Aber der Senatspräsident stellt sich mit der ganzen Autorität seines hohen Amtes schützend vor die Zeugen, rettet sie vor unbequemen Fragen, ermuntert sie ...

„Herr Rechtsanwalt lassen Sie doch diese Fragen. Sie wollen ja aus dem Zeugen nur hinterlistig eine Antwort herauslocken."

„Herr Präsident, ich protestiere ..."

„Ich entziehe Ihnen das Wort! Herr Zeuge, lassen Sie sich nicht beeinflussen, fahren Sie fort!"

Hier geht es um das Leben! Vier oder fünf von den Angeklagten kämpfen um ihren Kopf!

Dickmann geht aus dem Saal. Draußen läuft er dem Rechtsanwalt Kursch in die Arme. Der sieht sein verstörtes Gesicht und fragt besorgt: „Was ist denn?"

Kursch, ach so? – Dickmann muss sich die Zusammenhänge erst langsam wieder klarmachen. Kursch hatte in Leipzig zu tun, Kursch hat ihn in seinem Wagen mitgenommen, damit er einmal die Tätigkeit des Reichsgerichts kennen lerne.

„Warst du auch hier in der Verhandlung des Staatsgerichtshofs?", fragt Dickmann drängend.

„Staatsgerichtshof? Ach so – ja, ich habe mal einen Augenblick reingesehen. Tüchtiger Kerl, der Niedner, sonst ist die Sache ja verdammt langweilig."

Dickmann bleibt stehen. Der Rechtsanwalt sieht ihn erstaunt und unwillig an: „Was ist denn los? Komm doch schon, sonst wird uns ja das Essen kalt."

„Sofort“, sagte Dickmann höflich, und dann gehen sie Mittag essen.

Der Himmel hat sich bezogen. Nur einmal noch leuchtet kurz die Sonne auf, wie Dickmann sich umwendet und nach dem Gerichtsgebäude zurücksieht: Sonnenstrahlen auf Kuppeln und Zinnen, auf Kronen und Reichsadlern, auf den hohen bunten Glasfenstern, hinter denen der Staatsgerichtshof zum Schutze der Republik tagt. Hinter denen sechzehn Menschen um ihr Leben kämpfen. Kommunisten, – freilich, freilich! Leute, die den Bestand des Deutschen Reiches gefährden, gewiss. Verbrecher, die einen Menschen umgebracht haben. Einen Friseur in Berlin, der die Partei bespitzelte ...

Das darf nicht ungesühnt bleiben. Warum eigentlich? Die fünfzehn Arbeiter aus Bad Tahl, die Matrosen in der Französischen Straße ...

Fanden sich deutsche Richter, die auch nur einen der Täter zu verurteilen wagten?

Gewiss, es waren keine Kommunisten, die den Leuten den Garaus machten. Das sei gleichgültig? Mord sei Mord? Nein, Offiziere und Soldaten morden nicht! Sie lassen sich vielleicht im Zorn und in edler Aufwallung patriotischer Gefühle zu kleinen Unbesonnenheiten hinreißen. Gelegentlich unterläuft ihnen ein kleiner Irrtum: sie haben gedacht, sie dürften morden, sie haben nicht gewusst, dass das verboten sei, und darum kann man sie auch nicht bestrafen. Wenn irgendein Leutnant auf eine bloße Denunziation hin jemand erschießen ließ, war er sich der Rechtswidrigkeit dieser Handlung nicht bewusst. Man darf solche kerndeutschen Männer nicht auf eine Stufe stellen mit jenen Verbrechern, die hinter den hohen Glasfenstern dort den strengen aber gerechten Spruch ihrer Richter erwarten ...

Mittagessen, Kaffee, Likör, Zigarre. Rechtsanwalt Kursch erzählt Witze, und Dickmann hört mit flüchtigem Lächeln zu.

Endlich fasst er Mut und fragt so sachlich, wie es ihm möglich ist: „Wie erklärst du dir übrigens, dass der Senatspräsident sich fortwährend über die Strafprozessordnung hinwegsetzt?“

Kursch gähnt verstohlen: „Deine Sorgen möcht' ich haben, mein Junge."

Dickmann legt ihm bittend die Hand auf den Arm: „Du musst das doch verstehen! Ich habe vor dem Reichsgericht selbstverständlich die allergrößte Achtung ..."

„Und?", fragt Kursch scharf. Dickmann zuckt die Achseln und schweigt.

Der Rechtsanwalt legt seine Zigarre beiseite: „Du bist auf einem gefährlichen Weg, lieber Freund. Vergiss bitte nicht, dass du ein sehr junger Mann bist, der gerade erst in die Juristerei hineingerochen hat. Du darfst einem Senatspräsidenten am Reichsgericht schon zutrauen, dass er weiß, was er tut. Ich wundere mich, dass du hier in diesem einen Fall auf einmal die Heiligkeit der Form so wichtig nimmst, die du im Zivilprozess doch immer so gering eingeschätzt hast ..."

„Hier kämpfen doch aber Leute um ihren Kopf! Es muss ihnen doch loyalerweise jeder Vorteil gewährt werden, der ihnen nach dem Gesetz zusteht ...", unterbricht Dickmann.

„Was sind denn das für Leute, wie? Für wen setzt du dich ein? Hast du dir die Gesichter von den Angeklagten angesehen? Wie sie lächelten, wenn der Vorsitzende was sagte? Der blutige Hohn, mit dem sie die Zeugen behandelten? Die nehmen doch diese ganze Verhandlung gar nicht ernst. Alle Anträge der Verteidiger dienen doch nur dazu, die Verhandlung zu verschleppen, das Gericht mürbe zu machen. Es ist nicht nur Recht, sondern Pflicht des Vorsitzenden, diese Versuche zu unterbinden. Und wenn das gegen den Wortlaut des Gesetzes geschieht, dann ist es Sache des Richters, sich damit auseinanderzusetzen. Ich jedenfalls bewundere seinen Mut."

Dickmann schweigt.

„Noch einmal: du vergisst, was das für Leute sind. Kommunisten! Verbrecher, die den Staat umstürzen wollen. Leute, die Sprengstoff gestohlen haben, um öffentliche Gebäude in die Luft zu sprengen ..."

„Der Sprengstoff, den man bei einem Angeklagten beschlagnahmt hat, ist nie untersucht worden", fällt Dickmann ein. „Vorhin wurde ein Antrag eines Verteidigers vom Vorsitzenden mit der Begründung abgelehnt, es sei bereits festgestellt, dass es sich bei der beschlagnahmten Masse um Sprengstoff gehandelt habe. Das geht doch nicht. Man darf doch nicht einfach ..."

„Man darf doch nicht einfach!", äfft Kursch ihm nach. „Was darf man denn nicht einfach, wie? Natürlich darf man einfach. Man muss sogar. Kommunisten! Willst du ruhig zusehen, wie diese Moskauer Schweine alles in den Dreck ziehen, was uns heilig ist? Alles umstürzen, Kultur und Privateigentum und Religion ... Wenn man sich allerdings von dieser verfluchten Humanitätsduselei anstecken lässt, wie du, dann findet man in den selbstverständlichsten Dingen riesenhafte Probleme. Ich muss offen gestehen ... da muss ich denn doch einmal sagen ..." Kursch räuspert sich, setzt sich steif hin und sieht Dickmann stramm in die Augen. „Ich wundere mich über dich, Dickmann. Ich wundere mich ernstlich und aufrichtig über dich. Du machst dich aus Prinzip oder aus missverstandener Gerechtigkeitsliebe zum Anwalt der schlechteren Sache. Ich weiß nicht, wie du dazu kommst. Von deinem Vater hast du das wahrhaftig nicht. Warum regst du dich nie über andere Unglaublichkeiten auf, he? Zum Beispiel darüber, dass man den General Ludendorff vor Gericht zu stellen gewagt hat? Dass man den Kapitän Ehrhardt, diesen aufrechten, deutschen Mann, monatelang in Untersuchungshaft gehalten hat? Dass man Adolf Hitler wegen seines Versuchs, endlich wieder ordentliche Zustände in Deutschland herzustellen, zu fünf Jahren Festungshaft verurteilt hat? Warum? Antworte bitte, wenn du etwas zu antworten weißt!"

Nein, – Dickmann antwortet nicht auf diese Fragen. So wenig er sich um Deutschlands politische Justiz gekümmert hat, – das weiß er doch, dass Hitler längst aus der Haft entlassen ist. Nicht ein halbes Jahr hat er von seiner Festungshaft verbüßt. So viel weiß er doch, dass man Ludendorff mit Glanz und Glorie freigesprochen hat trotz seinem Geständnis, er habe die Verfassung des deutschen Reichs gewaltsam ändern wollen. Und Ehrhardt? Ehrhardt ist aus dem Untersuchungsgefängnis geflohen. Er hat fliehen können, niemand hat ihn gesucht, niemand sucht ihn heute. Nein, Dickmann antwortet auf Kurschs Fragen nicht.

Der Rechtsanwalt sieht ihn triumphierend an: „Na also! Du schweigst. Prost, mein Lieber, und lass endlich diesen Quatsch! Es gibt erfreulichere Dinge als die Politik, meinetwegen auch erfreulichere als die Gerechtigkeit. Man braucht nicht immer an sowas zu denken, das Leben ist so schon beschissen genug. Die Ilona muss ich nun endlich doch rausschmeißen. Das Aas betrügt mich auf Schritt und Tritt. Sagste dazu? Bezahl' ich dafür vielleicht die teure Wohnung? ... Na also!"

Ja, es gibt erfreulichere Dinge im Leben, hält sich Dickmann vor. Man braucht nicht immer „an so was" zu denken. Es ist schmachvoll und lächerlich, in einem Kreis tüchtiger, tätiger und froher Menschen der einzige zu sein, der am Leben leidet. Vielleicht hat Kursch recht? Sicher hat Kursch recht. Kursch hat recht! So befiehlt sich Dickmann.

Und so gelingt es ihm, am Abend dieses Tages in einem stillen, vornehmen Hotel seinem Vater herzlich die Hand zu drücken. Dickmanns prüfender Blick findet in dem Gesicht des Landgerichtsdirektors nicht mehr jenen verständnislosen Blick höflicher Abwehr und nicht den kalten Zorn, der ihn heute morgen an seinem Vater erschreckt hat. Wann war das überhaupt? Heute erst? Gestern?

„Tolle Sache, dieser Prozess", sagt Kursch zu dem älteren Corpsbruder, als wolle er ihn zu einem Gespräch einladen.

Der Landgerichtsdirektor macht eine diskrete Handbewegung: „Ach lass doch", sagt er.

„Ja, ja, diese Kommunisten", sagt der Rechtsanwalt und taucht seine Lippen genussvoll in den kühlen Schaum des Pilsners ...

Spät am Abend verabschiedet sich Dickmann von seinem Vater und Kursch, um nach Berlin zurückzufahren. Die beiden Herren sehen ihm gedankenvoll nach, wie er das Restaurant verlässt. Kursch versteht es, seiner Haltung einen solchen Ausdruck von Wichtigkeit und Geheimnis zu verleihen, dass der Landgerichtsdirektor ihn fragt: „Wie meintest du?"

„Nichts, nichts“ beeilt sich Kursch zu versichern und beginnt dann trotzdem vorsichtig zu sprechen: „Ich möchte mich natürlich nicht in deine Familienahngelegenheiten mischen. Es wäre mir sehr peinlich, wenn du diesen Eindruck gewinnst. Aber ich halte es für meine Pflicht. Ich kann da nicht ruhig zusehen, wenn ein so famoser junger Mensch ...“

Der Landgerichtsdirektor wird unruhig: „Sprich dich bitte aus. Keine halben Andeutungen, wenn ich bitten darf. Was ist mit meinem Sohn?“

Kursch räuspert sich diskret: „Ich habe schon damals, als er bei mir arbeitete, feststellen müssen, dass er sich aus einer Art missverstandener Gerechtigkeitsliebe der Juristerei entfremdet. Du verstehst: alle die vielen Kleinigkeiten, die zunächst jedem jungen Juristen fremdartig und auffällig erscheinen, nahm er ganz ungebührlich ernst. Es weiß ja schließlich jeder, dass im Strafprozess hier und da Irrtümer geschehen, oder dass im Zivilprozess die schlechtere Sache siegen kann. Aber bei deinem Sohn nimmt dieses Wissen für mein Empfinden sehr bedenkliche Formen an. Er ist doch eigentlich zu alt dafür, nun gleich das Kind mit dem Bade auszuschütten.“

Landgerichtsdirektor Dickmann sieht plötzlich sehr alt aus. Er nickt abwesend und schweigt.

Die Situation ist für Kursch nicht gerade angenehm: „Vielleicht irre ich mich auch“, erklärt er bereitwillig, aber der Landgerichtsdirektor schüttelt nur den Kopf und fragt: „Wie erklärst du dir das alles?“

Kursch zuckt die Achseln: „Nicht so einfach zu sagen. Vielleicht äußere Einflüsse? Ich kann mir das allerdings nicht gut denken. Der Junge verkehrt doch ausschließlich in Kreisen, in denen es solche ungesunde Skrupelsucht nicht gibt ...“

„Hm“, macht der Direktor, und Kursch schweigt.

„Es ist allerdings ... mein Sohn hat, ich weiß nicht, ob es jetzt noch der Fall ist – in einer jüdischen Familie verkehrt ...“

„Na also, da haben wir's ja!“, triumphiert Kursch. „Immer die Juden.“

„Es gab da, soviel ich weiß, eine hübsche Tochter, ebenfalls Referendarin. Er schien mir ein bisschen verliebt. Sehr gern habe ich das natürlich nicht gesehen."

Kursch lacht: „Auch das noch!" Und dann sehen die beiden Herrn angestrengt auf das Tischtuch nieder.

„Vielleicht eine kleine Luftveränderung?", schlägt Kursch vor. „Ich denke da an ein kleines Provinzgericht etwa, wo der Junge in Kreise kommt, die ... na eben: in seine Kreise."

Der Landgerichtsdirektor scheint die Unterhaltung beenden zu wollen. Er gibt sich einen Ruck und sagt abschließend: „Werde mal mit unserm Freund Heinemann sprechen."

„Ausgezeichnet!", lobt Kursch, als sei es eine ganz überraschende Entdeckung, dass Heinemann, Alter Herr des Corps Markomannia Jena und Personalreferent im Ministerium, in dieser Angelegenheit immerhin einiges tun könne ...

Dickmann ahnt nichts von der liebevollen und gewalttätigen Fürsorge, die ihn umgibt. Auf seinem Schreibtisch liegen jetzt viele Bücher, dicke Kommentare des Bürgerlichen Gesetzbuchs, schmale Broschüren und sauberes weißes Schreibpapier. Der Leipziger Spuk ist fast vergessen. Der Vater ist zwar immer noch in Leipzig. Jeden Morgen geht er mit steifem, soldatischem Schritt ins Reichsgericht, und immer noch spielen sich Tag für Tag dieselben Szenen im Sitzungssaal des Staatsgerichtshofs ab. Dickmann arbeitet an seiner Karriere. Er bringt es sogar fertig, keine Zeitungen zu lesen, so weit schiebt er jeden Gedanken an das Leipziger Erlebnis von sich. Die Blätter bringen jetzt ohnehin wenig Notizen, denn die Öffentlichkeit hat sich an den Tschekaprozess gewöhnt. Assessor Dickmann kann sich ungestört seiner Doktorarbeit widmen: „Die Wirkungen nichtiger Ehen im Verhältnis zu Dritten nach § 1344 BGB."

Wie unendlich beruhigend solch wissenschaftliche Arbeiten sind! Man beschreibt jeden Tag vier oder fünf Folioseiten und kann sich ausrechnen, dass man in drei oder vier Wochen die fertige Doktorarbeit der Fakultät einreichen wird ... Man baut kunstvolle Sätze und empfindet eine bescheidene Genugtuung über die Tatsache der eigenen geistigen Produktion. Dass sich aus solchem beschränkten Spezialthema keine juristischen Offenbarungen ergeben werden, – Dickmann weiß es. Eine Doktorarbeit soll ja aber auch keine wissenschaftliche Großtat sein, sondern soll nur die Fähigkeit des Doktoranden beweisen, sich im Zusammenhang über eine Frage zu äußern, die längst und zu Dutzenden von Malen beantwortet worden ist. Man blättert die Kommentare durch, schreibt Sätze daraus ab und nimmt Stellung zu ihnen. Umständlich und erschöpfend.

Und das Schönste ist, dass in diesen dicken Büchern und schmalen Broschüren nichts zu lesen ist von der politischen Justiz Deutschlands, und nichts über Wesen und Ziel der Gerechtigkeit. Dickmann lächelt: er ist ein kleiner Assessor, der an seiner Doktorarbeit schreibt, und doch hat er es gewagt, nicht einverstanden zu sein mit einem Senatspräsidenten am Reichsgericht! Die Anmaßung, die in dieser Meinungsverschiedenheit liegt, ist so toll, dass man eigentlich nicht mehr über sie lächeln kann. Die andern haben die Erfahrung, das gute Gewissen, die Autorität, – sie wissen was sie tun, sie wissen, was man darf oder nicht.

Aber Tatsachen werden nicht dadurch ungeschehen gemacht, dass man nicht an sie denkt. Eines Tages hält Dickmann ein Zeitungsblatt in der Hand. Der 22. April 1925. „Urteil im Tschekaprozess." Dickmann kann nicht verhindern, dass sein Herz schneller klopft. „Die Angeklagten Neumann und Poege werden wegen Mordes zum Tode verurteilt, der Angeklagte Skobelewski wegen Anstiftung zum Morde zum Tode ... der Angeklagte Margies wegen Beihilfe zum Morde und wegen Verbrechens gegen das Republikschutzgesetz zu 15 Jahren Zuchthaus ..."

Sechzehn Angeklagte, drei Todesurteile, über siebzig Jahre Zuchthaus. Er schiebt das Zeitungsblatt weit von sich. „Ekelhaft." Und doch greift er wieder danach, er liest die nebensächliche Randbemerkung, der Senatspräsident habe erst stundenlang die Urteilsbegründung verlesen, ehe er den Angeklagten das Urteil verkündete. Gegen fünf von ihnen hatte der Reichsanwalt die Todesstrafe beantragt, und trotzdem zwang man sie, drei Stunden lang die geistvolle und scharf formulierte Urteilsbegründung anzuhören. Eine sinnlose Grausamkeit und ein Verstoß gegen alle gesetzlichen Vorschriften ...

Tscheka! Tscheka!

Unlösbar ist diese Buchstabenfolge für Dickmann, verbunden mit der Vorstellung der blutgierigen Fratze asiatischer Wildheit ... Nein: der Senatspräsident Niedner ist kein Asiate, der Reichsanwalt Neumann ist nicht blutgierig. Deutsche Richter sind nicht sinnlos grausam, sie sind gerecht, korrekt, höflich, stehen himmelhoch über dem Gewirre menschlicher Leidenschaften und wissen nichts von den dunklen inneren Gesetzmäßigkeiten, nach denen sie ihre Urteile fällen. Die Stimme des Präsidenten knarrt gleichmütig: „Wir fahren fort ..."

„Die Angeklagten lächelten, als der Vorsitzende das Urteil verkündete. Als man sie abführte, sangen sie: Wacht auf, Verdammte dieser Erde!"

Dickmann will nicht mehr. Was gehen ihn diese sechzehn Kommunisten an, ihn, den Assessor Friedrich Wilhelm Dickmann? Was zwingt ihn, sich mit dem Schicksal dieser Verlorenen zu beschäftigen, die nun ein halbes Leben im Zuchthaus vegetieren oder ihren Kopf auf einen Block legen werden? Schwarzes Blut springt in das Sägemehl auf dem Steinboden eines Zuchthaushofs: „Im Namen des Volkes!"

Dickmanns Hand spielt mit einem Papiermesser. Sein Kopf tut ihm weh. Man sollte nichts denken, das führt zu nichts Gutem. Warum tut er es? Er ist merkwürdig klar in diesem Augenblick. Er steht vor sich wie vor einem fremden Menschen und betrachtet ihn kühl und zweifelnd. Dieser fremde Mensch macht keinen sehr guten Eindruck. Er stammt aus einer Familie, in der seit Jahrhunderten niemals gegrübelt worden ist. Generationen und Generationen seiner Vorfahren haben dem Staate gedient, treu und ohne ausschweifende Hoffnung auf Lohn, nur mit der kleinen Sehnsucht, ein neues buntes Band auf der Rockklappe befestigen zu dürfen oder in irgendeinem Verordnungsblatt ehrenvoll erwähnt zu werden. Generationen von Richtern, Verwaltungsbeamten und Offizieren. Und am Ende dieser langen Reihe tätiger, ernster und froher Menschen steht Friedrich Wilhelm

Dickmann und fröstelt in der schneidenden Leere seines Lebens.

Wie kann das sein? Das muss einen Grund haben. Und diesen Grund muss man aufspüren.

Tags darauf ist der Landgerichtsdirektor Dickmann wieder in Berlin. Seine Dienstleistung am Staatsgerichtshof zum Schutze der Republik ist zu Ende. Dickmann erschrickt, wie er seinen Vater sieht. Dieses bekannte und vertraute Gesicht erscheint ihm plötzlich fremd und kalt, als sei er noch immer im Reichsgericht. Ach nein, der Landgerichtsdirektor wird wohl immer so ausgesehen haben wie heute. Es wird an Dickmann liegen, dass er bisher die starren Falten hochmütiger Abwehr nicht bemerkt hat, die um den Mund des Vater gegraben sind, oder die Kälte der kleinen, grauen Augen hinter den scharfen Kneifergläsern.

Frau Landgerichtsdirektor erkundigt sich liebevoll danach, ob ihr Mann im Hotel auch gute Betten gehabt hat. Dickmanns Schwester Edith begrüßt den Vater mit höflicher Freundlichkeit, und nun soll alles wieder so sein, wie es war, bevor Dickmann nach Leipzig fuhr?

Tscheka, Tscheka ...

Dickmann beobachtet seinen Vater mit kühlem Erstaunen. Dies ist einer der Richter, die in Leipzig ...

Nein, Dickmann schenkt sich nichts. Er geht der Sache auf den Grund. Er steht an einem Zeitungsstand und kauft sich alle Blätter, die er bekommen kann. „Das Bluturteil von Leipzig." „Tscheka im Reichsgericht." So lauten einige der Überschriften, und selbst die großen Zeitungen der republikanischen Parteien sprechen noch von „befremdenden Urteilen", von „bedenklichen Schärfen" und erinnern daran, wie sanft und höflich dieser Staatsgerichtshof mit Mördern und Hochverrätern umgegangen ist, die nicht Kommunisten, sondern Offiziere und Studenten gewesen sind.

Dickmann sitzt an seinem Schreibtisch, den Kopf in die Hand gestützt, und liest: ein haltloser Psychopath beschuldigt einige Kommunisten der irrsinnigsten Pläne. Sie hätten den General von Seeckt auf dem belebtesten Platze Berlins ermorden wollen.

Sie hätten Kulturen von Cholerabazillen angelegt, um sie im Bürgerkrieg zu verwenden, – nichts gibt es, was die Reichsanwaltschaft den Kommunisten nicht zutraute. Jedes Wort, das ein bezahlter Spitzel gesagt hat, findet sich in der Anklageschrift der Reichsanwaltschaft wieder. Die angeklagten Spitzel dürfen ihre Mitangeklagten in den Zellen vernehmen und über diese Vernehmungen Protokolle anfertigen und sie dem Gericht einreichen: das höchste deutsche Gericht nimmt diese Schriftstücke als Beweismaterial an, ohne zu befürchten, sich die gepflegten Finger zu beschmutzen, – es sind ja Kommunisten, die verurteilt werden sollen. Ein gewisser Helmut soll den Psychopathen Neumann zum Morde angestiftet haben. Im Auftrag der Reichsanwaltschaft verhaftet man einen Russen Skobelewski. Der Spitzel sagt: dies ist der Helmut, und diese Angabe genügt, um einen Menschen monatelang in Ketten zu legen und ihm die jämmerlichsten Rechte zu stehlen, die ein Gefangener nach dem Rechte der deutschen Republik hat. Diese Denunziation genügt dem höchsten deutschen Gericht, um einen Menschen, der seine Unschuld beteuert, zum Tode zu verurteilen. Was hat man ihm nachgewiesen? Nichts. Der Staatsgerichtshof weiß es selbst nicht genau. Im Urteil muss nach dem Gesetz die als erwiesen erachtete Tatsache angegeben werden. Aber von dem zum Tode verurteilten Russen Skobelewski sagt der Staatsgerichtshof: ist er nicht Anstifter gewesen, so war er zum mindesten intellektueller Mittäter ...

Die weiße Weste, die der Landgerichtsdirektor Dickmann an Sommersonntagen anzulegen pflegt, ist fleckenlos und blütenweiß wie je. Der Mann, der in Leipzig bei diesem Urteil mitgewirkt hat, kann weiterhin mit Tränen in den Augen von der unendlichen Bindung an Gottes Majestät sprechen, die dem Richter das Recht und die Kraft gibt, zu strafen und zu richten.

Dickmann geht seinem Vater aus dem Wege. Und häufig ertappt er sich dabei, wie er den alten Mann mit schrägem Blick betrachtet.

Einsam ist Dickmann, keinen Menschen hat er, mit dem er sich aussprechen könnte über die Zweifel und Bedrückungen, die ihn in diesen Tagen überfallen. Keinen Menschen?

Und da nennt er Genias Telefonnummer.

Er hört nicht, dass ihre Stimme kühl und befremdet klingt, er tritt in das Zimmer, geht auf sie zu und sagt irgend etwas, das sein überraschendes Kommen erklären soll.

Genia lächelt gehemmt: „Du kommst also wieder zu mir", sagt sie fragend, und Dickmann nickt schwer.

Er sitzt neben ihr, legt seinen Kopf in ihren Schoß und schließt die Augen. Immer so liegen bleiben dürfen. Wissen, wo man hingehört. Sein Kopf schmiegt sich fest in ihre Hand, und sie lächelt leer über ihn hinweg.

Dann steht Genia plötzlich auf: „Keine Halbheiten bitte. Was willst du von mir? Ich liebe diese Weichheit nicht. Wenn du ratlos bist, will ich dir helfen. Aber meine Hilfe wird nicht mitleidig sein, Dickmann. Ich habe keine Kraft und keine Zeit zum Mitleid. Entscheide dich: Was willst du?"

Dickmann gibt sich einen Ruck. Was soll er sagen? Er murmelt nur halblaut: „Tscheka. Ich war in Leipzig ..."

„Und da hast du gesehen, dass du auf einem falschen Weg bist?"

„Ich fürchte es."

„Wir sprechen verschiedene Sprachen. Wenn du Gerechtigkeit sagst, höre ich Hass und Abscheu."

„Aber ich will deine Sprache sprechen", flüstert Dickmann entschlossen.

Genia zuckt die Achseln: „Warum? Du hast kein Gewissen, Dickmann, und keine Kraft. Du hast ein unbestimmtes Gefühl für Sauberkeit. Du nennst es Gerechtigkeit, aber in Wirklichkeit hast du nur den Mut zur Ungerechtigkeit verloren, den deine Freunde haben. Du fühlst, dass du ungerecht sein musst, wenn du deiner Klasse treu bleiben willst, aber weil du schwach bist, möchtest du gerecht sein. Das ist alles. Entschuldige, wenn ich biblisch rede: Man kann nicht Gott dienen und dem Mammon. Man kann sich nicht an die Ideale der herrschenden Klasse klammern und gerecht sein wollen. Man kann nicht sagen Gott und das Recht, wenn man Privateigentum und Klassenvorteil meint. Man muss sich entscheiden, und du bist nicht der Mann, der sich entscheiden wird ..."

„Doch! Doch! Ich will es!" Dickmann weint fast.

Aber Genia schweigt mit zusammengekniffenen Lippen und schüttelt müde den Kopf. „Ich glaube dir nicht mehr, Dickmann. Heute willst du, weil du erschrocken bist über das Bluturteil von Leipzig. Aber morgen, übermorgen?"

„Auch dann. Ich will endlich zur Ruhe kommen!"

„Ach du, bei uns gibt es keine Ruhe. Wie kann man ruhig sein, solange noch das Unglück Verbrechen heißt? Wie kann man sich zufrieden geben, wenn das Streben nach einer besseren, freieren Zukunft ein Tatbestand des Strafrechts? Du willst dich entscheiden, – aber mit einer solchen Entscheidung wird man nicht Landgerichtsdirektor, Dickmann. Man wird in den Augen der Menschen, an deren Urteil dir etwas liegt, zu einer komischen Figur. Ich glaube dir, dass du manches ertragen kannst, – nur nicht den Hohn, nur nicht die Bedeutungslosigkeit ... Lass mich, Dickmann! Geh', ich bitte dich. Geh', ich kann dir nicht helfen!"

In Dickmanns Gesicht kommt ein harter Zug der Entschlossenheit. Er schüttelt starr den Kopf. Dies ist das Schicksal. Man darf ihm nicht ausweichen. Man muss diesen Weg zu Ende gehen ...

Sie schweigen. Genia hebt die Augenbrauen. „Du bleibst?", fragt sie erstaunt, da Dickmann sich mit breiter Gelassenheit in einen Sessel setzt. Aber in dieser Frage ist keine Befriedigung. Was soll das? Dieser Mensch liebt die Autorität, liebt die Unterordnung. Ein Zufall ist es, dass er bereit ist, sich gerade ihr unterzuordnen. Stände an ihrer Statt ein anderer Mensch, – er würde auch diesen anerkennen, sich überzeugen lassen und glauben.

Aber Genia muss reden. Unwillig zuerst tausendfach gesagte Dinge wiederholend, dann mit zitternder Empörung, die drohend und zwingend auf Dickmann übergreift:

„Was da in Leipzig geschehen ist, – weißt du, ob es sich nicht täglich wiederholt in all den Verhandlungen, bei denen die Öffentlichkeit wegen Gefährdung der Staatssicherheit ausgeschlossen wird? Aber das ist ja noch nicht das Schlimmste, dass diesen sechzehn Menschen offenbares Unrecht angetan wurde, –

das Schlimmste ist diese Stumpfheit, diese gewissenlose Schläfrigkeit der deutschen Republik, die es mit einem Achselzucken zulässt, dass ihr höchstes Gericht sich selbst ins Gesicht schlägt, indem es seinen eigenen Gesetzen zuwiderhandelt. Die Dinge spitzen sich zu: früher konnte sich die Justiz noch den Luxus der formalen Korrektheit leisten, heute muss sie zur Brutalität und zur Willkür greifen, wenn es gilt, das Bestehende zu schützen. Kommunisten sind vogelfrei. Man braucht sich nicht mehr die Mühe zu machen, ein politisches Urteil juristisch zu fundieren. Früher hieß es: der Jude wird verbrannt, heute heißt es: der Kommunist gehört ins Zuchthaus. Und das geschieht im Namen des Volkes, im Namen der Gerechtigkeit."

Noch immer wehrt sich Dickmann. Ihm selber unbewusst klingen in ihm die alten Beruhigungsformeln wider, die bisher noch immer ihre Wirkung auf ihn gehabt haben. Es gibt keine Klassenjustiz in Deutschland. Das Bestehende muss geschützt werden, weil es immer noch besser ist als das Kommende. Die Heiligkeit des Bestehenden entschuldigt und heiligt die Mittel, mit denen es geschützt wird. Sie heiligt alles. Auch die Gerechtigkeit der deutschen Justiz ...

„Dickmann, ich warne dich! Man kann dies alles nicht einfach hinnehmen. Man muss etwas dagegen tun. Man muss kämpfen, muss sich opfern. Und du bist nicht der Mann, der kämpfen will. Geh', Dickmann, ich kann dir nicht helfen."

Will Dickmann kämpfen? Er ist so unsicher, er möchte seine Ruhe finden, er hat sie hier gesucht, und statt des großen Erbarmens einer liebenden Frau fand er die schneidende Kälte einer Kämpferin.

Genia steht vor ihm: „Du musst jetzt gehen. Ich habe dir alles gesagt, was ich dir sagen musste. Wenn du dich entscheiden willst, dann tu es. Ich verachte dich nicht, wenn deine Entscheidung anders ausfällt, als du heute denkst. Kein Mensch kann aus seiner Haut heraus. Seine Klasse zu verlassen, weil man ihre Ungerechtigkeit erkennt, dazu gehört viel Kraft. Und ich glaube nicht, dass du so stark bist, Dickmann!"

Dickmann nickt schwer. Womit hat er das verdient?

Was hat er getan, dass er mit seinem Leben noch immer nicht zurecht kommt? Die Dinge spitzen sich zu, man muss sich entscheiden, man kann nicht Gott dienen und dem Mammon, der deutschen Justiz und der Gerechtigkeit ...

Es klopft an der Türe. Das Dienstmädchen: „Herr Assessor Dickmann? Sie werden am Telefon verlangt." Dickmann springt auf. Hat er denn zu Hause etwas davon gesagt, dass er zu Genia gehen wollte? Wer konnte das wissen? Er nimmt den Hörer. Sein Vater meldet sich. Er möge entschuldigen, es sei wichtiger Besuch da. „Es wäre sehr gut, wenn du dich bald freimachen könntest."

„Jawohl, ich komme sofort." Er verabschiedet sich von Genia schnell. Sie lächelt und sieht ihn fragend an. Zu fragend, denkt Dickmann, und wird nervös. Seine Verabredung mit ihr für einen der nächsten Tage ist hastig und wie von ungefähr.

Genia lächelt verzeihend: „Und wenn du nicht kommst, dann weiß ich ..."

„Aber ich bitte dich! Selbstverständlich komme ich. Ich verstehe nicht, wie du daran zweifeln kannst. Ich habe dir doch wohl nie Veranlassung gegeben, zu glauben, ich hielte meine Versprechen nicht ..."

Genia zuckt die Achseln.

„Ich komme selbstverständlich ..." Dickmann wird nicht kommen. Er kann nicht kommen. Er fürchtet sich vor dem Absprung ins Fremde ...

Zu Hause findet er Landrat von Norden vor, seinen Corpsbruder und Regimentskameraden. Er geht Dickmann mit ausgebreiteten Armen entgegen: „Ich gratuliere, mein Lieber! Famos, dass die Sache so geklappt hat."

Dickmann sieht seinen Vater fragend an. Der lächelt gerührt und reicht ihm ein Schreiben mit amtlichem Siegel. Dickmann erbricht den Brief und liest. Es ist seine Bestallung als Amtsgerichtsrat beim Amtsgericht Pörgelau.

Er kann sich nicht freuen. Da ist die Entscheidung, um die man nicht herumkommen wird ... Pörgelau, – was soll ihm das. Norden ist Landrat in Pörgelau. Die Stadt liegt zwei Schnellzugstunden von Berlin entfernt ... Das weiß er. Aber die Entscheidung?

Man spricht mit ihm wie mit einem Kranken, lauter Liebe und herzliche Fürsorge umgibt ihn. Landrat von Norden ist geschwollen vor energischer Freundlichkeit. Die Mutter hat Tränen in den Augen: „Fietichen! Nu ist er schon Amtsgerichtsrat! Mein Gott, wie die Zeit vergeht!“ Auch Edith lässt sich zu einem kühlen Glückwunsch herbei. „Danke schön“, sagt Dickmann, und das sind die ersten Worte, die er seit Wochen an seine Schwester richtet.

Mitten in dem sanften Wirbel freudiger Erregung steht er wie ein Fremder. Genia, die Entscheidung ... Alles, was ihm dabei einfällt, ist ein Vers Frank Wedekinds, den er neulich irgendwo gehört hat, und der nun in dumpfem Rhythmus in ihm widerklingt: „Bald wird er dann Doctor juris, Amtsgerichtsrat und verehlicht, und was eine rechte Hur' ist, das vergisst er so allmählich ...“ Ja, das ist alles.

Landrat von Norden schlägt ihm auf die Schulter: „Pörgelau wird dir schon gefallen. Famoses altes Nest. Glänzende Güter in der Umgegend. Werde dich da einführen. Weißt ja, meine Frau ist eine geborene Bogen, Komtess Bogen. Der Vater hat eine wundervolle Jagd. Sollst mal sehen: Steeplechase, Schleppjagd, – da lacht einem alten Kavalleristen das Herz im Leibe.“

Dickmann nickt freundlich zu allem. Wie war das doch? Drei Todesurteile, eines mit der Begründung zum Aussuchen,– das Bestehende muss geschützt werden ...

Draußen auf dem Korridor unterweist Frau Landgerichtsdirektor mit lauter Stimme das Dienstmädchen und die Köchin, sie hätten von jetzt an „Herr Amtsgerichtsrat“ zum Herrn Assessor zu sagen. Dickmann hört es deutlich. Nicht einmal lächeln kann er.

Und während im Nebenzimmer der Landgerichtsdirektor und der Landrat sich augenzwinkernd ansehen, schlägt er im Konversationslexikon nach: „Pörgelau, Stadt mit 24 000 Einwohnern, Landgericht, Amtsgericht, Landratsamt, Lehrerseminar, Gymnasium, Garnison. Malerisch am Pörgelauer See und an der Porge gelegen. Ackerbau, Getreidehandel, Eisengießereien.“

Wie war das? Wollte Dickmann sich nicht noch einmal mit Genia Lazar treffen? Wo blieb die große Entscheidung, die sein Leben umgestalten sollte?

Der Telefonanruf des Landgerichtsdirektors ist zur rechten Zeit gekommen. Noch im allerletzten Augenblick wurde der Assessor Dickmann durch die weise Vorsicht seines Vaters von einem Entschluss zurückgehalten, den er vielleicht nie wieder hätte gut machen können.

Wie der Amtsgerichtsrat und Doktor der Rechte Friedrich Wilhelm Dickmann an den Ort seiner neuen Tätigkeit abreist, kommt in der Corneliusstraße ein Brief an, den der Landgerichtsdirektor unschlüssig und misstrauisch in der Hand dreht. Dann öffnet er ihn kurz entschlossen. Sein Inhalt erregt nur ein schwaches Kopfschütteln. „Hast du dich entschieden, Dickmann?“ Landgerichtsdirektor Dickmann zerreißt den Brief nachdenklich in viele kleine Stücke und wirft sie in den Papierkorb. Dann lächelt er versonnen und ruft Rechtsanwalt Kursch an: „Ich danke dir auch noch sehr, dass du mich damals rechtzeitig auf die Geschichte aufmerksam gemacht hast.“

DIE PYRAMIDE

Ernst Ottwalt
DENN SIE WISSEN WAS SIE TUN

Hier steht die Zeit still, das ist der sichere Hafen, in dem man geschützt ist vor Zweifeln und Bedrückungen: die kleine Stadt.

Gewiss, auch auf dem Marktplatz der Stadt Pörgelau stehen vormittags Gruppen von Männern, die Hände in den Taschen, die Mütze ins Gesicht gezogen. Arbeitslose. Der Bürger nimmt das kühl und unbeteiligt zur Kenntnis und betrachtet die untätigen Männer mit Missbehagen und unterdrücktem Ärger. Sie erinnern daran, dass es da draußen ein feindliches, unruhiges und unerfreuliches Leben gibt. Und man will nicht daran erinnert werden ...

Dickmann kann wieder singen, wenn er allein ist. Er kann herzlich lachen und unanständige Schnapsgebete aufsagen, wenn er im Goldenen Engel sitzt.

Man muss sich entscheiden? Ach, es ist so leicht, sich zu entscheiden, wenn man in Pörgelau lebt, wo die Zeit stehen geblieben ist, wo alles so wundervoll selbstverständlich ist; die Liebschaften der Frau Landrat ebenso wie das Zuchthausurteil gegen den jüdischen Arzt, der gegen den Paragraphen 218 des Strafgesetzbuchs verstoßen hat; die Treue gegen das angestammte Herrscherhaus wie die Tatsache, dass man sein Gehalt von der deutschen Republik bezieht.

Dickmann ist wunschlos glücklich und weiß nicht, wie er es sich erklären soll, dass so schnell aus dem unfrohen, grübelnden und zweifelnden Menschen ein fröhlicher und allgemein beliebter junger Amtsgerichtsrat geworden ist. Das sind Dinge, an die man nicht rühren darf. Der Mensch hat die Freiheit des Willens und ist für sein Schicksal verantwortlich. Dass er sich in einer neuen Umgebung so von Grund auf verändert, das kann und darf nicht erklärt werden.

Man muss sich entscheiden? Ach, wie unwichtig das alles geworden ist! Wenn Dickmann über das holprige Pflaster der Pörgelauer Straßen geht und von den unteren Beamten des Gerichts respektvoll gegrüßt wird; wenn der Kellner im Goldenen Engel ihm die Speisekarte mit tiefer Verbeugung reicht; wenn er im Salon der Frau von Norden Konversation macht, das Pörgelauer Reichswehrbataillon mit klingendem Spiel vorbeimarschieren sieht, wenn er mit den Pferden des staatlichen Gestüts ausreitet, – immer überkommt ihn ein Gefühl seliger Geborgenheit.

Hier in dieser märkischen Stadt Pörgelau, wo die Zeit stehen geblieben ist, gibt es keine Probleme. Hier ist Dickmann eingeordnet in einen Kreis tüchtiger, tätiger und froher Menschen. Dies ist die Welt, in die er hineingehört, die Welt seiner Väter und seiner Kaste.

Die rechtliche Sache? Tscheka? Die Angeklagten lächelten, als ihnen ihr Urteil verkündet wurde? Wie weit das zurückliegt! Es gibt so viele andere Dinge, an die man zu denken hat ...

Einweihung des Denkmals für die Gefallenen des Pörgelauer Infanterieregiments. Eine Kompanie des Reichswehrbataillons zieht auf, in der Mitte des Platzes steht das Denkmal, noch von Tüchern verdeckt. Generäle der alten Armee auf der Tribüne für die Ehrengäste, unter denen sich auch Amtsgerichtsrat Dickmann befindet. Hochrufe: Königliche Hoheit erscheint, ein schmaler Herr in der Uniform eines Infanterieobersten. Der Bürgermeister hält eine Rede, die Hüllen fallen: von einer Fahne halbbedeckt, liegt ein sterbender Soldat. Eine Faust reckt sich zum Himmel empor, und vom Sockel des Denkmals leuchtet in Goldbuchstaben die Inschrift: „Exoriare aliquis nostris ex ossibus ultor". Herr von Ziesar übersetzt es seinen Damen mit nachdrücklichem Pathos: „Aus unseren Gebeinen wird dereinst ein Rächer erstehen."

Die Musik spielt „Ich hatt' einen Kameraden", Königliche Hoheit legen die Hand an die Mütze, die Kompanie präsentiert das Gewehr.

Plötzlich steht neben dem Denkmal ein alter General, Exzellenz Sixt von Arnim räuspert sich und spricht: „Ich habe die hohe Ehre, dass Seine Majestät mich beauftragt haben, dieses Denkmal einzuweihen. Wir gedenken Seiner in ehrfurchtsvoller Dankbarkeit und unwandelbarer Treue und sind, so wie er bei uns, im Geiste bei ihm. Ich begrüße den Prinzen Oskar von Preußen, den Spross des erlauchten Kaiserhauses, die Vertreter der Reichswehr, von der wir bewusst sind, dass sie vom selben Geiste beseelt ist wie das alte Heer. Und in dieser weihevollen Stunde drängt es mich, auszusprechen, was wir alle empfinden: das oberste Gesetz für uns alle ist das der Pflichterfüllung, getreu den Artikeln des Fahneneides, den wir Seiner Majestät geschworen haben ..."

Landrat von Norden tritt vor: „Als Vertreter der staatlichen Behörden gereicht es mir zu ganz besonderer Ehre ...“

Das Deutschlandlied. Die hellen Stimmen der Frauen schweben über den dumpfen Bässen der Männer. Königliche Hoheit singen weitoffenen Mundes. Es singen der Landgerichtspräsident, der Landrat, der Oberstaatsanwalt. Es singt auch der Amtsgerichtsrat Dr. Dickmann.

Vorbeimarsch der Reichswehr, der Veteranen von 1870, des Stahlhelms, des Jungdeutschen Ordens vor Königlicher Hoheit und dem General. Vor den schweren Bauernpferden der ländlichen Reitervereine tänzeln die Vollblüter der Gröhdens, Barnims und Ziesars, die in der Umgebung begütert sind ...

Landgerichtsrat Hollweg drängt sich durch die Menge an Dickmann heran. Sein Schnurrbart sträubt sich, und seine Kneifergläser funkeln: „Herr Kollege“, sagt er mit bewegter Stimme, „Herr Kollege, ein solcher Tag! Eine Freude für jeden kerndeutschen Mann!“

Später das Festessen im Goldenen Engel. Die jüngeren Herren des Gerichts unterhalten sich halblaut darüber, ob die Rede seiner Exzellenz nicht ein wenig scharf gewesen sei. Immerhin ist man ja Beamter der deutschen Republik, vielleicht kann es da noch Unannehmlichkeiten geben. Auf alle Fälle: eine widerwärtige Gesinnungsschnüffelei. Verbieten da die republikanischen Behörden ihren Beamten die Teilnahme an Feiern monarchistischen Charakters. Wer wird sich denn um solche albernen Befehle kümmern!

Am Abend schreibt Dickmann seinen Sonntagsbrief nach Hause, einen ruhigen, zufriedenen Brief. Er erzählt, er sei Königlicher Hoheit vorgestellt worden, spricht von famosen Kollegen und dem reizenden Verkehr auf den Gütern ... (Landgerichtsdirektor Dickmann faltete den Brief nachdenklich zusammen und lächelte still. Er war zufrieden: Pörgelau scheint doch das Richtige für den Jungen gewesen zu sein.)

Er darf zufrieden sein, denn auch sein Sohn ist wunschlos glücklich.

Genia? Man ist auch über den Fall Lenchen Flöter hinweggekommen und wird noch über ganz andere Dinge hinwegkommen ... Dickmann ist nicht gewillt, durch trübe Erinnerungen sich die Zukunft verdunkeln zu lassen, die hell und strahlend vor ihm liegt ...

Der Landrat nimmt sich des Corpsbruders auf eine herzliche und unauffällige Art an. „Du isst im Goldenen Engel", hat er ihm neben anderen Verhaltungsmaßregeln befohlen. „Nicht im Grünen Baum. Auf keinen Fall im Grünen Baum. Verschiedene Herren vom Gericht und vom Gymnasium verkehren da, aber das ist kein Umgang für dich."

Dickmann hat von Norden auch eine lange Liste mit Namen bekommen. „Hier machst du Besuch, und zwar in der Reihenfolge, wie sie hier steht."

So fährt er an dienstfreien Tagen in einem Auto, das er von dem Fuhrunternehmer Köppke gemietet hat, auf die umliegenden Güter, den Zylinder neben sich in einer Schachtel. Und immer, wenn der Wagen über einen Gutshof fährt und in elegantem Bogen vor der Rampe des Herrenhauses hält, – immer wird Dickmann angenommen, bei Graf Barnim, bei Grohdens, bei Ziesars, bei Bogens. Der junge Amtsrichter wird mit offenen Armen empfangen.

Einmal, auf einer Gesellschaft bei Graf Bogen, hört er, wie ein Gutsbesitzer den Hausherrn fragt: „Dickmann, wer ist denn das?" Und der andere antwortet: „Sehr ordentlicher Mann. Corpsbruder vom Landrat. Tadellose Familie, ehemaliger Kavallerist. Soll noch eine schöne Karriere vor sich haben, der junge Mann." Da errötet Dickmann, und er braucht es sich nicht erst ausdrücklich vorzunehmen, sich des allgemeinen Vertrauens würdig zu zeigen.

Frau von Norden hat Besuch. Frau Oberstleutnant Christoph, Frau Direktor Uhle, Frau von Gröhden, eine unverheiratete Schwester der Landrätin. Dickmann wird herzlich begrüßt. „Nein, der Herr Doktor!"

„Ist ja reizend, Herr Amtsgerichtsrat!"

Die Damen haben ihr Lesekränzchen. „Wenn ich mich vielleicht anbieten dürfte", sagt Dickmann und sitzt dann mit einem

Buch in der Hand und liest vor. Die Balladen und ritterlichen Lieder des Freiherrn von Münchhausen.

Dickmann hat eine angenehme Stimme. Auf dem Gymnasium galt er als guter Rezitator. Zuerst ist es ihm ein wenig peinlich. Aber bald findet er sich darein, und seine Stimme klingt markig und fest, wenn er Gedichte und Lobpreisungen des deutschen Adels rezitiert.

„Wir stehn mit starkem Nacken
in des Marktes Feilschen und Placken
in strenger Ritterschaft,
wir wolln in stillem Walten
dem Lande sein Bestes erhalten:
Deutsche Bauernkraft!"

Dann seufzt Frau Superintendent Finke tief auf und sagt: „Jaja, der Adel!" Worauf Gräfin Bogen selbstbewusst und provozierend bemerkt: „So etwas kann eben nur ein Münchhausen sagen."

Frau Oberstleutnant Christoph lächelt melancholisch: „Ich finde es reizend, wenn ein Herr noch soviel Sinn für Poesie hat wie unser lieber Amtsgerichtsrat."

Dickmann wird rot. Irgendwoher tönt es in seine Ohren: „... vernehmen wir und reden viele Worte." Wie fern das ist. Dass es so etwas einmal gab. Er schüttelt unmerklich den Kopf und greift wieder zu dem schmalen Heft, und seine Worte rollen wie Donner:

„Wir alle, wir alle, wir alle schwören
einen heiligen Schwur, und Gott soll ihn hören:
Wie's Vaterunser ins Herz wir schmieden
Wort für Wort den Versailler Frieden ..."

Frau von Norden sieht Dickmann unverwandt an. Ihre spitze Zunge streichelt die vollen roten Lippen. Wenn sie aufsteht und durchs Zimmer geht, bewegen sich ihre Schenkel weich und schwer, und Dickmann darf nicht hinsehen, sonst steigt ihm brennende Röte in die Backen.

„Nimm dich meiner Frau ein bisschen an", hat der Landrat ihm neulich gesagt. „Sie hat es nicht leicht. Ist viel allein. Du weißt ja, mein Dienst ..."

Dickmann war diese Bitte sehr peinlich. Denn im Goldenen Engel hat ihm neulich jemand vielsagend auf die „schöne Corpsschwester" angesprochen, und ein anderer hat zweideutig gelächelt und vor sich hingemurmelt: „Jaja, der arme Norden ..."

Melanie von Norden gebraucht oft burschikose Ausdrücke. Die Herren lachen dann amüsiert und vertraulich. Die Damen kichern verlegen, und Frau Superintendent bemerkt entschuldigend: „Sie ist nun einmal ein wenig frei, unsere gute Frau von Norden."

Wenn Frau Landrat Dickmann die Hand gibt, läuft ihm eine Gänsehaut über den Rücken. Die Hand ist weder besonders gut gepflegt, noch besonders schön. Sie riecht nach billiger Fliederseife. Aber sie ist weich und erregend. Dickmann nimmt sich schon wenige Wochen nach seiner Ankunft in Pörgelau vor, seine Besuche im Hause des Landrats unauffällig einzuschränken. Aber er geht doch immer wieder hin ...

Das ist Frau von Norden. Der alte Baron Bollensdorf, der zwanzig Kilometer von Pörgelau entfernt auf seiner Klitsche sitzt, und als „Roué" gilt, weil er die väterlichen Wälder in grauer Vorzeit verspielt und vertrunken hat, spricht von ihrer „brillanten Büste". Manchmal nennt er sie ein „fesches Weibchen", und seine kalkigen Augen mit den ewig geröteten Lidern glänzen matt.

„Wie ich das letzte Mal in Monte war ...", sagt er und schließt träumerisch die Augen. Dickmann wartet respektvoll auf die Erzählung von irgendeinem feschen Weibchen, die nun folgen soll, aber Baron Bollensdorf lächelt nur versonnen.

„Ein Windhund, ein Schürzenjäger, ein Suitier", so sagt man allgemein von Baron Bollensdorf. Aber das ist schon lange her ...

Es ist hier überhaupt alles so unendlich beruhigend „lange her". Man spricht von den Pörgelauer Kaisertagen, als lägen sie nur einige Wochen zurück, und Dickmann ist ganz erstaunt, wie er hört, dass man damit den Besuch meint, den der alte Kaiser Wilhelm im Jahre 1882 anlässlich der Kaisermanöver der Stadt

Pörgelau abgestattet hat. Ihm imponiert diese selbstverständliche und rücksichtslose Art, die unbequeme Gegenwart einfach auszustreichen und sich dafür an den wannen und freundlichen Erinnerungen zu erfreuen ...

Nach dem Nachmittagsbesuch bei Frau von Norden geht er zum Abendbrot in den Goldenen Engel. Im Hinterzimmer, das für bessere Gäste reserviert ist, sitzen schon sieben oder acht Herren beim Dämmerschoppen. Einige spielen Skat, andere erzählen sich Witze, und an einem besonderen Tisch sitzt Graf Barnim und verzehrt ein riesiges Schnitzel. Dickmann hat Barnims Wagen schon vor der Tür stehen sehen. Er begrüßt den kleinen, kugelrunden Herrn sehr höflich.

Graf Barnim streckt ihm mit einem unartikulierten Grunzen die Hand hin, und Udo von Gröhden ruft Dickmann zu: „Lassen Sie ja Barnim zufrieden, Dickmann, ich warne Sie."

Der alte Sanitätsrat Kroke blinzelt ihm zu: „Na, wo haben Sie denn gesteckt?"

„Ich habe den Landrat besucht."

Der Sanitätsrat beugt sich weit über den Tisch vor und flüstert geheimnisvoll: „War er denn zu Hause?"

Dickmann verneint und ärgert sich, dass er dabei verlegen wird.

Mit todernstem Gesicht hebt der Sanitätsrat ein Glas und spricht feierlich: „Isabella von Castilien mit den Wonneutensilien lädt den Papst zum Coitus; doch der Papst in großen Nöten klimpert mit den heil'gen Klöten und er spricht: non possumus!"

Die Herren lachen dröhnend.

Udo von Gröhden stößt Dickmann mit spitzem Zeigefinger in die Seite und flötet: „Huch nein!"

Barnim kaut sein Schnitzel, und Dickmann bestellt sich ärgerlich sein Bier ...

Später erscheint der Landgerichtspräsident auf einen Augenblick: Dr. Posselt, ein diplomatischer, schlanker Herr, ausgezeichneter Jurist und Verwaltungsbeamter von hohen Graden. Dem starken Eindruck seiner ruhigen Sicherheit kann sich niemand entziehen.

Graf Barnim schießt wie ein Geier auf ihn los: „Sie, Präsident, was ist denn das für eine gottverfluchte Sauerei?“, schreit er rücksichtslos. Dann hakt er seinen krummen Zeigefinger dem Präsidenten in den Jackenausschnitt und hält ihn so fest.

Man sieht jetzt erst, dass Graf Barnim eigentlich eine komische Figur ist. Seine Joppe ist viel zu eng. Die grünen Lodenhosen sind zu kurz und lassen über klobigen Stiefeln einen grauen Wollstrumpf sehen. Aber es ist Graf Barnim, Herr auf sechzehntausend Morgen Land, davon viertausend schwerer Weizenboden und achttausend schlagbarer Wald. Skatfreund seiner Majestät, ein gewaltiger Rotweintrinker und Jäger.

Der Präsident macht sich lächelnd von dem Zeigefinger frei: „Vielleicht darf ich mich erst setzen, lieber Graf?“

Barnim pustet vor Aufregung. Dr. Posselt fragt gemessen: „Was hat Sie denn so in Rage gebracht, wie?“

„Also ich sage Ihnen, der Kerl muss hier weg! Ich mache Sie dafür verantwortlich, dass wir diesen Bolschewisten loswerden. Ich muss sagen, ich bin einigermaßen erstaunt, dass so etwas überhaupt möglich ist.“

Der Präsident lächelt höflich: „Um wen handelt es sich, wenn ich fragen darf?“

„Um den Staatsanwalt Fischer, verehrter Herr! Um einen Staatsanwalt, der sich nicht entblödet, mir, mir! einen Gendarmen auf den Hof zu schicken!“

Dr. Posselt zuckt bedauernd die Achseln: „So gern ich zu Ihrer Verfügung stehe, lieber Graf, – Sie überschätzen meinen Einfluss bedeutend. Die Staatsanwaltschaft ist eine Behörde, die der Generalstaatsanwaltschaft untersteht, und diese wieder unmittelbar dem Justizministerium. Ich empfehle Ihnen, sich beschwerdeführend an Herrn Oberstaatsanwalt Linde zu wenden, wenn Sie etwas gegen Herrn Dr. Fischer vorzubringen haben.“

Barnim schüttelt störrisch den Kopf: „Werd' mich hüten. Sie verlangen von mir vielleicht auch noch, ich solle bei diesem Minister, diesem Herrn Irgendwer, antichambrieren? Bei einem Mann, der uns hier einen ausgesprochenen Bolschewisten auf den Hals schickt!“

Dr. Posselt schlägt leicht die Hände zusammen: „Aber, aber, lieber Graf. Bolschewist! Ich bitte Sie, Dr. Fischer steht politisch im äußersten Fall dem rechten Flügel der Deutschen Volkspartei nahe! Gemäßigt liberal allerhöchstens! Und Sie sprechen von einem Bolschewisten!"

„Sie, Präsident", Graf Barnim ist nicht zu überzeugen, „das sind Flausen. Das geht mich gar nichts an. Ich sage nur, wenn ein Mensch so wenig Ahnung von den ländlichen Verhältnissen hat wie der Dr. Fischer, dann soll er in Dreideubelsnamen in Berlin bleiben. Und Sie, jawohl, Sie, mein Lieber, Sie sollten es sich höheren Orts verbitten, dass man Ihnen solchen Kerl aufhalst!"

Der Präsident trinkt in Ruhe sein Bier aus. Dann legt er sich in seinen Stuhl zurück und fragt freundlich: „Und was hat er denn nun eigentlich angestellt, der gute Fischer?"

„Gute Fischer! Gute Fischer!", äfft Barnim dem Präsidenten nach. „Nichts mehr und nichts weniger, als dass er gegen mich ein hochnotpeinliches Verfahren eingeleitet hat, weil ich einen gottverfluchten Aasjäger über den Haufen geschossen habe!"

Die Herren schweigen betreten.

„Noch eins, Herr Präsident?" Herr Müllermann, der Wirt zum Goldenen Engel, bedient den hohen Gast persönlich, wie er auch vorhin dem Grafen höchsteigenhändig sein Schnitzel gebracht hat.

Der Präsident hat es plötzlich sehr eilig. Er zieht die Uhr: „Oh, so spät schon. Nein, ich danke sehr, mein lieber Herr Müllermann. Lieber Graf, – tut mir sehr leid, habe noch eine dienstliche Besprechung ..."

Der Graf gibt ihm brummend die Hand. Wie der Präsident sich gerade von den anderen Herren verabschiedet hat und zur Türe geht, sagt Graf Barnim laut und deutlich: „Kneifen tut er, weiter nischt!"

Der Präsident muss es noch gehört haben.

Dann erzählt Barnim den anderen Herren seine Skandalgeschichte mit dem Staatsanwalt. Landgerichtsrat Hollweg und Amtsgerichtsrat Dickmann vom Land- und Amtsgericht Pörgelau hören aufmerksam zu.

„Geh' ich da neulich durch meinen Wald und sehe schon von weitem, dass da so ein Kerl sich am Boden etwas zu schaffen macht. Ich, Büchse hoch, rangepirscht an das Schwein. Was seh' ich? Mein alter Freund Steguweit. Ein Kerl, der bei mir als Tagelöhner rausgeflogen ist. Faul, frech, – eine reizende Nummer. Wegen Wilddieberei vorbestraft. Wie ich zehn Meter von ihm weg bin, reiß ich die Büchse hoch: ‚Halt!' Und was soll ich Ihnen sagen? Mein Steguweit, hopp, hopp, hopp, ab durch die Büsche. Ich schrei noch mal und noch mal, – na, und dann hab' ich ihm einen Posten Schrot in den Arsch geknallt."

Hauptman Schmidt schüttelt verständnislos den Kopf: „Ist doch alles in Ordnung!"

„Ja, Scheiße, alles in Ordnung!", faucht der Graf. „Wissen Sie, was passiert? Eines schönen Tages kommt der Gendarm auf meinen Hof. Ich schick' ihn zum Inspektor, denke, er hat irgendeine belanglose Sache. Nee, hat er nich. Mich will er sprechen, mich! Ich guck mir den Mann an, als ob er verrückt geworden wäre. Zieht der doch ganz gemütlich ein Stück Papier aus der Tasche: ‚Verantwortliche Vernehmung ... als Angeschuldigter'!"

„Nich zu sagen!", macht Hollweg empört.

„Hilft mir nichts, ich mach' meine Aussagen. Und heute, heute höre ich, dass dieses Würstchen, dieser Staatsanwalt Fischer, gegen mich gefälligst ein Verfahren wegen gefährlicher Körperverletzung eingeleitet hat! Wegen gefährlicher Körperverletzung, weil ich einen Aasjäger abgeknallt habe!"

„Ist der Mann tot?", fragt der Sanitätsrat sachlich.

„Den Deubel ist der tot! Der Schrotschuss ist ihm in die Nieren gegangen. Weiß ich? Die Nieren sollen zerfetzt sein. Nu schön, wenn einer wegen Wilddieberei vorbestraft ist und auf Anruf im Walde nicht stehen bleibt, sondern ausreißt, knall ich ihn ab. Das war immer so und wird immer so bleiben."

Udo von Gröhden gähnt hinter der vorgehaltenen Hand: „Im Mittelalter hat man solche Leute auf den Rücken eines Hirschs gebunden und das Tierchen dann laufen lassen. Heute zerfetzt man ihnen die Nieren. Woran man den Fortschritt der Humanität erkennen möge."

„Gröhden, lassen Sie Ihre Albernheiten!“, schimpft Barnim. „Sie scheinen kein Verständnis dafür zu haben, dass ein solcher Mann, der gegen eingesessene Gutsbesitzer derartige Methoden anwendet, unmöglich ist. Bin doch neugierig, ob es in dieser Sache tatsächlich zu einer Verhandlung kommen wird. Hier ist ja einer von den Herren. Sagen Sie, Amtsgerichtsrat, was denken Sie darüber?“

Dickmann windet sich förmlich vor Verlegenheit. Er fühlt, dass Landgerichtsrat Hollweg ihn neugierig fixiert. Dann macht er eine knappe Verbeugung: „Da ich nicht weiß, ob ich mit dieser Sache nicht noch einmal dienstlich befasst werde, bin ich leider nicht in der Lage, mich zu äußern.“

„Sehr korrekt“, lobt Graf Barnim grimmig. „Zum Kotzen korrekt ...“

Auch das später folgende unverfängliche Gespräch kann Dickmann nicht über das peinliche Gefühl hinweghelfen, es mit dem mächtigsten Mann des Pörgelauer Kreises verdorben zu haben ...

Merkwürdig, dass der Amtsgerichtsrat Dr. Dickmann diese außerdienstlichen Angelegenheiten viel wichtiger nimmt als seinen Dienst. Nicht, als ob er sich irgendeine Nachlässigkeit während der Dienststunden zu Schulden kommen ließe, aber der Dienst ist so einfach, seine Arbeit bewegt sich in so genau abgezirkelten Bahnen, dass er den Kopf für das wirkliche, große Leben frei behält, das jenseits der Paragraphen liegt. Und in Pörgelau ist dieses Leben schön ... Dickmann bearbeitet als Einzelrichter die Strafsachen beim Amtsgericht und fungiert als Beisitzer im großen Schöffengericht, dessen ständiger Vorsitzender der Landgerichtsdirektor Uhle ist. Das Amtsgericht Pörgelau ist besetzt mit drei Richtern. Die Aufsicht führt Amtsgerichtsrat Dr. Viehweg, ein alter Herr, der die Altersgrenze bald erreicht hat.

Dr. Viehweg ist seit Jahren verwitwet und gilt als Sonderling. Sein großes Haus, das in der Brüssower Vorstadt in einem verwilderten Garten liegt, hat kaum jemals einer der Herren des Gerichts betreten. Als Dickmann sich bei ihm zum Dienstantritt meldete, hat Dr. Viehweg freundlich genickt und gesagt: „Besuch brauchen Sie bei mir nicht zu machen. Ich nehme ihn als genossen hin." Im übrigen sammelt der Amtsgerichtsrat Schmetterlinge, und ein junger Studienassessor vom Gymnasium hat in Pörgelau das phantastische Gerücht aufgebracht, Dr. Viehweg gelte in Fachkreisen als Autorität und habe sich durch viele Veröffentlichungen auf lepidopterologischem Gebiet einen guten Namen in der wissenschaftlichen Welt erworben. In Pörgelau macht man sich ganz einfach lustig über den alten Herrn, den man im Sommer wie eine Witzblattfigur mit Schmetterlingsnetz und Ätherflasche in den Feldern herumstreifen sieht.

In Kollegenkreisen tuschelt man sich – je nach Temperament entrüstet oder belustigt – zu, Dr. Viehweg kümmere sich um den Dienst nicht mehr, als gerade unbedingt nötig sei, um nicht Anstoß zu erregen, und lasse gern fünf gerade sein. Der Landgerichtspräsident soll sogar einmal dienstlich gegen diese Schlamperei eingeschritten sein!

Das geht natürlich nicht. Dickmann hat bisher Dr. Viehweg für einen famosen alten Herrn gehalten, den man gern haben müsse. Aber dieses Gerücht gibt seiner Wertschätzung einen bedenklichen Stoß. Man erzählt sich ganz tolle Dinge von Viehweg. So soll er zum Beispiel einmal ein paar junge Tagelöhnerburschen trotz erdrückender Schuldbeweise von der Anklage des Obstdiebstahls freigesprochen haben. „Warum nur, warum denn nur, Herr Amtsgerichtsrat?", hat der die Anklage vertretende Assessor ganz entsetzt gefragt. Worauf er von Viehweg die erstaunliche Antwort bekommen haben soll: „Weil das hohe Gericht in seiner Jugend selbst Äpfel gestohlen hat!"

Das kann Dickmann bei aller Hochachtung wirklich nicht verstehen. Er findet es ganz in der Ordnung, dass man dem alten Herrn zwei junge, schneidige Amtsrichter vor die Nase gesetzt hat, die ein bisschen Schwung in die Geschichte bringen sollen. Amtsgerichtsrat Wolf bringt schon seit Wochen die Grundbuchabteilung in Ordnung, in der allerhand nicht stimmen soll. Jedenfalls versichert er es selbst gern und mit gewichtiger Betonung. So sind für Dickmann die Strafsachen übrig geblieben. Er weiß eigentlich selbst nicht, wie er dazu gekommen ist. Es war eben kein anderer da, und dem aufsichtsführenden Richter war es so am bequemsten ...

So ist Dickmann Strafrichter geworden. Warum sollte er es auch nicht? Diesem jungen Mann gibt der Staat die Macht, einen Menschen auf Jahre ins Zuchthaus zu schicken. An seinen wohlgeformten Lippen hängen die Blicke der Angeklagten. Das Wort des Amtsgerichtsrats Dickmann ist ihr Schicksal, bedeutet ihnen Glück oder Verzweiflung, Qual oder Freiheit, Leben oder den bürgerlichen Tod.

Dieser junge Mensch weiß nichts von Not und Elend und weiß nicht, was Hunger heißt. Er kennt von Menschen nur sich selbst, und er will nicht einmal sich selber kennen. Er glaubt an die Freiheit des Willens, weil er nie versucht worden ist, und weil er nicht weiß, woran er sich halten sollte, wenn man ihm diesen Glauben nähme. Er kennt von der Psychologie nur die Vokabel und hält die Psychoanalyse einfach für eine Sauerei. Er hat als Student Vorlesungen über Strafrecht gehört und als Referendar mehrfach als unbeteiligter Zuschauer in Gerichtsverhandlungen gesessen. Die soziologischen Grundlagen des Verbrechens sind ihm nur soweit geläufig, als er weiß, ein Mensch könne stehlen, weil er Hunger habe. Ob Hunger ein ausreichender Strafgrund ist, weiß er nicht, wohl aber, dass man nicht stehlen darf.

Diesem jungen Mann gibt die Gesellschaft die Macht, einen Menschen ins Zuchthaus zu schicken. Ja, wenn es sich um Geld und Geldeswert handelt, – da ist die Macht des Einzelrichters durch ein dichtes Netz von gesetzlichen Schutzmaßnahmen eingeengt. Der qualvolle Gedanke, ein Richter könne über einige hundert Mark eine falsche Entscheidung treffen, hat die gesetzliche Bestimmung hervorgebracht, dass so lebenswichtige Fragen nur von einem Kollegium dreier Landgerichtsräte entschieden werden dürfen. Und damit ja kein Paragraph zu Schaden kommt, müssen die streitenden Parteien sich vor dem Landgericht von gesetzeskundigen Rechtsanwälten vertreten lassen.

Der Amtsgerichtsrat Dickmann darf nicht selbständig darüber entscheiden, wem eine Summe von tausend Reichsmark gehören soll. Aber einen Menschen auf Jahre ins Zuchthaus schicken, das darf er kraft seiner Eigenschaft als Einzelrichter in Strafsachen.

Warum auch nicht? Ob ein Mensch zerbricht an einem Urteil, oder der junge Mann, den der Staat ihm als Richter gesetzt hat, sich irrt, – der Mensch ist kein strafrechtliches Prinzip. Er ist ein Objekt, und ein unwichtiges dazu.

So ist Dickmann Strafrichter geworden. Und es ist alles so einfach! Es gibt ein Strafgesetz, das gewisse Taten mit gewissen Strafen bedroht. Die Arbeit eines Strafrichters besteht darin, einen Tatbestand aufzuklären, ihn auf die Formel eines Strafgesetzparagraphen zu bringen und aus dem weiten Spielraum, den das Gesetz lässt, die passende Strafe nach Augenmaß auszusuchen ... wird mit Gefängnis bis zu fünf Jahren, jedoch nicht unter drei Monaten bestraft."

Drei Monate, fünf Jahre, – es ist alles so einfach. Man berücksichtigt die Tat und den Charakter des Täters und hält das eine oder das andere für angemessen: Drei Monate. Fünf Jahre. Eines spricht sich so leicht aus wie das andere, denn jener junge Mensch, dem der Staat die Macht gegeben hat, Urteile zu sprechen, hat niemals ein Gefängnis oder ein Zuchthaus gesehen.

Und diese einfache Aufgabe soll der Amtsgerichtsrat Dickmann nicht erfüllen können? Was tut es, dass er den Menschen nicht kennt, nicht Verzweiflung, Hunger und Elend, wenn nur die rechtliche Sache gedeiht? Hier ist ein Tatbestand, dort ist eine Strafe, und es ist alles so einfach ...

Nein, nein: das kann Dickmann schon. Schwieriger als alle Urteile ist die Heilighaltung der Form, unter der jede richterliche Handlung zu geschehen hat. Es gibt ja nicht nur das Strafgesetzbuch und die Strafprozessordnung, es gibt eine Unzahl der verschiedenartigsten Formulare, es gibt die verwirrende Vielfalt von Bestimmungen und Verordnungen, tausend strenge Normen, die sich von Generation zu Generation hinschleppten, und deren endloser Kette jede Generation noch einige neue Glieder anfügten.

Allein über eine so nebensächliche Sache wie die formgerechte Ladung eines Zeugen sind im Laufe von sechzig Jahren über hundert Verordnungen des Justizministeriums ergangen.

Schutzpolizisten und Landjäger behalten den Tschako auf dem Kopf, wenn sie als Zeugen vor Gericht einen Eid leisten. Warum? Weil im Jahre 1868 der König von Preußen eine Verordnung darüber erlassen hat, die nach ihm drei deutsche Kaiser und ein Dutzend republikanischer Minister in Kraft gelassen haben, denn das Gesetz ist ewig und unveränderlich. „Verfügung vom 9. 10. 1868: Für die Frage, ob Militärpersonen vor Gericht und bei Ableistung von Eiden die Kopfbedeckung abzunehmen haben, ist zu entscheiden, ob diese Personen im Amte oder doch in Folge amtlicher Verrichtungen vor Gericht auftreten, oder als Privatmann, sei es als Partei oder als Zeuge. Im ersten Fall erscheinen sie dienstmäßig mit Seitengewehr und mit bedecktem Kopf, im letzteren Falle mit Seitengewehr aber mit unbedecktem Kopf. Hierin findet auch dann keine Abänderung statt, wenn sie einen Eid abzulegen haben: sie bleiben bedeckt.“ Und sie werden bedeckt bleiben, solange es Amtsgerichtsräte und Strafgesetzbücher gibt ...

Ein gigantischer Organismus, der die Zeiten überdauert! Und Dickmann ist stolz darauf, sich diesem in die Ewigkeit hineinragenden Organismus einzufügen. Seine respektvolle Bewunderung verdichtet sich zu dem Vorsatz restloser Hingabe und peinlichster Gewissenhaftigkeit.

Obwohl er die Akten der Fälle, die er morgen entscheiden soll, fast auswendig weiß, legt er sie abends noch auf den Nachttisch, nimmt sie wieder vor und vertieft sich in die Protokolle. Es lässt sich nicht leugnen: das Studium der Akten macht ihm Spaß. Es hat immer noch denselben Reiz für ihn, den er schon als junger Referendar empfunden hat, wenn aus den weißen Blättern Schicksale aufstiegen.

Dickmann hat nicht viel Phantasie, seine einsamen Stunden sind ausgefüllt mit leerem Dasein. Aber die Akten, – hier formen sich Vorstellungen und farbige Bilder, und was ernste Arbeit sein sollte, wird zu verschwiegenem Genuss. Es ist gut und schön, dass es Akten gibt ... Dickmann kann sich nicht leicht und schnell ein Urteil bilden, aber wenn er die Akten studiert hat, kommt er mit einem fertigen Bild des Täters und seiner Tat in den Gerichtssaal, und die mündliche Verhandlung ist dann eigentlich nur noch eine Formsache.

Vor seinen Augen rollt sich noch einmal jener belanglose Vorfall ab, der sich in der Nacht vom 14. zum 15. September auf der Landstraße zwischen den Dörfern Bütow und Brüssow ereignet hat. Eine Landstraßenaffäre: Widerstand gegen die Staatsgewalt, Beamtenbeleidigung, Fahren mit unbeleuchtetem Fuhrwerk ...

In jener Nacht wusste der Kleinbauer Jochen Schütz aus Bütow noch nichts davon, dass sich sein Leben einmal mit dem des Amtsgerichtsrats Dickmann auf seltsame und unheimliche Weise verknüpfen würde. Viehmarkt in Pörgelau. Schütz will eine Kuh verkaufen, und dazu muss man frühzeitig auf dem Markt sein, denn gegen Mittag lassen die Preise nach. Man müsste in der Nacht losfahren. Von Bütow bis Pörgelau sind zwanzig Kilometer Weg, und der Fuchs kann auch nicht mehr so schnell.

Jochen Schütz ist ein vorsichtiger Mann. Fünfzig Jahre harte Arbeit auf kärglichem märkischen Sandboden haben ihn gelehrt, dass es im Leben auch bei den einfachsten Sachen Schwierigkeiten gibt, von denen der kleine Mann nichts weiß. Darf man in der Nacht eine Kuh über die Landstraße transportieren? Man muss ein „Ursprungszeugnis" vom Gemeindevorsteher haben, der bescheinigt, dass die Kuh nicht gestohlen ist. Jochen Schütz bekommt das Zeugnis. Der Gemeindevorsteher wünscht ihm noch guten Erfolg und guten Weg. Das Wetter ist nicht gerade sehr verlockend, um auf stuckerndem Wagen zwanzig Kilometer weit durch die Nacht zu fahren ...

Jochen Schütz spannt den Fuchs an, bindet die Kuh an den Wagen und fährt los. Die Nacht ist stürmisch. Fortwährend geht die Lampe aus. Der Bauer steckt sie zweimal, dreimal wieder an. Man darf nicht mit unbeleuchtetem Fuhrwerk fahren. Aber schließlich kosten Streichhölzer Geld, und Petroleum auch: er lässt die Lampe ausgehen. Bei diesem Wetter werden ja doch keine Gendarmen unterwegs sein.

Er kann ja nicht wissen, dass die Landjäger Fritsch und Rosenow in dieser Nacht im Gasthaus zu Brüssow Skat gespielt haben, und dass sie sich gerade in dem Augenblick angeheitert auf den Heimweg machen, wie Schütz mit seinem Fuhrwerk ratternd und polternd in das Dorf Brüssow einbiegt.

Aus seinem Halbschlummer wecken ihn Kommandostimmen. Eine Taschenlampe blitzt auf, und schuldbewusst hält Jochen Schütz den Wagen an. Pech! Fahren mit unbeleuchtetem Fuhrwerk. Drei Mark Polizeistrafe. Das Geld hätte er besser gebrauchen können ...

Die Landjäger Fritsch und Rosenow freuen sich über den Fang, den sie da gemacht haben. Sie haben ordentlich Hochachtung vor sich selbst: was sie doch für tüchtige Kerle sind! Glück muss der Mensch haben. Gerade vor drei Tagen ist eine Verordnung des Landrats herausgekommen, die jeden Viehtransport während der Nacht überhaupt verbietet. Und schon haben die beiden tüchtigen Landjäger so einen verbotenen Viehtransport angehalten. Mitten in der Nacht. Noch um zwei Uhr sind die diensteifrigen Beamten auf den Beinen und wachen darüber, dass die Verordnungen des Herrn Landrats eingehalten werden. Die Anzeige wird einen guten Eindruck machen ...

Sie erklären die Kuh für beschlagnahmt.

Jochen Schütz weist das Ursprungszeugnis vor, stammelt irgendetwas, bittet, beschwört. Den Landjägern dauert das zu lange: sie fangen an, die Kuh loszubinden. Jochen Schütz schreit auf: „Meine Kuh!“

„Halt die Schnauze!“

„Woll verrückt geworden? Ruhig Blut, Freundchen!“ Jochen Schütz zerrt an der Leine: „Ji Schinner!“, brüllt er die Beamten an.

„Was? Schinder! Ick wer di wat bei Schinner!“ Rosenow springt auf den Kutschbock, reißt den Bauern herunter: „Täuw, du Aas!“ Ein Faustschlag ins Genick. Der Mann fällt, ein Fußtritt trifft seinen Arm.

Jochen Schütz taumelt, schreit auf, wimmert und brüllt. Die Landjäger packen den blutenden und vor Schmerzen schreienden Mann und schleppen ihn zum Gemeindevorsteher von

Brüssow. Der Kerl soll erst mal die Nacht im Spritzenhaus sitzen, um sich zu überlegen, was es heißt, preußische Beamte zu beleidigen.

Der Gemeindevorsteher sieht das Ursprungszeugnis, sieht den elenden Mann und schickt zum Arzt. Der kommt und stellt einen doppelten Armbruch fest.

Die Landjäger Fritsch und Rosenow kratzen sich nachdenklich am Kopf, wie sie wieder auf der Straße stehen. Sie sind plötzlich sehr nüchtern. Schöne Schweinerei! Wer hätte auch ahnen können, dass der alte Bauer so zarte Knochen hat. Aber die Landjäger Fritsch und Rosenow sind nicht umsonst alte, erfahrene Polizeibeamte. Sie wissen, wie man sich in solchen Fällen zu verhalten hat. Und noch in derselben Nacht schreiben sie in Rosenows Wohnung die Anzeige gegen den Kleinbauern Jochen Schütz aus Bütow, der sich in der Nacht vom vierzehnten zum fünfzehnten September des Widerstands gegen die Staatsgewalt, der Beamtenbeleidigung und der Übertretung der Straßenordnung des Kreises Pörgelau schuldig gemacht hat ...

Sechs Wochen liegt der alte Bauer im Krankenhaus. Der Knochenbruch heilt schwer. Aber nicht deshalb magert Jochen Schütz ab: die Kuh ist nicht verkauft.

Sein Sohn hat sie am nächsten Tag aus Brüssow abholen müssen. Jochen Schütz brütet dumpf vor sich hin. Und aus Verzweiflung und fassungsloser Wut steigt immer wieder die Frage auf: „Warum?“ Er hat doch von der Verordnung des Landrats nichts gewusst, keiner hat ihm etwas gesagt. Warum ist er als achtundsechzigjähriger Mann zum Krüppel geschlagen worden?

Ein mitleidiger Arzt, der noch nicht lange in Pörgelau arbeitet, setzt dem Bauern eine Beschwerde an das Landratsamt auf: die Landjäger hätten ihre Amtsgewalt missbraucht. Er bekommt keine Antwort. Eine neue Beschwerde an den Regierungspräsidenten. Keine Antwort ...

An dem Tage, an dem Jochen Schütz aus dem Krankenhaus nach Hause entlassen wird, überbringt ihm der Briefträger ein Schreiben mit amtlichem Siegel. Der Bauer dreht den Brief misstrauisch in der Hand hin und her. Haben seine Beschwerden nun doch noch Gehör gefunden? Jochen Schütz kann nicht gut lesen. Sein Sohn nimmt den Brief, aber auch der muss lange Zeit vor sich hinmurmeln und wieder von vorn anfangen, ehe er herausgefunden hat, was dieser Brief des Amtsgerichts Pörgelau bedeutet. „Gegen Sie wird hiermit ... auf Antrag der Staatsanwaltschaft ... Termin zur Hauptverhandlung auf den 28. Oktober festgesetzt."

Amtsgerichtsrat Dr. Dickmann hat das Aktenstück auf der Bettdecke liegen und träumt vor sich hin. Er hat sich den Fall des Kleinbauern Jochen Schütz Mühe kosten lassen. Er kennt jede Einzelheit des Vorgangs, noch ehe er den Angeklagten überhaupt gesehen hat. Aus den Zeugenprotokollen der Landjäger geht alles mit wünschenswerter Deutlichkeit hervor. Er hat sich zu allem Überfluss auch noch beim Landrat nach den beiden Beamten erkundigt und tadellose Auskünfte erhalten: pflichttreue, diensteifrige Beamte, ehemalige Unteroffiziere, treudeutsche Männer, auf die man sich verlassen kann ...

Dickmann sieht sie ordentlich vor sich, wie sie den Wagen des Bauern anhalten, wie der plötzlich frech wird, mit der Peitsche um sich schlägt, und im Bewusstsein seines schlechten Gewissens die Beamten beschimpft. Denen läuft dann die Galle über, sie wollen den Mann verhaften, der wie ein Rasender um sich schlägt und mit Füßen tritt ... Ja, ja: so ist es gewesen. Dickmann kennt die Akten.

Dickmann gähnt. Wie dieser Bauer sich angestrengt hat, um die Beamten zu beschuldigen. Beschwerde an den Landrat, Beschwerde an den Regierungspräsidenten. Man denke: ein Kleinbauer aus Bütow schreibt an den Regierungspräsidenten! Unerhört! Was sich so ein Kerl eigentlich denkt! Hätte früher auch nicht passieren können!

Scheint kein sympathischer Herr zu sein, dieser Kleinbauer Jochen Schütz. Achtundsechzig Jahre ist der Mann alt. Soll sich was schämen, da noch solche Dummheiten zu machen.

Dickmann ist müde. Das andere Aktenstück interessiert ihn nicht weiter. Angeklagt ist der Kantor Holzapfel aus Petersdorf wegen Körperverletzung! Wie sich das anhört! Als ob der alte Kantor ein Raufbold oder Wegelagerer wäre. Überschreitung des

Züchtigungsrechtes. Wichtigkeit. Aber Gesetz ist Gesetz. Wird sich herausstellen morgen ...

Das Verhandlungszimmer des Amtsgerichts Pörgelau ist nicht sehr komfortabel eingerichtet. Ein kahler Raum mit drei großen Fenstern. Die Wände mit hellgrüner Farbe getüncht. Ein Bild des alten Kaisers Wilhelm über der Eingangstür. Der Richtertisch einfaches, helles Fichtenholz. Manchmal tagt hier auch eine kleine oder große Strafkammer des Landgerichts, das in dem selben kahlen Ziegelbau untergebracht ist.

„Die Sache Holzapfel!"

Auf dem Platz des Staatsanwalts sitzt Dr. Fischer, ein jüngerer Beamter, nicht viel älter als Dickmann. Der Gerichtsschreiber dienert höflich beim Eintritt des Richters.

Die erste Verhandlung dauert von der Verlesung des Eröffnungsbeschlusses bis zum Ende der Urteilsbegründung genau vierundzwanzig Minuten. Dann ist der Kantor und Lehrer Holzapfel von der Anklage der Körperverletzung freigesprochen, weil der Amtsgerichtsrat Dickmann nicht finden kann, das eingerissene Ohrläppchen eines elfjährigen Schulmädchens erfülle irgendeinen Tatbestand des Strafgesetzbuchs. Staatsanwaltschaftsrat Fischer hatte 100 Mark Geldstrafe beantragt.

Der Kantor verbeugt sich tief und linkisch, der Amtsgerichtsrat Dickmann winkt ihm leutselig und gemessen nach.

„Die Strafsache Schütz!"

Der Kleinbauer Jochen Schütz schiebt sich ungeschickt in den Saal. Ja, der Richter hat es sich gedacht, dass der Angeklagte Jochen Schütz so aussehen müsse: eine gekrümmte Gestalt, ein faltiges, braungebranntes Gesicht, tiefliegende kleine Augen, ein verkniffener, zahnloser Mund. Da sind die beiden Landjäger andere Kerle, die in ihren besten Uniformen hackenklappend vor dem Richtertisch stehen: frische, gesunde, vielleicht ein wenig zu fette Leute, die einen vorzüglichen Eindruck machen.

Dickmann achtet nicht auf den gläubigen, hungrigen Blick, mit dem der Angeklagte ihn ansieht, ihn, den jungen Herrn im schwarzen Talar, der dem Bauern zu seinem Recht verhelfen wird.

„Achtundsechzig Jahre alt? Na, hören Sie mal, das ist aber wirklich nicht hübsch, dass Sie als so alter Mann noch vor Gericht kommen!“

„Ick heff nix doahn, Härr!“ Der alte Bauer schreit es wie ein Ertrinkender.

„Nun erzählen Sie der Reihe nach, was an dem fraglichen Abend passiert ist.“

Jochen Schütz legt die Hand muschelförmig an die rissigen Ohren: „Hä?“

„Ach du lieber Gott! Schwerhörig sind Sie auch noch?“ Dickmann hält diese launige Bemerkung für einen guten Witz und ist leicht verärgert, dass der Staatsanwalt keine Miene verzieht. Dem Staatsanwalt können die Privatgefühle des Richters freilich gleichgültig sein, nicht aber dem Angeklagten: weil Dickmann sich ärgert, neigt er zu der Ansicht, Jochen Schütz sei ein ganz verstockter Bursche und müsse ein bisschen schärfer angefasst werden. Wie harmlos der Mann den Vorfall darstellt! Natürlich, die Landjäger sind bösartige Tiere, – ne, damit hat er bei Dickmann kein Glück.

„Erzählen Sie doch keine Märchen, Mann. Die Gendarmen sagen, Sie haben wie ein Wilder mit der Peitsche um sich geschlagen.“

Jochen Schütz’ Gesicht verzerrt sich: „Härr! Sei lügen!“

Dickmann fährt auf: „Halten Sie den Mund, Angeklagter! Was reden Sie da für dummes Zeug! Ein preußischer Beamter lügt nicht, merken Sie sich das! Anstatt hier solche Reden zu führen, sollten Sie lieber ein Geständnis ablegen.“

Der Bauer kneift den Mund ein. Seine Augenlider fallen herab. Er sagt gar nichts mehr, schüttelt nur manchmal krampfhaft den Kopf.

Was will der Staatsanwalt? Er hat noch Fragen an den Angeklagten? Fischer scheint allen Ernstes zu glauben, die Landjäger hätten sich ungehörig benommen. Komischer Mensch! Und dabei antworten die Beamten auf alle Fragen so klar und vernünftig, außerdem stehen sie unter ihrem Eid, und der Eid eines preußischen Beamten ist unantastbar. Freilich, – es hört sich doch ein wenig merkwürdig an, wenn diese einfachen Leute sich so gewählter Ausdrücke bedienen, wie etwa: „So nahm ich denn meine Zuflucht zur Gewalt, bis der Widerstand des Angeklagten gebrochen war ..."

„Wie haben Sie das gemacht?", fragt der Staatsanwalt dazwischen.

Der Zeuge Rosenow gibt bereitwillig Auskunft: „Wir forderten ihn auf, vom Kutschbock herunterzusteigen, und als er dieser Aufforderung nicht nachkam, zogen wir ihn mit Gewalt herunter ..."

Der Angeklagte hat keine Fragen mehr an die Zeugen. Jedenfalls entnimmt das Dickmann den zitternden Kopfbewegungen des alten Bauern. Da sieht man's ja: nichts kann der Mann gegen die Aussagen der Landjäger vorbringen!

Der Staatsanwalt plädiert milde und vorsichtig: „Bedenkt man, dass der Angeklagte ein alter Mann ist und augenscheinlich auf einer recht niedrigen Bildungsstufe steht, so kann das Ergebnis dieser Betrachtung zwar nichts an der Tatsache, dass er sich strafbar gemacht hat, wohl aber etwas an der rechtlichen Beurteilung des Falles ändern. Es ist der Verdacht nicht von der Hand zu weisen, dass vielleicht die Landjäger bei ihrer Diensthandlung nicht mit der nötigen Rücksicht vorgegangen sind, vielleicht haben sie den Angeklagten nicht darauf aufmerksam gemacht, was sie eigentlich von ihm wollten, vielleicht hätten sich auch mildere Formen finden lassen, den Bauern vom Kutschbock herunterzuholen, ohne dass er dabei zu Schaden gekommen wäre ... Und beantrage daher eine Geldstrafe von hundert Mark, im Nichtbeitreibungsfalle für je fünf Mark ein Tag Gefängnis."

Dickmann rechnet aus: hundert Mark, zwanzig Tage Gefängnis ...

Der Amtsgerichtsrat erhebt sich: „Das Gericht wird beraten."

Dickmann berät sich. Man darf so etwas nicht auf die leichte Achsel nehmen, man muss sich zusammennehmen, man muss die Urteilsbegründung sauber formulieren, das Strafmaß sorgfältig bemessen.

Aus dem Studium der Akten hat Dickmann den ungefähren Eindruck gewonnen, eine Gefängnisstrafe von drei Wochen wäre hier am Platze. Dieser Eindruck kann natürlich in keiner Weise bestimmend sein für sein heutiges Urteil. Nein: keineswegs darf er das! Man muss einzig und allein das Ergebnis der Hauptverhandlung zur Grundlage des Urteils machen. Aber was hat die Verhandlung schließlich ergeben, was nicht schon längst feststand? Nicht das Geringste. Der Angeklagte leugnet, sich strafbar gemacht zu haben: das ist sein gutes Recht, aber man darf nichts darauf geben. Er behauptet sogar, die Landjäger hätten Missbrauch mit ihrer Amtsgewalt getrieben, und das ist einfach eine Unverschämtheit. Aber auch das hat man ja schon vorher gewusst: die Beschwerden an den Landrat, an den Regierungspräsidenten ...

Die Aussagen des Angeklagten und die der beiden Zeugen gegeneinander abzuwägen, ist in diesem Fall eine Lächerlichkeit. Dass der Angeklagte lügt, ist bombensicher, man braucht ihn doch nur einmal anzusehen: der verkniffene Mund, der scheue Blick, der geduckte Kopf ... Ne, Dickmann lässt sich nichts vormachen: der Angeklagte lügt.

Bleibt die Frage des Strafmaßes. Dickmann ist kein Freund von Geldstrafen. Da langt so ein Bauer in die Tasche, legt einen Hundertmarkschein auf den Tisch, und damit ist die Sache für ihn ausgestanden. Zu Hause brüstet er sich vielleicht noch damit, wie billig er davongekommen ist. Aber Widerstand gegen die Staatsgewalt darf man nicht leicht nehmen, denn diese Straftat ist symptomatisch für die heutige Zeit: es ist kein Respekt mehr im Volk, keine Disziplin. Man muss diesen destruktiven Tendenzen rechtzeitig einen Riegel vorschieben. Wo kommen wir denn da hin, wenn jeder renitente Bauer auf der Landstraße einen Landjäger mit der Peitsche um die Ohren schlagen darf und dann die Sache mit einem Hundertmarkschein abmacht?

Das geht nicht. Man hat als Richter eine Verantwortung vor der Allgemeinheit!

Hundert Mark! Indiskutabel!

Was nun? Eine Woche Gefängnis, zwei Wochen Gefängnis, drei Wochen Gefängnis ... Drei Wochen Gefängnis? Schön: drei Wochen Gefängnis! Nicht zuviel und nicht zu wenig. Eine gerechte Strafe. Eine ausreichende Sühne für das Verbrechen des Widerstands gegen die Staatsgewalt und der Beamtenbeleidigung. Halt, das Fahren mit unbeleuchtetem Fuhrwerk hätte er beinahe vergessen. Nu schön: sagen wir zehn Mark.

„Stehnse mal auf, Angeklagter!"

Der Kleinbauer Jochen Schütz erhebt sich schwerfällig. Dickmann setzt sich das Barett auf: „Ich verkünde folgendes Urteil: Der Angeklagte wird wegen Widerstands gegen die Staatsgewalt, Beamtenbeleidigung und Fahrens mit unbeleuchtetem Fuhrwerk zu einer Gefängnisstrafe von drei Wochen und zu zehn Mark Geldstrafe verurteilt."

Ein paar Worte über den Tatbestand, den das Gericht festgestellt hat. Formelhafte Wendungen, die sich dutzendweise in den Entscheidungsgründen der Gerichte finden: „... erschien dennoch in Anbetracht des bei der Begehung der Straftat sich kundtuenden verbrecherischen Willens eine empfindliche Strafe am Platze. Gerade heute, wo alle Begriffe von Autorität und Disziplin in so bedenklicher Weise sich verwirren, erfordert das Vergehen des Widerstands gegen die Staatsgewalt strenge Bestrafung. Außerdem ist noch zu berücksichtigen, dass der Angeklagte in der Hauptverhandlung keine Spur von Reue über seine Tat gezeigt hat, sondern im Gegenteil die Landjäger einer falschen Aussage bezichtigt hat. Es war daher auf die genannte Strafe zu erkennen. Sie können gehen, Angeklagter, die Sache ist erledigt. Ich schließe die Verhandlung."

Erledigt. Was noch? Zwei Landstreicher, die gebettelt haben. Wenn's weiter nichts ist! Sieben Minuten Verhandlung für jeden. Verurteilt zu vier Wochen Haft und Überweisung ins Arbeitshaus auf ein Jahr. So das Übliche ...

Ein Händedruck dem Staatsanwalt. Ein Verhandlungstag ist zu Ende. Dickmann wäscht sich die Hände, pfeift vor sich hin und geht mittagessen ...

Am Abend dieses Tages findet der Sohn des Kleinbauern Jochen Schütz seinen Vater im Pferdestall. Er hat einen Strick um den Dachbalken geworfen und sich daran erhängt ...

Das Kreisblatt für Pörgelau und Umgegend nimmt prinzipiell keine Nachricht über Selbstmorde auf. Der Amtsgerichtsrat Dr. Dickmann wird erst wieder an den Kleinbauern Schütz aus Bütow erinnert, wie eines Tages der Gerichtschreiber dem Herrn Rat einige Schriftstücke zur Unterschrift vorlegt, darunter eine Mitteilung an „Herrn Staatsanwalt", dass die Strafe gegen Schütz rechtskräftig geworden sei, ein Annahmebefehl „dem Gefängnisinspektor" und ein Schreiben an den Verurteilten, er habe sich „zwecks Verbüßung einer Gefängnisstrafe von drei Wochen" im hiesigen Gerichtsgefängnis einzufinden.

Nach einigen Tagen kommt dieses Schreiben mit einem lakonischen Bleistiftvermerk zurück: „Adressat verstorben."

Dickmann gähnt. Schließlich eine annehmbare Lösung, dass der Mann gestorben ist. So braucht er doch auf seine alten Tage nicht noch ins Gefängnis. Dann schreibt er auf den Strafantrittsbefehl: „Zu den Akten! Dr. Dickmann, Amtsgerichtsrat."

Nie in seinem Leben wird er wieder an den Kleinbauern Jochen Schütz aus Bütow erinnert werden, der sich erhängte, weil der Staat ihm Unrecht getan hatte. Nie in seinem Leben wird der Amtsgerichtsrat Dickmann davon erfahren, dass in dem Augenblick, wo er diesen Aktenvermerk niederschreibt, in einer Bauernkate zu Bütow der junge Schütz einer alten Frau unbeholfen über das Haar streicht: „Nich weinen, Mudding! Ick segg di, en armen Minschen kann ni Recht behollen gegen en Groten ..."

Und die Großen sind die Landjäger Fritsch und Rosenow. Kleine Beamte. Kurz vor dem Ersten haben sie kein Geld mehr, um sich Zigarren zu kaufen. Aber sie tragen eine Uniform, und hinter ihnen steht groß, gewaltig, ein Riese an Kraft, der Staat und seine Gerechtigkeit ...

Fragt den Amtsgerichtsrat Dr. Dickmann, wer Jochen Schütz aus Bütow ist! Ein unbestimmbarer Schatten, ein Nichts, einer, den man heute sieht und morgen längst vergessen hat.

Dickmann weiß nicht, wer Jochen Schütz aus Bütow ist. Wie kann er an die Menschen denken, die er einmal verurteilt hat, wenn die Einweihung des Denkmals für die Gefallenen des Pörgelauer Infanterieregiments sich zu einer Staatsaktion entwickelt, die die Gemüter der Stadt im Bann hält. Ein alter General hat die Vertreter republikanischer Behörden an den Fahneneid erinnert, den sie einst als Soldaten dem Kaiser geschworen haben. Er hat sie aufgefordert, diesem Fahneneid die Treue zu halten. Ein General der kaiserlichen Armee hat die Soldaten der republikanischen Reichswehr an ihre Pflicht gegenüber Seiner Majestät dem Kaiser erinnert ...

Der Landrat von Norden ist nach Berlin gerufen worden, und man hat ihm höfliche Vorwürfe gemacht, weil er gegen diese Aufforderung zum Hochverrat nicht eingeschritten ist. Der Oberstleutnant Christoph von der Reichswehr ist nicht einmal zu einem informierenden Bericht an seine vorgesetzte Dienststelle veranlasst worden. Es lohnt sich nicht, solchen Bagatellen nachzugehen.

Aufforderung zum Hochverrat? Das Reichsgericht verurteilt kommunistische Arbeiter, die in Flugblättern Reichswehrsoldaten und Schutzpolizisten auf ihre Zugehörigkeit zum Proletariat hinweisen, wegen Aufforderung oder Vorbereitung zum Hochverrat zu jahrelangen Gefängnis- oder Zuchthausstrafen. Ein kaiserlicher General, der monarchistische Propaganda in der republikanischen Armee treibt, – der Oberreichsanwalt Ebermayer schüttelt kühl und erstaunt den Kopf über die Zumutung, er solle gegen den General einschreiten. Ein kaiserlicher General begeht niemals Hochverrat, sondern macht nur von dem ihm zustehenden Recht der Redefreiheit Gebrauch.

In Pörgelau gibt der sozialdemokratische Redakteur Große eine Zeitung heraus, die der Schrecken aller Gutgesinnten ist. Dieser Unmensch hat sich nicht entblödet, beim Oberreichsanwalt eine Anzeige gegen den General Sixt von Arnim zu erstatten, und das rein menschliche Kopfschütteln des höchsten deutschen Anklägers verwandelt sich leicht und zwanglos in juristische Beweisführungen: „Leipzig, den 17. Oktober 1925. Ich schreite nicht ein, weil weder die Rede als solche nach ihrem Inhalt und Gedankengang, noch die in der Anzeige herausgegriffene Stelle den äußeren Tatbestand des § 85 StGB, erfüllt. Auch eine andere Strafbestimmung wurde durch die Rede nicht verletzt. Ebermayer, Oberreichsanwalt ..."

Die Herren vom Pörgelauer Land- und Amtsgericht lächeln sich verständnisinnig zu: diese Republikaner vom Schlage Große haben bei der republikanischen Justiz eben kein Glück. Wenn die Kollegen in Leipzig nicht wollen, dann wollen sie nicht.

Man lächelt nicht einmal mehr, wie auf Großes Beschwerde gegen diesen Bescheid das Reichsjustizministerium sich der juristischen Auffassung des Oberreichsanwalts anschließt. Das ist einfach selbstverständlich, denn dieses Schreiben ist unterzeichnet von einem Staatssekretär, ehemaligem kaiserlichen Beamten, der zwei Kaiser und ein gutes Dutzend republikanischer Justizminister überdauert hat, und der erst nach Jahren vom Ministerium mit wärmstem Dank für seine treuen Dienste und unter gebührender Anerkennung seiner großen Verdienste um die rechtliche Sache in Gnaden und Ehren entlassen wird, um schließlich noch einmal Reichsjustizminister zu werden.

Und damit ist die „Staatsaktion", die die Rede der alten Exzellenz veranlasst hat, endgültig erledigt. Die republikanische Reichswehr ist nun einmal monarchistisch bis auf die Knochen. Der Amtsgerichtsrat Dickmann kann wirklich nicht einsehen, warum der Oberreichsanwalt vor dieser simplen Tatsache die Augen verschließen sollte. Einen General unter Anklage stellen, das wäre ebenso merkwürdig, als wenn man den Grafen Barnim wie einen gewöhnlichen Angeklagten behandeln wollte.

Der Prozess gegen den Grafen ist nun tatsächlich eingeleitet worden. Der Staatsanwaltschaftsrat Fischer hat keine Ruhe gegeben, obwohl der Oberstaatsanwalt – wie man sich erzählt – das Verfahren gern eingestellt hätte.

Dickmann versteht den Doktor Fischer einfach nicht. Der Mann macht sich unmöglich. Was in aller Welt kann ihn dazu bewegen, sich ausgerechnet mit dem Grafen Barnim zu überwerfen?

Landgerichtsdirektor Uhle hat neulich Dickmann beiseite genommen. Sehr vorsichtig hat er dem jüngeren Herrn Kollegen zu verstehen gegeben, es wäre vielleicht angebracht, dass er bis zur Erledigung des Prozesses den näheren Umgang mit dem Grafen vermiede. Schließlich könnte das in der Öffentlichkeit falsch aufgefasst werden.

Als Beisitzer in dem Großen Schöffengericht fungiert der Amtsgerichtsrat Dr. Dickmann. Vorsitzender ist Direktor Uhle. Ganz zufälligerweise sind die beiden Schöffen Landwirte. Der eine ist der Gutsbesitzer Markgraf, der andere ein Administrator der Ritterschaft. In den Listen der Schöffen und Geschworenen beim Amts- und Landgericht Pörgelau findet sich sehr selten einmal der Name eines Arbeiters. Die „Wahl" der Laienrichter ist der Kontrolle der Öffentlichkeit entzogen. Man weiß, warum.

Der Prozess gegen den Grafen Barnim ist für Pörgelau eine Sensation: der Zuhörerraum des Schwurgerichtssaals, in den man die Verhandlung hat verlegen müssen, ist gedrängt voll. Gutsbesitzer, Offiziere, Richter mit ihren Damen.

Auf dem Platz des Staatsanwalts sitzt Dr. Fischer. Er ist sehr bleich, aber Dickmann kann kein Mitleid mit ihm haben.

Graf Barnim ist in seinem grünen Lodenanzug erschienen. Man hat für ihn einen zweiten Stuhl an den Tisch des Verteidigers gestellt, damit er nicht innerhalb der Anklagebank Platz zu nehmen brauche. Neben ihm sitzt Justizrat Dethleffsen, der Rechtsanwalt der Pörgelauer guten Gesellschaft ...

„Herr Graf, darf ich bitten?" Der Vorsitzende ist sehr höflich. Graf Barnim ist blaurot im Gesicht vor Ärger und Aufregung. Vergebens bemüht sich der Justizrat, ihn zu beruhigen.

„Mit Vornamen Bolko, von Beruf Rittergutsbesitzer."

„Bisher unbestraft", repetiert der Vorsitzende die Akten.

Graf Barnim fährt auf: „Herr Direktor, ich darf doch wohl bitten ..."

„Es ist meine Pflicht, nach etwaigen Vorstrafen zu fragen", sagt der Vorsitzende mit einer entschuldigenden Handbewegung.

„Etwaige Vorstrafen ...“ Der Graf will augenscheinlich noch irgendetwas sagen, aber sein Verteidiger redet beschwörend auf ihn ein.

Dann der Vorfall: der Graf hat nicht genau gesehen, ob der Mann, den er für einen Wilddieb hielt, auch wirklich Schlingen oder Fallen gestellt hat. Im Rucksack des Verletzten hat man nichts gefunden, was auf diese verbotene Tätigkeit hingedeutet hätte.

„Ich habe dem Kerl nach seiner letzten Bestrafung ein für allemal verboten, meinen Wald zu betreten. Wenn er das doch tut, muss er eben damit rechnen, dass er ein Ding verpasst kriegt.“

Graf Barnim geniert sich nicht: er nennt die Dinge beim rechten Namen. Soll er hier vielleicht auch noch eine Komödie aufführen und so tun, als bedauere er die Verletzung des Tagelöhners Steguweit?

Sein Verteidiger erhebt sich: „Der Herr Graf hat damit wohl sagen wollen, er nähme an, dass der Steguweit sich nur zum Zwecke des Fallenstellens im Walde aufgehalten hat. Nicht wahr, Herr Graf?“

Der Angeklagte brummt etwas, was man unter Umständen als Zustimmung deuten könnte.

Einige vorsichtige Fragen des Vorsitzenden, dann erhebt sich Dr. Fischer. Er sagt „Herr Angeklagter“ zu dem Grafen, und Dickmann findet, dass das wirklich nicht nötig sei. Er könnte doch ebenso gut „Herr Graf“ sagen.

„Ihnen antworte ich überhaupt nicht!“, schreit der Graf.

Direktor Uhle beherrscht die Verhandlung souverän. Mit unendlicher Höflichkeit und Geduld redet er auf den Grafen ein: „Herr Graf, nach den Bestimmungen der Strafprozessordnung können Sie selbstverständlich die Beantwortung von Fragen, die Ihnen nicht genehm sind, verweigern. Sie brauchen, wenn Sie nicht wollen, überhaupt keine Aussagen zu machen. Aber ich möchte im Interesse der Sache empfehlen, dem Herrn Staatsanwalt doch zu antworten. Es ist vielleicht möglich, dass der Herr Staatsanwalt mir die beabsichtigten Fragen vorlegt, und ich gebe sie dann an Sie weiter?“

Dr. Fischer spielt mit einem Bleistift. Dickmann bewundert seine Ruhe: „Herr Angeklagter, wohin haben Sie gezielt?"

„Aufs Gesäß!", ruft der Graf grimmig, und die Zuhörer lachen.

„Gab es denn nicht noch andere Mittel, den Verdächtigen der strafrechtlichen Verfolgung zuzuführen, als einfach auf ihn zu schießen? Der Mann war Ihnen doch seiner Persönlichkeit nach bekannt ..."

„Das ist mir ganz egal. Wenn ich einen Wilddieb im Walde treffe, versuche ich seine Festnahme mit allen Mitteln. Das ist ein schöner alter Weidmannsbrauch. Wenn der Herr ... Herr Staatsanwalt den nicht kennt, ist es nicht meine Schuld."

„Dieser Weidmannsbrauch steht im Widerspruch zum Gesetz", bemerkt Dr. Fischer kühl.

Der Graf faucht: „Das wird sich ja wohl erst noch herausstellen. Darüber hat das Gericht zu befinden, und nicht der Vertreter der Anklage ..."

Direktor Uhle lächelt liebenswürdig: „Ach, Herr Graf, wollen wir diese persönlichen Schärfen nicht lieber aus dem Spiel lassen? Haben Sie noch eine Frage, Herr Staatsanwalt?"

„Jawohl, ich möchte fragen, wie sich der Herr Angeklagte mit dem verletzten Steguweit in materieller Hinsicht auseinandergesetzt hat."

Der Graf sieht erstaunt das Gericht an, seinen Verteidiger, – der sagt schnell: „Wir lehnen es ab, diese Frage zu beantworten."

Aber es ist zu spät; der Graf hat schon mit Stentorstimme in den Saal gerufen: „Ich soll wohl noch die Krankenhauskosten bezahlen, was?"

Dr. Fischer plädiert. Zuerst zögernd und verlegen, allmählich wird seine Stimme kräftiger, und seine juristischen Ausführungen bekommen Gewicht und Schärfe: „Fest steht, dass der Verletzte sich weder im Besitz von Schlingen noch sonstigem verbotenen Fangmaterial befunden hat. Es ist also nicht nachgewiesen, dass der Angeklagte ihn auf Begehung einer strafbaren Handlung ertappte. Der verletzte Steguweit hat sich lediglich im Walde, der dem Angeklagten gehörte, aufgehalten. Nun ist dieser

Waldkomplex so groß, dass durch ihn hindurch mehrere öffentliche Straßen führen. Ich lasse dahingestellt, ob der Angeklagte überhaupt ein Recht hatte, dem Verletzten das Betreten dieses Waldes zu verbieten. Es kommt ja nur darauf an, zu erwägen, ob der Angeklagte mit Recht annehmen konnte, der Verletzte sei gerade dabei gewesen, eine strafbare Handlung, nämlich die des Wilddiebstahls, zu begehen. Ich verneine diese Frage."

Graf Barnim schlägt sich mit der flachen Hand auf die Schenkel: „Unerhört!"

„Abgesehen davon aber scheint es mir rechtlich nicht haltbar zu sein, dass man einen Menschen wegen der Vermutung, er habe ein Kaninchen oder einen Hasen im Werte von vielleicht zwei oder drei Mark gestohlen, einfach über den Haufen schießt. Schließlich muss doch wohl der Wert eines Menschenlebens so hoch eingeschätzt werden, dass man solche unangemessenen Mittel zur Festnahme nicht in Anwendung bringt. Es liegt also Körperverletzung mit gefährlichem Werkzeug vor. Das für jedermann bestehende Recht der vorläufigen Festnahme scheint mir weit überschritten zu sein. Ich beantrage daher an Stelle einer an sich verwirkten Gefängnisstrafe von vier Wochen eine Geldstrafe von sechshundert Mark."

Durch den Zuhörerraum geht eine Bewegung des Erstaunens. Graf Barnim wendet sich zu seinem Verteidiger: „Was sagen Sie dazu, lieber Dethleffsen?", fragt er so laut, dass es jeder im Saale hören kann.

Justizrat Dethleffsen plädiert für Freispruch. Dickmann macht sich Notizen während dieses Plädoyers. Er muss nachher im Beratungszimmer das Ergebnis der Hauptverhandlung vortragen und wird als erster vor den Schöffen seine Stimme abgeben müssen.

Die Beratung. Die beiden Schöffen hören aufmerksam zu, wie der Direktor sie mit den für die Entscheidung in Frage kommenden Paragraphen bekannt macht, mit den Strafbestimmungen für schwere Körperverletzung und dem Paragraphen der Strafprozessordnung, der die vorläufige Festnahme eines Verdächtigen jedermann gestattet.

Der Direktor lehnt sich in seinen Stuhl zurück, faltet die Hände auf der Tischplatte und spricht. Eintönig, ohne rednerischen Schmuck, klar, vernünftig. Man sieht es den beiden Schöffen an, wie sehr ihnen die ruhige und überlegene Art des Landgerichtsdirektors imponiert: „Es kommt also letzten Endes auf die Entscheidung der Frage heraus, ob Graf Barnim die vorläufige Festnahme des Verdächtigen mit Mitteln herbeigeführt hat, die dem Tatbestand des vermuteten Verbrechens nicht angemessen gewesen sind."

Der Landgerichtsdirektor lächelt: „Nun, auf diesem Gebiet sind die Herren ja wohl Fachmänner."

Der Gutsbesitzer räuspert sich: „Wenn ich einen Kerl auf meinem Grund und Boden treffe, der sich in verdächtiger Weise im Walde zu schaffen macht, – ja du lieber Gott, da gibt es doch gar kein anderes Mittel, als die Büchse hochnehmen und losknallen."

Der Administrator nickt eifrig Zustimmung: „Man kann ja bei diesen Leuten niemals wissen, ob sie nicht gleich schießen. Vor vierzehn Tagen ist der Förster Mann aus Großenberg von einem Wilderer erschossen worden."

Der Direktor nickt: „Herr Kollege?"

Dickmann ist sehr verlegen, wie er zu sprechen beginnt: „Immerhin liegt der Fall hier aber doch so, dass der Verdächtige nicht etwa Anstalten zum Schießen getroffen hat, sondern ganz einfach weggelaufen ist. Der Graf hat ja über die Gründe, die ihn zum Schießen veranlasst haben, ausgesagt, er habe den Mann lediglich festnehmen wollen. Von einer vermeintlichen Notwehr hat er nicht gesprochen. Also scheint mir der Einwand der Herren Schöffen hier nicht stichhaltig."

Der Direktor greift ein: „Meine Herren, meines Erachtens liegt der Fall klar. Der Graf hat die gesetzlich zulässigen Mittel bei der Festnahme nicht überschritten. Ich halte die Rechtsauffassung des Herrn Staatsanwalts für abwegig. Wenn man immer fragen wollte: was hat der Mann gestohlen, den man auf frischer Tat ertappt, dann käme man ja überhaupt zu nichts. Außerdem bestätigen uns die beiden Schöffen, die in diesem Fall als Landwirte und Waidleute sachverständig sind, sie hätten vorkommenden Falls genau so gehandelt wie Graf Barnim. Ich denke, wir können zur Abstimmung schreiten."

Auf Dickmanns Gesicht malen sich die Qualen einer angestrengten Überlegung. Gewiss, – es ist nicht gerade fein, einem Menschen so ohne weiteres eine Schrotladung hinterher zu schicken, bloß weil man vermutet, er habe einen Diebstahl begangen. Andererseits ist der Graf Barnim doch wohl so turmhoch über den Verdacht eines Rechtsbruches erhaben, dass man sich überlegen muss ...

Es ist dies eben hier wieder einer der Fälle, wo das Gesetz versagt. Wenn Graf Barnim in Ausübung seiner gutsherrlichen Rechte einen Aasjäger stellt, dann kann das doch nicht strafbar sein, aber ... Schnell, schnell! Der Landgerichtsdirektor sieht Dickmann schon so merkwürdig an: man muss zu einem Resultat kommen. Wie erwartungsvoll die Schöffen ihn betrachten. Nicht daran denken! An den Fall des Grafen Barnim musste man denken! Wenn der Graf in Ausübung seiner Rechte, die ihm von altersher ...

„Herr Kollege, darf ich bitten?", fragt der Direktor höflich und kurz.

„Ich stimme für Freispruch." War es Dickmann, der hier sprach?

„Ich auch." „Ich auch."

„Ich schließe mich an. Also Einstimmigkeit. Herr Kollege, wollen Sie bitte den Protokollführer rufen?"

Dickmann erhebt sich. Es ist alles so schnell gegangen. Vielleicht hätte man doch, – er ist eigentlich noch nicht fertig mit dem Fall. Man hätte doch wohl noch prüfen müssen, ob ...

Zu spät. Nichts mehr zu machen. Der Direktor diktiert dem Gerichtsschreiber bereits die Urteilsformel.

Dickmann hält den Spruch keineswegs für ein Fehlurteil, – es ist durchaus recht und billig, dass man den Grafen freispricht. Aber man hätte vielleicht den Spruch juristisch besser fundieren müssen. Das war doch eigentlich kaum eine Beratung. Die drei Herren hatten ihr Urteil ja schon fertig, ehe man sich noch an den Beratungstisch setzte. Und Dickmann? Wusste er denn nicht auch schon lange vor der Verhandlung, wie er stimmen würde?

Dickmann hat ein unangenehmes Gefühl, wie er hinter dem Direktor wieder den Verhandlungssaal betritt.

„Im Namen des Volkes! Der Angeklagte wird freigesprochen."

Die Tat des Angeklagten hat sich in den Grenzen gehalten, die der Paragraph 127 der Strafprozessordnung zieht. Die vorläufige Festnahme rechtfertigte sich durch Verdacht des Diebstahls. Ob ein Diebstahl tatsächlich erfolgt ist oder beabsichtigt war, ist unerheblich. Auch das Mittel eines Schrotschusses erscheint dem Gericht in diesem Falle durchaus dem Zweck angemessen, zu dem dieser Schuss abgegeben worden ist. Dass dieser Schuss für den Verletzten schwerwiegende Folgen gehabt hat, ist nicht Schuld des Angeklagten, sondern ein unvorhergesehener Unglücksfall. Normalerweise pflegt ein Schrotschuss nicht gleich die Nieren zu zerfetzen. Der Angeklagte hat diese Folgen unmöglich voraussehen können.

„... er war daher freizusprechen."

Direktor Uhle nickt dem Angeklagten zu. Die Sache ist erledigt. Aber Graf Barnim hat plötzlich noch mit seinem Verteidiger zu tuscheln.

Der erhebt sich und fragt sehr leise und unsicher: „Verzeihung, Herr Direktor, die Kostenentscheidung ..."

„Die Kosten fallen der Staatskasse zur Last", sagt der Landgerichtsdirektor sachlich und ernst.

Man beglückwünscht den Grafen Barnim zu seinem Freispruch. Landgerichtsrat Hollweg, der der Verhandlung als Zuhörer beigewohnt hat, geht mit weitausgebreiteten Armen auf den Grafen zu, als wolle er ihn umarmen.

Dickmann müsste eigentlich zum Mittagessen in den Goldenen Engel gehen. Aber er hat plötzlich eine unerklärliche Angst davor, jetzt Barnims großsprecherische Tiraden mit anzuhören. Er hat Angst vor der improvisierten Siegesfeier, vor dem Rotwein und den unanständigen Witzen, die bald das Hinterzimmer des Goldenen Engels erfüllen werden.

Er will noch einen kleinen Spaziergang machen, redet er sich ein. Das Wetter ist nicht gerade schön, und die Pörgelauer Seepromenade ist in dieser Jahreszeit etwas feucht. Man kann sich leicht die Stiefel schmutzig machen.

Und plötzlich sieht sich Dickmann auf dem schmalen Fußweg dem Staatsanwaltschaftsrat Dr. Fischer gegenüber. Unmöglich, nicht von einander Notiz zu nehmen. Man muss ihm die Hand geben, ihn ansprechen, man wird sich mit ihm über die Verhandlung unterhalten müssen. Dr. Fischers Mantel steht offen. Er hat seinen Hut abgenommen und hält den Kopf tief gegen den Seewind geneigt. Dickmann bemerkt ihn zuerst.

Fischer lächelt verlegen, wie Dickmann ihn begrüßt. „Sie, Herr Kollege?", sagt er erstaunt, als wäre es etwas Unerhörtes, auf der Seepromenade von Pörgelau dem Amtsgerichtsrat Dickmann zu begegnen.

„Ja", sagt Dickmann gedankenlos und sieht den Staatsanwalt prüfend an. Eigentlich ein ganz sympathisches Gesicht, denkt er. Die hohe Stirn, das wellige dunkelblonde Haar, die hellen Augen, – das ist also der Staatsanwalt Fischer ...

Die beiden Herren stehen einen Augenblick schweigend.

Dickmann sucht fieberhaft nach einem Gesprächsstoff, der unverbindlich genug wäre, dem Staatsanwalt einige freundliche Worte sagen zu können. Aber wie er dann zu sprechen beginnt, ist es doch etwas ganz anderes, als das, was er eigentlich hatte sagen wollen: „Haben wohl viel Ärger mit der Geschichte gehabt, wie?", fragt er leise und rücksichtsvoll.

Dr. Fischer sieht ihn groß an. Er scheint erstaunt, dass gerade Dickmann es ist, der ihn dies fragt. Dann lächelt er schmerzlich: „Ärger ist wohl nicht das richtige Wort. Ich weiß selbst nicht, warum mir dieser Fall so nahe geht. Wenn es nicht töricht wäre, möchte ich fast sagen: wo bleibt die Gerechtigkeit?"

Die Gerechtigkeit, – wie lange das her ist.

„Tja, die Gerechtigkeit", sagt Dickmann versonnen und ist sehr weit fort.

Sie gehen neben einander her und schweigen.

„Darf ich Sie vielleicht bitten, bei mir Mittag zu essen?“, fragt der Staatsanwalt plötzlich. „Ich wohne ja hier ganz in der Nähe.“

Dickmann will eigentlich ablehnen, aber es gibt keinen Grund, dem Staatsanwalt seine Bitte abzuschlagen. Eine peinliche Sache. „Ihre Frau Gemahlin?“, fragt er zögernd und hofft, damit einen Weg gefunden zu haben, der ihm die Ablehnung der Einladung ermöglicht ...

Aber Dr. Fischer lächelt einfach. Es hilft nichts, der Amtsgerichtsrat Dickmann geht mit dem Staatsanwaltschaftsrat Dr. Fischer zum Mittagessen. In demselben Augenblick, wo im Goldenen Engel das Todesurteil der guten Gesellschaft von Pörgelau über diesen Mann ausgesprochen wird, der nicht weiß, was man einem Grafen Barnim auf Brackendorf schuldig ist.

Der zweite Stock einer Zweifamilienvilla in der Kirchstraße. Schon auf der Treppe riecht es nach gebratenen Fleisch. Dr. Fischer reißt die Tür auf, eine junge Frau kommt ihm entgegen und fragt hastig: „Wie war es?“ Dickmann räuspert sich diskret. Die junge Frau steht sehr verwirrt. „Ich habe Besuch zum Essen mitgebracht“, sagt der Staatsanwalt. „Herr Amtsgerichtsrat Dr. Dickmann.“

Der ist wieder auf der Höhe: „Gnädige Frau“, sagt er respektvoll und beugt sich tief über eine warme, weiche Hand, die nach Zwiebeln riecht. „Ich bin unschuldig an dieser Störung ...“

Eine Schönheit ist Frau Fischer wirklich nicht. Sie sieht etwas blass aus, und vielleicht ist ihre Nase auch ein wenig zu groß. Aber ihre Augen leuchten warm und dunkel.

Im Esszimmer stehen neue Möbel. Augenscheinlich sind die Fischers keine sehr alte Familie. Nirgends an den Wänden ein alter Stich oder ein verblasstes Ölgemälde, das einen Vorfahren darstellt. Nirgends ein altes Möbelstück, auch das Tafelsilber scheint erst zur Hochzeit angeschafft zu sein. Dickmann hat einen scharfen Blick für solche Kleinigkeiten, die manchmal aufschlussreicher sein können als lange Erzählungen.

Die Suppe ist nicht überwältigend. Man spricht von Pörgelau, vom Wetter, und plötzlich sagt der Staatsanwalt ganz nebenbei zu seiner Frau: „Übrigens, Graf Barnim ist freigesprochen worden.“

„Soso", macht Frau Fischer. „Ist freigesprochen worden." Und Dickmann wünscht sich sehr weit fort.

Deutsches Beefsteak gibt es auch noch. Dickmann isst es nicht gerne. Aber mit Todesverachtung nimmt er sich das größte Stück und bittet nachher noch um ein zweites. Eine Flasche Wein ist auch da. Dickmann hat das Gefühl, als sei sie eben erst vom Kaufmann geholt worden. Jedenfalls schmeckt der Wein nach dem Korken. Eine peinliche Situation, die man nur durch unbefangenes und herzhaftes Drauflosreden überwinden kann.

Dickmann weiß bald, dass Frau Staatsanwaltschaftsrat die Tochter eines Kaufmanns ist, der in Berlin ein Eisenwarengeschäft hat. Der Vater Dr. Fischers ist Förster in Pommern. Merkwürdig: Dickmann hat den Staatsanwalt immer für einen Revolutionär gehalten, und nun sitzt hier ein harmloser Mensch, der von der väterlichen Försterei spricht, seiner Frau manchmal über die Hände streicht und mit großen Schlucken den billigen Wein hinuntergießt. Ein kleiner Bürger, nichts weiter ...

Aber einmal ist dann doch der Augenblick da, wo Dr. Fischer unschlüssig lächelt: „Wir sind ja häufig verschiedener Ansicht gewesen, Herr Kollege."

„Ja", sagt Dickmann verlegen.

Der Staatsanwalt wird sehr eifrig: „Verstehen Sie mich bitte recht: in dieser Feststellung soll nicht der geringste Vorwurf für Sie liegen. Ich habe den Eindruck, dass Sie sich Ihre Entscheidungen nicht leicht machen, dass Sie nachdenken, dass Sie den besten Willen haben, nicht schläfrig sind und lau ... Ich erkenne alles an, aber Sie sind in erster Linie Jurist, und wenn Sie die Wahl haben zwischen einer juristischen Delikatesse und dem, was wir so primitiv Gerechtigkeit nennen, dann gibt es für Sie kein Schwanken. Und auch hier erkenne ich an, dass Sie sich in Übereinstimmung befinden mit dem, was das Reichsgericht tagtäglich tut. Aber das wissen Sie ja alles ..."

Dickmann weiß das alles. Nur hat er lange nicht mehr darüber nachgedacht. Was will der Staatsanwalt von ihm? Warum erregt er sich so? Dickmann hört ihm ja doch nur mit halbem

Ohr zu. Der Fall des Vaters, der sein Kind zur Strafe mit dem entblößten Gesäß auf eine glühende Herdplatte setzt, und in zwei Instanzen wegen Körperverletzung mit gefährlichem Werkzeug verurteilt wird, interessiert Dickmann auch dann nicht, wenn er hört, das Reichsgericht habe dieses Urteil aufgehoben: ein Herd sei bekanntlich eine unbewegliche Sache und könne daher nicht als Werkzeug im Sinne des Gesetzes gelten ...

„Und über diesem Irrsinn schwebt das Phantom der rechtlichen Sache." Dr. Fischer ist seltsam erregt: „Sehen Sie, dem Tagelöhner zerfetzt man die Nieren, der Kleinbauer wird zu Gefängnis verurteilt, der hungernde Landstreicher kommt ins Arbeitshaus, der Graf Barnim wird freigesprochen, und ich bin ein Bolschewist. Da haben Sie die Pyramide unserer Gesellschaftsordnung: aller Druck des Lebens und der Gesetze verstärkt sich, je näher man der Grundlage kommt, auf der dieser Bau sich erhebt. Die Pyramide, Herr Dickmann! Das ist es. Oder die Gerechtigkeit. Wie Sie wollen."

Es ist still im Zimmer, die beiden Menschen sehen ihn so erwartungsvoll an. Dickmann fasst sich schnell, schnalzt mit den Fingern und sagt gelangweilt: „Tja, – so ist das."

Und weil er den Blick des Staatsanwalts weiter auf sich ruhen fühlt, zuckt er die Achseln und fragt kühl: „Was wollen Sie tun?"

„Ja, was soll man tun? Man müsste ..." Dr. Fischer bricht ab und sieht Dickmann hilflos an.

„Man muss sich bescheiden, Herr Kollege. Man kann nicht die Welt aus den Angeln heben. Man darf nicht zuviel nachdenken über Dinge, die nicht zu ändern sind ..."

„Aber dies lässt sich ändern!", ruft Fischer erregt. „Es handelt sich hier nicht um welterschütternde Probleme, sondern darum, dass in Deutschland eine bestimmte Gesellschaftsklasse Vorteile genießt, die nicht einmal das von ihr geschaffene Gesetz vorsieht. Oder soll das vielleicht der Sinn des Gesetzes sein? Glauben Sie mir: ich bin kein Umstürzler. Aber man kann einen Grafen Barnim nicht deswegen freisprechen, weil er der Graf Barnim ist, und nachher diesen Freispruch mit fadenscheinigen Konstruktionen als gerecht begründen wollen. Ich mache das nicht mit, diese Stupidität, diese selbstverständliche, unverfrorene Voreingenommenheit der Richter ...“

Dr. Fischer stockt und wird rot. „Ich vergaß, dass Sie ja auch bei diesem Freispruch mitwirkten“, sagt er leise. „Ich bitte Sie um Entschuldigung. Es war nicht meine Absicht ...“

Dickmann müsste hier einschreiten, er müsste dem Staatsanwalt klarmachen, wie beleidigend er ist, er müsste darauf hinweisen, dass dieser Freispruch juristisch notwendig war. Aber er tut es nicht. Er winkt nur leicht mit der Hand und sagt freundlich: „Keine Ursache!“ Er kann sich nicht mehr erregen. Das Maß sittlicher Entrüstung, das ihm von der Natur gegeben ist, hat er längst verbraucht. Er will Ruhe haben.

„Ich gebe es auf“, seufzt der Staatsanwalt. „Ich bitte um meine Versetzung. Ich kann in dieser Luft nicht leben. Pörgelau ist stärker als ich ...“

Dickmann sieht nach der Uhr. Oh, so spät schon. Er drückt dem Staatsanwalt warm und herzlich die Hand und sagt: „Vielleicht überlegen Sie sich Ihren Entschluss doch noch einmal.“ Er küsst Frau Doktor Fischer die Hand, bedankt sich für den reizenden Nachmittag und geht. Auf der Treppe dreht er sich noch einmal um und winkt freundlich zurück. Dabei denkt er: „Eigentlich ein armer Kerl, der Fischer.“ Und das ist dann alles. Dickmann will nicht mehr ...

Die Pyramide? Der Bau unserer Gesellschaftsordnung? Grillen, missmutige Hirngespinste eines Hypochonders ...

In der Pörgelauer Eisengießerei wird gestreikt. Man sieht an den Straßenecken erregt diskutierende Gruppen, man sieht Arbeiter mit den Händen in den Hosentaschen am hellen Vormittag durch die Straßen gehen. Vorm Tor der Fabrik stehen Streikposten. Dickmann hat sich über diesen Streik keine Gedanken gemacht. Er kennt weder die Lohnverhältnisse der Gießereiarbeiter, noch kann er entscheiden, ob die von der Fabrikleitung beabsichtigte Lohnkürzung angebracht und notwendig ist oder nicht. Hundertzwanzig Arbeiter streiken ...

Der Besitzer der Fabrik, der Direktor Feige, ehemaliger Reserveoffizier des Pörgelauer Infanterieregiments, sitzt im Goldenen Engel und stöhnt über die schlechten Zeiten, die Unverschämtheit der Arbeiter und über das viele Geld, das ihn der Streik kostet. Gerade jetzt liegen große Aufträge vor, die er nicht erfüllen kann, wenn der Streik noch länger dauert, Vertragsstrafen drohen, und an allem sind die Arbeiter schuld:

„Leben wir in einem Rechtsstaat oder nicht? Wo bleibt die Behörde, wenn die streikenden Arbeiter den arbeitswilligen den Eintritt in die Fabrik verwehren? Warum gestattet man das?"

Dickmann zuckt die Achseln. Ihn interessieren die Privatsorgen des Herrn Feige nicht. „Soviel ich weiß, gibt die Reichsverfassung den Arbeitern das Recht zum Streik", sagt er.

Landgerichtsrat Hollweg lacht gellend: „Nach der Verfassung! Nach der Verfassung! Haben Sie gehört, meine Herren? Nach der Reichsverfassung haben die Arbeiter ein Recht ... Das nennt sich Verfassung! Gottvoll ist das! Sie entschuldigen, Herr Kollege, aber da muss ich doch lachen ..."

„Lachen Sie oder lachen Sie nicht, deswegen ist es doch so", sagt Dickmann unwillig.

„Kann man denn gar nichts dagegen tun?" Direktor Feige ringt die Hände.

„Sie sollten sich an einen tüchtigen Anwalt wenden", lächelt Hollweg dem Direktor ermutigend zu. „Vielleicht ließe sich doch etwas unternehmen. Ich bin natürlich, wie ich ausdrücklich betonen möchte, keineswegs orientiert über die Rechtsauffassung der für diesen Fall zuständigen Kammer des Landgerichts. Wie gesagt: in keiner Weise orientiert. Aber ich meine ..."

„Man sollte wirklich etwas gegen die Habgier der Leute unternehmen", bemerkt der Studienrat Bensdorf. „Ich betrachte es als einen Zustand der Anarchie, wenn man mit gebundenen Händen zusehen soll, wie dieses Pack volkswirtschaftliche Werte vernichtet."

Feige ist wie elektrisiert: „Ach, lieber Herr Landgerichtsrat, Sie meinen wirklich, man könnte auf dem Wege einer Klage ... Ich wäre Ihnen sehr verbunden ..."

Hollweg lächelt, wobei er seine hervorstehenden Schneidezähne entblößt: „Wie gesagt: keine Ahnung von der Rechtsauffassung der zuständigen Kammer! Gehen Sie zu Dethleffsen, lieber Direktor, Dethleffsen wird schon Rat wissen ..."

Hundertzwanzig Arbeiter streiken gegen Lohnabbau. Die Ortsgruppe Pörgelau des Deutschen Metallarbeiterverbands zahlt wöchentlich ein paar Mark Streikunterstützung aus und stellt die Streikposten. Alles geht gut. Die Belegschaft weiß, dass der Direktor den Streik im besten Falle nur noch ein paar Tage durchhalten kann, dann muss er die Arbeit zu den alten Bedingungen wieder aufnehmen lassen.

Die Diskussionen der streikenden Arbeiter am Marktplatz werden immer zuversichtlicher. Im Goldenen Engel werden dem Bürgermeister heftige Vorwürfe gemacht, dass er nicht mit Polizeigewalt gegen diese Störung der öffentlichen Ordnung einschreitet. Major Burkhard nennt als bestes Mittel zur Niederwerfung des Streiks die Verhängung des Belagerungszustands, und in der Pörgelauer Bürgerschaft herrscht kriegerische Stimmung.

Im Verhandlungssaal der Zweiten Zivilkammer des Landgerichts Pörgelau geht es jedoch ganz unkriegerisch zu. Der Justizrat Dethleffsen hat dem Gericht einen umfangreichen Schriftsatz überreicht, und nach einer halben Stunde verlässt er das Gerichtsgebäude mit triumphierendem Lächeln ...

Der Former Walter Ganz, Ortsgruppenleiter des Deutschen Metallarbeiterverbands, Ortsgruppe Pörgelau, erhält den Besuch des Gerichtsvollziehers Knoblauch. Der Beamte macht ein grimmiges Gesicht. „Hier habe ich was für Sie, unterschreiben Sie mal." Der Former Walter Ganz unterschreibt und öffnet das Schreiben, das der Gerichtsvollzieher ihm aushändigt.

„Einstweilige Verfügung! Durch einstweilige Verfügung wird dem Antragsgegner, dem Deutschen Metallarbeiterverband, Ortsgruppe Pörgelau, vertreten durch den Former Walter Ganz, verboten, den bei der Firma Pörgelauer Eisengießerei Feige & Co. eingeleiteten Streik in irgendeiner Weise zu unterstützen, sei es durch Anweisung an die Streikleitung oder durch Unterstützung von Streikpostenstehen oder durch Gewährung von Streikunterstützung an Mitglieder oder durch irgendwelche andere Mittel, und zwar bei einer vom Gericht für jeden einzelnen Fall festgesetzten Strafe von sechs Monaten Haft ..."

Der Gießereiarbeiter Ganz ist ein Veteran der Gewerkschaftsbewegung. Die Narbe da auf seinem Schädel rührt von einem Säbelhieb her, den er als junger Mann einmal bei einem Streikkrawall von einem Schutzmann erhalten hat. Das war im Jahre 1908, damals regierte in Deutschland Wilhelm II., und das ist lange her. Inzwischen ist der Gießereiarbeiter Walter Ganz vier Jahre lang im Krieg gewesen, inzwischen ging das Kaiserreich zugrunde, und es entstand die soziale deutsche Republik.

Der Arbeiter wischt sich über die Augen. Sein Finger gleitet nachdenklich über die Narbe auf seinem Kopf. Der Former Walter Ganz hat an diese soziale Republik mit allen Kräften seines Herzens geglaubt. Aber die einstweilige Verfügung des republikanischen Landgerichts Pörgelau bleibt trotzdem vor ihm auf dem Tisch liegen. Stempel, Unterschrift ...

Irgendwo steht in der Verfassung dieser sozialen Republik zu lesen, dass dem Arbeiter das Streikrecht zugestanden sei, um das er Jahre und Jahrzehnte trotz Hunger, Gefängnis und Säbelhieben gekämpft hat ... In die Augen des Walter Ganz kommt ein hartes Licht, und seine Lippen zerdrücken einen Fluch.

Das Papier, das er später den streikenden Genossen vorlegt, ist zerknittert, als hätte es eine Faust zerknüllt ...

Am nächsten Tage ziehen die gelben Schwefeldämpfe wieder durch die Hallen der Pörgelauer Eisengießerei, die Gießpfannen glühen in zitterndem Weiß, und die Presslufthämmer der Gussputzer knattern und dröhnen. Der Former Walter Ganz kniet auf der Erde, und seine schmutzigen Hände bilden aus dem schwarzen Sand die Form der Schiffslukendeckel, die in acht Tagen verladen sein müssen ...

Der Direktor Feige geht um die Mittagszeit durch die Fabrik. Halblinks hinter ihm der Betriebsleiter. Vor dem Former Ganz bleibt er einen Augenblick stehen, sein Fuß streift fast die Hände des Arbeiters. Um die Lippen des Direktors spielt ein dünnes, kaum merkliches Lächeln ...

Abends kommt er in den Goldenen Engel mit der Miene eines Triumphators. „Hab' ich die Brüder doch klein gekriegt!", schmunzelt er und setzt besorgt hinzu: „War aber auch die höchste Zeit." Den Landgerichtsrat Hollweg behandelt er mit ausgesuchter Höflichkeit. „Lieber Herr Landgerichtsrat, ich gebe da nächstens einen kleinen Herrenabend. Wollte mich nur auf alle Fälle erkundigen, – Sie machen mir doch das Vergnügen, dabei zu sein?"

Landgerichtsrat Hollweg merkt, dass Dickmann die Szene beobachtet. Er reibt sich verlegen die Hände und murmelt: „Schon gut, schon gut."

Feige genügt diese Einladung als Beweis seiner Dankbarkeit noch nicht. Er dämpft seine Stimme durchaus nicht, wie er zu dem Richter sagt: „Ich danke Ihnen auch noch einmal, dass Sie so liebenswürdig gewesen sind ..."

Hollweg sieht sich unsicher nach Dickmann um. Dann fällt er dem Direktor ins Wort: „Das war keine Liebenswürdigkeit, das war meine Pflicht!", ruft er emphatisch. „Es war meine Pflicht als Richter, Sie mit den Möglichkeiten bekannt zu machen, die das Gesetz Ihnen bei der Bekämpfung jenes ... jenes Zustands der Rechtlosigkeit ... der Ungesetzlichkeit an die Hand gibt. Mein lieber Herr Feige, ich meine, wir ziehen doch alle an einem Strang. Wenn nicht wir Stützen der staatlichen Ordnung ... Sind Sie nicht auch der Meinung, Herr Kollege Dickmann?"

Dickmann nickt ernst und entschlossen: „Gewiss, Herr Landgerichtsrat, wir ziehen alle an einem Strang." „... Die Pyramide unserer Gesellschaftsordnung. Die Pyramide, Herr Dickmann! Oder die Gerechtigkeit. Wie Sie wollen ..."

DER HENKER

Ernst Ottwalt

DENN SIE WISSEN WAS SIE TUN

Er war ein Mensch gleich wie wir.

Eine Mutter hat ihn geboren. Ein Geistlicher hat in der Taufe über ihm das Zeichen des Kreuzes geschlagen, ihn der Obhut des Himmels empfohlen und hat ihn bei seinem Namen genannt: Friedrich Mehnert. Ein Mensch gleich wie wir.

Er trägt in sich die unendliche Angst der Kreatur, die Last des Dasein-Müssens, empfindet Lust und Schmerz, Wärme und Kälte, Hunger und Durst: ein Mensch ...

Aber keiner Mutter werden die Augen feucht, wenn sie an ihn denkt. Kein Mund bietet sich ihm zum Kuss. Kein Freund drückt ihm die Hand. Um ihn ist die Kälte der Einsamkeit.

Friedrich Mehnert: ein Landstreicher, ohne Obdach, – er trottet die Landstraße, die nie ein Ende nimmt. Hofhunde schnappen mit wildem Gekläff nach seinen Waden. Bauern rufen ihm knurrend Schimpfworte zu. Frauen drücken sich scheu und ängstlich an ihm vorbei. Manchmal weint ein Kind, wenn es ihn sieht.

So ausgestoßen ist er, dass sich oft wochenlang sein Mund zu keinen anderen Worten formt als zu jener wild-demütigen Bitte, mit der er seinen Anteil fordert an den Gütern des Lebens: „Armer Handwerker bittet um eine kleine Gabe ...“ Andere verstehen besser zu bitten, ihr Auge glänzt nicht so drohend, und ihr Gesicht ist nicht so hässlich und düster wie das Friedrich Mehnerts. Man sieht ihn lieber gehen als kommen. Die Bauernfrauen geben ihm wenig und schnell, und um ihn ist ein heimliches Grauen, untrennbar von ihm wie der beizende Geruch von Kuhmist, blühendem Gras und dumpfem Stroh, der seinen zerlumpten Kleidern entströmt ...

Fragte jemand den Menschen Friedrich Mehnert, wie er in solche Einsamkeit geraten wäre, – er bekäme kaum eine Antwort. Friedrich Mehnert weiß es nicht. Eine Kugel wurde angestoßen und rollte eine geneigte Ebene hinab; so folgerichtig rollt eines Menschen Leben dem Abgrund zu. Nach ewigen Gesetzen. Kugel, Mensch, Tier ...

Der Mensch muss essen. Er braucht nicht viel; einen Kanten trockenes Brot, einen Teller warme Suppe, – und das Brüllen des Magens verstummt. Auch Wasser gibt es überall. Einen alten Brunnen auf dem Dorfplatz oder eine klare Quelle findet Friedrich Mehnert immer noch.

Warum krallt er also oft des Nachts die Hände in den moosigen Waldgrund, schreit, stöhnt, mahlt mit den Zähnen, beißt um sich, bis ihm der Sand im Munde knirscht und der wilde Krampf, der in seinem Körper tobt, sich in starrer Erschöpfung löst? Es ist nicht Hunger oder Durst, nicht Hitze noch Kälte. Auch dieser Verlassenste der Verlassenen wird durchschüttelt von jenem Trieb, der der Urgrund alles Lebens ist. Auch diesen Landstreicher reißt die Angst der Todesgewissheit und die Sehnsucht nach der Ewigkeit hinein in den tröstenden Rausch der Zeugung.

Er war ein Mensch gleich wie wir ...

Trifft Friedrich Mehnert nach einer solchen Nacht Menschen auf der Straße, dann glüht sein Auge noch dunkler und drohender als sonst. Manches Bauernmädchen, das an ihm vorübergeht, verstummt mitten in einem Scherzwort oder im freundlichen Gruß vor würgender Angst. Das ist die rätselhafte, hilflose Angst vor einem hässlichen oder bösartigen Tier.

Und doch ist Friedrich Mehnert kein Tier. Er ist noch elender, denn er trägt zu aller Qual in sich auch das Bewusstsein, dass er leidet, und dass dieses Leid nicht zu sein brauchte ...

Früher war alles anders, früher, als er Arbeit hatte und sein dürftiges Leben in der menschlichen Gemeinschaft lebte. Aber heute muss er selbst der zahnlosen, stinkenden Vettel der Landstraße ihre Liebe abkaufen. Und Mehnert ist arm wie ein Tier ...

Herbst. Im Pörgelauer Stadtforst schreien die Hirsche. Ein Mensch torkelt über Schneisen und Wildwechsel. Sein Blut brüllt lauter als das Röhren der brünstigen Hirsche. Aus der Erkenntnis seines Leides wächst der Hass auf alles Lebende, auf die Menschen, die ihn ausstießen, auf die Frau, die ihn nicht erhört. Hass und Rausch, Qual und Lust, – ein einziger brennendroter Wirbel, der ihm vor den Augen kreist ...

Sonne brennt auf farbigem Laub. Der Erdboden strömt letzte feuchte Wärme aus. Holztauben gurren. Rote Sonne auf glatten Kieferstämmen. Hinter einem Busch am Waldweg liegt ein wildes Tier und späht gierig nach jenem hellen Fleck, der sich langsam dem Waldsaum nähert. In der blauen Ferne verschwimmen Türme und Dächer der Stadt Pörgelau.

Eine Frau geht spazieren. Ein roter Sonnenschirm kreist lässig über dem weißen Seidenkleide. Die hellen Strümpfe umschließen wohlgeformte Waden. Um sie ist der Hauch von Frische und Gepflegtheit. Die Frau geht spazieren, sie nähert sich dem Walde, geht an jenem Busch vorüber, hinter dem ein Tier auf seine Beute lauert.

Ein Sprung, ein Schrei, haarige Hände zwingen sie zu Boden. Ihr Gesicht trifft ein feucht-heißer, fauliger Atem. Schrei. Angst, Angst ...

Sie hört nicht die beschwörenden Worte, die auf sie niederstürzen, fühlt nur die krallenden Hände an ihrem Leib, sieht die blutunterlaufenen Augen, hört ein dumpfes Röcheln und Stöhnen, schlägt um sich, stößt, schreit ...

Hass und Rausch und Qual und Lust ...

Eine Stunde später findet der Waldarbeiter Kleinemann den Leichnam der Frau von Seelow. Seine Lungen jagen, wie er die Stadt erreicht. Mit den Fäusten trommelt er an die Tür der Polizeiwache, knirscht und schreit: „Mord! Mord!"

Die Arbeit des Apparates setzt ein. Der Polizeikommissar. Der Untersuchungsrichter beim Landgericht Pörgelau. Öffentliche Auslobung: „Tausend Mark Belohnung! Der Oberstaatsanwalt ..."

Eine Kompanie Reichswehr umstellt den Stadtforst. Aber der Mörder ist entkommen. Er hetzt durch Knüppelholz und Farne, durch Kornfelder und über Schollenacker, bricht in die Knie, reißt sich wieder auf, rast weiter. Seine kralligen Hände sind rot von Blut, in seinen Augen starrt das Entsetzen. Und über Meilen hinweg gellt der Schrei der Stadt Pörgelau in seinen Ohren: „Mord! Mord!"

Mord, – durch alle Straßen der Stadt hallt der Schrei, bricht sich als scharfes Flüstern an Mauerwänden, kriecht durch Türen und Fenster. Männer ballen die Fäuste, Frauen reißen ihre Kinder von der Straße in die Sicherheit der vier Wände. Das Unheimliche hält die Stadt gepackt. Des Abends sind die Straßen leer, und mancher starke Mann fröstelt, wenn er im Dunkeln einen unbestimmbaren Schatten, ein sonderbares Geräusch wahrnimmt. Die Luft der Häuser ist vergiftet: an den Fensterläden, um den Schein der Lampen, auf Treppen, in Winkeln und Kellern schleicht das Grauen. Aber was ist dies heimliche

Wispern und Raunen gegen die Flüche der Männer, die kreischenden, angstverzerrten Gebärden der Frauen und gegen die knirschende Wut der Drohung: „Wenn man den Kerl kriegte ..."

Man sagt nicht, was dann geschähe. Einen tollen Hund schlägt man tot. Gegen den Menschen, der schlagen und schießen will, erhebt man Waffe oder Faust. Was aber tut man mit einem Menschen, der zum Tier geworden ist?

Aus dem Blut, das da auf einem Waldweg im Pörgelauer Stadtforst dunkel und schwer versickert, wächst die Notwehr des Menschen gegen sein schauerliches Spiegelbild. Ratlosigkeit und dumpfes Grauen vor den Möglichkeiten, die in jedem Menschen liegen, in jedem ... Die Notwehr wird zu jähem Erschrecken, der Schreck zu geifernder Wut. Und tierischer, wilder fast als die Tat sind diese schmatzenden Flüche, dieser rot-schweigende Hass: „Wenn man den Kerl kriegte ..."

Einen tollen Hund schlägt man tot. Aber einen Menschen, der zum Tier geworden ist? Einen Menschen, der doch ein Mensch ist wie wir? „Zu Tode prügeln ... mit dem Kopf nach unten aufhängen ... von Pferden zerreißen lassen ..."

Die Luft ist klebrig und feucht von Geifer. Landgerichtsrat Hollweg sagt noch einmal, was er schon seit Tagen geknurrt, gemurmelt, geschrieen hat: „Das kommt eben von der verfluchten Humanitätsduselei! Und angesichts solcher Taten wagen es Menschen, von der Abschaffung der Todesstrafe zu reden! Meine Herren, ist das noch Wahnsinn oder ist es schon Verbrechen? Wenn man diesen Kerl kriegte, man sollte ..." Er sagt nicht, was mit ihm geschehen sollte. Er bricht ab und murmelt Unverständliches. Seine Worte reichen nicht aus, die Qual zu schildern, die für jenen ersonnen werden müsste ...

Das Pörgelauer Gerichtsgefängnis füllt sich. Der Gefängnisinspektor weiß nicht mehr, wohin mit all den Landstreichern, die ihm Tag für Tag die Landjäger zuführen. Einer von ihnen muss es gewesen sein. Jeder Mensch, der nicht satt zu essen und der kein Dach über dem Kopf hat, ist verdächtig. Die Gedankenwelt der Landjäger ist nicht groß: der Weg von der bürgerlichen Unordnung bis zum Lustmord denkt sich daher leicht und schnell, und man darf in jedem Unglücklichen einen Verbrecher sehen.

Der Untersuchungsrichter ringt die Hände. Es ist nicht jedem zerlumpten Vagabunden gegeben, unter den Schimpfworten und Püffen der Landjäger standhaft zu bleiben. Immer wieder schleppt ein Gendarm einen jämmerlichen Bettler vor ihn und triumphiert: „Der ist's gewesen. Hat schon gestanden, Herr Landgerichtsrat!" Und immer wieder muss der vermeintliche Mörder dem Amtsgerichtsrat Dr. Dickmann zugeführt werden, der ihn wegen Betteins und Obdachlosigkeit verurteilt. Sieben Minuten Verhandlungsdauer für jeden. Verurteilt zu vier Wochen Haft und nachfolgender Überweisung ins Arbeitshaus. So das Übliche ...

Und Friedrich Mehnert? Er wagt nicht mehr, sich bei Tage den Dörfern zu nähern. Nachts steigt er in einsame Gehöfte, stiehlt an Brot und Fleisch, was er zum Leben braucht. Dann verkriecht sich das Tier wieder im Walde, aus dem es hervorgebrochen war.

Dieses Tier war einst ein Mensch. Seinen Vater hat er nie gekannt. Unter den Schlägen einer vom Leben betrogenen Mutter wuchs er auf. Er lernte frühzeitig erkennen, dass die Welt nichts wissen will von dem unehelichen Sohn einer alternden Prostituierten. Erst stahl er aus Hunger, dann, weil er es nicht anders kannte. Und schließlich, weil es Freude machte, den verhassten und verzweiflungsvoll geliebten Menschen zu zeigen, dass man klüger, geschickter, stärker war als sie. Als ein Schutzmann dem kleinen Dieb ins Genick schlug und ein eifriger junger Amtsrichter den vierzehnjährigen Jungen zu drei Wochen Gefängnis wegen Taschendiebstahls verurteilte, hatte sich dieses Leben schon erfüllt. Die Fürsorge des Staates, Stockschläge und lange Gebete in einem Erziehungshaus, hatte es nicht mehr allzu schwer, aus dem Fürsorgezögling Friedrich Mehnert einen Menschen zu machen, in dessen kleinen Augen eine drohende Glut brannte. Ein entlassener Fürsorgezögling, dem niemand Arbeit geben will. Ein Diebstahl, um nicht zu verhungern, – und der „mehrfach vorbestrafte Gelegenheitsarbeiter" Friedrich Mehnert kommt auf die Landstraße, ist ausgestoßen aus der menschlichen Gemeinschaft, hungert, friert, flieht vor den Landjägern, arbeitet hin und wieder bei Bauern ...

Einmal noch stockte dieser rasende Ablauf. Einmal noch schien es, als könnte aus Friedrich Mehnert doch noch ein Mensch der Gemeinschaft werden. Das war, als der landwirtschaftliche Arbeiter die Liebe einer pockennarbigen, kleinen Bauernmagd gewann. Sofie hieß sie, und sie liebte Friedrich Mehnert, so dass seine Augen in einigen Wochen ihren düsteren Glanz verloren. Manchmal pfiff er sogar schon bei der Arbeit, und Sofie war die erste, die einmal ein raues Lachen aus diesem Menschen hervorbrechen hörte. Sie erschrak davor: es klang wie ein Fluch, weil Friedrich Mehnert das Lachen erst lernen musste ...

Dann geschah es, dass ein Landjäger sich eines Tages auf dem Bauernhof nach „diesem Friedrich Mehnert" erkundigte. Der misstrauische Bauer, der den Knecht von der Landstraße fort in Lohn und Brot genommen hatte, fragte nach dem Grund dieser persönlichen Neugier. Warum soll ein Landjäger den Bauern nicht freundschaftlich warnen, warum soll er ihm nicht mitteilen, dass Mehnert vorbestraft ist? Warum soll er dem Bauern nicht raten, ein wachsames Auge auf diesen Mann zu haben? Der Landjäger ist verpflichtet, für Ordnung in seinem Bezirk zu sorgen. Vorbestrafte Menschen sind immer ein Gefahrenmoment. Sie können rückfällig werden, können stehlen, brandstiften, und der Landjäger hat dann den Ärger davon. Vorbestrafte Menschen muss man unter Kontrolle halten. Wer erst einmal mit den Gesetzen in Konflikt gekommen ist, von dem ist zu erwarten, dass er auch ein zweites und drittes Mal straffällig werden wird. Die Katze lässt das Mausen nicht, der Landjäger weiß Bescheid, jawohl.

Der Bauer entließ den unbequemen Knecht, und so kam Friedrich Mehnert wieder auf die Landstraße. Zu seinem Hass auf die Menschheit gesellt sich der verzweifelte Hass auf die Frau: Sofie blieb weiter auf dem Bauernhof, sie wollte mit dem alten Zuchthäusler nichts zu tun haben ...

Kann es nicht doch noch gut werden? Kann er seinen Hass nicht doch noch vergessen und wieder an die Güte der Menschen glauben lernen? Vielleicht, – aber da waren diese Nächte in Zuchthäusern und Gefängnissen. Um acht Uhr des Abends wird das Licht gelöscht. Zehn Stunden Schlaf sind eine Aufgabe für einen gesunden Menschen, für einen Gefangenen sind sie eine Grausamkeit und eine Qual ...

„Das frühe Einsetzen der Nachtruhe in den Strafanstalten ist einmal notwendig, um die Hausordnung aufrecht zu erhalten. Zum anderen aber sind die stillen Stunden, die zwischen dem Löschen des Lichtes und dem Einschlafen liegen, von außerordentlichem erzieherischen Wert für die Psyche des Gefangenen. Was mag wohl alles durch die Seele eines solchen Menschen gehen, der sein verlorenes Leben an sich vorüberziehen lässt und – zum ersten Mal vielleicht – auf die feinen Stimmen des Gewissens lauscht, die in ihm wach werden?"

Der Ministerialrat, der so schrieb, weiß nicht, was in der Seele eines solchen Menschen vorgeht. Friedrich Mehnert aber weiß es und mit ihm Tausende von Leidgenossen, in denen die Einsamkeit der Zelle die letzten guten Regungen mordete.

Acht Uhr abends. Im Sommer ist es fast taghell. Man wälzt sich ruhelos auf der harten Pritsche und mit den feinen Sinnen des Gefangenen sieht man nicht: man hört die Nacht hereinbrechen. Man ist allein. Man ist gefangen. Vor dem hellen Sommerabendhimmel stehen die gekreuzten Gitterstäbe des Zellenfensters. Vor dem Leben die Mauern, die zu dick sind, um sie mit den Fingernägeln zu zerkratzen, und zu dünn, als dass man nicht genau hörte, wie nebenan ein gefangener Mensch sich auf seinem Lager wälzt und in unseliger Verlassenheit stöhnt.

Was mag da wohl durch die Seele eines solchen Menschen gehen? Ein Zuchthausgefangener hat keine Seele. Er hat die Pflicht, ein Gewissen zu haben, und es ist die Aufgabe der staatlichen Strafvollzugsorgane, dieses Gewissen in sorgsamer und liebevoller Pflege zu wecken und wach zu halten.

Was mag da wohl in der Seele eines solchen Menschen vorgehen? Sie sind ja noch Menschen, man hat noch nicht alle

Eigenschaften eines menschlichen Wesens aus ihnen herausgequält. Sie können ja noch denken. Und sie denken. In Tausenden von Zellen steht in diesen stillen Stunden die gewaltige, drohende Frage: „Warum?" Über die dichte Wirrnis von Qual und Liebessehnsucht, von Lebensgier und Verlassenheit, von kindlichem Weinen und knirschendem Zorn, von Stolz und Demütigungen erhebt sich der Gedanke, bricht der Trost des Entrechteten herein, die Wollust der Rache ...

Acht Uhr abends. Im Winter zerschneidet das Dunkel des Mauerlochs der grelle Schein der Scheinwerfer, die den Hof mit hartem, bösem Licht erfüllen. Es beißt in die Augen, erhitzt die schmerzenden Hirne. Man hat Zeit, an die Rache zu denken, und man denkt an sie, sodass noch der unruhige Schlaf erfüllt ist von dem Blutrausch schwelgender Vergeltung, von der weinenden Lust an der zuckenden Qual jener, die man für schuldig hält. Alle sind schuld: der korrekte Strafanstaltsdirektor mit dem schleimigen Ton kalter Warmherzigkeit in der Kehle, den das Achselzucken des Bürokratenkörpers Lügen straft. Der kernige Strafanstaltspfarrer, in dessen Hirn sich Paragraphen der Hausordnung und Bibelsprüche zu einem Gewebe mitleidiger Grausamkeit verfilzen, der Gefängniswärter, der sorgenvoll an seine untreue Frau denkt, der Richter, der Feind, die Frau, die Menschheit, alle, alle ...

Was mag da wohl in der Seele dieser Menschen vorgehen?

Fünfundvierzig Jahre ist Friedrich Mehnert alt. Zwanzig Jahre vegetierte er hinter den dicken Mauern. Zwanzig Jahre lang waren seine Nächte vergiftet von dem fressenden Gift der Gedanken, bis der Rausch der Vergeltung alles verschlungen hatte, was noch in diesem Menschen menschenähnlich war.

Wer ist mutig genug, zu entscheiden, warum nun auf einem Waldweg im Pörgelauer Stadtforst ein dunkler Fleck langsam in den letzten Strahlen der Herbstsonne bleicht? Eine Kugel wurde angestoßen und rollte eine geneigte Ebene herab. So folgerichtig rollt eines Menschen Leben dem Abgrund zu ...

An einem dieser feuchten Herbstabende, an denen Friedrich Mehnert sich in einem Fuchsbau ein Lager aus welken

Blättern zusammenscharrt, sitzt in Pörgelau der Amtsgerichtsrat Dr. Dickmann in seiner Wohnung und arbeitet. Die grüne Lampe, Tee mit Rum, Zigaretten. Seine Gedanken schweifen von den Aktenblättern ab. Immer öfter steht er auf, und tut sinnlose Dinge. Er wäscht sich zum fünften Male an diesem Abend die Hände. Er klingelt nach dem Dienstmädchen. Anna heißt sie. Rot und warm ist ihr Fleisch. Er spricht mit ihr ein paar Worte und sieht sie so merkwürdig an, dass das Mädchen verlegen wird. Da reißt er sich zusammen und bestellt eine neue Portion Tee. Aber noch ehe das Mädchen ihn bringt, hat er seinen Hut vom Nagel gerissen und läuft auf die Straße.

Acht Uhr ist es. Man sollte jetzt in den Goldenen Engel gehen, dann wäre alles gut. Das andere – nein! Es geht nicht! Dickmann tut es nicht! Dickmann wird an diesem Abend Frau von Norden nicht besuchen. An diesem Abend, wo der Landrat zu dienstlichen Besprechungen nach Berlin gefahren ist und erst in zwei Tagen wiederkommen wird. Dickmann tut es nicht! Er wird in den Goldenen Engel gehen.

Hinter den erleuchteten Fenstern des Hotels klingt Lärmen und Lachen. Man riecht schon von weitem den Dunst von Zigarren und Bier ... Man sollte vorher vielleicht noch ein wenig spazieren gehen. Dickmann geht viel zu wenig spazieren, er neigt zur Korpulenz. Der Goldene Engel reizt nicht. Bei Melanie brennt jetzt die gelbe Seidenlampe. Es riecht nach Sauberkeit und Fliederseife. Ihre Schenkel wiegen sich weich und schwer, wenn sie durchs Zimmer geht. Man muss dann ganz schnell weg sehen. Manchmal streicht ihre Zungenspitze schnell und leicht über die vollen, halbgeöffneten Lippen ...

Nein! Dickmann tut es nicht. Das ist eine Schweinerei! Eine verheiratete Frau. Ehebruch, die Heiligkeit der Ehe ... Aber man ist eigentlich sehr allein. Man kann nicht immer im Goldenen Engel sitzen. Man kann nicht immer in Frack und weißer Weste mit festlich geputzten Frauen Konversation machen. Es hat schon viele Abende gegeben wie diesen, da Dickmann ruhelos durch die Straßen lief ...

Die Gartenpforte ist offen. Dickmann hat eigentlich nur einmal leicht dagegendrücken wollen, um zu sehen, ob sie auch wirklich offen ist. Aber jetzt knirscht der Kies des Gartenwegs unter seinen Sohlen. Im Eckzimmer brennt Licht. Dickmann spreizt die Hände und schließt sie zur Faust: man sollte jetzt ...

Die Hausglocke gibt einen schrillen Ton. Noch ist es Zeit. Noch jetzt kann man sich schnell umwenden, den Weg zur Straße zurücklaufen, – aber er hört Schritte auf der Treppe. Frau von Norden öffnet selbst: „Nein, der Herr Amtsgerichtsrat! Das ist aber nett von Ihnen", Dickmann beugt sich über ihre Hand.

Melanie von Norden lacht töricht und glucksend: „Die Mädchen sind in der Stadt, ja. Haben Urlaub heute. Ich wollte gerade zu Bett gehen ... Aber nein, aber nein", wehrt sie entrüstet ab, wie Dickmann seine Bereitschaft beteuert, sofort wieder zu gehen. „Nein, kommen Sie nur, zu einem Glas Wein reicht es immer noch ..."

Die Luft der Häuser ist vergiftet: an den Fensterläden, um den Schein der Lampen, auf Treppen, in Winkeln schleicht das Grauen. Mord, – dieser Schrei hallt durch die Straßen und bricht sich als scharfes Flüstern an den Wänden der Häuser ...

Melanie von Norden schauert zusammen. Sie sitzt in einer Ecke der Couchette und lächelt dumpf: „Ich bin Ihnen so dankbar, dass Sie kommen, Dickmann. Wissen Sie, ich graule mich jetzt immer so ..." Und dabei schüttelt sie sich und zieht die Knie an das Kinn.

Dickmanns Stimme klingt in diesem wattierten Raum zu laut. Er fühlt es selbst und dämpft sie zu Behutsamkeit und Wärme. Roter Wein in den Gläsern ...

„Trinken Sie doch."

Dickmann trinkt.

Frau von Norden seufzt tief auf: „Ich muss immer an die arme Frau von Seelow denken. Ob sie wohl viel hat leiden müssen?"

Dickmann weiß es nicht. Lässt sich schwer entscheiden.

„Wenn man diesen Kerl kriegte, man müsste ihn ..."

„Jaja", macht Dickmann.

Er sitzt unbequem. Er möchte aufstehen, sich auf jenen Sessel setzen. Aber er fürchtet, Melanie dann anzustoßen. So bleibt er sitzen, die Arme lächerlich steif an den Körper gepresst. Am liebsten wäre er weit fort.

„Eigentlich entsetzlich", lispelt Frau Landrat ängstlich. „Da geht man einfach spazieren und plötzlich kommt so ein Tier ... Man versteht das einfach gar nicht, wie ein Mensch eine wehrlose Frau ... Sie konnte sich doch nicht wehren, Dickmann!"

Ganz gewiss.

„Ich meine, eine Frau ist doch wehrlos ..."

Meint Dickmann auch.

Die Zunge Melanies kreist spitz über die Lippen. Sie zieht den Kopf ein und lächelt: „Vielleicht versteht das ein Mann besser?", fragt sie. „In jedem Mann steckt doch schließlich irgendwo ein wildes Tier, nicht wahr?"

Dickmann hat sich noch wenig Gedanken darüber gemacht. Aber er ist zu höflich, um zu widersprechen. So wird er eifrig: „Selbstverständlich, in jedem Mann. Gebändigt durch Konvention, Sitte und Moral. Sie haben völlig recht, gnädige Frau."

„Sehen Sie!", sagt sie zufrieden, und dann schweigen sie lange. Vor Dickmanns Augen kreist roter Nebel.

„Sagen Sie, Dickmann: könnten Sie eine Frau schlagen?"

Eine Frau schlagen? Dickmann hat noch keine Frau geschlagen. In seinen Kreisen schlägt man keine Frauen. Er streift Melanie mit einem Blick, sie wendet die Augen ab, Dickmann atmet hörbar, dann sagt er laut und schwer: „Ja, Ich könnte es."

In Melanies Gesicht steigt ein tiefes Rot. Sie weiß nicht, wo sie ihre Hände lassen soll. Sie presst sie zwischen die Knie ... Dann lacht sie grell: „Sie sind ja ein ganz gefährlicher ... ein ganz gefährlicher Mensch sind Sie ja, Dickmann."

Dickmann lacht geschmeichelt. Nicht so schlimm. „Ich glaube, Sie könnten vielleicht sogar eine Frau ..."

Frau Landrat wirft sich entsetzensvoll zurück. „Ich glaube, Sie könnten vielleicht eine Frau ... Man muss ja Angst vor Ihnen haben, Dickmann!"

Sie will aufspringen, gleitet aus, ihr Oberkörper fällt schwer über Dickmanns Knie. Er packt sie. Reißende Seide knirscht schrill. Seine Hände umpressen mehliges, festes Fleisch, seine Zähne beißen in eine runde Schulter ... Stöhnen, Keuchen ...

„Ach, was du stark bist ..."

Ein Waldweg in einem Pörgelauer Forst. Mord. Tierischer als die Tat fast sind diese schmatzenden Flüche, dieser schwelgende Hass ... In Dickmanns Händen zuckt die irrsinnige Sehnsucht, seine Finger um diesen weißlichen, fetten Hals zu legen, zu pressen ... „Tu's! Tu's!"

Er taumelt in eine entfernte Ecke des Zimmers. Der rote Nebel fällt. Melanie liegt lächelnd auf der Couchette. Ihre Brust hebt sich in wilden Stößen. Ihre Augen sind geschlossen. „Komm doch wieder her", flüstert sie ...

Mitten in der Nacht geht Dickmann nach Hause. Die lähmende Traurigkeit seiner Glieder ist verschwunden. Durch die stillen Straßen der Villenvorstadt summt ein fröhliches Lied: „Seh ich ein Haus von weitem, wo ein lieb Mädel träumt, sing ich zu allen Zeiten ein Lied ihr ungesäumt ..."

Er steht an der Seepromenade und atmet lustvoll die scharfe Morgenluft. Sein Blick ruht sanft auf dem jenseitigen Ufer des Sees ...

Jenseits des Sees, zehn Kilometer von hier entfernt, liegt ein Tier in einem Fuchsbau. Seine Hände krallen sich in das Laub des Lagers. Schreien, Stöhnen. Das Tier mahlt mit den Zähnen, beißt um sich, bis ihm der Sand im Munde knirscht und sich der Krampf seines Körpers in starrer Erschöpfung löst ...

Frau Landrat von Norden hat die elektrische Lampe an ihrem Toilettentisch eingeschaltet. Ihr Schein mischt sich unheimlich mit dem frühen Morgenlicht. Sie lächelt. Auf ihrer Schulter brennt eine rote Bisswunde. Sie streicht vorsichtig Hautcreme auf die brennende Stelle und murmelt glücklich: „Er ist ja wie ein Tier ..."

Ein Tier, denkt auch der Amtsgerichtsrat Dickmann beim Einschlafen und gähnt herzhaft. In jedem Manne steckt ein Tier.

Gebändigt durch Sitte, Konvention und Moral. Dann dreht er sich auf die andere Seite ...

Am Morgen des Tages, der jetzt aus den Nebelschwaden aufsteigt, geht die zwölfjährige Tochter Grete des Landwirts Böhme zum Pilzesuchen in den Wald. Mittags findet man an einem Ackerrain ihre Leiche. Nachmittags verhaftet man einen Landstreicher, die blutbefleckte Kleidung hat ihn verraten. Abends liefern zwei Landjäger einen Menschen, dessen Gesicht von den Schlägen wütender Bauern zerfleischt ist, im Gerichtsgefängnis von Pörgelau ein ...

In den Entsetzensschrei der Stadt Pörgelau mischt sich der satte Ton der Befriedigung: „Sie haben ihn!" Oberstaatsanwalt Linde und Untersuchungsrichter Sollmann arbeiten fieberhaft. Die Volksmeinung duldet kein Aufschieben des Prozesses. Man versteht in Pörgelau nicht, was die Justiz an einem Fall zu untersuchen hat, der klar ist wie die Sonne. Ein Mensch, der eine Frau und ein armes kleines Mädchen abgeschlachtet hat, der die Verbrechen eingestanden hat ... Warum schleppt man den Kerl nicht einfach auf die Richtbank und schlägt ihm den Kopf ab?

„Haben Sie ihn schon gesehen?", fragen die Kollegen den Amtsgerichtsrat Dickmann. Und dann gehen sie mit ihm hinaus zum Gerichtsgefängnis. Der Gefängnisinspektor, sofort von einem Beamten herbeigerufen, platzt vor Wichtigkeit: „Selbstverständlich, selbstverständlich, ich werde die Herren führen ..."

Zweiter Stock, Zelle 37. Der Inspektor springt voran und schiebt die Klappe von dem Guckloch zurück, durch das man in die Zelle hineinsehen kann. „Stehnse mal auf!", schreit er durch die geschlossene Tür. Dann macht er eine einladende Handbewegung zu den Herren wie ein Schaubudenbesitzer.

Dickmann nähert sein Auge dem Guckloch. In der Zelle steht ein Mann in blauer Gefängniskleidung, die wie ein Sack an ihm herunterhängt. Dickmann ist voll sachlichen Interesses. So sieht also ein doppelter Lustmörder aus. Dann tritt er zurück. Die Herren Kollegen wollen sich Friedrich Mehnert auch mal besehen.

Der Gefängnisinspektor ist unruhig. „Wollen die Herren nicht lieber eintreten? Ist es auch hell genug? Können Herr Landgerichtsrat sehen?“ Es ist hell genug, und Herr Landgerichtsrat kann in aller Ruhe den Menschen Friedrich Mehnert betrachten, der wie ein Tier im Käfig starr und steif in seiner Zelle steht und den scharfen Augen der Richter sein Gesicht zuwendet.

Landgerichtsrat Krüger wendet sich ab. Kopfschüttelnd und vor sich hinmurmelnd. „Sagten Sie etwas?“, fragt Dickmann höflich.

„Er sieht aus wie ein ganz gewöhnlicher Mensch“, sagt Krüger enttäuscht, und – wie es scheint – aus irgendwelchen Gründen beunruhigt ...

„Du hast ihn gesehen? Wie sieht er aus? Sag' doch was! Kann ich ihn nicht auch einmal sehen?“, fragt Melanie drängend bei Dickmanns nächstem Besuch.

„Er sieht aus wie ein ganz gewöhnlicher Mensch“, will Dickmann sagen, aber er scheut sich vor dieser Plattheit. Und so redet er von einer gebuckelten Stirn, von einem finsteren Blick, von krallengleichen Mörderhänden, von Henkelohren und Sattelnase ...

„Wie groß? Größer als du? Noch jung? Nun sage mal! Wohl sehr stark, wie? Kann man nicht sehen? Warum kann man das nicht sehen? Du hast ihn nur durch das Guckloch gesehen? Schade. Sag mal, ein Guckloch ist da an der Zellentüre? Da kann man einfach so durchsehen, ja? ...“

Dickmann gibt auf alle Fragen bereitwillig Auskunft. Dann stutzt er: „Was ist dir?“, fragt er plötzlich, und Frau von Norden sagt: „Ich hatte ihn mir anders vorgestellt.“ Und nach einer kleinen Pause seufzend und bedeutungsvoll: „Die arme Frau von Seelow ... Und die armen, armen Eltern“, fügt sie hastig hinzu. Dickmann fragt sich vergebens, warum ihm diese Hast auffällt ...

„Ist der Mann denn normal?“, will sie jetzt wissen.

„Wenn ein Mensch eine Frau und ein kleines Mädchen ermordet hat, kann er doch nicht normal sein“, entfährt es Dickmann.

„Wenn er nicht normal ist, dann kann man ihn doch auch nicht verurteilen, nicht wahr?“

Halt, Dickmann hat Unsinn geredet: „Normal und strafrechtlich verantwortlich ist doch ein gewaltiger Unterschied. Ich meine nur: wenn dieser Mensch zwei Menschen getötet hat, nehme ich an, dass er irgendwo defekt sein muss. Denn ein vernünftiger Mensch tut so etwas doch nicht. Deswegen kann er aber für seine Taten doch verantwortlich sein!“, sagt Dickmann energisch. „Das ist doch ganz klar!“ Aber er findet selbst, dass das nicht so ganz klar ist. In jedem Manne steckt irgendwo ein Tier ...

Halt! Was denkt er da! Dickmann räuspert sich unruhig. Dann strafft er sich in dem tröstlichen Bewusstsein, dass er nicht berufen sei, in das Dunkel einer menschlichen Seele hineinzuleuchten. Er weiß und will nur dies Eine wissen: die Gesellschaft muss vor solchen Leuten wie Friedrich Mehnert geschützt werden. Ob man ihn nun auf Lebenszeit im Zuchthaus oder im Irrenhaus interniert, oder ob man ihn besser vernichtet, ausstreicht aus der Liste der Lebenden, das ist die einzige Frage, die Friedrich Mehnert aufgibt.

„Willst du schon gehen?“, gurrt Melanie leise. Und Dickmann bleibt ...

Was gilt die Qual der Kreatur? Die Todesangst der ermordeten Frau? Der letzte, entsetzlich wissende Blick des geschändeten Kindes? Das Ausgestoßensein Friedrich Mehnerts?

Nichts, nichts; die Mühle mahlt, die Kurbeln kreisen. Alles geht seinen Gang. Man schlägt einen tollen Hund nieder, aber ein doppelter Lustmörder ist kein toller Hund. Er ist mehr: das schauerliche Spiegelbild eines jeden Menschen. Sein Leben ist kostbar. Sein Leben gehört ihm nicht mehr selbst. Sein Leben ist Anschauungsmaterial, sein Tod demonstrierende Lehrhaftigkeit ...

Der Strafanstaltswachtmeister Stoermer kann den Gefangenen gerade noch im letzten Augenblick abschneiden. Nein: er hat keine Sekunde gezögert, ob er den Mann, der da in einer aus dem Nachthemd gedrehten Schlinge am Fenstergitter hing, hängen lassen sollte; ob es sich lohnte, dieses Leben zu retten.

Keinen Augenblick hat er gezögert. Es lohnt sich. Friedrich Mehnerts Leben ist so kostbar geworden, dass sich ein Arzt um ihn bemüht, dass man ihn in ein weißbezogenes Bett legt, ihm Kognak einflößt, künstliche Atmung an ihm vornimmt ... Da liegt der Landstreicher in einem sauberen Bett. Vor wenigen Wochen noch scharrte er sich nachts aus Laub ein Lager im Walde zusammen. Aber da klebte an seinen Händen auch noch nicht das Blut zweier Menschen. Da galt sein Leben noch nichts. Da kümmerte sich keiner um ihn, – heute ist sein Leben so kostbar ...

Oberstaatsanwalt Linde erkundigt sich besorgt bei dem Medizinalrat, ob der Gefangene die Folgen seines Selbstmordversuchs überstehen würde und atmet erleichtert auf, weil er beruhigende Versicherungen erhält: „Sie brauchen keine Angst zu haben, Herr Oberstaatsanwalt ..." Ja, – der Oberstaatsanwalt hatte Angst, dass ihm dieses kostbare Leben entglitte.

Die Heiligkeit des Lebens geht über alles, – man stellt dem doppelten Lustmörder darum sogar von Amtswegen einen Verteidiger. Im Turnus der Offizialverteidiger beim Land- und Amtsgericht Pörgelau wäre der Justizrat Dethleffsen an der Reihe, dieses Amt zu übernehmen. Aber der Justizrat verzichtet, er ist sich zu gut dafür, so einen Kerl zu verteidigen. So wird denn Rechtsanwalt Dr. Herzmann zum Verteidiger Friedrich Mehnerts bestellt.

Diese Tatsache erregt allgemeine Heiterkeit. Man gönnt es dem kleinen Herzmann, dass er sich an so einer Sache die Finger verbrennen muss. Eigentlich kann man ihm nichts weiter nachsagen, als dass er Jude ist. Aber das genügt in Pörgelau vollauf, um einen Menschen unmöglich zu machen. Was den Rechtsanwalt bewegt, trotz allen offenen und versteckten Angriffen, trotz Spott und Nichtachtung in Pörgelau zu bleiben, versteht niemand. Jedenfalls tut er es und macht sich vollends lächerlich dadurch, dass er sich des Falls Friedrich Mehnert mit unendlichem Eifer annimmt. Man könnte fast glauben, er hielte den doppelten Lustmörder für unschuldig.

Dass man den Angeschuldigten auf seinen Geisteszustand untersuchen solle, ist ein billiges Verlangen, dem sich niemand verschließen kann. Medizinalrat Brunke, der Pörgelauer Gerichtsarzt, wird mit dieser Aufgabe betraut, und ihm kann niemand nachsagen, er mache sich die Erfüllung seines schweren Berufs leicht.

In der Zelle Friedrich Mehnerts erscheint an drei aufeinander folgenden Tagen ein lauter, kräftig und gesund aussehender Mann und versucht, sich mit ihm zu unterhalten. Nicht mit der distanzierenden Sachlichkeit des Untersuchungsrichters, sondern mit einer Art aggressiver Vertraulichkeit, vor der der Gefangene sich in witterndem Misstrauen zurückzieht.

Oh, das tut nichts. Medizinalrat Brunke kommt wieder, er wird ja dafür bezahlt. Heute fünf Minuten, morgen fünf Minuten und übermorgen noch einmal fünf Minuten, das genügt durchaus, um sich ein psychiatrisches Bild von dem Lustmörder Friedrich Mehnert zu machen; das genügt, um auf vier Schreibmaschinenseiten den erschöpfenden Nachweis zu erbringen, der Angeschuldigte sei absolut für seine Taten verantwortlich zu machen. Gewisse Degenerationserscheinungen seien zweifellos vorhanden, aber von einem Ausschluss der freien Willensbestimmung bei der Tat könne gar keine Rede sein.

Der Medizinalrat ist ein kerngesunder Mann. Er hält nicht viel von diesen modernen Psychiatern, die aus allen möglichen Symptomen auf geistige Störungen schließen wollen. Das ist einfach moralische Knochenerweichung. Irgendwo muss man doch schließlich eine Grenze ziehen, sonst verringern sich ja die Tatbestände, die überhaupt noch strafrechtlich erfasst werden können, in einem Maße, das dem Schutz der Gesellschaft durchaus abträglich ist. Friedrich Mehnert ist normal, und der Medizinalrat Brunke will doch mal sehen, ob jemand gegen sein Gutachten etwas einzuwenden hat.

Dieser Rechtsanwalt Herzmann! Dieser kleine Jude! Der Medizinalrat schäumt vor Wut: „Was will der Mann? Diesen Kerl in einer öffentlichen Anstalt auf seinen Geisteszustand untersuchen lassen? Das ist doch ... einfach Verschleppungstaktik ist das, weiter nichts. Wenn ich sage, der Mann ist normal, dann ist er normal, meine Herren!“

Die Herren vom Gericht glauben es ihm unbedingt. Auch der Oberstaatsanwalt hebt ironisch die Augenbrauen, wie er von dem Antrag des Verteidigers erfährt. Aber er hat über den Fall Mehnert dem Generalstaatsanwalt Bericht erstatten müssen. Es wird ihm nichts anderes übrig bleiben, als sich diesem Antrag anzuschließen. Schade, die nächste Schwurgerichtsperiode beginnt in sechs Wochen und bis dahin hätte man den Fall so schön in Ordnung bringen können, und nun ...

Wer denkt noch an Friedrich Mehnert? Wer an die Ermordeten? Der Kampf zwischen dem Medizinalrat Brunke und dem Rechtsanwalt Dr. Herzmann ist ja viel interessanter und wird mit sportlichem Eifer verfolgt. Man schimpft auf den Verteidiger und ermuntert den Medizinalrat, man bemitleidet den Oberstaatsanwalt und schüttelt den Kopf über die unstatthafte Neugier des Generalstaatsanwalts. Die Erinnerung an das Grauen der Tat verblasst. Friedrich Mehnert ist der unbedeutende Anlass zu einer juristisch anregenden Komplikation geworden, das ist alles.

Nach einigen Wochen wird der Lustmörder Mehnert schwergefesselt in einem geschlossenen Auto in die Landesirrenanstalt überführt. Der Verteidiger hat gesiegt.

Was ist mit Friedrich Mehnert? Ist er ein Bettnässer? Leidet er an Syphilis? An Gedankenflucht, Verfolgungswahn? Sind irgendwelche Anzeichen dafür vorhanden, dass er an einer organischen Erkrankung des Gehirns leidet? An Affektstörungen, Gefühlsstauungen, übermäßigen Depressionen? Die Psychiater der Landesirrenanstalt geben sich alle Mühe, das Rätsel Friedrich Mehnert zu lösen.

Dann zucken sie die Achseln: Der Mann ist gesund wie ein Fisch im Wasser. Ein junger Assistent der Anstalt findet die Bezeichnung „Sexualnot der Entrechteten“, und damit ist die Ermordung zweier Menschen restlos erklärt. Vokabeln wirbeln durch die Luft, und man beruhigt sich aufatmend damit, das Rätsel wenigstens genau beschrieben und in die Terminologie der Fachwissenschaft eingeordnet zu haben. Das Bild des Lustmörders wird in tausend winzige Mosaikteilchen zerlegt und wieder zusammengesetzt. So entsteht wieder ein Bild, aber es ist nicht dasjenige Friedrich Mehnerts, sondern das eines beliebigen Menschen, der Oberpostsekretär sein könnte, Landgerichtsrat oder Professor der Psychiatrie. Tausend andere Menschen gleichen diesem aufs Haar und sind doch niemals doppelte Lustmörder geworden.

Was tut das? Es ist so unendlich tröstlich und beruhigend, sich hinter das große Geheimnis zurückzuziehen, die Verantwortung für das Geschehene irgendeiner rätselhaften Macht zuzuschieben und zu sagen: „Freiheit des Willens“ oder „erworbener Sadismus“. Und der Professor, der, eine Zigarre rauchend, seiner Stenotypistin das Gutachten in die Maschine diktiert, wird niemals vor einer grausamen Klarheit zusammenbrechen und sich fragen, wer Schuld daran sei, dass dieser Mensch so geworden ist. Er wird niemals vor der Tat eines anderen stehen und an seine Brust schlagen und sagen: „Meine Schuld!“

„In absoluter Übereinstimmung mit allen Autoritäten der gerichtlichen Psychiatrie komme ich daher zu dem Ergebnis, dass erworbener Sadismus niemals ein Grund sein kann, an der freien Willensbestimmung des Täters bei Begehung der Tat zu zweifeln. Stände man nicht auf diesem Standpunkt, so würde das die Unmöglichkeit bedeuten, überhaupt je ein Sexualverbrechen zu bestrafen ...“

Und das darf natürlich nicht sein. Der Professor ist ja nicht nur Arzt, er ist auch Mensch und Staatsbürger und hat als solcher seine ganz bestimmten Ansichten über das geltende Strafrecht. Er kann seine Hand nicht bieten zu den Ungeheuerlichkeiten, die jüngere Kollegen heute für letzte fundamentale Weisheiten ausgeben. Ein Verbrecher ist ein Verbrecher und muss bestraft werden, wenn er nicht zufällig verrückt ist. Friedrich Mehnert ist nicht verrückt ...

Und so hockt der Lustmörder auf dem Schemel im Pörgelauer Gerichtsgefängnis. Zweiter Stock, Zelle Nr. 37. Oder er wandert ruhelos auf und ab. Drei Schritte hin, drei Schritte her. Unterdessen rüstet man sich planvoll und gemächlich, die Gesellschaft endgültig vor dem Werwolf zu schützen.

Der Amtsgerichtsrat Dr. Dickmann kennt das Ergebnis der ärztlichen Untersuchung. Aber er hat zu dem Fall keinerlei andere Beziehung als die allgemeine Überzeugung, die Gesellschaft müsse vor solchen Bestien geschützt werden. Und es ist nicht zu verlangen, dass er sich weitere Gedanken macht. Manchmal gibt es freilich Augenblicke, in denen Dickmann von einer unheimlichen Unruhe gequält wird, wie etwa jetzt, wo Udo von Gröhden im Goldenen Engel melancholisch das Schicksal Friedrich Mehnerts bedauert.

Man muss Udo von Gröhden kennen. Der Rittergutsbesitzer spielt in der Pörgelauer Gesellschaft mit Grazie und Erfolg die Rolle eines Clowns. Weil er klüger und erfolgloser ist als seine Standesgenossen, gefällt er sich darin, sich nicht ernst zu nehmen. Er äußert häufig erstaunliche Dinge, augenscheinlich zu keinem anderen Zweck als dem, Erstaunliches zu sagen. Man weiß niemals, ob er im Ernst oder im Scherz redet. Aber man weiß, dass er ein durchaus unbrauchbarer Mensch ist: sein Gut hat er so heruntergewirtschaftet, dass die Ritterschaft ihm einen Verwalter bestellt hat. So hat er nichts zu tun, als auszureiten, bei gelegentlichen Einkäufen in den Pörgelauer Kramläden mit den Kaufleuten um jeden Pfennig zu schachern und im Goldenen Engel trübsinnig Pilsener Bier zu trinken.

„Tja, –“, gähnt Herr von Gröhden diskret, wie er hört, der Prozess Mehnert würde nun in einigen Wochen stattfinden. „Tja, – eigentlich schade. Da ist nun endlich einmal etwas passiert. Das alte Nest hier fing an aufzuwachen. Es lohnte sich, zu leben. Sensation, das große Grauen, der unbekannte Werwolf, ein Dämon der Urzeit, hervorgebrochen aus den Wäldern, die Welt mit Schrecken zu erfüllen. Und jetzt? Ein armseliger Landstreicher, Sexualnot der Entrechteten, eine simple Schwurgerichtsverhandlung. Das Schwurgericht beehrt sich vorzustellen: den Mann, der die Frauen mordete. Tja, – eigentlich schade, dass sowas so kläglich und blamabel enden muss.“ Udo von Gröhden nickt Dickmann freundlich zu: „Finden Sie nicht auch?“ Dickmann räuspert sich energisch. Er nimmt eine offizielle Haltung an: „Sie vergessen, Herr von Gröhden, dass hier zwei Menschen auf viehische Manier abgeschlachtet worden sind."

„Gewiss, gewiss!" Gröhden verbeugt sich respektvoll. „Und was nun? Werden die beiden armen Wesen davon wieder lebendig, dass man ihren Mörder enthauptet, vierteilt oder rädert?"

Dickmann lächelt überlegen: „Wenn man so argumentieren wollte, dann dürfte es schließlich überhaupt kein Strafgesetz und keine Strafe geben, Herr von Gröhden."

Udo von Gröhden hebt vornehm die Augenbrauen: „Und wer sagt Ihnen, dass ich das Strafgesetz für einen integrierenden Bestandteil des Daseins halte?"

„Ich kann nicht annehmen, dass Sie im Ernst sprechen, Herr von Gröhden. Der Schutz der menschlichen Gesellschaft vor vertierten Wesen ..."

„Sie! Seien Sie vorsichtig!", warnt Gröhden mit erhobener Handfläche. „Seien Sie bloß vorsichtig mit der menschlichen Vertiertheit. Prost! Trinken Sie doch, Dickmann. Ja, was wollte ich doch sagen? Richtig, menschliche Vertiertheit. Wissen Sie, Dickmann, ich habe schon so viele menschliche Tiere gesehen, dass ich bezweifle, ob es überhaupt Menschen gibt. Tja! ..."

Gröhden schweigt träumerisch.

„Und was hat das mit dem Fall des Lustmörders zu tun?", weckt ihn Dickmann.

„Richtig, ich wollte Ihnen Geschichten erzählen, Plaudereien an märkischen Kaminen, tja. Im Krieg war ich Adjutant bei einem Armeestab in Mazedonien. Wir hatten da einen österreichischen Erzherzog. Ein vierzehnjähriger Junge sollte aufgehängt werden, weil er spioniert hatte. Sie wissen ja, bei jähem Todesfall findet nach gemeiner Ansicht bei dem Sterbenden eine ejaculatio seminis statt. Am Abend vor der Exekution wettete Königliche Hoheit mit dem Korpsarzt, ob eine solche auch bei dem vierzehnjährigen Spion eintreten würde. Königliche Hoheit gewann: der Korpsarzt stellte das an der Leiche des Erhängten fest. Tja ... Prost, Dickmann!"

„Und der Fall Mehnert?"

„Tja. Im Jahre 1917 war ich Ortskommandant an der Palästinafront. Da war ein kleines Arabermädchen, dreizehn Jahre alt. Nadjeh hieß sie. Der Name eine phonetische Orgie. Sie war meine Geliebte, Dickmann. Häufig kam es, dass ich sie schlug. Bloß so, ohne Grund. Ich schlug sie zärtlich und melancholisch. Ich schlug sie tierisch und hätte mit ihr weinen mögen vor lauter Traurigkeit. Tja, so ist das ..."

„Ich verstehe Sie nicht ..." Dickmann versteht wirklich nicht. Dieser Gröhden ist einfach ein Schwein ...

„Tja, ich bin eben ein Schwein", nickt Gröhden freundlich zu Dickmanns Gedanken. „Ein vertierter Mensch sozusagen. Und doch bin ich Rittmeister außer Dienst, meine Ordensschnalle ist achtzehn Zentimeter lang, und meine Tagelöhner sagen ‚gnädiger Herr' zu mir. Und als jener Erzherzog mit Tode abging, schickte der allerheiligste Vater aus Rom ein Beileidstelegramm. Tja, so ist das!"

„Verrückt!", sagt Dickmann energisch und setzt sich an einen Nebentisch. Seine Zeit ist zu kostbar, um sie durch Gröhdens Blödsinn stören zu lassen. Der Mann gehört ja ins Irrenhaus ...

Aber Friedrich Mehnert gehört nicht dorthin. Das Nachdenken über ein Verbrechen ist eine Verrücktheit, das Verbrechen selbst nicht: das muss mit dem Tode bestraft werden. Rechtens und im Namen des Volkes ...

Dickmann scheucht die Gedanken an den Lustmörder fort. Aber ein winziger Zufall, ein ganz belangloses Ereignis reißt ihn plötzlich wieder in den Wirbel der Unruhe und des Zweifels.

„Haben Sie ein Schwein!", sagt Amtsgerichtsrat Wolf neidisch, wie er hört, der Amtsgerichtsrat Dickmann sei unter gleichzeitiger Entbindung von seiner Tätigkeit beim Amtsgericht Pörgelau zum Beisitzer des Schwurgerichts beim Landgericht ernannt worden.

Ja, Dickmann hat Glück: Landgerichtsrat Fleischer, der zum Beisitzer beim Schwurgericht ausersehen ist, wird plötzlich krank, und der Präsident des Landgerichts Dr. Posselt ist Dickmann gut gesonnen. Das liegt keineswegs nur daran, dass Dickmann mancherlei Verbindungen hat zu Kreisen, in denen Dr.

Posselt nicht die majestätische Größe ist, als die er in Pörgelau erscheint. Nein, Dr. Posselt sieht in Dickmann den erfreulichen Typus eines modernen Richters, strebsam, fleißig, weltoffen, liebenswürdig, aus guter Familie, ohne arrogant zu sein ... Es gibt Gründe genug, die ihn wünschen lassen, diesem jungen Amtsgerichtsrat eine möglichst umfassende Kenntnis der deutschen Rechtspflege zu verschaffen.

Hollweg, der als alter Strafrichter schon seit Jahren fast ständig Beisitzer im Schwurgericht ist, lächelt, dass seine Schneidezähne sich entblößen, und sein Schnurrbart zittert: „Da wären wir ja Kollegen geworden. Freut mich außerordentlich ...“

Dickmanns Freude über die offensichtliche Bevorzugung ist nicht ungetrübt. Er befürchtet dunkel Verwicklungen und Störungen, die die leichte, genussvolle Fröhlichkeit seines Daseins trüben könnten. Merkwürdig, dass er gerade in der letzten Nacht wieder jenen seltsamen Traum gehabt hat, der ihn jetzt manchmal erschreckt. Er klammert sich um so sehnsüchtiger an die Unbeschwertheit seines Lebens, je mehr er fühlt, dass es schon lange den Keim künftiger Unruhe in sich trägt.

Denn jene Nacht vor dem Morde an der kleinen Grete Böhm hängt an ihm wie ein Bleigewicht. Melanie von Norden ist Anfang und Ende seines Denkens. Immer häufiger geht Dickmann zu ihr, immer wieder verlässt er den Stammtisch, um sie zu besuchen, und der Landrat sagt nicht mehr zu ihm: „Kümmere dich doch um meine Frau.“ Dagegen ist er jetzt ganz besonders herzlich zu ihm und gibt ihm auf alle erdenkliche Weise seine völlige Ahnungslosigkeit und Unbefangenheit zu verstehen. Er spricht zu Dritten von Dickmann als „unserem lieben Hausfreund“ und tut, als bemerke er das heimliche Lächeln nicht, das er mit solchen Deklamationen bei seinen Gesprächspartnern hervorruft.

Dickmann ist das peinlich. Aber das Geschehene lässt sich nicht ungeschehen machen. Melanie scheut sich nicht, ihn des Abends in seiner Wohnung aufzusuchen, wenn er einige Tage nicht bei ihr gewesen ist. Sie macht ihm Vorwürfe, reizt ihn durch törichte Eifersuchtsszenen zur Wut. Und Dickmann, der korrekte, höfliche Amtsgerichtsrat, gebraucht grobe Schimpfworte, die ihren Zweck nicht erreichen. Denn Frau von Norden lächelt amüsiert und zufrieden: „Du benimmst dich wie ein Zuhälter, lieber Freund“, sagt sie glücklich und schmiegt sich an ihn. Und Dickmann ist zu müde, um sich zu wehren, wenn er spürt, wie diese Frau ihn verändert und mit Tränen und Küssen alle Rohheit und Wirrnis weckt, die in ihm liegen. Seine Zornesausbrüche, seine Verzweiflung, die kalte Grausamkeit, mit der er sie behandelt, der heiße Hass seiner Umarmungen, – das ist nicht mehr er selbst, das ist ein anderer Mensch, vor dem er sich fürchtet, und dessen Taten er mit schmerzlichem Unbehagen betrachtet. Sie lächelt, küsst ihn und gibt ihm bewundernde Kosenamen. „Mein kleiner Zuhälter“, sagt sie, „mein wildes Tier ...“

Oft ist Dickmann traurig, und denkt an Zeiten, die lange vorbei sind. Denkt daran, dass die Liebe kein Glück ist, und fragt sich, warum es sein muss, dass in jeder Freude soviel Bangen und Grauen liegen.

Aber beim Studium der Akten „Mehnert, § 211“ schlägt Dickmann trotzdem keine Ader schneller. Von seinen dunklen Gefühlen führt keine Brücke hinüber zu dem Tier, das in einem Käfig des Pörgelauer Gerichtsgefängnisses ruhelos auf und abläuft, stumpfsinnig und steinern Stunden um Stunden auf einem Schemel hockt, und das ein Mensch war wie wir. Wenn Dickmann an seinen Augen noch einmal jenes Leben vorübergleiten lässt, dann versinkt sein eigenes Leben in Nichts, ist ausgelöscht, und Dickmann ist so geartet, dass er noch stolz auf diese Tatsache ist. Die Überzeugung, dass hier in die Gemeinschaft der Menschen ein Tier hineingeboren worden sei, mit dem keine menschliche Gefühlsregung eine Verbindung schlagen kann, wird nicht berührt von den Privaterlebnissen des Amtsgerichtsrats Dickmann. Das darf nicht sein: Dickmann ist objektiv, er darf sein kleines Ich nicht mit der Majestät des Gesetzes verquicken ...

Das Schwurgericht.

Sechs festlich gekleidete Männer stehen im Beratungszimmer: der Bürgermeister von Pörgelau, Direktor Feige, ein Rittergutsbesitzer, ein Gutsbesitzer, der Obermeister der Pörgelauer

Bäckerinnung und ein Magistratssekretär. Männer von echtem Schrot und Korn. Männer, deren blaue Augen ruhig über rote Backenwülste hinweg in diese Welt sehen. Männer, die ausgezeichnet schlafen, denen das Bier schmeckt, und die niemals in ihrem Leben Hunger oder Gewissensangst erfahren haben. Männer, deren Ideale die gleichen sind wie die der drei Richter: Gottesfurcht, Vaterlandsliebe, ein kleines Vermögen; eine treue Frau und wohlgeratene Kinder, die mit Stolz auf ihren ehrenhaften und geachteten Vater blicken können.

Diese sechs Männer verkörpern die Stimme des Volkes, die Friedrich Mehnert sein Urteil sprechen wird.

Des Volkes?

Unter den Geschworenen des Schwurgerichts Pörgelau hat sich schon seit Jahren kein Arbeiter befunden. Niemand nimmt daran Anstoß. Niemand wagt zu behaupten, das Urteil der Geschworenen sei nicht die Stimme des Volkes, sondern die durch tausenderlei unkontrollierbare Einflüsse bestimmte Ansicht einer eng begrenzten Bevölkerungsklasse. Diese „Männer aus dem Volke" sollen nicht ihren juristischen Verstand, sondern ihr Herz bei ihren Urteilen sprechen lassen.

Der Amtsrichter, der die Listen der Schöffen und Geschworenen aufstellt, ist der pflichteifrige und anständige Amtsgerichtsrat Wolf. Die Gewähr ordentlicher Rechtsprechung ist bei der Auswahl der Laienrichter sein oberstes Prinzip. Niemand kontrolliert ihn, niemand diskutiert mit ihm darüber, ob nicht vielleicht hin und wieder auch einmal ein Arbeiter zu diesen Ehrenämtern herangezogen werden müsste. Was verstehen diese Leute denn schon! Kluge, gebildete Männer sind die besten Laienrichter: ihr Lebenskreis ist der gleiche wie der der gelehrten Richter, es gibt keine Meinungsverschiedenheit, die Beratung geht flott vonstatten, die rechtliche Sache gedeiht. Ein Unternehmer, zwei Agrarier, zwei Beamte und ein heraufgekommener Kleinbürger: die Stimme des Volkes, die Gottes Stimme sein soll.

Die sechs Männer schwören einen heiligen Schwur, sich bei ihrer Richtertätigkeit lediglich von der Wahrheit und der Gerechtigkeit leiten zu lassen. Und in ihren ergriffenen Gesichtern malt sich nicht die bange Frage, die am Anfang alles Urteilens und Denkens stehen sollte: „Was ist Wahrheit? Was ist Gerechtigkeit?“ Sie tragen sie in sich ...

Vor dieses Gericht tritt er, dessen Augen drohend und dunkel zu seinen Richtern aufsehen. Durch die Reihen der Zuhörer geht ein Raunen und Murmeln. In den hinteren Reihen stellen sich die Menschen auf die Bänke, um das Raubtier zu sehen. Die Kameraverschlüsse der Pressephotographen schnappen, die Bleistifte der Zeichner rascheln über das Papier, die Berichterstatter halten die Handmuschel vor die Ohren, um kein Wort zu verlieren, das aus Friedrich Mehnerts Munde kommen wird.

Um den Mund des Angeklagten huscht ein bitteres Lächeln. Es wird von allen schnell und gern als Hochmut und Verstocktheit gedeutet. Wer soll sich denn die Mühe geben, die Gedanken des Mörders zu erraten, die in jenem Lächeln endeten?

Monoton plätschert Rede und Gegenrede. Zeugen, Sachverständige. Friedrich Mehnert sagt nicht viel. Es ist auch nicht nötig: sie wissen ja doch, wie diese Verhandlung enden wird. Nur die Journalisten nehmen ihm seine Einsilbigkeit übel. Jedes Wort, das er nicht spricht, bedeutet für sie die Einbuße einiger Pfennige Zeilenhonorar.

Der Verteidiger kämpft wie ein Verzweifelter mit den Sachverständigen, um aus ihrem Munde das Zugeständnis zu hören, es sei immerhin möglich; dass der Angeklagte sich bei der Begehung seiner Taten über die Folgen seines Tuns nicht klar gewesen sei. Umsonst: er rennt gegen eine Wand von Gummi, die ihn immer wieder zurückschleudert. Nur dies Eine erreicht er, dass sich die Lippen der Geschworenen in verächtlichem Erstaunen verziehen: Wie kann ein gebildeter Mensch einen Mörder entschuldigen wollen!

Der Oberstaatsanwalt hat leichtes Spiel. Mit weit ausholender Gebärde hakt er seinen Kneifer auf die kurze Nase, streicht sich den eisgrauen Schnurrbart, reckt seine zierliche Greisengestalt in den Hüften und spricht. Seine Stimme bebt vor Rührung, da er der ermordeten Opfer gedenkt und von der Heiligkeit des Lebens spricht. Die Hand, die mit ausgestrecktem Zeigefinger auf den Mörder weist, zittert vor Empörung, – jedes Wort seines Plädoyers sitzt, seine Rede ist messerscharf, seine Verachtung striemend. Oberstaatsanwalt Linde hat heute seinen großen Tag, und er ist nicht gesonnen, sich auch nur eine einzige Nuance entgehen zu lassen, die seine Rolle hergibt. Geschworene und Zuhörer bewundern ihn, und diese schweigende Bewunderung stachelt den Staatsanwalt zu erstaunlichen Redewendungen an, zu höhnischen Pointen, forensischen Höchstleistungen.

Er braucht diese Bewunderung. Denn dieser große Mann ist vom Schicksal gezeichnet: in sechs Monaten muss er wegen Erreichung der Altersgrenze aus dem Amt scheiden, und in der verkrampften Gespanntheit seines Plädoyers liegt die unendliche Angst vor dem tödlichen Nichts, das seinem Ausscheiden aus dem Amte folgen wird.

„... und so bitte ich Sie, den Angeklagten wegen Mordes in zwei Fällen zweimal zum Tode und zum Verlust der bürgerlichen Ehrenrechte zu verurteilen ..."

„Herr Rechtsanwalt!"

Dr. Herzmann fühlt bedrückt und gereizt die Augen aller in Spott und Missbilligung auf sich ruhen. Es ist so gleichgültig, was er sagt, denn seinen Beweisen, dass der Mörder bei Begehung seiner Taten nicht mit Bewusstsein gehandelt haben könne, stehen die Aussagen der Sachverständigen gegenüber, und das sind Männer in Amt und Würden mit runden Bäuchen und ruhigen Augen, nicht ein windiger Advokat, der einen Mörder seiner wohlverdienten Strafe entziehen will. Psychoanalyse, Verdrängungen, Affektstauungen, die sich in einer ungewollten Katastrophe Luft schaffen, – das alles dürfte der Rechtsanwalt sagen, handelte es sich um einen Menschen, den man um geringer Vergehen angeklagt hat. Aber bei einem Mörder?

Wer Blut vergisst, des Blut soll wieder vergossen werden.

Die Geschworenen hören gar nicht zu. Man sieht es: immer wieder blickt einer von ihnen in den Zuhörerraum oder zu den Pressebänken hinüber oder döst vor sich hin. Sie haben kein Verständnis für diese Spitzfindigkeiten. Sie verstehen sie nicht und wollen sie auch nicht verstehen.

Vor der Welle von Kälte und Hochmut, die ihm entgegenschlägt, verliert der Rechtsanwalt die Nerven. Er überschreit sich, sein Gesicht wird rot, er fällt aus der Konstruktion, seine Stimme schlägt immer öfter in ein dünnes Fisteln über. Und je mehr er an Boden verliert, desto schroffer, stärker und schärfer bricht aus dem kleinen Mann die Wahrheit hervor. Der Rechtsanwalt Dr. Herzmann weiß, dass man nicht mit der Wahrheit um Recht und Erbarmen kämpfen kann. Und wenn er jetzt die Wahrheit sagt, zeigt er, dass er seine Sache verloren gibt.

„Meine Herren, man sagt uns, hier sei ein Tier in die Gemeinschaft der Menschen hineingeboren worden. Ich glaube es nicht. Ich glaube an die Güte der Menschen, glaube daran, dass auch dieser Mensch zu retten gewesen wäre; dass auch in seiner Brust menschliche Gefühle leben. Friedrich Mehnert ist kein Tier, er ist ein Mensch wie wir. Was er getan hat, ist auch unsere Schuld, die Schuld der Gesellschaft, die ihn frühzeitig aufgab, ihn ausstieß aus ihrer Gemeinschaft und ihn immer weiter hineintrieb in das Gefühl seines Ausgeschlossenseins. Was haben wir getan, um diese Taten zu verhindern? Nichts! Man hat den Angeklagten aus einem Zuchthaus in das andere gehetzt, und am Ende jener grauenhaften zwanzig Jahre, die er in der Einsamkeit der Zelle vegetiert hat, stehen diese Taten. Meine Herren, das ist kein Argument für seine Verworfenheit, es ist ein Argument gegen das System unseres Strafvollzugs. Ist es nicht unsere Aufgabe, die guten Kräfte auch im Verbrecher zu wecken und zu pflegen, anstatt das Böse in ihm immer weiter wuchern und wachsen zu lassen? Nirgendwann und nirgendwo hat dieser Mensch je die Liebe gefühlt, die der Mensch dem Mitmenschen entgegenbringen soll. Mit dem Brandmal des Verbrechers gekennzeichnet von Jugend auf, verloren gegeben, verachtet, verlassen, ausgestoßen, so wuchs in ihm der Hass auf die Menschheit. Wenn die Sachverständigen dem Angeklagten seine völlige Gesundheit bescheinigen, so sage ich: dieser Mensch ist krank. Er ist krank geworden an der Grausamkeit der Gesellschaft, die ihn in die Grausamkeit hineinstieß ...“

Die Stimme des Verteidigers versickert in dem empörten Schweigen des Saales. Landgerichtsdirektor Uhle zuckt mit einer Augenbraue. Hollweg pustet leise vor sich hin. Hinderte sie nicht die Würde des Gerichts daran, die Geschworenen würden die Köpfe schütteln über die Zumutung, sie könnten zu den Taten des Lustmörders in einer anderen Beziehung stehen als der strafender und rächender Richter.

Beratung: Tatbestand, Schuldfrage, Strafmaß, – es geht alles so wohltuend schnell, dass man kaum zur Besinnung kommt. Direktor Uhle bittet die Geschworenen, sich zu äußern, und seine Sachlichkeit wirkt ertötend auf die Gefühle der Empörung und des Abscheus, die noch in den Herzen der sechs Männer zittern.

„Also Mord in zwei Fällen", sagt er dann abschließend. „Damit ist auch die Frage des Strafmaßes geklärt. Für Mord kennt das Gesetz nur eine Strafe: den Tod."

Hass und Abscheu bleiben diesem Raum fern. Nach wenigen Minuten kühler Diskussion betritt das Gericht den Saal und verkündet das Todesurteil ...

Alles ist so schnell gegangen. Der Amtsgerichtsrat Dickmann hat kaum gemerkt, dass er sich an der Beratung beteiligt hat. Ihm scheint, als hätte ein fremder Mensch an seiner Statt gedacht und gesprochen. „Wer vorsätzlich einen Menschen tötet, wird, wenn er die Tötung mit Überlegung ausgeführt hat, wegen Mordes mit dem Tode bestraft." Das ist so einfach, so einleuchtend, so beruhigend. Es gibt keine dunklen Rätselhaftigkeiten mehr, kein Grauen und keinen Zweifel, wenn man ein entsetzliches Geschehen auf die Formel eines Paragraphen bringt. Das Blut im Pörgelauer Stadtforst, der furchtbar wissende, letzte Blick des geschändeten Kindes, – Paragraph zweihundertelf.

Ernst und gesammelt geht Dickmann nach Hause und empfindet peinlich scharf, dass dieser Ernst und diese Sammlung nicht echt sind; dass er sich Mühe geben muss, von dem zweifachen Todesurteil anders zu denken als von irgendeinem jener zahllosen Urteile, bei denen er mitgewirkt hat.

Am Abend dieses Tages sitzt er still in seinem Zimmer. Das Dienstmädchen Anna klopft an die Tür und bringt einen Brief, den Dickmann missmutig öffnet: „Warum kommst du nicht?“ steht auf einem elfenbeinfarbenem Briefbogen. Kein Absender, keine Unterschrift ...

Dickmann erschrickt. Irgendein primitives Gefühl für Sauberkeit hat ihn davon abgehalten, am Abend des Tages, an dem er Friedrich Mehnert zum Tode verurteilt hat, zu Frau von Norden zu gehen. Aber was hat denn sein Verhältnis zu dieser Frau mit seiner Eigenschaft als Strafrichter zu tun? Nichts. Lächerlich, dass man diese beiden Dinge zusammen denkt. Dickmann steht auf und betrachtet sich nachdenklich im Spiegel. Ja, das ist er. Ein gut angezogener Mann mit einem frischen, sympathischen Gesicht und zwei ruhigen blauen Augen. Nein, nicht die leiseste Ähnlichkeit hat dieser junge Amtsgerichtsrat da mit dem Lustmörder Friedrich Mehnert.

Dann geht er.

Nach einigen Stunden wankt er verwühlt und verstört nach Hause zurück. Auf ihm lastet die Erinnerung an einen kurzen Augenblick: er hat seine Hände um einen fetten, weißlichen Hals gepresst, in ihm wühlt der Hass auf diese Frau, in deren Armen er sich so unheimlich verändert, in den Fingerspitzen fühlt er den irrsinnigen Zwang, seine Finger in dieses mehlige Stück Fleisch zu pressen, zu drücken, zu würgen ... Ihr glückseliges Stöhnen, die gierige Öffnung ihres Mundes, der wie eine widerwärtige Wunde in ihrem Gesicht steht, Scham, Verachtung, Verzweiflung ... Ein Augenblick nur, ein einziger kurzer Augenblick, nicht lang genug, dass man zur Besinnung kommt.

Und der andere? Was weiß Dickmann von dem einen einzigen Augenblick, der über Friedrich Mehnert entschieden hat?

Die Nacht ist regnerisch und dunkel. Aber um Dickmann ist eine grausige Klarheit, vor der er mit einem hilflosen kindlichen Lächeln steht. Und er weiß, dass dieses Lächeln das gleiche ist wie das, das Friedrich Mehnerts Lippen umspielte.

Äußerlich ist Dickmann immer noch der korrekte junge Amtsgerichtsrat, der in jenem Schwurgericht als Beisitzer fungierte, das Friedrich Mehnert zum Tode verurteilt hat. Aber alles, was jetzt mit dem verurteilten Lustmörder geschieht, trifft Dickmann, als geschähe es ihm selbst ...

Der zum Tode Verurteilte ist kein Mensch mehr. Er ist ein staatsrechtliches Problem. Nicht nur, dass sein Leben nicht ihm gehört, sondern Anschauungsmaterial ist, Gegenstand einer pädagogischen Demonstration über die Unzweckmäßigkeit des Verbrechens, – nein: Friedrich Mehnert wird zu einem Symbol der deutschen Republik.

Auf Vereinsabenden und bei Kriegerfesten, in Parlamenten und in Ministerkonferenzen, – überall predigt man seit Jahren den unumgänglich notwendigen Anschluss Deutsch-Österreichs an die deutsche Republik. Würdige Rechtsgelehrte arbeiten daran, die Möglichkeiten einer Angleichung an das österreichische Recht zu prüfen. Aber in Österreich ist die Todesstrafe abgeschafft worden.

In den Justizministerien des Reichs und der Länder sitzen viele alte Beamte, durch deren Hirn noch niemals auch nur der Schatten eines Zweifels an der Vollkommenheit des geltenden Rechts gehuscht ist. Sie haben ein gutes Gewissen, und darum gilt ihnen die Todesstrafe als der Bronzefelsen, auf dem die Staatsautorität ruht. Der millionenfache Ruf nach Abschaffung der Todesstrafe weckt in ihnen feindselige Gefühle der Notwehr und der Verachtung.

Wie sollte es anders sein? Der Wille des Volkes ist kein juristischer Begriff. In der muffigen Luft der Bürozimmer, die kein Sturm der Zeit erreicht, gedeiht nur der Begriff der Staatsgewalt, und der Geheimrat glaubt ernst und innig, dass er die sinnvolle Verkörperung dieser Staatsgewalt sei. Er darf es glauben, denn er weiß: noch nie ist in der deutschen Republik der Wille des Volkes auch nur für die bescheidenste Maßnahme der Regierungen ausschlaggebend gewesen.

Vor fast sechzig Jahren haben sich ehrenwerte Beamte und Gelehrte des Kaiserreichs zusammengesetzt und haben ihre persönliche Ansicht von der Notwendigkeit der Todesstrafe im Strafgesetzbuch niedergelegt. Und das Gesetz ist ewig, es ist unveränderlich, und ein Verbrechen wäre es, daran zu rütteln ...

Der Kopf des Mörders Friedrich Mehnert, der klein und tief auf seinen breiten Schultern sitzt, ist das Objekt eines erbitterten Kampfes zweier Prinzipien. Das Volk, das sich fünfundvierzig Jahre nicht anders um die Existenz dieses Mannes gekümmert hat, als dass es ihn in das Zuchthaus sperrte, nimmt leidenschaftlich Stellung für und wider Friedrich Mehnert. Pathetische Deklamationen über die Grausamkeit und Sinnlosigkeit der Todesstrafe, Debatten in Zeitungen und Parlamenten.

Und ein kaltes, dünnes Lächeln, ein ironisches Achselzucken. Gekrümmte Zeigefinger pochen rechthaberisch auf das Gesetz. Geheimräte und Ministerialdirektoren steifen den Nacken und fühlen sich stark wie nie zuvor: „Wir wollen doch mal sehen ..."

Was nützen alle Appelle an den gesunden Menschenverstand? Man kann eine Maschine nicht mit Vernunftgründen zum Stehen bringen. Die Hand, die den Hebel hält, ist stärker als das Ethos der Menschheit. „Wir wollen doch mal sehen ..."

Die Geheimräte erwachen, die Monteure der Gesetzesmaschinerie, deren Hand den Staatsapparat meistert. Hoch über aller Gerechtigkeit steht ihr hämischer Triumph: „Wenn wir nicht wollen, gibt es keine Menschlichkeit, keine Gerechtigkeit."

Und sie wollen nicht.

Soll Friedrich Mehnert hingerichtet werden? Einst lag die Entscheidung über Leben und Tod eines Verurteilten in der Hand des Landesfürsten. Das Deutsche Reich ist eine Republik, und das Ministerium eines Landes hat die Gnadengewalt des ehemaligen Souveräns übernommen. Die größtmöglichste Gewähr für die gerechte Beurteilung eines Falles ist gegeben; verkörpern doch die Herren Minister den Willen des Volkes.

Aber der Sitzungssaal des Ministeriums ist gegen die störenden Geräusche der Außenwelt gut abgedichtet, und man hört die Forderung des Volkes nur als undeutliches Gemurmel ...

Die drei Richter des Schwurgerichts Pörgelau werden um ihre Meinung befragt und äußern sich übereinstimmend dahin, dass sie angesichts der Rohheit des Verbrechers seine Begnadigung nicht empfehlen können. Der Gnadenbeauftragte im

Ministerium unterbreitet diesen Tatbestand dem Ministerium, und das Ministerium beschließt, von dem ihm zustehenden Rechte der Begnadigung im Falle Friedrich Mehnert keinen Gebrauch zu machen, sondern der Gerechtigkeit freien Lauf zu lassen.

Das geschieht am 8. Januar 1928.

Am 16. Januar wird der Rechtsausschuss des Landtages zusammentreten, und jedermann weiß: er wird die Staatsregierung anweisen, im Bereich des Freistaats Preußen künftighin kein Todesurteil mehr vollstrecken zu lassen, solange die Frage der Todesstrafe bei der Beratung des neuen Strafgesetzbuchs nicht endgültig entschieden ist.

Jedermann weiß es. Auch der Justizminister des Freistaats Preußen, auch seine Ministerialdirektoren und Referenten, der Generalstaatsanwalt, das ganze Ameisenvolk, das den weitläufigen Bau der Gerechtigkeit mit wimmelnder Geschäftigkeit erfüllt.

Aber wenn sie nicht wollen? ...

Der gesunde Menschenverstand gebietet, den Beschluss des Parlaments abzuwarten? Die Vollstreckung des Urteils bis dahin aufzuschieben? Die primitive Rücksicht republikanischer Minister auf die Wünsche des Volkes, dessen Beauftragte sie sind, fordert den Aufschub der Hinrichtung?

Wenn sie nicht wollen, dann gibt es keinen gesunden Menschenverstand, keine Rücksicht auf den Willen des Volkes. Wenn die Gottähnlichkeit des Geheimrats angetastet und seine unverantwortliche Verantwortlichkeit angegriffen wird, dann haben das heiße Herz und der kühle Verstand ihre Macht verloren.

In Pörgelau nimmt man mit aufgeregtem Interesse Anteil an den unerhörten Verwicklungen, die der Fall des Lustmörders Friedrich Mehnert hervorgerufen hat.

Auch der Amtsgerichtsrat Dr. Dickmann hat für gut befunden, dem Staatsministerium anzuraten, von seinem Rechte der Begnadigung keinen Gebrauch zu machen. Keine Ader hat ihm dabei schneller geschlagen. Die geheimen Fäden, die ihn mit dem Verurteilten verbinden, – an sie hat er dabei nicht gedacht.

Der Amtsgerichtsrat Dickmann ist der Mann, der seine Privatgefühle von den Bedürfnissen der Gerechtigkeit zu trennen weiß. Er sieht den kommenden Ereignissen mit Ruhe entgegen.

Der Oberstaatsanwalt Linde ist kühl bis ins Herz. Er kennt die Maschine seit vierzig Jahren. Er ist imstande, gelegentliche Defekte und den Zeitpunkt ihrer Beseitigung zu berechnen ...

Lange bevor die große Streitfrage entschieden ist, sitzt darum eines Tages auf der schmalen Bank, die im Korridor vor dem Zimmer des Oberstaatsanwalts steht, ein breitschultriger Mann. Seine ruhigen braunen Augen blicken freundlich umher. Im Hintergrund tuscheln zwei Justizwachtmeister miteinander und sehen den Fremden aufmerksam an. Der tut, als bemerke er es nicht. Er sitzt da und wartet, ein gut angezogener Kleinbürger, dem Charakterfestigkeit und Zuverlässigkeit auf dem Gesicht geschrieben stehen.

„Herr Oberstaatsanwalt lassen bitten ..." Eine Türe öffnet sich, der Fremde schlägt die Hacken zusammen und macht eine korrekte Verbeugung. Der Oberstaatsanwalt geht mit raschen, kurzen Schritten auf ihn zu und räuspert sich umständlich. Der Andere überhebt ihn der Peinlichkeit, ihm die Hand zu reichen, indem er umständlich Hut und Schirm in eine Ecke des Zimmers stellt und mit distanzierender Unterwürfigkeit sagt: „Ich stehe zur Verfügung, Herr Oberstaatsanwalt."

„Bitte nehmen Sie Platz. Hm. Sie wissen ja, worum es sich handelt. Ich darf annehmen, dass Sie bereit sind, die Hinrichtung zu übernehmen?" Verbeugung: „Jawohl."

„Es handelt sich also nur noch um die Bedingungen. Ich habe die Exekution einstweilen auf den 13. Januar festgesetzt und rechne damit, dass Sie sich im Laufe des 12. Januar bei mir melden. Hm. Das wäre wohl alles."

„Der übliche Satz für eine Hinrichtung beträgt fünfhundert Mark, Herr Oberstaatsanwalt", erinnert der Besucher höflich.

„Ich weiß, ich weiß. Wenn es Ihnen recht ist, wollen wir also gleich den Vertrag ... Ich habe hier schon ein Schema entworfen ... Wollen Sie mich bitte unterbrechen, falls Ihnen ein Vertragspunkt nicht zusagt? ... Also: Der Oberstaatsanwalt beim

Landgericht Pörgelau. Zwischen dem Wäschereibesitzer, Herrn Schmidtke, wohnhaft Magdeburg, und dem Oberstaatsanwalt beim Landgericht Pörgelau kommt folgender Vertrag zustande. Der Kontrahent zu 1) verpflichtet sich, die auf den 13. Januar 1928 festgesetzte Vollstreckung des Todesurteils an dem Arbeiter Friedrich Mehnert zu vollziehen ..."

Punkt für Punkt wird Leistung und Gegenleistung festgelegt. Ein klares, einfaches Geschäft, bei dem es keine Missverständnisse gibt. Der Wäschereibesitzer liefert die Hinrichtung, der Staat zahlt fünfhundert Mark.

„Sonst noch etwas, Herr Schmidtke?"

Der Wäschereibesitzer wiegt bedenklich den Kopf: „Ja, Herr Oberstaatsanwalt, was ich noch fragen wollte ... Findet die Hinrichtung denn bestimmt statt?"

Der Oberstaatsanwalt zuckt die Achseln: „Es ist über einige Anträge der Verteidigung noch nicht entschieden worden. Ich kann natürlich nicht wissen, wie die Beschlüsse der Strafkammer oder des Kammergerichts in der Frage der Vollstreckung ausfallen werden ..."

Herr Schmidtke sieht dem Oberstaatsanwalt offen und frei in die Augen: „Es ist wegen der Spesen", sagt er schlicht. „Wenn ich mit meinen Gehilfen hier herkomme und die Hinrichtung wird ausgesetzt, wer bezahlt mir dann meine Spesen?"

„Ich weiß nicht, ob ich da eine Bestimmung aufnehmen darf", sagt der Oberstaatsanwalt nachdenklich.

„Bei meinem letzten Vertrag mit dem Landgericht Neustrelitz sind mir für jeden Tag fünfzig Mark bewilligt worden."

„So so. Ja, dann wollen wir das noch einsetzen."

Die Feder des Schreibers knirscht. Die beiden Herren unterschreiben, das Geschäft ist perfekt.

„Darf ich mir meine Referenzen wieder mitnehmen?", fragt Herr Schmidtke höflich.

„Ach so, ja, die Referenzen." Der Oberstaatsanwalt kramt ein Bündel Papiere zusammen. Jedes trägt Stempel und Unterschrift eines Oberstaatsanwalts, und in jedem wird dem Wäschereibesitzer Schmidtke offiziell bestätigt, er habe die ihm übertragene

Hinrichtung zur Zufriedenheit des betreffenden Bestellers ausgeführt. Aus der Zahl dieser Zeugnisse geht hervor, dass Herr Schmidtke in seinem Fach kein Neuling ist und über mangelnde Beschäftigung nicht zu klagen hat.

Er nimmt die Papiere: „Ich werde mich also am zwölften Januar bei Herrn Oberstaatsanwalt melden."

„Ich bitte darum. Hm."

Eine Türe fällt ins Schloss. Der Oberstaatsanwalt geht unruhig im Zimmer auf und ab. Der Schreiber betrachtet ihn mit offenem Munde.

„Was wollen Sie noch?", fährt der Vorgesetzte ihn an und sagt etwas milder: „Sie können gehen."

Dann fährt er sich mit dem Zeigefinger hinter den Kragen, wobei er schmerzlich den Mund verzieht, als sei ihm der Kragen in diesen zwanzig Minuten zu eng geworden.

Er geht zum Waschtisch und wäscht sich lange und nachdenklich die Hände ...

„Der Oberstaatsanwalt hat in so was eine feine Nase. Wenn er schon den Vertrag mit dem Scharfrichter abgeschlossen hat, tippe ich auf Vollstreckung." Landgerichtsrat Hollweg sagt es im Goldenen Engel mit triumphierendem Unterton in der Stimme.

„Halte fuffzig dagegen!", schreit Herr von Gröhden wie auf einer Auktion.

Hollweg stutzt: „Herr von Gröhden, die Sache ist denn doch zu ernst, um Wetten abzuschließen."

„Eben das wollte ich Ihnen mit meinem Wettgebot zu Gemüte führen", gähnt Gröhden gelangweilt und vertieft sich in sein Glas Pilsener. Der Schnurrbart des Landgerichtsrats sträubt sich unschlüssig ...

Um dieselbe Zeit läuft der Rechtsanwalt Herzmann in Berlin von einer Behörde zur anderen. Er sitzt in Wartezimmern. Stunden um Stunden. Man empfängt ihn. Hohe Beamte hören seine Bitten und Beschwörungen an, sachlich interessiert, höflich, teilnehmend, und zucken die Achseln.

Der Landtag wird bestimmen, dass in Preußen keine Todesurteile mehr vollstreckt werden dürfen? Woher wissen Sie das,

Herr Rechtsanwalt? Jedes Kind weiß es? Die Spatzen pfeifen es von den Dächern? Man kann es sich nach der Fraktionsstärke im Rechtsausschuss ausrechnen? Ja, ist denn aber der Beschluss des Landtags schon ergangen? Na sehen Sie! Einstweilen gilt noch das Gesetz. Warten? Nur zweiundsechzig Stunden warten? Warum? Der Justizminister könnte den Oberstaatsanwalt veranlassen, die Hinrichtung um acht Tage zu verschieben? Aber warum denn? Weil dann der Landtag die Vollstreckung verboten haben wird? Das ist kein zureichender Grund. Das ist ein Eingriff in ein schwebendes Verfahren. Das Staatsministerium wird der Gerechtigkeit freien Lauf lassen. Der Gerechtigkeit, verstehen Sie, Herr Rechtsanwalt? Es tut uns außerordentlich leid, aber wir können in dieser Sache nichts tun.

Wenn sie nicht wollen ...

„Aber der Justizminister ist überzeugter Republikaner! Er wird das Votum des Parlaments respektieren!"

„Gerade weil der Herr Minister überzeugter Republikaner ist, wird er sich streng an den Wortlaut des Gesetzes halten und die Entscheidung den verfassungsmäßigen Organen überlassen. Und das sind die Herren Minister des Freistaats Preußen, und die haben gesprochen. Es tut uns sehr leid, Herr Rechtsanwalt ..."

Wenn sie nicht wollen ...

Man kann mit der Wahrheit nicht um das Recht kämpfen. Die Wahrheit ist, dass ein Exempel statuiert werden soll, dass sich die Justizbürokratie die Einmischung des Parlaments energisch verbittet und beweisen will, dass die tatsächliche Macht ausschließlich bei ihr liegt. Man kann bitten und beschwören und an den gesunden Menschenverstand appellieren, an den guten Willen, an die Vernunft, – und man erreicht nur ein kaltes Achselzucken. Aber man kann lügen, man kann behaupten, der Verurteilte sei urplötzlich in Wahnsinn verfallen, und es bestehe daher die stärke Vermutung, er sei bereits bei Begehung der Straftaten nicht zurechnungsfähig gewesen, – dann kommt die Justizmaschine in Gang, dann werden Gutachten eingefordert, Beratungen abgehalten, Beschlüsse ausgefertigt und das nachfolgende Achselzucken ist nicht die kalte Uninteressiertheit des rechthaberischen Geheimrats, sondern das juristisch einwandfrei fundierte Urteil eines Gerichts.

Man muss lügen, und der Rechtsanwalt Dr. Herzmann lügt. Er behauptet den Irrsinn Friedrich Mehnerts und bittet die zuständige Kammer des Landgerichts Pörgelau um Aufschub der Vollstreckung des Todesurteils, um das Wiederaufnahmeverfahren betreiben zu können.

Die drei Richter sind völlig unvoreingenommen. Sie prüfen sachlich und kühl die vorgetragenen Gründe. Gewiss: sie haben mit Neugier, Spannung und Schadenfreude den Kampf um den Kopf Friedrich Mehnerts aus nächster Nähe verfolgt. Aber niemand darf ihnen nachsagen, sie ließen sich von anderen als rein rechtlichen Gründen leiten, wenn sie das Gesuch des Verteidigers abschlägig bescheiden.

Es gibt gegen diesen Beschluss noch die Möglichkeit einer Beschwerde beim Kammergericht. Dr. Herzmann erhebt sie.

Die Schlinge zieht sich immer enger um den Verurteilten. Nur noch drei Tage, und der Vollstreckungstermin ist da. Zwei Tage, ein Tag. Im Gasthaus zum Hirschen steigen vier Herren ab. Es sind ruhige Leute, die sich in der Gaststube allen Gesprächen fernhalten. Selbst der neugierige Wirt weiß nicht, was für ein Geschäft sie aus Magdeburg nach Pörgelau treibt. Der Wäschereibesitzer Schmidtke meldet sich beim Oberstaatsanwalt.

„Na, alles in Ordnung?"

„Jawoll, Herr Oberstaatsanwalt!"

Verhaltungsmaßregeln, die überflüssig sind, weil Herr Schmidtke das zu erledigende Geschäft doch besser versteht, und die Anweisung: „Setzen Sie sich mit dem Gefängnisinspektor in Verbindung."

Nur noch achtzehn Stunden, und immer noch kein Entscheid der Beschwerdeinstanz.

Der Oberstaatsanwalt sieht unruhig nach der Uhr: drei Uhr nachmittags. Morgen früh sieben Uhr dreißig soll die Hinrichtung stattfinden. Ärgerlich, diese Verzögerung. Und zu allem Überfluss steht ihm noch die Aufgabe bevor, den Verurteilten von der Tatsache der bevorstehenden Hinrichtung in Kenntnis zu setzen. Wann soll er das denn machen, wenn der Bescheid vom Kammergericht immer noch nicht da ist!

Oberstaatsanwalt Linde stutzt. Das einfachste wäre es, man sagte dem Verbrecher auf alle Fälle, er würde morgen früh sieben Uhr dreißig hingerichtet werden. Dann ist man den Gang zum Gefängnis hinaus los. Was kann schon passieren? Das Kammergericht kann der Beschwerde stattgeben und die Hinrichtung verschieben. Dann ist es ja immer noch Zeit, dem Mann anderen Bescheid zu geben. Die erste Mitteilung gilt nicht, man schickt einen Boten hinaus und lässt sagen: du wirst nicht hingerichtet.

Im allerschlimmsten Fall hat der Mann dann eben ein paar Stunden fälschlich damit gerechnet, hingerichtet zu werden. Und was ist dabei? Wenn der Kerl wirklich mit dem Leben davonkommt, schadet ihm das bisschen Todesangst nichts. Im Gegenteil: es ist ihm sehr gesund.

Der Oberstaatsanwalt zieht sich seinen Mantel an und geht zum Gerichtsgefängnis, um dem Verurteilten Mitteilung von seiner Hinrichtung zu machen, von der er selbst noch nicht weiß, ob sie stattfinden wird ...

Der Oberstaatsanwalt kennt die Maschine seit vierzig Jahren. Er weiß, wie sie funktioniert: gegen vier Uhr nachmittags trifft die Nachricht ein, dass die Beschwerde des Verteidigers abgelehnt ist.

„Also doch!“, sagt Rechtsanwalt Herzmann und lässt sich schwer in einen Sessel sinken.

„Also doch!“, denkt der Amtsgerichtsrat Dr. Dickmann und beschließt, er habe durchaus mit der Hinrichtung gerechnet. Er hat auch wirklich nur wenig Hoffnung für den Kopf Friedrich Mehnerts gehabt, aber die endliche Gewissheit erschüttert ihn doch, und zu seinem eigenen Erstaunen merkt er, wie fest er auf das große Wunder gewartet hat. Nun ist es soweit. „Auf Wiedersehen also morgen früh sieben Uhr dreißig!“, sagt Landgerichtsdirektor Uhle ruhig zu dem jungen Kollegen.

Dickmann zuckt zusammen: „Jawohl, jawohl!“, sagt er hastig und unsicher.

Über das harte Ledergesicht des Direktors huscht ein flüchtiger Schimmer: „Haltung, Herr Kollege! Nicht weich werden! Denken Sie an die Sache, der wir dienen, und die dieses Urteil gefordert hat."

„Selbstverständlich, Herr Direktor!" Dickmann schlägt die Hacken zusammen. „Ich bin mir dessen vollauf bewusst. Nur der Gedanke an die ... daran ... ist im ersten Augenblick nicht angenehm ..."

„Es ist eine schwere Pflicht", nickt Uhle milde. „Aber es ist eine heilige Pflicht, lieber Kollege!"

„Jawohl, Herr Direktor", stammelt Dickmann, von der Güte seines Vorgesetzten ganz erschüttert.

Heilige Pflicht? Doch, – die Gesellschaft muss vor solchen Bestien wie Friedrich Mehnert geschützt werden.

Zwei Menschen gemordet, die arme Frau, das arme kleine Mädchen ... Dickmann will sich zwingen, an die Opfer des Mörders zu denken, aber es gelingt ihm nicht, das schaudernde Mitleiden zu empfinden, das ihn so stark machen könnte, den nächsten Tag zu ertragen ...

Weg, weg! Nicht daran denken!

Wohin jetzt? Zu Melanie? Dickmann schrickt zusammen. Nein, nein, nicht dorthin, wo ihn soviele schauerliche Erinnerungen von dem Gedanken an die heilige Pflicht abziehen, die er erfüllen muss. Die Nächte, die wilde Gier, der kalte Hass und die heiße Grausamkeit, die ihn an diese Frau ketten. Das ist tierisch, tierisch! Dickmann ist ein anständiger Mensch, er kämpft mit sich und weiß: er wird dieses Tier in sich bezwingen. Er wird es bezwingen!

Der andere konnte es nicht. Der andere, der da in einer Zelle ...

Und da erinnert sich Dickmann wieder an den Traum, der ihn in den letzten Wochen manchmal erschreckte, jenen Traum, der keine Lösung bringt, der nie zu Ende geträumt wird, und der nicht in einer tröstlichen Katastrophe endet: Dickmann geht allein über ein weites Feld. Der Nebel ist so dicht, dass man kaum drei Schritte weit sehen kann. Unter den Füßen knistert es unheimlich, und Dickmann hat das Gefühl, als sei das weite Feld die zugefrorene Fläche eines ungeheuren Sees. Er weiß nicht, wohin er geht, weiß nur, dass er gehen muss und immer weiter gehen wird. Er fühlt den Angstschweiß auf Rücken und Stirn und empfindet gleichzeitig den Zwang, lustig zu sein, zu lachen und sich keine Gedanken darüber zu machen, wo dieser Weg enden wird, und ob er überhaupt ein Ende hat. Der Nebel steht wie eine Wand, der Fuß schleift schwer auf unsicherem Grund, und der Wanderer geht und geht ...

Dann wacht Dickmann auf, erinnert sich mühselig an den wüsten Traum und fröstelt in dem heißen Gefühl unmittelbar drohender Gefahr ...

Weg damit, – man muss sich trösten mit dem, was noch da ist: eine Zweckmäßigkeitsfrage. Und jetzt will Dickmann in den Goldenen Engel gehen. Skat spielen, Pilsner trinken, bis es Zeit ist, schlafen zu gehen ...

Gegen zehn Uhr verabschiedet sich Dickmann von der Stammtischrunde. Witzworte fliegen ihm nach. Landgerichtsrat Kuhlmann schreit, dass die kalkigen Adern an seiner Schläfe zu platzen drohen: „Passen Sie man auf, dass der Herr aus Magdeburg nicht aus Versehen die Köppe verwechselt!"

Johlendes Gelächter belohnt den Witz.

Draußen schlägt Dickmann den Kragen hoch. Es ist sehr kalt. Vielleicht kommt es ihm auch nur so vor. Wenn der Direktor oder Hollweg jetzt auf der Straße wären, dann fänden sie es sicher nicht kalt. Die schlafen jetzt längst und sind morgen früh frisch und munter. Schlafen den Schlaf des Gerechten.

Warum auch nicht? Sie können doch nichts dafür.

Dickmann denkt den Mordparagraphen taktmäßig zum Rhythmus seiner Schritte: „Wer vorsätzlich einen Menschen tötet, wird, wenn er die Tötung mit Überlegung ausgeführt hat, wegen Mordes mit dem Tode bestraft ..."

Kein Mensch kann etwas dafür. Kein Mensch.

Immerhin, – einen Menschen abschlachten wie ein Stück Vieh?

Was geht das den Amtsgerichtsrat Dr. Dickmann an? Hat der doppelte Lustmörder Friedrich Mehnert nicht auch Menschen abgeschlachtet? Grausam, viehisch? Um seinen fleischlichen Begierden zu frönen?

„Fleischliche Begierden", – genau so hat Direktor Uhle in der Urteilsbegründung gesagt. Dickmanns Gedanken bleiben an dieser törichten Formel hängen. Er lacht albern: nein, – man kann sich nicht vorstellen, dass der Landgerichtsdirektor fleischliche Begierden hat.

Fleischliche Begierden. Warum fällt ihm Melanie ein? Diese verfluchten Gedanken! Was soll diese blödsinnige Erinnerung hier, wie? War nicht ... ja, es stimmt schon. Es ist noch nicht einmal lange her, da hat er seine Hände um ihren fetten, weißlichen Hals gepresst. In den Fingerspitzen zuckte ihm der irrsinnige Zwang, dieses zitternde, warme Stück Fleisch zu drücken, zu würgen, ihr Röcheln zu hören ...

Dickmann ruft sich zur Ordnung. Damals, das war ein Augenblick vorübergehender geistiger Verwirrung. Und es ist geradezu verrückt von ihm, dass er sich und seine dunklen Liebesstunden in Zusammenhang mit jenem Friedrich Mehnert bringt, dessen Kopf morgen früh ...

Er lächelt trübe. Schlapp ist er, feige und unbrauchbar. Morgen früh sieben Uhr dreißig wird man auf dem inneren Hof des Gerichtsgefängnisses Pörgelau dem doppelten Lustmörder Friedrich Mehnert den Kopf von seinen breiten Schultern schlagen. Und was weiter?

„Wer vorsätzlich einen Menschen tötet, wird, wenn er die Tötung mit Überlegung ausgeführt hat, wegen Mordes mit dem Tode bestraft."

Aber mein Gott: Melanie, ein Augenblick geistiger Verwirrung, – wenn ein Mensch einen anderen seiner fleischlichen Begierden wegen tötet, ihn abschlachtet wie ein Vieh, – kann dieser Mensch denn überhaupt die Tötung mit Überlegung ausführen?

Paragraphen, Kommentare, Reichsgerichtsentscheidung Band 42, Seite 260. Oh, Dickmann weiß Bescheid. „Die Überlegung bei der Tötung geht weit über den Vorsatz hinaus und muss unabhängig vom Vorsatz festgestellt werden."

Vorsatz, Überlegung. Gibt es überhaupt einen Mord? Kann man mit Überlegung töten? Nein, denkt Dickmann erschüttert und fühlt noch einmal den weichen Hals der Landrätin zwischen seinen Fingern. Doch, denkt er weiter: morgen früh stehen einige zwanzig Herren, unbescholtene, tadellose Ehrenmänner, auf einem schmalen Hof und töten einen Menschen vorsätzlich und mit Überlegung.

Wie kalt es ist. Man wird in dieser sternklaren Winternacht nicht schlafen können. Man muss sich warm machen. Man muss sich körperlich anstrengen, um müde zu werden ...

Der Amtsgerichtsrat Dr. Friedrich Wilhelm Dickmann setzt sich in Trab und macht einen Dauerlauf durch die nachtstillen Straßen der Stadt. Seine Lungen keuchen, sein heißer Atem schlägt ihm stoßweise ins brennende Gesicht. Der Amtsgerichtsrat Dickmann läuft mit seinen Gedanken um die Wette.

Aber sie sind schneller als er.

Denn wie er endlich erschöpft vor seinem Hause steht, die Gartentür aufschließt und die Treppe hinaufsteigt, – denkt er taktmäßig vor sich hin, jedes Wort eine Stufe: „Wer ... vorsätzlich ... einen Menschen ..."

Er macht Licht in seinem Zimmer. Die Uhr zeigt halb elf. Halb elf, halb zwölf, halb eins, – noch acht Stunden, dann muss er aufstehen. Noch acht Stunden, dann ist es soweit.

Wie weit? Nicht daran denken!

Dickmann will sich beschäftigen. Er ist auf einmal nicht eine Spur müde. Er wird noch lange nicht einschlafen können. Man muss sich ein wenig ablenken. Sein Blick fällt auf seine Bibliothek. Da ist nicht viel zu holen: ein paar juristische Fachzeitschriften, Kommentare und Gesetzestexte. Rudolf Herzog „Die vom Niederrhein". Walter Bloem „Der krasse Fuchs". Der Zarathustra. Ein schmaler Band Hofmannsthal ...

Er blättert unschlüssig in einigen Büchern und Journalen. Es hat keinen Zweck. Was er tut und denkt, was er plant und unterlässt, –irgendwann sind seine Gedanken ja doch wieder bei diesen armseligen paar Worten: morgen früh sieben Uhr dreißig.

Unerträglich still ist es im Zimmer.

Er holt den elektrischen Kocher hervor. Das kochende Wasser verbreitet ein beruhigendes Geräusch. Eine freundliche Lüge: man glaubt, man wäre nicht mehr allein, weil der Teekessel summt.

Dickmann trinkt Tee. Dann liest er: „Sinnlose Trunkenheit ein Strafausschließungsgrund?". „Das alte und das neue Schwurgericht." Wie gleichgültig, denn morgen früh ...

Dickmanns Augen bleiben an einem Satz hängen. Seine Gedanken bohren sich tief in das Geheimnis der trockenen Zahlen ein, die da vor seinen Augen tanzen: „Ausweislich der Kriminalstatistik ist auf Todesstrafe erkannt worden im Jahre 1919 gegen 88 Personen, 1920 gegen 177, 1921 gegen 149. Die Todesstrafe ist vollstreckt worden im Jahre 1919 gegen 10 Personen, 1920 gegen 33,1921 gegen 28 ... Die Todesstrafe steht durchaus im Einklang mit dem Rechtsempfinden des überwiegenden Teils der Bevölkerung und entspricht auch heute den Bedürfnissen des Rechtslebens."

Ha! Dickmann erhebt sich, reibt sich die Hände, er geht im Zimmer auf und ab und pfeift laut und falsch vor sich hin: „Als noch Arkadiens goldne Tage mich jungen Burschen angelacht ..."

„Ist vollstreckt worden gegen ... Ist erkannt worden gegen" ... Na also, was will er denn eigentlich? Ein Todesurteil und die nachfolgende Hinrichtung sind ganz normale Sachen. Lächerlich, sich deswegen aus der Fassung bringen zu lassen. Wenn nun jeder Richter und jeder Staatsanwalt, der bei einem Todesurteil mitgewirkt hat, deswegen die Haltung verlieren wollte.

Allein in den Jahren 1919 bis 1925, in den ersten sieben Jahren der deutschen Republik, sind ... Dickmann greift zum Bleistift und addiert die langen Zahlenreihen. Aufatmend betrachtet er das Resultat: allein in diesen Jahren sind achthundertvierundzwanzig Todesurteile gefällt worden, und hundertsechzig wurden vollstreckt!

Der Bleistift zuckt in seiner Hand. Er fühlt sich von einem wahren Zahlenrausch ergriffen. An der Fällung dieser Todesurteile haben mitgewirkt: 2472 deutsche Richter und 824 Staatsanwälte. Allein in den letzten sieben Jahren haben vierhundertachtzig deutsche Richter und hundertsechzig deutsche Staatsanwälte in aller Morgenfrühe einmal auf dem inneren Hof eines Gefängnisses gestanden und haben den Kopf eines verurteilten Mörders in den Sand rollen sehen.

Eine großartige Sache, so eine Statistik! Was eben noch so ungewöhnlich und unmöglich zu ertragen schien, das enthüllt sich auf einmal als platte Alltäglichkeit. Vierhundertachtzig Richter! Hundertsechzig Staatsanwälte, denen es einmal ebenso gegangen ist, wie es dem Amtsgerichtsrat Dickmann morgen gehen wird.

Er fühlt eine ungeheure Ruhe über sich kommen: „Im Einklang mit dem Rechtsempfinden des Volkes ... Entspricht den Bedürfnissen des Rechtslebens."

Der so schrieb, war ein Staatssekretär im Reichsjustizministerium, ein Mann, der an der Abfassung des neuen Strafgesetzentwurfs mitgearbeitet hat, der also wissen muss, was er tut.

Dickmann gießt sich einen Kognak ein. Dann geht er zu Bett.

Er sitzt auf dem Bettrand, die Hosen in der Hand, und lächelt still: das ist noch nicht einmal alles. Wenn man solche Sachen wie die damals bei Mechterstädt noch hinzuzählen wollte, – Hunderte und Aberhunderte. Tausende vielleicht ...

Und darum hat er sich so aufgeregt! Um eine so einfache Sache!

Im Einschlafen denkt er an Melanie. Morgen wird er wieder zu ihr gehen. Er reckt sich und dehnt die Arme: das Leben ist doch schön ...

Hundertsechzig. Einhundertsechzig. Eine kriegsstarke Schwadron des Dragonerregiments Kaiser. Einhundertsechzig abgeschlagene Köpfe. Einhundertsechzigmahl ...

Dickmann fährt aus dunklem Schreck empor. Hollweg hat es ihm einmal erzählt: das Blut schießt erst in breitem, hellrotem Strom aus der Schnittfläche des Halses, dann rinnt es schwarz und dick im Rhythmus des immer schwächer werdenden Herzschlags.

Einhundertsechzig!

Verflucht, ist das wieder kalt im Zimmer! Das Dienstmädchen heizt nicht richtig. Um so eine halbwarme Dreckbude zu haben, dafür bezahlt Dickmann dreißig Pfennig Heizungsgeld am Tag. Er wird morgen endlich mal Frau Behrholz zur Rede stellen. Das ist eine Sauerei, das geht auf keinen Fall so weiter, auf gar keinen Fall!

Stumpfsinniges Nest, dieses Pörgelau. Zwölf Uhr erst, und kein Schwein mehr auf der Straße. Von fern her dröhnt in unregelmäßigen Abständen eine Autohupe, alle Viertelstunden schlägt die Uhr vom Rathausturm. Sonst ist alles still. Unerträglich still.

Wenn man wenigstens einen Menschen hier hätte, mit dem man reden könnte. Irgendetwas. Blödsinn, ganz belangloses Zeug ...

Dickmann erhebt sich, leert die Wasserkaraffe, die auf dem Nachttisch steht, in den Toiletteneimer und geht in die Küche, um sich die Flasche wieder zu füllen.

Er steht auf dem Treppenflur. Oben schimmert Licht. Das Mädchenzimmer. Anna ist wohl eben erst von ihrem Ausgang zurückgekommen.

Dickmann muss sich mit der Hand gegen die Wand stützen. Er schluckt hoch vor Erregung. Anna. Rot und warm ist ihr Fleisch. Was sie für gute, braune Augen hat. Wie sie ihn immer anlacht!

Er geht in sein Zimmer zurück. Seine Füße sind schwer. Er zieht die Türe hinter sich zu, atmet auf.

„Gerettet!“, denkt er. Aber wovor? Ist dies nicht schlimmer als alles andere? Diese unerträgliche, ängstigende Einsamkeit? Diese brüllende Stille?

Er schaltet das Licht aus. Leise schließt er die Tür. Auf weichen Sohlen schleicht er die Treppe hinauf, den Kopf tief vornüber geneigt. Wie die Treppe knarrt. Das Herz schlägt ihm im Halse.

Leicht drückt er gegen die Kammertüre, sie gibt nach, und keuchend steht Dickmann einen Augenblick im Türrahmen. In weißem Nebel sieht er das warme, lichte Rot eines nackten Mädchenkörpers.

Kein Wort spricht er. Stöhnend, mit einem irren Ausdruck in den Augen geht er auf Anna zu.

Sie starrt ihn an. Ängstlich, lüstern, beschämt, stolz ...
Er stürzt über sie. („Wenn nur Melanie nichts erfährt.")
Das Mädchen keucht: „Herr Amtsgerichtsrat ..."

Knackender Frost. Fahles Morgendämmern.
Der Fuß tritt auf scharf gefrorenen Lehm.
Fern, am Ende der Chaussee wächst langsam ein großer Schatten: das Gerichtsgefängnis. Vor dem Hauptportal verbreitet eine elektrische Bogenlampe milchigen Nebel.

Dickmann klingelt an der Tür. Im Inneren des Gebäudes gibt der schrille Laut vielfaches Echo wider. Der öffnende Gefängniswärter erkennt ihn: „Guten Morgen, Herr Amtsgerichtsrat!", sagt er hastig und deutet mit vertraulicher Geschäftigkeit auf eine schwarze Tür. „Die anderen Herren sind schon alle hinten."

Ein kleines, kahles Zimmer. Dickmann will seinen Mantel ablegen, aber der Gefängniswärter legt ihm mit schüchterner Gebärde die Hand auf den Arm: „Vielleicht behalten Sie ihn lieber an?" Und mit einem kläglichen, missglückten Versuch, unbefangen zu erscheinen, schüttelt sich der alte Mann, schlägt die Hände um die Schultern und sagt mit törichtem Lächeln: „Kalt heute!"

Dickmann zieht den schwarzseidenen Talar über den Mantel an, setzt das Barett auf und folgt dem Wärter.

Schlüsselklirren, ein Tor, ein Hof, wieder eine Eisentür, – und der Wärter weist mit einladender Handbewegung auf unbestimmbare Schatten.

Dickmann strafft sich. Vor einem Tisch steht Landgerichtsdirektor Uhle, Landgerichtsrat Hollweg an seiner rechten Seite. Der Direktor winkt Dickmann unauffällig heran. Militärischer Gruß, Händedruck ...

Das Gesicht Uhles zeigt seine gewöhnliche Lederfarbe, und die hellen Augen blicken ruhig und kalt wie immer unter den schwarzen Brauen hervor. Die dünnen Lippen bewegen sich kaum.

„Haltung!", befiehlt sich Dickmann und wirft einen scheuen Seitenblick auf den Landgerichtsrat. Auch dessen rundes, rotes

Gesicht zeigt keinerlei Erregung. Nur sein Schurrbart sträubt sich dann und wann unter einem verstohlenen Schnaufen, und seine kleinen Augen wandern unruhig hin und her.

Kalt! Kalt!

Dickmann gewöhnt sich langsam an die neblige Dämmerung. Er bemerkt jetzt links von sich den Oberstaatsanwalt Linde, der ein Aktenbündel in der Hand hält.

Im Hintergrund des Hofes einige Herren. Zylinderhüte, hochgestellte Mantelkragen. Sie drängen sich dicht aneinander. Es sind die Zeugen, die man hierher geladen hat, damit sie sich von dem ordnungsmäßigen Verlauf der Hinrichtung des doppelten Lustmörders Friedrich Mehnert überzeugen sollen. Kleine Beamte, Handwerksmeister, Stadtverordnete. Auch zwei oder drei Ärzte sind darunter, die ihr Dabei-sein-dürfen als besonderen Vorzug empfinden.

Irgendwo schlägt eine Uhr zweimal. Sieben Uhr dreißig. Ein dünner, singender Ton, der die scharfe Stille ungebührlich grell durchschneidet.

Kalt! Kalt!

Dickmann versteckt seine unbehandschuhten Hände in den weiten Ärmeln seiner Robe. Sein Gesicht glüht.

Irgendwo, nur ein paar Meter vor ihm, steht eine Bank. Riemen hängen zu ihren beiden Seiten herab. Davor ein länglicher Schatten. Ein Korb? Ein Sarg?

Hinter dem Oberstaatsanwalt einige Männer. Drei von ihnen tragen altmodische, enge Gehröcke, unter denen sich die Muskelpakete ihrer Arme und Schultern abzeichnen. Der vierte steht etwas abseits. Frack, Zylinder, schwarze Weste und Krawatte, eine Aktenmappe unter dem Arm: der Nachrichter, Herr Schmittke aus Magdeburg.

Vom Bahnhof her tönt der schrille Pfiff einer Lokomotive. Ein Hund bellt. Stille.

Manchmal räuspert sich der Oberstaatsanwalt. Das krächzende Geräusch einer verschleimten Kehle klingt unangenehm, aber Dickmann empfindet es dankbar als eine Linderung des unerträglichen Drucks, der über dieser Szene lastet. Ungreifbar wie der Nebel des Wintermorgens und schwer wie die Aktentasche des Scharfrichters, in der man das Beil vermutet.

Ein nervöser Mann überquert den Hof. Alle Köpfe wenden sich mit scharfem Ruck zu ihm hin. Er tritt auf den Oberstaatsanwalt zu, zuckt die Achseln und reibt sich mit lächerlicher Geschäftigkeit die Hände. „Gleich so weit!“, flüstert er kopfnickend. Dann putzt er umständlich seine Stahlbrille.

Warten. Schweigen. Frieren.

Plötzlich klirrt eine schneidige hohe Stimme. Alle fahren erschreckt zusammen. Die Zylinderhüte der Zeugen geraten ins Schwanken. Der Gefängnisinspektor klappt unwillkürlich die Hacken zusammen.

„Wo bleibt denn der Delinquent?“, fragt der Oberstaatsanwalt.

Der Beamte verbeugt sich und sagt schuldbewusst, als hätte er wegen eines unverzeihlichen Formfehlers um Nachsicht zu bitten: „Der Herr Pfarrer ist bei ihm. Er empfängt gerade das heilige Abendmahl.“

Der Oberstaatsanwalt ist indigniert. „Darauf können wir doch nicht warten!“

Der Gefängnisinspektor dreht sich auf dem Absatz um und geht mit kurzen, eiligen Schritten auf eine Türe zu, die den düsteren Trakt der Mauern durchbricht.

Qual des Wartens!

Dickmann fühlt langsam eine dicke Kugel vom Magen her in seine Kehle steigen. Seine Backen glühen.

Verworrene Geräusche. Schlurfende Schritte auf Steinfliesen. Schlüsselklirren. Dann ein undeutliches Murmeln.

Es kommt langsam näher, immer näher ...

Dickmann schielt angstvoll nach rechts: Gefängniswärter, zwei schwarze Talare: der Gefängnispfarrer, Quehl und der Verteidiger Dr. Herzmann. Des Pfarrers Hände krampfen sich um ein Neues Testament, und sein blasser Mund formt sich mechanisch zu Bibelsprüchen, die er auf seinen Nebenmann einredet.

Und dieser Nebenmann ist Friedrich Mehnert, der doppelte Lustmörder. Ist er es wirklich? Das ist kein Mensch mehr, – ein

Tier schwankt da zwischen den Wärtern her. Seine Kinnlade ist heruntergeklappt. Speichel trieft aus seinem Munde ...

„... den Frieden lasse ich euch, meinen Frieden gebe ich euch. Nicht gebe ich, wie die Welt gibt, euer Herz erschrecke nicht und fürchte sich nicht ... und ob ich schon wanderte im finsteren Tale, fürchte ich kein Unglück, denn du bist bei mir. Dein Stecken und Stab trösten mich ... Siehe, ich bin bei dir alle Tage bis an der Welt Ende ..."

Dort hinsehen! Dort! Wo an der Mauer ein dunklerer Stein sich abhebt!

Aber Dickmanns Sinne sind so seltsam geschärft, dass er doch alles hört und sieht.

Plötzlich ist da wieder die Stimme des Oberstaatsanwalts, hell, knarrend, schneidig: „Im Namen des Volkes! In der Strafsache gegen den Arbeiter Friedrich Mehnert hat das Schwurgericht beim Landgericht Pörgelau in seiner Sitzung vom 13. November 1927, an welcher teilgenommen haben Landgerichtsdirektor Uhle als Vorsitzender, Landgerichtsrat Hollweg und Amtsgerichtsrat Dr. Dickmann als Beisitzer, für Recht erkannt: der Angeklagte wird wegen Mordes in zwei Fällen zweimal zum Tode und zum dauernden Verlust der bürgerlichen Ehrenrechte verurteilt."

Hüsteln.

„Ich mache Sie nunmehr mit dem Erlass des Preußischen Staatsministeriums bekannt. Berlin, den 8. Januar 1928. Das Preußische Staatsministerium macht von dem ihm zustehenden Rechte der Begnadigung keinen Gebrauch, sondern lässt der Gerechtigkeit freien Lauf."

Papiere knistern leise. Schweigen ...

„Und hiermit übergebe ich Sie dem Nachrichter!"

Fortlaufen! Fortlaufen! Weit, weit weg!

Dickmann kann es nicht verhindern, dass seine Fingernägel sich tief in den Tisch krallen, der vor ihm steht. Fortlaufen, weit weg, um diesem entsetzlichen Schrei zu entfliehen, der über allem zusammenschlägt, und in dessen gellendem Wirbel alles untergeht: Zeit, Stein, der Wintermorgen, die Angst der Kreatur

... Auch die Kommandorufe des Scharfrichters, dessen Gehilfen ein schlagendes, tretendes, bellendes und geiferndes Tier zur Schlachtbank zerren.

Weg! Weg!

Strammes Mädel die Anna. Wenn sie nur nicht quatscht. Einfach schneiden müsste man diesen Gröhden ...

Dickmann taumelt: Die Stimme des Pfarrers heult plötzlich in der Stille auf: „Wahrlich, wahrlich, ich sage dir, heute noch wirst du mit mir im Paradiese sein."

Der Pfarrer hatte die Augen geschlossen. Er konnte vor Beten nicht das leise Knirschen hören, sah nicht, wie der Kopf fiel. Nun schrie er seinen Trostspruch einem blutenden Fleischklumpen zu ...

Dickmann sieht den kopflosen Rumpf nur einen Augenblick: aus der Schnittfläche des Halses quillt ein breiter Strom hellroten Blutes. Allmählich wird es schwarz und dick und versickert im Rhythmus des immer schwächer werdenden Herzschlages.

Ein Zeuge hat beide Hände gegen die Mauer gestützt und erbricht sich mit aufheulendem Ton. Der Mageninhalt klatscht dumpf auf das Pflaster.

Der Pfarrer wischt mit einem Taschentuch an seinem Talar herum: er ist zu dicht an die Richtbank getreten, Friedrich Mehnerts Blut färbt seine mageren Hände rot.

Der Verteidiger Dr. Herzmann ist grün im Gesicht. Er hüpft auf einem Bein und nestelt umständlich an seinen Schnürsenkeln.

Das steinerne Grab erwacht: wilde Schreie dringen hinter den Mauern hervor. Brüllen und Kreischen. Der Gefängnisinspektor steht mitten auf dem Hof, dreht sich um die eigene Achse und macht pumpende Armbewegungen. Wie ein entsetztes Huhn, das mit den Flügeln schlägt.

Gefängnisbeamte wollen den verstümmelten Leichnam von der Richtbank losschnallen. Ein Gehilfe des Scharfrichters hindert sie daran mit breiter Überlegenheit.

Dickmann hört seine tiefe Stimme: „Nich doch, nich doch! Ruhig ausbluten lassen. Nachher kommt draußen det Blut durch den Sarch, und det macht immer 'n schlechten Eindruck."

Damit stemmt er zwei riesige rote Hände auf die Schulterblätter des Hingerichteten und drückt: das schwarze Blut rinnt noch einmal stoßweise ... Dickmann wendet sich zum Gehen. Verabschiedet sich wortlos von den Kollegen und dem Oberstaatsanwalt.

Vor dem Gefängnisportal fängt er einige Gesprächsfetzen auf. Zwei Ärzte unterhalten sich: „Haben Sie die interessanten Reflexbewegungen des Trigeminus bemerkt, Herr Kollege? Wie der Kopf herabfiel, dieses Auf- und Zuklappen der Kiefer ... Komisch übrigens, dass der Kopf direkt auf die Schnittfläche fiel ..."

Hinter Dickmann geht Landgerichtsrat Hollweg im Gespräche mit dem Konrektor Müller: „Ja, lieber Herr, früher, da ging die Sache anders. Ganz anderer Schneid bei der ganzen Schose. Wenn da der Staatsanwalt den Verurteilten mit dem kaiserlichen Erlass über die Versagung der Begnadigung bekannt machte, dann stand hinter der Richtbank ein Halbzug Infanterie. ‚Wir, Wilhelm von Gottes Gnaden Kaiser und König.' Ruck, zuck! Stillgestanden! Das Gewärrr überr! Prräsentiert das Gewärrr! Na ja, heute, in der Scheißrepublik ..."

Von der nahen Düngemittelfabrik herüber heult die Sirene Feierabend. Dickmann erwacht. Seine Zunge klebt am Gaumen. Er fühlt, wie schlecht sein Atem riecht. Wie er die Wasserkaraffe ergreift, um sie mit einem Zuge auszutrinken, zittert seine Hand.

Er setzt sich aufrecht und hat Mühe, Ordnung in seine Gedanken zu bringen. Morgen, Abend, heute, – alles ist ein ärgerlich schwieriges Durcheinander, schlecht geschlafen, morgens noch einmal ins Bett. Anna ...

Ach so: Friedrich Mehnert. „... von seinem Rechte der Begnadigung keinen Gebrauch, sondern lässt der Gerechtigkeit freien Lauf."

Friedrich Mehnert ist tot ... Und Dickmann muss nun wieder leben. Ob der Pfarrer seinen Talar wohl schon gereinigt hat? Blutflecke gehen sehr schwer heraus. Dickmann weiß das von seinen Mensuren her. „Ausgerechnet Bananen." Komisch, wie einem so eine Melodie in den Kopf kommen kann.

Ja, so ist das nun.

Neblig ist es draußen, bald muss es dunkel werden. Das Zimmer ist unaufgeräumt: das weiße Oberhemd liegt auf dem Sofa, die Unterhosen auf der Kommode, der Kragen auf dem Waschtisch. Schweinerei.

Die Luft stinkt, alles steht auf einem ungehörigen Platz.

Diesen blöden Öldruck da hat er schon längst von der Wand nehmen wollen. Eine dicke nackte Frau reckt sich faul und ordinär. Dickmann braucht alle seine Kraft, um aufzustehen und das Bild vom Nagel zu nehmen. Die bunte Tapete ist an der kahlen Stelle dunkler. Dickmann betrachtet den leeren Fleck gedankenvoll. Es dauert einige Zeit, ehe er merkt, dass er im Nachthemd ist und mit bloßen Füßen auf dem kalten Fußboden steht.

Dann wäscht er sich und zieht sich langsam an. Wozu eigentlich? Man muss irgend etwas tun. Irgend etwas, ganz gleichgültig.

Auf dem Korridor macht sich Anna zu schaffen. Dickmann will mit seinem gewohnten Gruß an ihr vorbeigehen. Dann denkt er an die letzte Nacht. Er wendet sich noch einmal zurück, klopft dem Mädchen mit gelangweiltem Lächeln auf das Gesäß und fragt: „War's schön, Kindchen?"

Anna sieht ihn stolz mit feuchten Augen an, und Dickmann ist sehr weit fort.

Dann steht er auf der Straße und gähnt. Was nun? Kaffee trinken vielleicht. Man müsste dazu in den Goldenen Engel gehen.

Der Kellner Franz will das Licht andrehen. Dickmann wehrt es ihm matt.

Er träumt vor sich hin. Nun muss man wieder leben. Was ist denn schon groß passiert? Die letzten Wochen hat er nicht weiter als bis zu diesem Morgen denken können. Bis zu jenem Augenblick, wo der Kopf Friedrich Mehnerts ... Lass doch! Mit diesem Morgen beginnt ein neuer Abschnitt seines Lebens.

Schnaps muss man trinken. Schönen klaren Korn, der nach fernen Roggenfeldern riecht, wenn man die Augen schließt.

Nach und nach füllt sich das Zimmer. Dickmann hört sich freundliche Worte der Begrüßung sagen. Aber es lohnt nicht, darauf zu achten, was man sagt.

Das muss Hollwegs Stimme sein: „Ging tadellos alles. Eins, zwei, drei, alles erledigt. Früher, da stand hinter der Richtbank immer ein Halbzug Infanterie, und wenn der Staatsanwalt ..."

Später bemerkt Dickmann, dass Udo von Gröhden neben ihm sitzt.

„Darf ich Sie zu einer Flasche Beaujolais einladen?", fragt Gröhden leise, und Dickmann nimmt erstaunt an. Dann trinken sie schweigend.

Gröhden betrachtet seinen Gast aufmerksam. „Ja", sagt er gedankenvoll. „Da hilft eben nichts als Trinken. Muss nicht so einfach sein."

Dickmann nickt schwer: „Man muss sich erst wieder ein bisschen zurechtfinden", sagt er und schämt sich seiner Offenherzigkeit.

Gröhden schweigt.

Schließlich sagt er erstaunt, als hätte er eine überraschende Entdeckung gemacht: „Ich glaube, Sie sind im Grunde genommen ein anständiger Mensch, Dickmann."

Nicht einmal die Kraft bringt Dickmann auf, sich dieses ungehörige Kompliment zu verbitten, er sitzt, trinkt und schweigt.

„Wenn es wenigstens schneller ginge", sagt er grübelnd.

„Darf es ja nicht", wirft Gröhden hin.

Dickmann horcht auf: „Wieso?" Gröhden hebt nicht einmal den Kopf. Er spricht in einem Ton, als sagte er die belanglosesten Dinge. Sorgfältig, mit nervösen Bewegungen seiner schlanken Finger knifft und faltet er an einem Papierschiffchen herum und scheint ganz vertieft in diese Spielerei.

„Nee, schneller gehen darf es auf keinen Fall. Das ist ja gerade der Sinn der Sache. Ihr bestraft einen Menschen ja nicht mit dem Tode, sondern mit der Todesangst. Bitte sehr, das ist ein sehr wichtiger Unterschied. Ich sage dies nicht aus Humanitätsduselei, sondern ganz sachlich und nüchtern. Ihr braucht eben dieses pomphafte Zeremoniell, wie es jetzt Ihr Kollege Hollweg am Nebentisch mit so viel Liebe ausmalt. Wenn man einen Menschen so ganz einfach um die Ecke brächte, ganz ohne Pfarrer und Staatsanwalt und dem ominösen Herrn mit dem Beil zwischen den roten Fleischerpfoten, dann müssten sich alle Rechtgläubigen empören."

Dickmann schweigt. Er fühlt zwingend, dass er hierzu viel zu sagen hätte, dass er eigentlich nicht so teilnahmlos diese geistreichen Spötteleien anhören dürfe. Er möchte aufstehen, sich retten vor den gefahrvollen Überlegungen. Aber er bleibt sitzen, und Gröhden spricht weiter.

„Sehen Sie, so ist das: ein Mensch mordet, und das darf nicht sein. Die Gesellschaft muss vor solchen Leuten geschützt werden. Wie schützt man sie am einfachsten? Natürlich dadurch, dass man den gefährlichen Schädling umbringt. Klar und einleuchtend. Eine reine Zweckmäßigkeitsfrage. Aber tötet man einen Menschen, nur weil es zweckmäßig ist? Nein, – da fehlt noch etwas. Man muss die brutale Geste der Selbsterhaltung umlügen mit Ethos, Philosophie und dem lieben Gott. Der Pfarrer sabbert Gebete, der Staatsanwalt deklamiert Akten, ein Totenglöcklein läutet ungemein dekorativ und schauerlich. Und was einem an der ganzen Geschichte wirklich imponieren kann, das ist das erfrischend bestialische Tun des Henkers, den ihr liebevoll Nachrichter nennt."

Gröhden lacht leise auf: „Ihr wollt ja gar nicht töten. Ihr wollt quälen. Und weil ihr fühlt, wie widerwärtig und tierisch diese Quälerei ist, darum dieses pomphafte Zeremoniell, diese Operettendramatik. Wenn man einem Verurteilten heimlich und hinterrücks eine Kugel durch den Kopf schösse, dann wäre das barmherzig, und der gewünschte Zweck würde ebenso gut erreicht. Aber von Zweckmäßigkeit ist hier ja keine Rede. Gerechtigkeit sagen wir. Die alten mittelalterlichen Henker waren wenigstens ehrlich: die zwickten ihre Opfer mit glühenden Zangen, brannten sie mit Feuer und peitschten sie auf offenem Markt. Die konnten das, denn sie hatten ein gutes Gewissen. Ihr habt alle ein so jämmerlich schlechtes Gewissen bei eurer gerechten Grausamkeit, dass ihr einem leid tun könnt. Und weil ihr selbst wisst, dass euer Tun viehisch ist, und weil ihr nicht den Mut habt, euch dazu zu bekennen, darum lasst ihr dem lieben Gott den Vortritt und dem Paragraphen 211."

Dickmann wacht auf. Jetzt muss man etwas sagen, denkt er. Man kann sachlich darüber diskutieren. „Und die Sühne, Herr von Gröhden?“, sagt er mit schwerer Zunge.

Gröhden lacht: „Die Sühne? Auge um Auge, Blut um Blut? Sie, vor drei Jahren habe ich mit meinem Wagen ein Kind überfahren. Knacks, war das arme Wurm tot. Peinliche Sache. Ich habe ein Menschenleben auf dem Gewissen ...“

„Aber Sie konnten doch nichts dafür!“, wirft Dickmann ein.

„Und die Sühne, wie? Woher wissen Sie denn, ob Ihr kleines Lustmörderchen etwas dafür konnte, wie? Ich habe ein Menschenleben auf dem Gewissen und habe diese Schuld dadurch gesühnt, dass mich das erweiterte Schöffengericht Pörgelau unter Vorsitz des Landgerichtsdirektors Uhle mit Pauken und Trompeten freigesprochen hat. Da drüben sitzt Graf Barnim. Hat einem Mann aus seinem Dorf völlig sinnlos die Nieren zerfetzt. Wenn ich nicht irre, wirkten Sie ja wohl in der Verhandlung mit, in der er als weißgewaschener Ehrenmann dem Leben wiedergegeben wurde. Gehen Sie mir mit der Sühne, lieber Herr. Das ist Humbug wie alles, was mit der irdischen Gerechtigkeit zusammenhängt.“

Dickmann trinkt. Sein Kopf ist schwer. „Sie sind also gegen die Todesstrafe“, stellt er abschließend fest.

Gröhden ist plötzlich in sich zusammengesunken. Er macht eine wischende Handbewegung. „Ich bin gegen gar nichts“, sagt er müde. „Ich sehe da bloß so zu. Geht mich ja auch nichts an.“

Eine Stunde später hört Dickmann wieder am Nebentisch Hollwegs Stimme. Eine sinnlose Wut steigt in ihm hoch. Er ist jetzt sehr betrunken.

Er erhebt sich mühsam und geht langsam und schwankend zu Hollweg hinüber. Ganz nahe tritt er an ihn heran und beugt sich soweit über ihn, dass ihm Hollwegs steife Schnurrbartenden die Backen kitzeln.

Der Landgerichtsrat springt auf und weicht zurück: „Sind Sie verrückt geworden, Herr Kollege?“, schimpft er unsicher und scherzhaft grob.

Dickmann tritt noch einen Schritt näher, blickt ihm starr in die Augen und sagt langsam und deutlich: „Dämlicher Hund!“

Gröhden und Hauptmann Schmidt bringen ihn dann nach Hause. Die Treppen will er allein hinauf gehen.

Er wirft sich angekleidet auf die Chaiselongue.

Später ist dann plötzlich Anna bei ihm, zieht ihm die Stiefel aus und streicht ihm scheu über das Haar. Und Dickmann, Amtsgerichtsrat Dr. Dickmann, legt seinen Kopf an die Brust des Dienstmädchens Anna und weint sich in den Schlaf ...

DAS FUNDAMENT

Ernst Ottwalt

DENN SIE WISSEN WAS SIE TUN

Es lässt sich nicht leugnen: wenn Dickmann jetzt, nach Wochen, zurückdenkt, dann sieht der Fall Mehnert ganz anders aus. Je länger der unheimliche Morgen des 13. Januar zurückliegt, desto schärfer und schmerzlicher empfindet er das Ungebührliche seiner Anteilnahme an dem Schicksal des Lustmörders. Er fühlt sich unsicher, glaubt die Blicke aller Honoratioren der Stadt Pörgelau missbilligend auf sich gerichtet und hält sich von allen fern.

Gewiss, – er sagt sich selbst: nichts weiter ist geschehen, als dass nach einer scharfen Zecherei ein junger Amtsgerichtsrat sich einem älteren Kollegen gegenüber schlecht benommen hat. Die Sache ist durchaus beigelegt. Und peinlicher als der Vorfall selbst war eigentlich die lärmende Herzlichkeit, mit der Landgerichtsrat Hollweg die Entschuldigung des „lieben Kollegen" angenommen und sein merkwürdiges Verhalten bereitwilligst auf die seelischen Erregungen der Hinrichtungszeremonie zurückgeführt hat, der Dickmanns Nerven eben nicht gewachsen gewesen seien.

So könnte Dickmann ruhig weiterhin an dienstfreien Tagen mit den Pferden des staatlichen Gestüts ausreiten, abends im Goldenen Engel Skat spielen und hin und wieder zu Besuch auf die benachbarten Güter fahren. Wenn es nichts weiter gewesen wäre, als dass er grob zu Hollweg geworden ist, dann würde sich Dickmann gar keine Gedanken machen. Aber der Anlass war so blamabel!

Wer spricht jetzt noch von Friedrich Mehnert? Nicht einmal mehr der Rechtsanwalt Dr. Herzmann. Die merkwürdige Schnittfläche im Atlaswirbel der Leiche Friedrich Mehnerts reizt die Medizinstudenten auf dem Anatomiesaal der nahen Universität freilich manchmal zu nebensächlichen Gesprächen. Aber bald verliert auch diese anatomische Absonderlichkeit ihren Reiz. Der Professor im pathologischen Institut nebenan hat an dem Gehirn Mehnerts nichts Merkwürdiges feststellen können: die Windungen sind vielleicht ein wenig zu schwach ausgeprägt, die Substanz ist vielleicht eine Spur zu wässrig, – das ist alles. Und so bleibt von Friedrich Mehnert für Dickmann nur das Gefühl übrig, dass er sich seine gesellschaftliche Stellung in Pörgelau verscherzt habe.

In Wirklichkeit ist nicht viel mehr geschehen, als dass ihn Melanie von Norden nach allen Einzelheiten der Hinrichtung hat ausfragen wollen. Und als er unwillig und stumpf abwehrte, ist Melanie böse geworden: „Du bist einfach komisch! Andere

Leute würden wer weiß was darum geben, so etwas zu erleben, und du heulst wie ein kleines Mädchen!" Ja, wenigstens bei der Frau Landrat hat Dickmann entschieden an Boden verloren. Er merkt es auch daran, dass neuerdings der Hauptmann Schönefeld recht häufig in die Villa Norden kommt, und zwar meist gerade dann, wenn jedes Kind – außer dem Hauptmann selbst – weiß, dass der Landrat mit dem Frühschnellzug nach Berlin gefahren ist.

Noch vor wenigen Wochen hätte es Dickmann als Wohltat empfunden, von Melanie auf so anständige Weise loszukommen, heute schmerzt es ihn, weil er in dieser Tatsache einen Beweis mehr dafür sieht, dass er bis auf die Knochen blamiert ist.

Dickmann fühlt sich nicht mehr wohl in Pörgelau. Auch die Sache mit Udo von Gröhden hat das ihrige dazu getan. Die Ritterschaftsbank hatte dem überschuldeten Gutsbesitzer die Rente gekürzt, und am Tage darauf ging Gröhden in den Stall und erschoss seine beiden prachtvollen Oldenburger Hengste. Er könne den Hafer für sie nicht mehr bezahlen. Nun sitzt er in einem Sanatorium, und Herr von Kriesar, sein Vetter, meint, er werde nie wieder zurückkommen. Er säße den ganzen Tag auf dem Wirtschaftshof des Sanatoriums und versuche, die Hühner zu dressieren. Ein weißer Hahn sei sein Lieblingstier, er habe ihn Pilatus getauft ...

Im Goldenen Engel witzeln die Herren darüber, dass Dickmann bei Frau von Norden nichts mehr zu melden hat. Zuhause läuft das Dienstmädchen Anna dem Amtsgerichtsrat dauernd über den Weg und erwartet, dass Dickmann zu ihr sagt: „Ich komm' nachher noch rauf." Nein, so geht es nicht weiter. Dickmann verfault ja bei lebendigem Leibe. Noch ein paar Jahre hier in Pörgelau, und er würde sich in nichts mehr von dem Landgerichtsrat Hollweg unterscheiden. Das hält er nicht aus. Er will weg.

Sein Vater will die Notwendigkeit einer Versetzung an ein anderes Gericht zwar nicht so recht einsehen. Er ist der Ansicht, jeder Mensch könne auf dem Platz, auf den Gott und der Justizminister ihn gestellt haben, wertvolle Arbeit leisten. Er hält es eigentlich nicht für richtig, dass der Junge nach Berlin will. Aber was soll er machen, wenn Frau Landgerichtsdirektor ihn so himmelhoch bittet, doch dafür zu sorgen, dass Fietichen „nach Hause“ kommt, und wenn Dickmann in aller Achtung und Bescheidenheit darauf hinweist, er möchte doch auch mal wieder einige juristische Vorlesungen hören, er käme ganz aus der wissenschaftlichen Arbeit heraus, und das sei doch schade. Also spricht der Landgerichtsdirektor Dickmann mit seinem Freund Heinemann, und nach überraschend kurzer Zeit wird der Amtsgerichtsrat Dickmann als Landgerichtsrat nach Berlin versetzt.

Das ist weder eine Auszeichnung noch eine Besonderheit. Gewiss, – andere Amtsrichter in der Provinz warten ihr Leben lang darauf, in eine Großstadt zu kommen. Aber wozu hat man schließlich seine Verbindungen ...

Der Abschied von Pörgelau fällt Dickmann nicht schwer. Was sollte ihn hier auch halten? Anna? Du lieber Gott! Ein Dienstmädchen. Dickmann schenkt ihr eine Handtasche für zwölf Mark fünfzig, und damit ist der Fall erledigt. Melanie? Sie hat so wenig Zeit jetzt, dass sie gerade mit Hauptmann Schönefeld eine Segelpartie machen muss, wie Dickmann sich von Nordens verabschieden kommt. Der Landrat dagegen ist leicht melancholisch, er legt Dickmann die Hand auf die Schulter und sagt traurig: „Schade, ich hatte mich schon so an dich gewöhnt.“ Er wird sich auch an den Hauptmann Schönefeld gewöhnen, denkt Dickmann kühl und wundert sich, wie sehr für ihn dieses Pörgelau eigentlich schon der Vergangenheit angehört ...

Kurz vor Dickmanns Übersiedelung nach Berlin stirbt sein Vater. Auf dem Heimweg vom Gericht befiel den Landgerichtsdirektor ein Unwohlsein. Er ging in die nächste Kneipe, ließ sich einen Kognak geben, und plötzlich lag der alte Herr tot auf dem Stuhl. Das wohlgepflegte Haupt schlug schwer auf die Tischplatte.

Beim Begräbnis wird Dickmann noch einmal klar, wer sein Vater gewesen ist. Die Predigt des Geistlichen, die Reden der Behördenvertreter, die vielen Kränze, – Dickmann bleibt nichts, als sich vorzunehmen, seines Vaters würdig zu werden und seiner Familie eine treue Stütze zu sein.

Aber das hat seine Schwierigkeiten. Wie er nun in Berlin lebt – die Mutter hat ihm das Arbeitszimmer des Landgerichtsdirektors eingeräumt –, spürt er von Tag zu Tag mehr, dass das Leben im Elternhause nicht mehr das gleiche ist wie früher. Nicht nur, dass es ihm scheint, als trauerten Mutter und Schwester nicht überzeugend genug dem verstorbenen Vater nach. Nein, – Frau Landgerichtsdirektor hat jetzt plötzlich immer soviel zu tun. Sie ist andauernd in der Stadt, angeblich, um Einkäufe zu machen. In Wirklichkeit sitzt sie, wie Dickmann merkt, ganze Nachmittage in Konditoreien und kommt mit ihrer Pension immer nicht aus.

Edith arbeitet als Modezeichnerin in einem großen Verlag und ist selten zu Hause. Manchmal vergehen Tage, ohne dass Dickmann sie zu sehen bekommt. Abends bleibt sie häufig aus. Und wenn Dickmann etwas ungeduldig zu seiner Mutter sagt, das ginge doch nicht, dann legt sie ihm die Hand auf den Arm und sagt: „Lass doch das Kind. Sie hat wenig genug vom Leben gehabt bisher."

Wer fragt Dickmann, was er eigentlich bisher vom Leben gehabt hat? Sein Leben in Berlin, von dem er sich soviel versprochen hatte, ist auch nicht viel besser als das Hinvegetieren in Pörgelau. Was bleibt ihm weiter als der Beruf, der Dienst, das Amt. Sonst gibt es nichts im Leben, was er wichtig nimmt.

Er ist zum Untersuchungsrichter ernannt worden. Jeden Tag macht er den Weg durch den Tiergarten zum Kriminalgericht.

Die Zimmer der Untersuchungsrichter sind durch einen vergitterten Gang mit dem Untersuchungsgefängnis verbunden. An das Klirren der schweren Schlüssel, die vor den Häftlingen die Türen öffnen, gewöhnt man sich.

Vor Dickmanns Schreibtisch steht ein harter Holzstuhl. Jeden Tag sitzen da Untersuchungsgefangene. Zerlumpte Strolche, manchmal ein besserer Mann, junge Burschen, eine alte Frau ...

Alle beteuern zuerst ihre Unschuld. Dann muss der Herr Landgerichtsrat sie ernst ermahnen, die Wahrheit zu sagen.

„Herr Landgerichtsrat, ich habe die Wahrheit gesagt."

Der Untersuchungsrichter zuckt die Achseln und klingelt: „Herr Wachtmeister, führen Sie den Angeschuldigten ab."

Dann sitzt der Angeschuldigte in seiner Zelle und wartet, bis der Untersuchungsrichter ihn wieder vorführen lässt.

„Nun, wollen Sie heute die Wahrheit sagen?"

Ein paar gleichgültige Worte, ein kurzes Diktat ins Protokoll, und die Vernehmung ist für heule erledigt. Der Herr Untersuchungsrichter hat Zeit, und er hat die verhängnisvolle Macht, dem Menschen, der verzweifelt und angstvoll vor ihm sitzt, die nebensächliche Bemerkung hinzuwerfen: „Vielleicht könnten Sie durch ein Geständnis Ihre Lage verbessern."

Dickmann weiß: wenn er so eine flüchtige Bemerkung hat fallen lassen, dann dauert es nicht mehr lange, bis der Gefangene selbst darum bittet, dem Herrn Untersuchungsrichter vorgeführt zu werden. Aber Dickmann hat noch keine Zeit für ihn. Er lässt noch einen Tag vergehen, dann kann er dem Protokollführer diktieren: „Datum ... Der Angeschuldigte lässt sich vorführen und erklärt, Doppelpunkt. Ich will nunmehr der Wahrheit die Ehre geben und gestehe ein, dass ich ..."

„Komme ich nun frei, Herr Landgerichtsrat?"

Dickmann zuckt die Achseln: „Darüber habe nicht ich zu bestimmen. Wenn die Strafkammer zu der Überzeugung kommt, dass bei Ihnen weder Verdunkelungsgefahr noch Fluchtverdacht vorliegt, dann werden Sie freigelassen. Bis dahin ... Herr Wachtmeister, führen Sie den Angeschuldigten ab."

Jetzt interessiert den Untersuchungsrichter der Fall nicht mehr. Das Geständnis, eigenhändig von dem Angeschuldigten unterschrieben, liegt sauber in den Akten. Ist damit die Aufgabe des Untersuchungsrichters erfüllt? Gewiss nicht. Er soll aus den wirren Angaben der Beschuldigten und der Zeugen die Wahrheit heraussuchen. Aber ist es nicht die Wahrheit, wenn der Angeschuldigte ein reumütiges Geständnis ablegt?

Nein, Dickmann weiß, dass es auch unrichtige Geständnisse gibt, aber das sind Ausnahmen, und es ist in höchstem Maße unzweckmäßig, immer gleich an die Ausnahmefälle zu denken.

Man gewöhnt sich an diese Arbeit. Gewöhnt sich an das unheimliche Klirren der Schlüssel, an das Kreischen der schlechtgeölten Türschlösser, die sich hinter den Gefangenen schließen.

Man gewöhnt sich auch an die angstvollen und verzweifelten Gesichter der Angeschuldigten. Dickmanns Korrektheit und Ruhe bleibt immer die gleiche, ob er nun den Erlass einer einstweiligen Verfügung anordnet oder die hilflosen oder wütenden Worte der Untersuchungsgefangenen dem Protokollführer in die Maschine diktiert.

Trotzdem empfindet Dickmann scharf, dass jetzt im Kriminalgericht alles ganz anders ist, als zu der Zeit, wo er hier als Referendar arbeitete. Haben sich die Verhältnisse in den letzten zwei, drei Jahren wirklich so von Grund auf geändert, dass Dickmann oft aus dem Kopfschütteln nicht herauskommt? Es ist auch alles so ganz anders als in Pörgelau. Überall eine Unruhe, eine merkwürdige Besorgtheit, die sich bald in Resignation, bald in ernsten und schwierigen Diskussionen Luft macht.

Auch die Richter, die er noch von früher kennt, kommen Dickmann verändert vor. Ihm scheint es, als seien sie stumpfer geworden, unzufriedener, erregter oder noch geschäftsmäßiger. Und die Gespräche, deren Zeuge oder Partner er wird, drehen sich um Dinge, die an Dickmanns geheimste und privateste Erkenntnisse rühren. Und merkwürdig, – man spricht über sie in aller Öffentlichkeit. Humanisierung der Rechtspflege, Sinn und Zweck der Strafjustiz, Demokratie oder Diktatur. Das Erstaunlichste ist, dass es unter den Richtern und Staatsanwälten Männer gibt, die in solchen politischen Gesprächen sich für die Republik und nicht für die Diktatur entscheiden.

Freilich, – das sind Außenseiter oder Karrieristen, die sich mit den republikanischen Behörden des Freistaats Preußen gut stellen wollen, die das Mitgliedsbuch der Sozialdemokratischen Partei in der Tasche tragen und von Ehrgeiz und Geltungshunger zerfressen sind.

Dickmann braucht lange Zeit, ehe er sich an diese seltsame Atmosphäre gewöhnt hat, die so gar nicht derjenigen gleicht, die in den Provinzgerichten herrscht. Erwähnt er einmal einem jüngeren Amtsgerichtsrat oder Staatsanwalt gegenüber irgendein brennendes juristisches Problem, so weicht man aus, witzelt oder zuckt mit den Achseln: „Ach, lassen Sie doch das, das hat ja doch alles keinen Zweck.“

Dickmann kann solche Gleichgültigkeit, die er in gewissem Sinne sogar für verbrecherisch hält, einfach nicht verstehen. Er ist geneigt, diese Staatsanwälte und Landgerichtsräte, die ihren Beruf nur als Broterwerb ansehen und über ihre unzureichende Bezahlung schimpfen, für schlechte Juristen zu halten. Aber das geht nicht so ohne weiteres. Besonders dann nicht, wenn er von den anderen, den leidenschaftlichen, die sich über alles erregen, was nach ihrer Meinung der Gerechtigkeit widerspricht, einen ausgesprochen schlechten Eindruck gewinnt.

Da ist zum Beispiel dieser Amtsgerichtsrat Wiedemann, bei dem er früher als Referendar gearbeitet hat. Sein hängender Schnurrbart ist etwas grauer, und seine Kneifergläser sind etwas dicker geworden. Aber sein missmutiges Temperament und die tiefe Unzufriedenheit über seine Stellung im Leben sind geblieben und machen auf Dickmann ebenso wie auf alle ernsthaften Kollegen einen peinlichen Eindruck.

Immerhin lässt sich nicht leugnen, dass Wiedemann eigentlich das ist, was Dickmann sich unter einem guten Richter vorstellt: ein tüchtiger Arbeiter, der seine Verhandlungen ausgezeichnet vorbereitet, ein durch und durch gesetzeskundiger Jurist und ein Mann, der Vaterlandsliebe und Gottvertrauen stets und mit Nachdruck im Munde führt. Und trotzdem ...

„Wiedemann ist dreißig Jahre zu spät auf die Welt gekommen“, behauptet ein junger Amtsrichter, und Dickmann gesteht sich, dass er ungefähr dasselbe von Wiedemann gedacht hat.

Aber wie kann das kommen? Dickmann weiß sich keine Erklärung für diese merkwürdigen Vorgänge zu geben. Was hat sich denn in den letzten Jahren so Grundlegendes geändert, dass dieselben Männer, die er vor wenigen Jahren als ernsthafte und eifrige Richter kennen gelernt hat, jetzt so stumpf geworden sind, so ohne Hoffnung und Auftrieb?

Schade, – er kann mit niemand über diese Dinge sprechen. Er schämt sich gewisser Erkenntnisse, die er sich errungen zu haben glaubt, immer noch wie einer heimlichen Krankheit. Um so freudiger eilt er darum dem jungen Rechtsanwalt entgegen, den er eines Tages auf dem Korridor des Kriminalgerichts trifft: Donath, Gerhard Donath, von dem er seit Jahren nichts mehr gehört hat.

Auch Donath scheint erfreut, den Studienkameraden wieder zu sehen. Sein Gesicht ist schmaler und bleicher geworden. Zwei tiefe Falten graben sich um seine Mundwinkel. In der rechten Augenhöhle blinkt kalt ein Einglas. „Sieh da, unser Freund Dickmann. Landgerichtsrat? Immer noch bei der Stange geblieben? Wie gefällt Ihnen denn der Betrieb? Mir? Du lieber Gott, von mir ist nicht die Rede. Man schlägt sich halt so durch."

Gewiss, Donath will sich heute Abend gern mal mit Dickmann bei einem Glas Wein treffen. „Über die alten Zeiten plaudern", nennt er das und macht ein sonderbar törichtes Gesicht dazu.

Dickmann freut sich über dieses Wiedersehen mehr, als er sich selbst eingestehen will. Denn Donath ist schließlich einer der wenigen Menschen, die für seine privaten Nöte und Zweifel Verständnis hatten, zu denen er überhaupt von seinen Skrupeln zu sprechen gewagt hatte.

Dann sitzen sie sich gegenüber und schweigen zunächst etwas verlegen. „Sind Sie verheiratet?", fragt Donath.

„Nein. Sie?", antwortet Dickmann, und Donath schüttelt abwehrend die Hand: „Reden wir nicht davon. Wir haben alle zusammen unser Päckchen zu tragen, dieweilen wir Pilger sind allhier auf Erden."

Das sagt Donath? Dickmann weiß nicht, ob er lachen darf. Aber Donath lässt ihm gar keine Zeit zu solchen Überlegungen: „Nun, und wie fühlen Sie sich so? Untersuchungsrichter, ausgesöhnt mit Gott und der Welt, ein zufriedener, glücklicher Mensch, wie?"

„Danke, man hat sein Auskommen", sagt Dickmann abwehrend.

„Das hat man, aber das ist auch so ziemlich alles."

„Was wollen Sie? Viel mehr kann man doch auch nicht verlangen", sagt Dickmann und wundert sich selbst über seine Trockenheit.

„Prost, Dickmann!“ Donath hebt sein Glas. „Ich sehe, Sie sind auf dem rechten Wege. Früher schien mir, als wären Sie es nicht. Aber nun ist ja alles gut. Prost, Dickmann!“

Der wird verlegen. „Kann man mit Ihnen ernsthaft sprechen, Donath?“, fragt er sehr leise.

Donath macht ein erstauntes Gesicht. Er denkt einen Augenblick nach, dann sagt er ernst und entschieden: „Nee, das kann man nicht. Worüber wollen Sie denn ernsthaft mit mir sprechen? Über die Frauen, das Leben, die Gerechtigkeit, wie früher? Lieber Freund, das sind für mich keine Probleme mehr.“

„Auch die Gerechtigkeit nicht?“

„Die am allerwenigsten. Ich bin Mathematiker aus Passion und weiß, dass es echte und falsche Probleme gibt. Die falschen sind unlösbar, und ein Narr und Trottel ist, wer auch nur einen einzigen Gedanken an den sinnlosen Versuch verschwendet, sie zu lösen. Lasset euch genügen mit dem, was da ist, steht in der Bibel. Und wenn es mir in den Kram passt, bin ich ein buchstabenfrommer Christ ...“

Dickmann geht an diesem Abend sehr unwillig nach Hause. Er gesteht sich nicht ein, was er sich eigentlich von Donath versprochen hat. Jedenfalls mehr, als das, was er hielt. Gewiss, – es war sehr nett, sie haben einige Flaschen Wein getrunken, Donath hat glänzende jüdische Witze erzählt, und im übrigen haben sie aneinander vorbei geredet. Merkwürdig, wie der Mensch sich verändern kann. Der Rechtsanwalt Gerhard Donath hat keinerlei Ähnlichkeit mit jenem Rechtsstudenten, zu dem Dickmann einst eine herzliche Zuneigung empfand. Was ist mit ihm nur vorgegangen?

Zu Hause brennt noch Licht. Frau Landgerichtsdirektor sitzt im Wohnzimmer unter der großen Hängelampe und legt Patiencen. Dickmann begrüßt sie zärtlich. Die alte Frau ist doch eigentlich recht überflüssig im Leben, denkt er mitleidig.

„Ist Edith zu Hause?“

Seine Mutter hebt den Kopf: „Jetzt um zwölf ? Sie kommt doch keine Nacht vor eins nach Hause“, sagt sie.

Dickmann räuspert sich verlegen. Das ist nun auch wieder so eine Sache, die man nicht einfach wegschieben kann. Ein junges, unverheiratetes Mädchen aus bester Familie kommt keine Nacht vor eins nach Hause, und ihre Mutter tut, als fände sie nichts dabei. Wo ist Edith denn eigentlich immer, wenn sie des Abends ausgeht? Hat Dickmann nicht überhaupt die Pflicht, sich darum zu kümmern? Warum heiratet das Mädchen nicht? Den Ball des Kösener S. C, auf dem Dickmann sie mit einigen Korpsbrüdern bekannt machen wollte, besucht sie nicht. Das sei ihr zu langweilig. Dickmann versteht die Welt nicht mehr.

Kurz darauf wird Edith krank. Dickmann hört von der Mutter, es sei eine „hässliche Unterleibssache“, und mit dieser Auskunft begnügt er sich eilig. Es ist ihm peinlich, dass seine Mutter von solch „hässlichen Unterleibssachen“ überhaupt spricht. Wie er dann nach einigen Tagen Zeit findet, Edith einmal in ihrem Zimmer aufzusuchen, liegt sie blass und müde im Bett. Dickmann fühlt plötzlich eine herzliche Sympathie für dieses Mädchen, das doch seine Schwester ist und trotzdem so fremd wie irgendein beliebiger Mensch.

„Was hast du eigentlich?“, fragt er besorgt.

Edith zuckt die Achseln und lächelt: „Was werde ich haben! Pech hab’ ich gehabt.“

„Was denn, Pech?“, fragt Dickmann verständnislos.

„Du hättest um ein Haar einen netten kleinen Neffen bekommen“, sagt Edith und gähnt. „Verdammt anstrengende Geschichte.“

Dickmann ist völlig fassungslos. Was denn? Seine Schwester? Um Gotteswillen! Dickmann wird schwindlig: „Mein Gott! Edith!“

Edith sieht ihn freundlich an: „Na, so schlimm war es ja nun wieder nicht, dass du dich so aufregst.“

„Aber das ist ja entsetzlich!“

„Entsetzlich? Ach, dumm ist es, nichts weiter.“ Edith versteht Dickmans Erregung immer noch nicht.

Dickmann räuspert sich energisch: „Also höre mal, mein liebes Kind, mir ist weiß Gott nicht nach Scherzen zumute. Ich muss ganz offen sagen ... Dieser Zynismus, die Tatsache an sich ...“

Edith unterbricht ihn: „Nun geh' schon, mein Lieber. Wenn du hier verrückt spielen willst, dann geh'. Ich kann das jetzt noch nicht gut vertragen."

Dickmann fühlt zwingend die Notwendigkeit, diesem Mädchen da seine Meinung zu sagen. Und nicht nur das, nein, ihr auch die ethischen Grundbegriffe verständlich zu machen, nach denen das, was Edith getan hat, ein Verbrechen ist. Er rückt sich in seinem Stuhl zurecht. „Dass so etwas strafbar ist, weißt du?"

Edith versucht, ein Lächeln zu unterdrücken. „Immerhin lebe ich nicht auf dem Mond."

„Edith, ich bitte dich, denke an deinen Vater ..."

Edith klingelt dem Mädchen. „Sagen Sie doch bitte, gnädige Frau möchte einen Augenblick rüberkommen", sagt sie freundlich, und Dickmann wird blass vor Schreck.

„Was soll das?", flüstert er. „Lass Mutter aus dem Spiel."

Aber Frau Landgerichtsdirektor ist schon in das Zimmer getreten. Edith ruft ihr zu: „Wir sitzen hier gerade so gemütlich, willst du nicht auch ein bisschen hier bleiben?"

Natürlich will Frau Landgerichtsdirektor das. Und so sitzen sie denn friedlich an Ediths Bett. Die beiden Frauen sprechen von allem Möglichen, und Dickmann wird hin und wieder auch in das Gespräch gezogen.

Zornig und verbittert verabschiedet er sich bald, er habe noch zu arbeiten.

Dickmann hat wirklich zu arbeiten. Aber wie er dann vor dem breiten Schreibtisch seines Vaters sitzt, blättert er zornig und nervös in den Akten herum. Es wird nichts aus der Arbeit: Dickmann fegt mit einer plötzlichen Handbewegung die Akten beiseite, nimmt seinen Hut und geht spazieren.

Was ist das für eine Zeit! Seine Schwester, die Tochter eines Landgerichtsdirektors, und eine Abtreibung! Eine Abtreibung, die doch immerhin die Tatsache eines außerehelichen Geschlechtsverkehrs zur notwendigen Voraussetzung hat. Die Tochter eines Landgerichtsdirektors! Dickmann mutet diese Tatsache wie ein Symptom des Weltuntergangs an. Und wie dieses Mädchen darüber spricht! Als ob es die einfachste Sache von der

Welt wäre, dass eine Tochter aus gutem Hause Unzucht treibt. Sie ist doch immerhin eine Dickmann! Wie kann sie sich so vergessen. Dickmann fühlt die Verantwortung für den guten Namen seines Vaters auf sich lasten. Er seufzt schwer und beklagt sein elendes Leben, das ihn vor so schwere und entsetzliche Aufgaben stellt ...

Die einfachste Sache von der Welt? Gewiss, – auch Dickmann weiß, dass trotz dem Paragraphen 218 in Deutschland alljährlich etwa eine Million Abtreibungen vorgenommen werden, von denen nur ein verschwindender Prozentsatz jemals zur Anzeige oder zur Verurteilung kommt. Dickmann erinnert sich an den Sanitätsrat Engel in Pörgelau, an die Witzeleien der Honoratioren im Goldenen Engel, er weiß seit je, dass eine Abtreibung auch in seinen Kreisen keineswegs mehr als ein Verbrechen gilt. Aber in der eigenen Familie? Die sittliche Verkommenheit seiner eigenen Schwester zwingt zur Stellungnahme. Und so zornig und traurig Dickmann ist, und so sehr er die Berechtigung dieses Zornes über allen Zweifel erhaben weiß, – irgendwo ist in ihm doch eine Ratlosigkeit und eine Unsicherheit, die ihn befangen macht.

Nicht etwa Edith gegenüber. Die ist für ihn erledigt. Wäre sie nicht schon mündig, Dickmann würde es sich keinen Augenblick überlegen, sie in die Fürsorgeerziehung zu bringen. Nein, er hat sich damit abzufinden, dass seine eigene Schwester moralisch durch und durch defekt ist. Es hat keinen Zweck, vor Tatsachen die Augen zu schließen, nur weil sie schmerzlich und erschütternd sind.

Etwas anderes beunruhigt ihn, und immer wieder ärgert er sich über seine Skrupelsucht. Was er weiß, das wissen tausende von Richtern und Staatsanwälten, dass nämlich gegen den Abtreibungsparagraphen täglich und stündlich in Deutschland verstoßen wird. Das ist natürlich keineswegs ein Argument gegen die Existenzberechtigung dieses Paragraphen. Es wird in Deutschland ja auch täglich gestohlen und betrogen, und noch nie ist jemand auf den Gedanken gekommen, deswegen etwa die Diebstahls- und Betrugsparagraphen des Strafgesetzbuchs für veraltet oder für sinnlos zu erklären. Lächerlich, so etwas!

Lenchen Flöter? Oho, Dickmanns Gewissen ist rein. Er hat sich nicht mit dem Gedanken an eine rechtswidrige Handlung beladen. Er hat gewusst, was er tat, als er es damals strikt ablehnte, seine Hand zu einem Verbrechen zu bieten. Vielleicht nicht? Wie denn, hat er Lenchen nicht klipp und klar gesagt, dass sie ruhig das Kind austragen solle, und dass er für alles aufkommen würde? Hat er nicht ... Ach nein, es war etwas anders, und Lenchen, das arme kleine Lenchen ist tot. Na ja, moralisch defekt war sie ja natürlich auch. Wirft sich Studenten einfach an den Hals. Von dieser allgemeinen Verwilderung der Sitten kommt überhaupt alles Unglück.

So räsoniert Dickmann und macht sich um so stärker und härter, je tiefer er sich in Widersprüche verstrickt. Eines Tages, auf dem Klosett, blättert Dickmann in einer kirchlichen Zeitschrift und findet den Aufsatz eines Pastors Lezius über die Abtreibungsseuche. „Erfreulicherweise kommt ja ein erheblicher Prozentsatz in diesen Wochenbetten um. Es ist zu bedauern, dass immer noch viel zu viel dieser unnützen Weiber am Leben bleiben, um ihr fluchwürdiges Leben weiter zu treiben ..." Die Zeitschrift heißt „Reformation", und Dickmann sagt kurz darauf zu seiner Mutter: „Sind wir eigentlich noch auf die ‚Reformation' abonniert? Das ist doch eine überflüssige Ausgabe." Und Frau Landgerichtsdirektor verspricht, die Zeitschrift abzubestellen.

Warum verhält Dickmann sich so? Sind seine Argumente gegen das, was er die Merkwürdigkeit der Zeit nennt, denn so prinzipiell andere als die des ehrenwerten Pfarrers? Er empfindet selbst, wie sonderbar seine Reaktion ist. Immer wieder stößt er auf die Bundesgenossenschaft von Menschen, deren Ansichten als die seinen zu erkennen ihn schmerzt. Alle Argumente sehen plötzlich ganz anders aus, wenn ein anderer sie ausspricht. Sie sind dann grob, platt, gemein, brutal, und der höfliche und korrekte Dickmann erschrickt, wenn er sein eigenes Spiegelbild in großsprecherischen und lächerlichen Anachronismen wieder findet.

Wie hat man sich denn nun eigentlich zu verhalten in dieser merkwürdigen Zeit, in der die Töchter hoher Richter außerehelichen Geschlechtsverkehr treiben und die Abtreibung als Selbstverständlichkeit bezeichnen? Als Selbstverständlichkeit?

Hat er, der Untersuchungsrichter Dickmann, nicht erst kürzlich wegen einer solchen Selbstverständlichkeit einen umfangreichen Aktenband anlegen müssen? Er sieht sie vor sich, die Arbeiterfrau Winkler, wie sie wegen Abtreibung vor dem Schwurgericht steht, er sieht ihr fleischloses Gesicht und erinnert sich seines Erstaunens, als er hörte, diese Frau sei achtundzwanzig Jahre alt. Eine Selbstverständlichkeit? Diese Frau hat bereits drei Kinder geboren und sollte vom Staat gezwungen werden, sich ein viertes aus dem Leib schneiden zu lassen. Ein verengertes Becken, der schmale Leib von drei Schnittnarben zerfurcht ...

Bitte: der Sachverständige hat es dem Gericht genau erklärt, dass der angeblich so entsetzliche Kaiserschnitt keineswegs gefährlich sei. Die medizinische Wissenschaft hat in den letzten Jahren unerhörte Fortschritte gemacht. Ein Kaiserschnitt gefährdet durchaus nicht das Leben einer Schwangeren, und ein verengertes Becken ist kein Grund, die Abtreibung zu gestatten.

Wie lange ist es her, dass der deutschnationale Justizminister des Freistaats Württemberg sich im Landtag gerühmt hat, während seiner Amtsführung habe die Zahl der Verurteilungen wegen Verbrechens gegen das keimende Leben erfreulicherweise sehr erheblich zugenommen?

Und das ist in Ordnung. Auch das Ungeborene hat ein Recht auf Leben. Heißt es nicht schon im Römischen Recht „nasciturus pro jam nato habetur“, das Kind im Mutterleibe ist einem Lebenden gleichzuachten? Halt: diese Bestimmung hat ja nur für Erbstreitigkeiten Geltung.

Ganz egal: Dickmann hat ein Recht, sich über die Kampagne gegen den Paragraphen 218 zu entrüsten. Er befindet sich ja dabei in allerbester Gesellschaft. Erst kürzlich hat Geheimrat Bornträger auf einem Ärztetag verlangt, die Krankenkassen sollten die Unterstützung für diejenigen Frauen sperren, die einer Abtreibung verdächtig erscheinen. Hat der Herr Professor nicht tausendmal Recht mit dieser Forderung?

Natürlich weiß Dickmann im Grunde ganz genau, dass der Abtreibungsparagraph sinnlos geworden und mit der Wirklichkeit nicht mehr in Einklang zu bringen ist. Aber er will es nicht wissen, denn mit dieser Einsicht fiele ja wieder eine Stütze des kunstvollen Ideengebäudes fort, in das er sich zurückgezogen hat, und in dem er sicher zu sein glaubt vor allen Anfechtungen dieser Zeit.

Übrigens ist es ein reiner Zufall, dass von den Frauen, die wegen Abtreibung in den letzten Jahren verurteilt worden sind, 92 Prozent Proletarierinnen waren und nur 0,1 Prozent den wohlhabenden Schichten angehörten. Wer nicht daran glauben will, dass das reiner Zufall ist, der macht sich einer schweren Verleumdung der deutschen Justiz schuldig, denn vor dem deutschen Gesetz sind alle Menschen gleich ...

Das weiß Dickmann aus eigenster Erfahrung. Daran ist einfach nicht zu rütteln. Oder behandelt er den wohlhabenden Zahnarzt Doktor Wendel vielleicht nicht ganz genau so wie jeden anderen Untersuchungsgefangenen, den er zu vernehmen hat?

Ein unsympathischer Mensch übrigens, dieser Wendel. Dickmann muss sich jedes Mal zwingen, sachlich und ruhig zu bleiben, wenn er sich den Angeschuldigten vorführen lässt. Natürlich ist Dickmann völlig unvoreingenommen. Es muss dem Untersuchungsgefangenen ja erst nachgewiesen werden, dass er tatsächlich während der Narkose an einer Patientin ein Notzuchtsverbrechen verübt hat. Zu zweifeln ist daran allerdings kaum noch, wenn der Mann auch noch so leidenschaftlich seine Schuld leugnet. „Lassen Sie mich doch frei, Herr Landgerichtsrat, ich bitte Sie um alles in der Welt! Diese Anzeige ist ein vollendeter Irrsinn!"

Landgerichtsrat Dickmann runzelt unwillig die Stirn. Diesen Ton liebt er nun ganz und gar nicht. Ein Mensch, der eines so schweren Verbrechens bezichtigt wird, hat keinen Grund, sich aufs hohe Pferd zu setzen. Er hat sich zurückhaltend und bescheiden zu benehmen. Außerdem schadet sich der Angeschuldigte zweifellos mit seiner Heftigkeit. Zehn Tage sitzt der Mann nun schon in Untersuchungshaft und ist immer noch nicht ruhiger geworden. Dickmann hat doch schließlich seine Erfahrungen: je lauter und wilder ein Mensch seine Unschuld beteuert, um so fauler ist seine Sache meistens.

„Schicken Sie mir doch wenigstens meinen Verteidiger!“, schluchzt der Gefangene.

Dickmann wehrt höflich ab: „Ihr Herr Verteidiger war ja schon bei Ihnen.“

„Aber Sie haben ihm die Einsicht in die Akten verweigert.“

Der Untersuchungsrichter wird offiziell: „Über meine richterlichen Maßnahmen bin ich Ihnen keine Rechenschaft schuldig. Wenn ich es im Interesse der Untersuchung für richtig halte, dem Rechtsanwalt keine Akteneinsicht zu gewähren, dann ist das mein gutes Recht.“

„Ich werde hier verrückt! Was soll ich denn bloß tun?“

Dickmann zuckt die Achseln: „Vielleicht könnten Sie durch ein reumütiges Geständnis Ihre Lage verbessern“, sagt er vorsichtig.

„Was soll ich denn gestehen, wenn ich unschuldig bin?!“

Nein, so kommt Dickmann nicht weiter. Er klingelt dem Wachtmeister: „Führen Sie den Angeschuldigten ab.“

Noch von weitem hört Dickmann das Stöhnen und Schluchzen des Gefangenen. So geht es nicht, denkt er. Er muss dem Herrn Zahnarzt vielleicht doch einmal verständlich machen, dass ihm, dem Untersuchungsrichter, gewisse Disziplinarmittel zur Verfügung stehen, wenn der Häftling sich ungebührlich benimmt. Kostentzug, Entzug des Bettlagers, Arrest ...

Der Untersuchungsrichter denkt scharf nach, wie er den Fall des Zahnarztes endlich zur Aufklärung bringen könne. Ein Mensch, der an einer wehrlosen Frau ein Sittlichkeitsverbrechen begeht, muss doch wohl ein Mensch mit hemmungslosem Sexualleben sein. Sicherlich sind auch schon früher Fälle vorgekommen, in denen der Angeschuldigte ... Wenn aus der Ehefrau nichts herauszubekommen ist, dann müsste man eben die Dienstmädchen vernehmen, die der Zahnarzt in den letzten Jahren gehabt hat. Man wird über sein Sexualleben wertvolle Aufschlüsse erhalten ...

Es dauert einige Tage, bis die Polizei die Mädchen eruiert hat, die in den letzten vier Jahren bei dem Zahnarztehepaar Wendel in Stellung gewesen sind. Aber was wiegen diese Tage? Nichts, – der Untersuchungsrichter hat Zeit.

Außerordentlich auffällig, dass der Untersuchungsgefangene verzweifelt zu weinen anfängt, wie er von der Vernehmung seiner früheren Dienstmädchen hört. Dickmann horcht auf: aha, er ist also auf der richtigen Spur. Es ist mit dem Zahnarzt nichts anzufangen: er muss wieder abgeführt werden. Zwei Monate sitzt er nun schon in Untersuchungshaft.

Aber so ernsthaft und energisch der Untersuchungsrichter die Hausangestellten zur Wahrheit vermahnt, – keine von ihnen kann über ihren ehemaligen Dienstherrn etwas anderes aussagen, als dass er ruhig und freundlich gewesen ist. Nur eine verweigert auf Dickmanns Frage nach einem etwaigen Geschlechtsverkehr mit ihrem Arbeitgeber die Aussage. Gut, Dickmann wird sich diese Zeugin noch einmal gesondert vornehmen und ihr ins Gewissen reden.

Am nächsten Morgen erhält er die Meldung, der Angeschuldigte Wendel habe in der Nacht einen Selbstmordversuch unternommen, indem er sich mit seinem Nachthemd am Fenstergitter zu erhängen versuchte. Dickmann triumphiert: also doch! Handelt so ein Unschuldiger? Wendel gibt den Kampf auf. Er gibt sich geschlagen. Die überlegene Verhandlungstaktik des Untersuchungsrichters hat ihren Erfolg gezeitigt. Der Gefangene wird jetzt einige Tage im Gefängnislazarett liegen, und dann wird Dickmann dem Protokollführer in die Maschine diktieren können: „...lässt sich vorführen und erklärt, Doppelpunkt, ich will nunmehr der Wahrheit die Ehre geben und gestehe ein ... “

Der Landgerichtsrat Dickmann kann sich nicht verhehlen, dass er über den Selbstmordversuch Wendeis eine bescheidene Genugtuung empfindet. Die Voruntersuchung kann bald abgeschlossen werden. Auch in einem neuen mündlichen Haftprüfungstermin wird die Strafkammer beschließen, dass die Haft fortdauert. Nicht mehr wegen Verdunkelungsgefahr, sondern wegen Fluchtverdachts. „Da wegen der Höhe der zu erwartenden Strafe Fluchtverdacht vorliegt.“ An dieser ausschlaggebenden Bestimmung hat noch keine Reform der Untersuchungshaft etwas ändern können: der Fluchtverdacht wird ja nur vermutet, er bedarf keiner näheren Begründung durch Tatsachen.

Um so überraschter ist Dickmann, wie am nächsten Tage von der Staatsanwaltschaft das Verfahren gegen Wendel plötzlich eingestellt und der Mann aus der Haft entlassen wird. Was ist denn geschehen? Ja, es war nicht der Untersuchungsrichter, der die Wahrheit ermittelt hat, sondern der Verteidiger des Angeschuldigten, dem Dickmann in seinem freien richterlichen Ermessen und im Interesse der Untersuchung keine Einsicht in die Akten gewähren konnte. Es ist nichts weiter geschehen, als dass der Verteidiger das Vorleben der angeblich vergewaltigten Patientin untersucht und dabei festgestellt hat, dass die unverehelichte Frieda Voigt bereits zweimal von Ärzten vergewaltigt worden ist. Einmal ist sie wegen wissentlich falscher Anschuldigung, das zweite Mal wegen versuchter Erpressung verurteilt worden. Staatsanwaltschaft und Untersuchungsrichter hatten nur vergessen, sich danach zu erkundigen.

Dickmann zuckt die Achseln: ein peinliches Versehen. Aber warum hatte sich der Mann dann erhängen wollen? Der Anwalt klärt ihn auf: er hatte Angst, dass seine eifersüchtige Frau in der Verhandlung davon erfahren würde, dass ihr Gatte vor vier Jahren einmal ein Liebesverhältnis mit einem Dienstmädchen unterhalten hatte.

Solche kleinen Betriebsunfälle können vorkommen. So unangenehm Dickmann die Geschichte auch ist, so wenig ist er in der Lage, den Fall des Zahnarztes Wendel nun für ein großes Unglück zu halten. Er hat zwei Monate unschuldig in Untersuchungshaft gesessen. Wenn's weiter nichts ist! Es sitzen in deutschen Gefängnissen Jahr für Jahr hundertachtzigtausend Menschen in Untersuchungshaft, und alljährlich erleiden sechzehntausend Menschen unschuldig diese kleine Beschränkung ihrer persönlichen Freiheit. Einer von sechzehntausend, – das ist der Zahnarzt Wendel, und der Landgerichtsrat Dickmann denkt gar nicht daran, diesem schuldlosen Gefangenen mehr als ein kühles Bedauern zu widmen.

Was ist ihm schon passiert, und was sind zwei Monate Gefangenschaft? Die Humanisierung der Strafrechtspflege macht ja in Deutschland von Tag zu Tag größere Fortschritte, und Dickmann befürchtet, aus den deutschen Gefängnissen würden allmählich Sanatorien und Erholungsheime, wenn es in diesem Tempo weiter ginge. Allerdings kennt Dickmann den Strafvollzug in Deutschland nicht genau genug, um sich ein abschließendes Urteil anzumaßen. Ja, wenn er ehrlich sein will, muss er sagen, dass er eigentlich kein einziges Gefängnis von innen kennt, geschweige denn ein Zuchthaus. Er hat keine Veranlassung, sich darum zu kümmern, was denn die drei Monate oder die zwei Jahre Gefängnis, zu denen er Menschen verurteilt hat, bedeuten. Entzug der persönlichen Freiheit, das ist alles.

Dickmann verfolgt die leidenschaftlichen Diskussionen über die Humanisierung des Strafvollzugs mit Missbehagen. Warum muss denn der Strafvollzug überhaupt humanisiert werden? Ist es nicht eine Gefahr für die Gesellschaft, wenn man den Gefangenen jetzt den Aufenthalt im Gefängnis so angenehm macht? Strafvollzug in Stufen, – Dickmann hat gelesen, während der letzten Monate seiner Strafzeit habe der Gefangene so viele Vergünstigungen, dass er eigentlich besser lebe als in der Freiheit. Man diskutiert manchmal – allzu oft kommt es nicht vor – auch im Gericht über diese Fragen, und Dickmann stellt fest, dass gerade die als vorzüglich anerkannten Richter die Humanitätsduselei, die sich jetzt in der Strafrechtspflege bemerkbar macht, energisch ablehnen.

Freilich, – es gibt auch andere. Schon in Pörgelau hat Dickmann davon gehört, dass sich eine Anzahl missvergnügter Justizbeamter zum „Republikanischen Richterbund“ zusammengeschlossen haben. Damals hat Dickmann nur den Kopf geschüttelt, und gesehen hat er einen republikanischen Richter zum ersten Mal, nachdem er wieder in Berlin war. An den kleineren Provinzgerichten sind solche Leute Gott sei Dank unmöglich. Diese Herren sind mit dem Gesetz in gewissen Punkten nicht zufrieden, sie üben auch Kritik an der Rechtsprechung, aber sie tun es in voller Öffentlichkeit. Alles, was Dickmann sich jemals über Wesen und Sinn der Gerechtigkeit gedacht hat, und dessen er sich als Schwäche und unmännlicher Skrupelsucht schämte, das sprechen diese Leute aus, schreiben es nieder, diskutieren es. Das tut man nicht. Das ist geschmacklos. Geschmacklos und gefährlich: was soll denn das Volk vom Gesetz und der Gerechtigkeit denken, wenn sogar schon die Richter an diesem Gesetz zweifeln?

Rechtsanwalt Gerhard Donath gähnt. Dickmann hat wieder einmal versucht, ernsthaft mit ihm zu sprechen. Aber Donath sieht da keine Probleme, für ihn ist das alles klar: „Gefährlich sind diese Leute nicht. Eher bemitleidenswert. Sehen Sie, es gibt Menschen, denen es gegeben ist, sich mit Sinnlosigkeiten abzufinden. Andere suchen ihr Leben lang nach Begründungen dafür. Der Unterschied besteht nur darin, dass die einen ein gutes Gewissen haben, und die anderen nicht. Oder nicht mehr. Sie haben den Glauben an die Vollkommenheit unserer Rechts- und Gesellschaftsordnung verloren und wissen nicht, was sie an ihre Stelle setzen sollen. Darum reformieren sie, und im Grunde bleibt doch alles beim Alten."

Dickmann widerspricht: „Aber es ist doch in den letzten Jahren von diesen Missvergnügten sehr viel erreicht worden. Das Vertrauen in die Justiz ist doch dahin ..."

„Was ist denn erreicht worden?", fragt Donath neugierig, und Dickmann antwortet schnell: „Humanisierung des Strafvollzugs."

Donath pfeift durch die Zähne: „Sie, ich würde sehr vorsichtig sein mit dieser Humanisierung. Das hört sich alles sehr schön an, wenn man aber näher hinsieht ... Ich meine es gut mit Ihnen, Dickmann, sonst würde ich Ihnen raten, sich über diese angebliche Humanisierung näher zu informieren. Sie würden dann vielleicht sehen, dass alles beim Alten geblieben ist. Nur die Bezeichnungen haben gewechselt, die Begründungen, mit denen man eine Sinnlosigkeit zu bemänteln und zu verschleiern sucht. Sie müssten sich eigentlich darüber freuen, Dickmann, denn Sie haben keinen Grund zu der Befürchtung, das Fundament unseres Rechtslebens sei durch allzu heftige Humanisierung unterhöhlt. Vielleicht aber freuen Sie sich auch nicht, wenn Sie sehen, was ist. Ich warne Sie, Dickmann, ich meine es gut mit Ihnen. Erhalten Sie sich Ihren fröhlichen Kinderglauben an die Gerechtigkeit."

„Aber ich bitte Sie, Donath", lächelt Dickmann belustigt. „Man muss doch wissen ..."

„Muss man?", fragt Donath ernst. „Muss man wirklich? Ich glaube, man darf nicht wissen. Wenn jeder Richter gezwungen würde, die Segnungen des humanen Strafvollzugs auch nur vier Wochen lang am eigenen Leibe zu erfahren, ich bin überzeugt, keinem würden dann die kräftigen Urteile so glatt vom Munde gehen. Ich warne Sie, Dickmann. Sie haben noch ein gutes Gewissen. Wenn Sie klug sind, dann bewahren Sie es sich und stören es nicht durch allzu viel Wissen."

Dickmann entrüstet sich: „Aber das ist doch sinnlos, die Augen zuzumachen vor unbequemen Tatsachen ..."

„Sinnlos ist alles", sagt Donath gelangweilt.

„Der Schutz der Gesellschaft, zum Beispiel?", fragt Dickmann provozierend.

„Ich bin an dem Schutz dieser Gesellschaft sehr wenig interessiert", lächelt Donath. „Der satte Räuber liebt die Gerechtigkeit. Wenn im Privatleben jemand mich um meinen Schutz bittet, dann würde ich prüfen, ob dieser Jemand auch meinen Schutz wert ist. Und die Gesellschaft? Lieber Freund, lassen Sie mich."

Dickmann spürt hinter Donaths leichten Worten den Ernst und die Schwere der Entscheidung. „Was soll ich tun?", fragt er Donath plötzlich leise und ohne jeden Zusammenhang.

Donath wartet nicht lange mit der Antwort: „Nichts", sagt er fest. „Bleiben Sie, wie Sie sind, dann fällt Ihnen das Leben leicht."

„Das wäre eine Lüge."

„Und die Gerechtigkeit? Was ist sie?"

Dickmann schüttelt den Kopf. Nein, so darf Donath nicht sprechen. Hier hört der Scherz auf. Dickmann setzt sich aufrecht auf seinen Stuhl, sieht Donath fest in die Augen und fragt grob: „Sagen Sie, sind Sie inzwischen vielleicht Kommunist geworden?"

Es dauert einige Zeit, ehe Donath vor Lachen weitersprechen kann: „Ich Kommunist? Sie sind gottvoll, Dickmann. Eine unbequeme Sache erledigt man am besten damit, dass man ihr einen schlechten Namen gibt. Humanitätsduselei, Knochenerweichung, sittlicher Verfall. – Wenn ich es wäre, dann wäre mir vielleicht wohler, Dickmann. Aber zu Ihrer Beruhigung: ich bin keineswegs Kommunist, sondern sehe nur, dass der Schutz des Bestehenden und der Gesellschaft eine sehr fragwürdige Sache ist. Eine Sache, die es eigentlich nicht wert ist, dass bessere Herren ihre ganze Lebensarbeit an sie verwenden. Wenn Sie das Bestehende schützen wollen, lieber Dickmann, dann rate ich Ihnen, sich nie danach zu fragen, ob das Bestehende überhaupt geschützt zu werden verdient. Fragen Sie nie danach, und überzeugen Sie sich nie von der Humanität des deutschen Strafvollzugs, sonst wäre Ihnen vielleicht Ihr Mund verschlossen, und Sie könnten nicht mehr sagen: ‚Zwei Jahre Gefängnis'."

Nein, so kommt Dickmann nicht weiter. Schade, er hatte gedacht, er könne mit Donath wie einst über alle Gedanken sprechen, die er vor anderen verheimlicht und verbirgt. Es geht nicht. Donath ist jetzt so scharf. Sein Witz hat nichts mehr von der früheren Gutartigkeit. Seine Gesten sind schwer und müde geworden. Er gähnt oft und wacht eigentlich nur auf, wenn das Gespräch vorübergehend einmal auf Frauen kommt, dann ist er wieder der Alte. Erzählt spaßhafte und kaum glaubliche Geschichten, reißt Witze, trinkt ...

„Wirklich, Dickmann, glauben Sie mir: Sie tun besser, wenn Sie so weiter leben, wie Sie es gewohnt sind. Die Merkwürdigkeit dieser Zeit, von der Sie jetzt so häufig sprechen, ist nichts für Sie. Lassen Sie diese Zeit zufrieden. Es kommt doch nichts dabei heraus, wenn Sie darüber nachdenken."

„Aber irgend etwas muss doch geschehen ..."

„Pst!" Donath hebt beschwörend beide Handflächen. „Was denn! Was soll denn geschehen? Was geht Sie denn das an? Schade um Sie, Dickmann, früher waren Sie in Ihrer freundlichen Rückständigkeit für mich ein ästhetischer Genuss, jetzt fangen Sie auch schon an, genau so tierisch ernst und tatendurstig zu werden wie alle, die von dieser Zeit angefressen sind. Etwas geschehen! Lächerlich!"

So geht es wirklich nicht. Dickmann glaubt, sich lange genug mit so freundlichen Unverbindlichkeiten beruhigt zu haben. Er will wissen. Übrigens ist das alles nicht so wichtig. Wenn doch alles beim Alten geblieben ist, wenn das Fundament der Rechtsprechung noch nicht durch Humanitätsduselei und schlechtes Gewissen unterminiert ist, dann ist ja alles gut.

Gut? Wieso? Warum spricht man dann soviel von der Humanisierung der Rechtspflege? Warum jagt eine Reformverordnung die andere, wenn doch alles schließlich beim Alten bleibt?

„... der ganze moderne Strafvollzug ist eine große Heuchelei ... Nervenzusammenbrüche und Tobsuchtsanfälle sind an der Tagesordnung, aber alle beteiligten Instanzen sind in der Regel so abgestumpft, dass sie davon nicht im geringsten berührt werden."

Diesen Satz liest Dickmann in der Zeitschrift des Republikanischen Richterbundes, und wenn er gerade an diesem Tage nicht den Staatsanwalt Dr. Rodebach getroffen hätte, dann hätte er sich damit begnügt, diesen Satz für eine sinnlose Übertreibung, für eine gewissenlose Hetze zu halten.

So aber bleibt der Staatsanwalt plötzlich auf dem Korridor des Gerichts stehen und sieht Dickmann aufmerksam an. Dickmann geht auf ihn zu, lächelt erfreut und will ihm die Hand geben. Da erst erkennt Rodebach ihn: „Richtig, Dickmann ist das. Der junge Mann mit der Skrupelsucht. Wie geht's denn? Immerhin einige Jahre her, seit wir zusammen gearbeitet haben."

Dickmann hört, Rodebach sei schon seit drei Jahren Direktor einer großen Strafanstalt in der Nähe Berlins, und er findet an dieser Karriere nichts Bemerkenswertes. Nach der Meinung aller deutschen Justizministerien eignen sich gerade ehemalige Staatsanwälte vorzüglich zu dem Posten eines Strafanstaltsdirektors.

Wie es Rodebach geht? Ausgezeichnet. Er hat sein kleines Häuschen außerhalb der Anstaltsmauern, seinen großen Garten, der Gefängnisarzt und der Pfarrer sind reizende Leute, der eine ein guter Geigenspieler, der andere ein großartiger Cellist, man spielt Trios ... Obwohl der ehemalige Staatsanwaltschaftsrat Dr. Rodebach etwas älter geworden ist, findet Dickmann an ihm doch die alte Eleganz und die fröhliche Überlegenheit wieder, die früher dem jungen Referendar imponiert haben. Vielleicht könnte man ...

„Sagen Sie", Dickmann ist sehr verlegen. „Ich habe mich eigentlich noch nie mit dem modernen Strafvollzug beschäftigt. Könnte ich Sie wohl einmal sprechen?"

Selbstverständlich kann Dickmann das. Die beiden Herren werden nachher Kaffee trinken. Dickmann kann fragen, soviel er will. Rodebach freut sich sogar darüber. Findet man ja selten bei Richtern, dieses Interesse am Strafvollzug ...

Vielleicht wäre es doch besser gewesen, Dickmann hätte Donaths Rat befolgt? Rodebach spricht mit lächelndem Munde – gelegentlich einen Witz einfügend – Dinge aus, die Dickmann erschüttern. Und das Unverständlichste und Erschütterndste ist, dass Rodebach zufrieden ist, ausgeglichen, fröhlich. Dass ihn sein Wissen nicht belastet.

„Entzug der Freiheit? Lieber Freund, wenn das alles wäre, dann wäre das Gefängnis in der Tat ein besseres Sanatorium. Aber man nimmt dem Gefangenen ja nicht die Freiheit allein, man nimmt ihm die Sprache, den Schlaf, die Gesundheit, das Sonnenlicht und noch einiges mehr. Ne, ne, Sie können den Strafvollzugsbehörden wirklich nicht übertriebene Humanitätsduselei vorwerfen. Es bleibt auch beim modernsten Strafvollzug immer noch genug übrig, um dem Gefangenen das Leben schwer zu machen ..."

Man nimmt dem Gefangenen die Sprache? Freilich, – die ersten drei Monate einer Gefängnisstrafe müssen in Einzelhaft verbracht werden. Der Gefangene darf nur kurze militärische Meldungen an den Gefangenenaufseher richten, auch während des halbstündigen Spaziergangs im Hof ist ihm das Sprechen verboten.

Die Sonne, die Gesundheit? Natürlich: die Zellenfenster sind so gebaut, dass die Sonne nicht in die Zelle hineinscheinen kann. Es gibt da Blechblenden, die das ganze Fenster verdecken und nur oben zwei Handbreit offen lassen. Gesund ist das natürlich nicht. Die Luft in der Zelle ist dumpf. Die zu längeren Strafen Verurteilten werden lungenleidend. Ob viele daran sterben? Rodebach lächelt. Nein, nach den Statistiken der preußischen Strafanstalten stirbt kein einziger Gefangener an Tuberkulose. Von den dreihundertzwanzigtausend Menschen, die alljährlich durch die Gefängnisse des Freistaats Preußen wandern, nicht ein einziger. Kein Strafanstaltsdirektor verdirbt sich leichtsinnig die schöne Gesundheitsstatistik seiner Anstalt. Lungenkranke Gefangene sterben in der Freiheit. Man entlässt sie eben rechtzeitig ...

„Und dann das Essen. Gewiss, – es ist gut und schmackhaft, aber eigentlich nie genug. Es stimmt schon, wenn man sagt, dass im Gefängnis sechs Tage in der Woche gehungert wird. Nur am Sonntag gibt es satt zu essen. Gewichtsabnahmen bei Gefangenen bis zu einem Sechstel des Gesamtgewichts gelten nicht als Krankheit und berechtigen nicht zum Empfang von Krankenkost. Nee, lieber Freund, Sie dürfen sich das Gefängnis wirklich nicht als Sanatorium vorstellen."

Wie es mit der Arbeit ist? Selbstverständlich, jeder Gefangene muss arbeiten, und zwar schwer. Auch das Tütenkleben ist eine schwere Arbeit. Der Gefangene macht dabei in neun Stunden alle zwei Sekunden einen Handgriff. Das Arbeitspensum ist so berechnet, dass es gerade Zeit zum Luftholen lässt. Wenn ein Mann sein Pensum nicht schafft, dann wird er bestraft. Oh, da gibt es mancherlei Mittel. Man kann ihm für drei Tage das warme Essen entziehen, man kann ihm das Bett aus der Zelle nehmen und ihn nachts auf dem Steinboden schlafen lassen. Nein, es gibt schon genug Disziplinarmittel. Jawohl, der Strafanstaltsleiter ist einzig und allein befugt, über solche Strafen zu bestimmen. Berufungsmöglichkeiten gibt es nicht.

In jeder Zelle des Gefängnisses hängt eine gedruckte Hausordnung: „Gesundheit und Arbeitskraft des Gefangenen dürfen nicht geschädigt werden." Aber Gesundheit und Arbeitskraft sind ja relative Begriffe. Was dem einen eine Kleinigkeit ist, das ist für den anderen der Anlass zum Ausbruch des Wahnsinns. „Na, wissen Sie nun genug?"

Dickmann muss sich erst einen Augenblick besinnen. Das alles ist ihm so fremd und neu. „Dann sind doch eigentlich die Strafen der Gerichte im allgemeinen zu hoch? Man weiß doch gar nicht, was das heißt: zehn Monate Gefängnis, zum Beispiel."

„Ja, lieber Freund, das geht uns dann nichts mehr an. Vielleicht sind sie zu hoch, vielleicht auch nicht. Ich bin nur ausführendes Organ. Wenn ein Mensch zu zehn Monaten Gefängnis verurteilt ist, dann sperre ich ihn eben zehn Monate ein. Da kann ich nichts bei machen. Und im übrigen soll die Strafe ja auch eine Strafe sein. Sehen Sie, wenn man einem Kind zur Strafe den Hintern vollhaut, dann ist es noch lange kein Argument gegen die Prügelstrafe, dass Prügel weh tun. Nicht wahr? Also!"

Es macht Dr. Rodebach offensichtlich Freude, dem jungen Landgerichtsrat Rede und Antwort zu stehen. Er hat auf jede Frage eine überzeugende Antwort parat, und wenn man ihn reden hört, dann gibt es im modernen Strafvollzug eigentlich überhaupt keine Probleme; oder jedenfalls nicht die Probleme, die in der Öffentlichkeit diskutiert werden.

„Strafvollzug in Stufen? Ziemlich verfahrene Geschichte, mir machts 'nen Haufen Arbeit und Scherereien, und der Effekt ist gleich null. Gewiss, – die schweren Jungen können mancherlei Vergünstigungen erhalten. Aber doch erst nach Verbüßung von neun Monaten. Und die meisten, vor allem die erstmalig Bestraften, haben von diesem Stufensystem überhaupt nichts, weil die erste Strafe im allgemeinen doch gering ist."

Besserung, Erziehung als Strafzweck?

Rodebach lächelt mild: „Ich habe da zwei Leute, die aus Hunger einen Raubüberfall verübt haben. Bisher unbestraft, verurteilt zu vier Jahren Gefängnis. Wozu soll ich die Leute nun erziehen, was? Die beiden Burschen sind ganz patente Kerle, aber sie haben eben Hunger gehabt. Wenn sie nun entlassen werden und trotz aller Erziehung in der Strafanstalt wieder Hunger bekommen, was dann? Zu Hungerkünstlern kann ich sie nicht erziehen. Oder: bei mir sitzen ein paar Kommunisten, verurteilt wegen Vorbereitung zum Hochverrat. Wozu soll ich die Leute erziehen? Zu Deutschnationalen? Oder genügt es, wenn sie als Sozialdemokraten die Anstalt verlassen? Hahaha!“

Dickmann bleibt ernst, er möchte noch mehr wissen. Das kann nicht alles sein. Rodebach zerschlägt ihm ja das kunstvolle Gebäude seiner Rechtsauffassung!

„Ja, aber warum ...“

„Warum es dann überhaupt Gefängnisse gibt, wollen Sie vielleicht fragen“, unterbricht ihn Rodebach. Er legt sich in seinem Stuhl zurück und spricht ernsthaft und überlegen: „Sehen Sie, ich bin Rationalist, wie Sie sich vielleicht noch erinnern werden. Für mich ist das gesamte Strafrecht nichts als eine Frage der reinen Zweckmäßigkeit. Man will die Gesellschaft vor den asozialen Elementen schützen, und man schützt sie am besten dadurch, dass man diese Asozialen einsperrt. Wenigstens in der Zeit ihrer Strafhaft können sie der Gesellschaft nicht gefährlich werden. Das ist für mein Empfinden alles. Das übrige, der ethische Ballast, mit dem unsere Rechtsprechung belastet ist, – das ist eine andere Frage.“

Dickmann fragt zurück: „Und wie lösen Sie die?“

„Ein heikles Thema“, sagt Rodebach kopfwiegend „Wenn man die ethische Basis unseres Strafrechts aufheben wollte, dann würden Zweckmäßigkeitsfragen automatisch die Frage nach der Intaktheit dieser Gesellschaft nach sich ziehen müssen. Wenn man sich nicht auf ein übergeordnetes ethisches Prinzip zurückziehen kann; wenn man straft und richtet, wie es zweckmäßig erscheint, dann ist die gesamte Rechtspflege in Gefahr. Nun ist von dem Glauben an diese ethischen Prinzipien unserer Zeit nicht viel übrig geblieben, aber man tut weiterhin so, als hätte man diesen Glauben noch, und daher rührt letzten Endes die ganze Problematik unserer Justiz. Ob man da mit juristischen Mitteln abhelfen kann?“

„Aber es kann doch nicht ewig so weitergehen! Es muss doch etwas geschehen!“

„Ganz im Gegenteil, mein Bester! Nichts darf geschehen. Nehmen Sie einen Stein da heraus, und der ganze Laden kracht zusammen. Deshalb halte ich diese ganze Reformiererei auch für groben Unfug. Aber lassen wir das. Wie geht es Ihnen denn sonst? Ihr Herr Vater ist tot, habe ich gehört? Untersuchungsrichter? Soso, interessante Arbeit, nicht wahr?“ Rodebach ist nicht zu fassen. Dickmann möchte so gern mehr von ihm hören. Aber Rodebach spricht jetzt von gleichgültigen Dingen, und Dickmann wagt nicht mehr, ihn auf das andere Thema zurückzubringen.

Nur einmal noch sagt Rodebach wie nebenbei: „Sehen Sie, unser Strafgesetz stammt aus einer Zeit unerhörten wirtschaftlichen Aufschwungs. Das Fundament hat sich aber in den letzten Jahren so erheblich verändert, dass sich fortlaufend die schwersten Widersprüche ergeben müssen. Drum sage ich auch immer: Legalität, nicht Moralität. Na, sollen die da oben sehen, wie sie den Karren weiterschieben.“

Der Strafanstaltsdirektor Dr. Rodebach will gar nicht wissen, was er tut. Er hat den Glauben an die ethischen Prinzipien der Gerechtigkeit gar nicht nötig. Er ist ein fleißiger, tüchtiger Beamter, der sich streng nach den Bestimmungen der Gesetze richtet. Ob diese Gesetze gesund sind, – ist es seine Sache, das zu entscheiden? Er handelt eben danach.

Und Dickmann? Kann er sich mit dieser Beamtenphilosophie begnügen? Wird er endlich begreifen, dass es zwecklos ist, über Dinge nachzudenken, an denen doch nichts zu ändern ist?

OBWOHL SIE ES WISSEN

Ernst Ottwalt

DENN SIE WISSEN WAS SIE TUN

Landgerichtsrat Dr. Dickmann seufzt. Die Uhr im Verhandlungssaal zeigt drei. Und zwei Verhandlungen stehen heute noch an.

„Ich kann nicht mehr", denkt er verzweifelt und fasst sich mit Daumen und Zeigefinger in die Augenwinkel. Seit neun Uhr sitzt er ununterbrochen hier. Sechs Stunden lang eine Zeugenvernehmung nach der anderen.

„Ich lasse vor Verhandlung der nächsten Sache eine Pause von einer halben Stunde eintreten", sagt er laut. Steht brüsk auf und verlässt den Sitzungssaal. Die beiden Schöffen sehen ihm erstaunt nach.

In seinem Zimmer lässt er sich schwer auf einen Stuhl fallen. Selbst die Zigarette schmeckt nicht mehr. Kaputt ist er, fertig, erledigt. Aufhängen sollte er sich. „Ich kann nicht mehr." Er schüttelt verzweifelt den Kopf. Das kann auf die Dauer auch den ruhigsten Menschen verrückt machen: sechs Stunden Verhandlung, ganz ungeklärte Sache. Und nun fangen die beiden Schöffen auch noch an, Schwierigkeiten zu machen!

Eben hat Dickmann einen Angeklagten freisprechen müssen. Vom Einzelrichter war der Mann wegen schweren Diebstahls im Rückfalle zu einem Jahr Zuchthaus verurteilt worden, und bestimmt hatte er das verdient. Aber die Beweise waren so dünn, so verworren, die Zeugenaussagen so trostlos ungenau. Da hat er den Mann eben freisprechen müssen. Es ist ein widerwärtiges Gefühl, diese Befürchtung, einen notorischen Spitzbuben in allen Ehren dem Leben wiedergegeben zu haben. Aber diese Schöffen!

Der eine geht ja. Anständiger, einfacher Mann. Bürogehilfe in einer großen Fabrik. Aber der andere! Ekelhafter Kerl. Ein Werkzeugschlosser. Richtiger Klugscheißer. Fragt bei jedem Dreck wieso und warum. Lässt sich nicht überzeugen und hat nun richtig auch den anderen Schöffen verrückt gemacht. Landgerichtsrat Dr. Dickmann ist heute von zwei Schöffen überstimmt worden. Das macht wirklich keinen Spaß. Man kommt sich so blamiert vor!

Kopfschmerzen, Müdigkeit. Keine Lust.

Wozu denn eigentlich dieses ganze Theater? Morgens steht man auf, geht auf den Lokus, mittags isst man, abends geht man schlafen. Tagsüber verurteilt man kleine Schächer. Und das geht immer so weiter. Das nennt sich Leben! Lohnt sich denn das?

„Ich kann nicht mehr."

Wozu jeden Tag Akten wälzen, Urteile sprechen? Staatsautorität, Sicherung der Gesellschaft, Gerechtigkeit, – was geht ihn das an? Schlafen gehen, tagelang schlafen, gar nicht wieder aufwachen ...

Der Landgerichtsrat Dr. Dickmann legt den Kopf auf den Tisch. Er schließt die Augen. Dann lächelt er. Von irgendwoher hört er Musik, sanfte, gleitende Töne, einen Bachchoral: „Liebster Herr Jesu, wo bleibst du so lange. Komm doch, mir wird hier auf Erden so bange. So bange ..."

Das geht nicht. Du bist hier im Kriminalgericht und nicht in der Kirche!

Ein hastiger Blick auf die Uhr. Höchste Zeit. Dickmann rafft sich zusammen. Im Beratungszimmer stehen die Schöffen, der Unsympathische und der Stille.

„Die nächste Sache!"

Wenn nur diese Müdigkeit nicht wäre!

Das ist also der Angeklagte Kazmierziak. Dickmann mustert ihn kurz. Widerwärtig sieht der Kerl aus.

Die Akten. Dickmann erläutert den beiden Schöffen den Fall: „Der Angeklagte ist wegen Bettelns vom Schnellgericht zu vier Wochen Haft verurteilt. Außerdem ist auf Überweisung an die Landespolizeibehörde erkannt worden. Sie sind jetzt schon im Arbeitshaus, Angeklagter?"

Der Angeklagte nickt.

Wie oft Dickmann einen solchen Fall erlebt hat! Manchmal hat er in Pörgelau an einem einzigen Tag gleich drei oder vier solche Burschen verurteilt.

Vorstrafenregister. Der Mann ist wegen Bettelns und Obdachlosigkeit nicht weniger als vier-, sechs-, siebenmal vorbestraft. Eine Unverschämtheit von dem Kerl, dass er überhaupt noch wagt, Berufung einzulegen.

Dickmann sieht den Angeklagten feindselig an. Und wegen so eines Landstreichers muss man hier Stunden und Stunden sitzen.

„Sie haben also Berufung eingelegt." Dickmann spürt selbst, dass sein Ton vielleicht ein wenig zu schroff ist. Aber da soll man auch die Ruhe behalten. „Worauf stützen Sie die Berufung?"

Der Angeklagte schielt von unten her scheu zu seinem Richter hinauf und schweigt.

Dickmanns Nerven zittern. Ruhe! Ruhe! Der Mann versteht vielleicht nicht. „Sie haben Berufung eingelegt gegen das Urteil, das Sie zu vier Wochen Haft und Überweisung an die Landespolizeibehörde verurteilt hat. Glauben Sie denn, dass Sie damit Glück haben werden?"

Kazmierziak schweigt.

„Sie sind siebenmal wegen Bettelns vorbestraft, einmal haben Sie sogar schon ein Jahr lang im Arbeitshaus gesessen. Hören Sie mal, ich finde, da sind vier Wochen Haft und ein Jahr Arbeitshaus wirklich eine recht milde Strafe. Worauf stützen Sie denn Ihre Berufung?"

„Ich wollte bitten ..."

„Sprechen Sie doch lauter, Angeklagter! Ich muss hier auch den ganzen Tag laut und deutlich reden, da ist es doch wohl nicht zuviel von Ihnen verlangt, wenn ... Also was wollen Sie?"

„Ich wollte bitten, dass ich nicht ins Arbeitshaus komme."

Wenn der Kerl doch bloß laut sprechen möchte! Ist ja nicht auszuhalten, dieses Gemuschel!

„Also Sie wollen Ihre Berufung auf das Strafmaß beschränken. Denn dass Sie gebettelt haben, das wollen Sie doch wohl nicht bestreiten. Und warum wollen Sie nun nicht ins Arbeitshaus?"

Dickmann merkt, dass das eine dumme Frage ist. Er ärgert sich über sich selbst. Und weil der Angeklagte auf diese dumme Frage keine Antwort findet, schreit er ihn an: „Herrgott, Mensch, nu reden Sie doch! Sie können doch nicht einfach was ausfressen und hinterher sagen: ich möchte nicht bestraft werden. Sie müssen doch irgendeinen Grund haben!"

„Ich habe eine vierundsiebzigjährige Mutter zu ernähren."

„Was haben Sie? Zu ernähren? Na, ist doch ... Wovon ernähren Sie sie denn, was? Vom Betteln, nicht wahr?"

„Ich kann doch nicht dafür. Ich habe mir im Feld ein Magenleiden zugezogen. Ich soll Kalbfleisch essen, sagt der Doktor. Meine Mutter ist andauernd krank. Wir haben beide zusammen sechzig Mark im Monat Unterstützung. Davon gehen allein vierundzwanzig Mark für die Miete ab ..."

„Deswegen brauchen Sie doch nicht zu betteln. Sie sagen, Sie sind im Felde krank geworden, beziehen Sie denn da nicht eine Invalidenrente?"

„Das Versorgungsgericht hat meine Ansprüche abgelehnt. Sie sagen, ich kann mir ja die Krankheit erst später geholt haben."

„Wenn das Versorgungsgericht Ihre Ansprüche abgewiesen hat, dann wird es wohl seine Gründe gehabt haben."

„Und Arbeit kriege ich nicht. Ich habe mich andauernd bemüht."

Dickmann fühlt, wie die Sache ihm entgleitet. Ruhig, ruhig! „Na, es finden doch andere Leute Arbeit."

Kazmierziak hebt den Kopf ... Seine Brust hebt sich schwer: „Herr Rat, das kann Ihnen genau so gehen ..."

Dickmann kreischt: „Lassen Sie gefälligst meine Person aus dem Spiel, ja? Ich arbeite, Angeklagter! Ich arbeite, und Sie betteln."

„Aber wat soll ick denn machen! Ick kann doch nich einfach verrecken, bloß weil det Betteln verboten ist!"

„Reden Sie in anständigem Ton, ja? In Berlin ist noch kein Mensch verhungert."

„Keen Mensch? Jeden Tag verrecken sie wie die Fliegen ... Sie wissen das bloß nich, Herr Rat."

Dickmanns Hand krampft sich um den Bleistift. Ich kann nicht mehr. „Wir sind nicht dazu hier, uns zu unterhalten", sagt er matt. „Haben Sie sonst noch etwas zu bemerken, Angeklagter? Nein. Herr Staatsanwalt!"

Der junge Assessor, der den Staatsanwalt vertritt, erhebt sich:

„Angesichts der Vorstrafen des Angeklagten scheint das Urteil der Vorinstanz durchaus angemessen. Die Beweisaufnahme hat nichts ergeben, was eine andere Beurteilung der Sachlage erforderlich machen könnte. Ich bitte daher, die Berufung zu verwerfen."

Gott sei Dank. Kurz und schmerzlos. Dickmann schielt auf die Uhr: „Angeklagter, haben Sie noch etwas zu bemerken? Wir werden beraten."

Den beiden Schöffen voraus geht Dickmann ins Beratungszimmer und beginnt sein Referat: „Meine Herren, ich glaube, diesmal können wir uns eine lange Beratung sparen. Sie haben gehört, dass der Angeklagte siebenmal einschlägig vorbestraft ist. Die Überweisung ins Arbeitshaus scheint demnach durchaus angemessen. Ist ja schließlich für den Mann auch das beste. Wir sind nicht nur dazu da, Verbrechen zu bestrafen, wir müssen sie auch verhindern. Sehen Sie, der Angeklagte würde in der Freiheit sofort wieder rückfällig werden. Da tut man dem Mann ja geradezu einen Gefallen, wenn man ihn im Arbeitshaus interniert. Die Überweisung an die Landespolizeibehörde, die Internierung im Arbeitshaus also, gilt nicht als Strafe, sondern als korrektionelle Nachhaft. Auf diese Nachhaft kann erkannt werden bei den Vergehen des Bettelns, der Obdachlosigkeit und der Landstreicherei, sowie bei den Verbrechen des Glücksspiels und der Zuhälterei. Soweit die Rechtslage. Ich bin der Ansicht, die Berufung des Angeklagten müsse verworfen werden."

Die beiden Schöffen schweigen. Endlich sagt der eine von ihnen, der Bürogehilfe, nachdenklich und schwer: „Ja, aber der Mann sagt doch, er muss seine Mutter ernähren. Was wird denn aus der alten Frau, wenn der Sohn im Arbeitshaus sitzt?"

Dickmann muss sich sehr zusammennehmen. Jetzt fängt das schon wieder an. Er lächelt mühsam: „Ich vermute, der alten Dame wird es nie so gut gehen, wie wenn sie ihren Sohn los ist. Außerdem ist das aber nicht unsere Sache, sondern die der Wohlfahrtsbehörden. Die werden sich des Falles schon annehmen. Noch etwas?"

Der Bürogehilfe zuckt qualvoll die Achseln: „Aber wenn der Mann nun wirklich bloß sechzig Mark im Monat hat, und er ist krank, und seine Mutter ist krank, – davon können die Leute doch gar nicht leben?"

Der Arbeiter sekundiert ihm bitter: „Verurteilt kann so ein Mann wohl werden, aber was aus ihm wird, das ist dem Staat egal."

Dickmann erhebt sich: „Herr Schöffe, ich möchte Sie darauf aufmerksam machen, dass diese Bemerkungen hier nicht zur Sache gehören. Das Gesetz schreibt vor, dass Betteln bestraft werden muss, und weder Sie noch ich können einfach das Strafgesetzbuch außer Kraft setzen. Wir haben nur darüber zu befinden, ob der Berufung stattgegeben werden soll oder nicht. Ich kann es mit meinem Gewissen nicht vereinbaren, einen solchen Menschen freizusprechen."

„Dann ist das Gesetz eben sehr schlecht", sagt der Arbeiter brummend.

„Ihre Privatmeinung kann hier nicht ausschlaggebend sein", bemerkt Dickmann kühl. „Außerdem bin ich fest davon überzeugt, dass der Angeklagte in Bezug auf seine Geldverhältnisse die Unwahrheit sagt."

Der Bürogehilfe windet sich immer noch: „Können Sie denn nicht wenigstens in das Urteil hineinbringen, dass sich das Wohlfahrtsamt um die Mutter bekümmern soll?"

„Ich kann nicht mehr, ich kann nicht mehr", repetiert es in Dickmanns Hirn dumpf. „Das ist nicht Aufgabe des Gerichts", sagt er so freundlich wie es ihm noch möglich ist. Wenn doch dieser Tag erst ein Ende hätte! Schlafen, schlafen!

„Aber es ist doch eine Ungerechtigkeit, so einen armen Teufel ins Arbeitshaus zu stecken. Der Mann würde sicher arbeiten, wenn es nur Arbeit gäbe." Der Arbeiter wird schon wieder aufsässig!

Dickmann geht mit einigen großen Schritten im Beratungszimmer auf und ab. „Meine Herren", sagt er energisch, „wir haben uns einzig und allein nach dem Gesetz zu richten. Das ergangene Urteil steht durchaus im Einklang mit dem Gesetz und mit der höchstrichterlichen Rechtsprechung. Hier habe ich gerade so einen Fall."

Dickman greift nach einem Heft, das auf dem Tisch liegt: „Hier: Urteil des Hanseatischen Oberlandesgerichts. Es handelt sich um einen Kriegsverletzten, der ebenfalls wiederholt wegen Obdachlosigkeit und Bettelns bestraft worden ist. Hier steht: Für die Verhängung der korrektionellen Nachhaft und Überweisung ins Arbeitshaus, gleichgültig ob diese als polizeiliche Sicherungsmaßregel oder als Nebenstrafe angesehen worden ist, sind in erster Linie die Vorstrafen des Angeklagten maßgebend. Rechtfertigte schon dieser Sachverhalt die Befürchtung, dass sich der Beschwerdeführer demnächst erneut der nämlichen Übertretung schuldig machen werde, so wird diese noch weiter gestützt durch den Umstand, dass ihn die erlittene Kriegsverletzung an der Übernahme schwerer Arbeit überhaupt hindert. Mit der Verhängung der Überweisung an die Landespolizeibehörde ist mithin der Zweck erstrebt worden, den Beschwerdeführer von einer Wiederholung der Straftat abzuhalten und den alsbaldigen Wiedereintritt einer Lage auszuscheiden, die die Voraussetzung für die erneute Begehung der Übertretung abgeben würde. Die Maßregel dient mithin in gleicher Weise der Abschreckung, Besserung und Sicherung."

Dickmann legt das Heft triumphierend auf den Tisch: „Hanseatisches Oberlandesgericht!", sagt er mit Nachdruck. „Vier Oberlandesgerichtsräte und ein Senatspräsident am Oberlandesgericht! Ich denke, Ihre Zweifel werden jetzt beseitigt sein."

Die beiden Schöffen schweigen.

„Also stimmen Sie zu, die Berufung zu verwerfen?"

Der Arbeiter nickt mürrisch: „Dann machen Sie, was Sie wollen."

Ruhig, ruhig! Dickmann sagt: „Das ist unzulässig, Sie dürfen sich der Stimme nicht enthalten."

„Also gut: die Berufung soll verworfen werden."

Der andere Schöffe nickt stumm, und Dickmann atmet auf.

Ein paar Minuten später sitzt er auf seinem Stuhl: „Im Namen des Volkes! Die Berufung des Angeklagten wird verworfen!"

Worte stolpern müde über seine Lippen. Die juristischen Phrasen, die er eben aus dem Urteil des Hanseatischen Oberlandesgerichts vorgelesen hat, haften noch in seinem Gedächtnis. Er spricht sie aus und zwingt sich, dabei an den vorliegenden Fall zu denken, an den Angeklagten Kazmierziak, der dort mit geducktem, breitem Nacken in der Anklagebank steht und dem Richter so merkwürdig starr und stier ins Gesicht sieht.

„... die Verhängung der Überweisung an die Landespolizeibehörde begegnet daher rechtlich keinerlei Bedenken."

Adam Kazmierziak, vier Jahre Krieg! Der Dank des Vaterlands ist dir gewiss ...

Die Uhr zeigt auf vier. Wie lange soll das denn heute noch dauern!

Der nächste Fall. Zeugen, vier, fünf, acht. Die Angeklagte: ein Dienstmädchen, das seine Herrschaft bestohlen hat, und das vom Amtsgericht zu vier Monaten Gefängnis verurteilt worden ist. Sie beteuert auch vor der Berufungskammer ihre Unschuld. Dickmann stöhnt tief auf: nun muss er wieder stundenlang Zeugen vernehmen. Und es bleibt doch bei den vier Monaten. Die Berufung der Angeklagten wird verworfen.

Gegen sechs Uhr endlich geht er über den Korridor. Die beiden Schöffen haben keine Schwierigkeiten mehr gemacht. Sie waren müde zum Umfallen, hörten kaum noch hin, wenn Dickmann etwas sagte ...

In Hut und Mantel begegnet ihm ein älterer Herr. Dickmann grüßt höflich: Landgerichtsrat Wehmeyer. Sein faltiges Greisengesicht ist bleich und freundlich.

„So spät noch, Herr Kollege?"

Dickmann nickt erschöpft: „Seit heute morgen um neun."

Wehmeyer sieht ihn freundlich an: „Sie sehen sehr müde aus, mein Lieber. Sie müssten mal ausspannen, glaube ich. Sie nehmen sich zuviel vor. Das ist nicht gut."

In Dickmann zittert noch die Erregung des Sitzungstages nach. Er hebt den Kopf und fragt misstrauisch: „Gut für wen? Meinen Sie für mich, oder für meine Urteile?"

Wehmeyer schüttelt lächelnd den Kopf: „Sie sollten wirklich ausspannen." Dann fasst er den jüngeren Kollegen unter den Arm, und die beiden Richter gehen zusammen durch den Tiergarten. Wehmeyer lächelt: „Schönes Wetter heute. Frische Luft tut uns beiden gut."

Dickmann ist dem alten Herrn dankbar, einfach für sein Dasein. Wehmeyer ist so ruhig, so weise. Dickmann hat ganz vergessen, dass er sich früher im Kollegenkreise öfter über den alten Herrn lustig gemacht hat. Der Landgerichtsrat Wehmeyer hat die merkwürdige Angewohnheit, sich mit einem milden Lächeln über mancherlei hinwegzusetzen, was anderen Richtern ein Gegenstand höchster Entrüstung ist. Hinterhältige Zeugenaussagen, Schwindelmanöver des Angeklagten, – Wehmeyer pflegt zu lächeln. Er nimmt alles nicht mehr so ganz ernst. Er ist ein alter Mann, hat viel gesehen und viel erlebt ...

Dickmann erzählt ihm von den Fällen des Tages: „Ich habe den Mann freigesprochen. Das Amtsgericht Neukölln, Amtsgerichtsrat Wildenhain, hatte ihn kaltlächelnd zu einem Jahr Zuchthaus verurteilt."

Wehmeyer lächelt milde. Er macht eine abwehrende Handbewegung: „Qu'est-ce que c'est que la justice?", murmelt er leise. „Wie schön, dass es einem doch von Zeit zu Zeit vergönnt ist, einen Irrtum wieder gutzumachen. Finden Sie nicht auch?"

Dickmann nickt mechanisch. Qu'est ce que c'est que la justice? Es ist eine fragwürdige Sache um die Gerechtigkeit. Da ist der Arbeiter Kazmierziak, Korrigend des Arbeitshauses der Stadt Berlin. Siebenmal wegen Bettelns vorbestraft. Hat eine Mutter von vierundsiebzig Jahren. Sechzig Mark im Monat. Vierundzwanzig Mark Miete, von dem Rest leben zwei kranke Menschen und sollen sich pflegen. Jetzt sitzt der Mann in Rummelsburg. Rechtens. Im Namen des Volkes!

Wehmeyer nickt trübe: „Ja ja, der Paragraph 361! Keine große Sache. Es gibt Schlimmeres. Aber mir ist immer sehr unbehaglich zumute, wenn ich einen Angeklagten ins Arbeitshaus schicken soll."

Wieso? Ist doch sehr gut, dass die Leute da arbeiten lernen. Gerade jetzt, in dieser schweren Zeit: Tributlasten, nur ernste und fleißige Arbeit kann Deutschland wieder hochbringen. Und außerdem ist das Arbeitshaus doch so ein Mittelding zwischen einem Gefängnis und einer Wohltätigkeitsanstalt ...

„Haben Sie sich schon einmal ein Arbeitshaus angesehen?", fragt Wehmeyer vorsichtig. „Sie sollten es tun. Ich kenne manche jüngere Kollegen, die noch niemals in einem Gefängnis gewesen sind. Es sagt sich so leicht: drei Monate Gefängnis. Aber wer von uns weiß denn, was drei Monate Gefängnis sind? Für den einen eine Kleinigkeit, der andere zerbricht daran und wird untauglich für sein ganzes ferneres Leben. Ein Jahr Arbeitshaus, – gewiss, es gibt Schlimmeres, aber Sie sollten sich vielleicht doch einmal ein Arbeitshaus ansehen."

Sie gehen durch den Tiergarten. Der Boden duftet schwer und feucht. Ratten rascheln durch das dürre Laub, und der Straßenlärm klingt fern.

... sich einmal doch ein Arbeitshaus ansehen. Und dann? Wozu das alles? Vögel, feuchter Boden, Bachchoräle. Ich kann nicht mehr ... Dickmann, du bist furchtbar müde. Es ist alles so sinnlos. Was redet der alte Mann da? Wozu noch mehr sehen? Friedrich Mehnerts Kopf rollte in den Korb, eine halbe Stunde Spaziergang im Hof, der Kübel in der Ecke stinkt ... „Liebster Herr Jesu, wo bleibst du so lange!"

Wehmeyer legt ihm vorsichtig die Hand auf den Arm, weckt ihn sehr zart aus seinem Brüten: „Sie sollten wirklich einmal ausspannen, Herr Kollege ..."

Zuhause legt sich Dickmann gleich nach dem Essen schlafen. Wozu lebt man eigentlich? Sinnlos, sinnlos. Schlafen müsste man.

Aber Dickmann kann nicht schlafen. Edith hat Besuch. Aus dem Salon tönen durch mehrere geschlossene Türen hindurch Grammophonklänge. Immer diese blöden amerikanischen Schlager. Da, man hört es ganz deutlich: „Yes Sir, that's my baby, I wonder, where my baby is to night ..." Wenn das der Vater noch erlebt hätte! In seinem Hause Negermusik! Was das für eine Zeit ist! Natürlich liegt es nur an Ediths Gästen, dass Dickmann nicht schlafen kann. Oder doch nicht? Warum muss er fortwährend an Adam Kazmierziak denken?

Dickmann versteht sich selbst nicht. Was ist nun schon an diesem Fall! So belanglos wie nur irgendeiner. Dickmann hat den doppelten Lustmörder Friedrich Mehnert zum Tode verurteilt. Jahrhunderte von Gefängnis und Zuchthausstrafen sind unter seiner Mitwirkung verhängt worden, und jetzt kann er vor bitteren Zweifeln nicht schlafen, weil er vielleicht dem Arbeitslosen Kazmierziak Unrecht getan hat. Vier Wochen Haft und ein Jahr Arbeitshaus! Lächerlich.

Dickmann ist sich des durchaus Ungehörigen seiner Gedanken bewusst. Es geht wirklich nicht, dass man bei jedem Paragraphen des Strafgesetzbuchs die Frage nach seiner Existenzberechtigung oder seiner Gerechtigkeit stellt. Menschen, die mehrmals wegen Betteins verurteilt werden, sind Faulpelze, asoziale Menschen. Man muss die Gesellschaft vor ihnen schützen. Wie lästig das ist, wenn andauernd Bettler an der Wohnungstür klingeln. Und abgesehen davon: der Gedanke an die Wohltätigkeit fremder Leute enthebt den Bettler von dem Gefühl der

Verantwortlichkeit für sein eigenes Dasein, ohne das ein geordnetes Staatswesen nicht bestehen kann.

Es gibt wirklich wichtigere Dinge als die Frage, ob Adam Kazmierziak Unrecht geschehen ist. Um den ist es bestimmt nicht schade. Wenn ein einzelner Mensch an der Gerechtigkeit verzweifelt, – die Gerechtigkeit lebt trotzdem weiter. Angesichts der immer weiter um sich greifenden Seuche der Bettelei, der Rentenpsychose, die weite Teile unseres Volkes vergiftet, muss ein Exempel statuiert werden. Es ist vielleicht das einzige objektive Verdienst Adam Kazmierziaks, dass er ein Opfer der Idee der Staatsautorität und Volksmoral geworden ist. Soll sich damit abfinden.

Aber Dickmann kann trotzdem nicht schlafen. Immer wieder hakt sich ein bohrender Gedanke in ihm fest, reißt ihn aus dem Hindämmern auf und zwingt zu Entscheidungen.

Sein einziges Verdienst? Der Mann ist im Felde gewesen. Das geht zweifelsfrei aus den Akten hervor. Er will sich dabei ein Magenleiden zugezogen haben. Ist gewissermaßen Kriegsinvalide, wie jener Mann, den das Hanseatische Oberlandesgericht als zu Recht ins Arbeitshaus überwiesen bezeichnete. „Der Dank des Vaterlandes ist euch gewiss!“ Unsereiner kriegt Orden und Ehrenzeichen, ist angesehen und geehrt, die anderen kommen ins Arbeitshaus. Qu'est-ce que c'est que la justice?

Unsinn. Man müsste sich zunächst erst mal über die Praxis der Versorgungsgerichte informieren. Man müsste feststellen, ob es tatsächlich möglich ist, dass Kriegsverletzte keine Rente bekommen. Das wäre natürlich eine Schweinerei. Dickmann würde das aufs schärfste missbilligen. Kann ja mal vorkommen, dass im Drange der Geschäfte ein nicht ganz einwandfreies Urteil ergeht. Weiß man ja. Was sagt man nicht alles der deutschen Strafrechtspflege nach: Vertrauenskrise der Justiz. Na ja, – Jakubowski, Ebersberger, Leister, Bullerjahn, die Brüder Schmidt aus Oldenburg, der Hilfsgendarm Dujardin ... Kunstfehler kommen überall vor.

Dickmann fährt auf. Er knipst das Licht an. Sein Herz klopft. Er atmet schnell. Dieses Gefühl! Dieses mordende, würgende Gefühl. Menschen werden unschuldig zum Tode verurteilt, hingerichtet, verfaulen im Zuchthaus. „Im Namen des Volkes!“ Die Spruchpraxis des Reichsgerichts in Kommunistenprozessen, Hochverrat. Landesverrat ... Als ob man auf Morast ausglitte. Als ob einem hinterlistig der Stuhl weggezogen würde, auf dem man sitzt. Man hängt in der Luft. Man greift nach einem Strohhalm. Man stolpert über einen Strohhalm.

Der Fall des widerwärtigen Bettlers Adam Kazmierziak schwillt an wie eine Lawine. Hinter jeder Minute dieser Nacht grinsen die erloschenen Augen des Arbeitshäuslers. Adam Kazmierziak wächst ins Kosmische, riesig, dunkel, drohend, gewalttätig ...

Weg damit! Gerechtigkeit, Staatsidee, Sicherung der Gesellschaft ...

Dieser Gesellschaft? Dieser Nordens, die ihren Frauen Hausfreunde halten, dieser Barnims, die auf ihre Tagelöhner schießen, dieser Rodebachs, die gar nicht wissen wollen, was sie tun, Sicherung dieses wimmelnden, tausendfüßigen Gewürms von Prozessparteien, die die Maschine der Gerechtigkeit in Gang halten? Um nichts! Um Geld, Geld, Geld! Die einen wollen es haben, und die anderen geben es nicht her.

Gerechtigkeit!

Der Landgerichtsrat Dr. Friedrich Wilhelm Dickmann sitzt aufrecht im Bett. Seine Augen starren in das Halbdunkel des Zimmers. Wenn man weinen könnte! Aber ein Landgerichtsrat weint nicht. Damit ist auch nichts geholfen.

Er steht auf und geht ins Badezimmer. Er horcht auf dem Korridor vorsichtig um sich. Wie ein Verbrecher kommt er sich vor. Im Medizinschrank im Badezimmer muss noch eine Glasröhre mit Veronaltabletten liegen. Man muss doch schlafen. Er findet das Medikament und stürzt in sein Schlafzimmer zurück. Sorgfältig nimmt er zwei Tabletten heraus, schluckt sie, trinkt Wasser nach und legt sich aufatmend wieder zu Bett.

Er lächelt. Jetzt wird er schlafen können. Braucht nicht mehr an Adam Kazmierziak zu denken. Aber Dickmann wird den Fall prüfen. Er wird der Sache nachgehen, unbestechlich, eisern gerecht. Er wird sehen, ob dem Mann Unrecht geschehen ist. Recht muss doch Recht bleiben ...

Und mit diesem tröstlichen Gedanken, der ein sanftes, kindliches Lächeln über sein Gesicht ausbreitet, schläft er ein, die Hände gefaltet. Von drüben her klingt noch immer das Grammophon: „Ich hab in Pichelsdorf nen kleinen Sommergarten, da will ich nächsten Sonntag heftig auf dich warten. Da blühen Veilchen und Gurken und Sellerie ..."

Recht muss doch Recht bleiben. Der Landgerichtsrat Dr. Friedrich Wilhelm Dickmann wird nicht über den Strohhalm stolpern, der Adam Kazmierziak heißt.

Aber mit den beiden Veronaltabletten ist der Fall doch nicht erledigt. Dickmann hält Wort. Er geht der Sache nach. Was ist mit dem Dank des Vaterlandes, dieser glatten Selbstverständlichkeit? Ist es möglich, dass die Versorgungsämter Kriegsverletzten keine Rente bewilligen?

In der Gerichtsbibliothek findet Dickmann bald eine Statistik der Versorgungsgerichtsbarkeit. Achtzig Prozent aller Versorgungsansprüche werden bereits in der ersten Instanz abgewiesen. Achtzig Prozent!

Deutschland ist ein armes Land. Man muss sparen. Und die Menschen sind oft so habgierig ...

Spruchpraxis des Reichsversorgungsgerichts ... Dickmann fröstelt. Mein Gott, das hat er nicht gewusst. Hier: ein Versorgungsamt hat die Rente eines Schwerkriegsbeschädigten gekürzt. Von fünfzig auf dreißig Prozent. Beschwerdeweg, Urteil: „Der Beschwerdeführer hat zwar einen Arm im Kriege verloren, aber durch zehnjährige Gewöhnung an diesen Zustand ist eine so weitgehende Besserung in den Arbeitsmöglichkeiten des Beschwerdeführers eingetreten, dass eine Kürzung der Rente rechtlichen Bedenken nicht begegnet."

„Amtliche Sammlung der Entscheidungen des Reichsversorgungsgerichts", Band IV, Seite 232. Dickmann liest, ungläubig, kopfschüttelnd: „... der dem Bauer durch seine Tötung verursachte Schaden beruht auf eigenem Verschulden. Der Rentenanspruch seiner Witwe ist zurückzuweisen. Die Teilnahme an der Abwehr des Kapp-Putschs ist eigenes Verschulden ..."

Obwohl die rechtmäßige Regierung zu dieser Abwehr aufgefordert hat?

Hier: „Malaria keine Dienstbeschädigung." „Durch den fortwährenden Genuss von Tabak ist der Beschwerdeführer selbst schuld an der Verschlimmerung seiner Krankheit ..."

Der Landgerichtsrat Dr. Friedrich Wilhelm Dickmann lässt nicht locker. Finster, entschlossen, unerschütterlich geht er dem Fall des Adam Kazmierziak nach. Arbeitshaus? Was ist ein Arbeitshaus? Der Richter, der schon einige Dutzende von Landstreichern und Bettlern zur korrektioneilen Nachhaft verurteilte, hat von dieser Einrichtung nur sehr verschwommene Vorstellungen. Asoziale Menschen, notorische Faulpelze, Abschaum der Menschheit, – im Arbeitshaus werden sie zu brauchbaren Gliedern der Gesellschaft erzogen. Das ist das ethische Motiv der Bestimmung, die das Betteln bestraft.

Der Landgerichtsrat Dickmann schenkt sich nichts. Er hat allzu lange die Augen geschlossen, wenn sein Gerechtigkeitssinn sich empören wollte und ist immer wieder mit einem höflichen Achselzucken vor dem Zwang zurückgewichen, Rechenschaft abzulegen von seinem Tun. Das geht nun nicht mehr.

Dickmann will ein Arbeitshaus besichtigen. Es ist ein langer Weg, ehe er die Erlaubnis dazu bekommt. Er muss trotz seines Berufs erst ein förmliches Gesuch an das Landeswohlfahrts- und Jugendamt richten.

Eines Tages geht Dickmann eine lange, trübe Vorstadtstraße im Osten Berlins entlang. Ein bedrückendes Gewirr von schwarzen Plankenzäunen, von Fabrikmauern, Eisenbahnübergängen und schmutzigen Wegen, die sich im Gestrüpp von Schrebergärten und Schuttabladeplätzen verlieren.

Das Pflaster ist unvollständig. Große Lücken klaffen zwischen den Steinen, und trübes Wasser steht darin. Es lohnt sich nicht, die Schäden zu beheben. Hier draußen stirbt die Stadt. Hochspannungsdrähte und Straßenbahnschienen täuschen noch eine kleine Weile wirkliches Leben vor. Irgendwo schwefeln Fabriken. Ruß und Staub liegt auf den absterbenden Blättern der Bäume und Sträucher.

Dickmann sieht nicht nach rechts, nicht nach links. Geradeaus geht sein Weg. Pfeilgerade und unerbittlich auf die Frage los, ob dem Adam Kazmierziak Unrecht geschehen ist. Ob ein Gesetz ungerecht ist, ein Gesetz, nach dem Dickmann Dutzende von Menschen verurteilt hat, ohne mit der Wimper zu zucken. Man muss das feststellen.

Da ist das Ziel: rote Gebäude, hohe Mauern, dahinter der spitze Turm einer Kirche, Schornsteine ...

Dickmann verbeugt sich korrekt. Seine Stimme spricht gleichgültige Worte: „Sie verstehen, Herr Direktor: im Grunde ist das ja eine ganze winzige Kleinigkeit im Getriebe der Strafrechtspflege. Aber ich stehe nun einmal auf dem Standpunkt, der Richter müsse auch die scheinbar nebensächlichsten Details aus näherer Anschauung kennen. Sie verstehen, – eine vielleicht übertriebene Gewissenhaftigkeit. Aber ich halte sie für meine Pflicht ...“

Der Direktor des Arbeitshauses verbeugt sich stumm, wie um anzudeuten, dass er in dieser Gewissenhaftigkeit einen Vorzug erblicke. Dann bekundet er seine Freude, den Herrn Landgerichtsrat über Grundlage und Praxis des Arbeitshauswesens aufklären zu dürfen:

„Ich kann nach einer fast dreißigjährigen Praxis wohl von mir sagen, dass mir die hier in Frage kommenden Probleme einigermaßen geläufig sind. Also, ehe wir uns die Anstalt ansehen: was wünschen Sie zu wissen?“

Dickmann hüstelt entschlossen. Er schenkt sich nichts: „Sie haben in der Hauptsache Bettler hier? So, zu neunundneunzig Prozent. Halten Sie es für möglich, Herr Direktor, dass diese Leute tatsächlich nur durch die bittere Not zum Betteln gedrängt worden sind?“

Der Direktor zuckt die Achseln: „Zum bloßen Spaß bettelt niemand.“

„Aber aus Arbeitsscheu?“

„Natürlich, das kommt auch vor. Schwer zu unterscheiden. Die Leute werden mit der Zeit ja alle geistig minderwertig, lebensuntauglich.“

„Was kann man sich von der Erziehungsarbeit im Arbeitshaus versprechen?"

„Nichts", sagt der Direktor schlicht. „Die Leute, die wir einmal hier haben, kommen immer wieder. Wir entlassen sie, draußen finden sie keine Arbeit. Wer hat denn heute Arbeit! Ansprüche auf Unterstützung können die Leute nicht durchsetzen, verhungern wollen sie nicht, also fangen sie eben wieder an zu betteln, werden verurteilt und kommen wieder ins Arbeitshaus."

Dickmann schweigt. Dann äußert er energisch, aber gleichgültig und mit einer Art freimütiger Heiterkeit: „Ich habe da einen bestimmten Fall im Auge. Kazmierziak heißt der Mann. Halten Sie es für möglich, dass der Mann, obwohl er an einer im Feld erworbenen Krankheit leidet, keine Rente bekommt? Dass er und seine kranke Mutter von sechzig Mark im Monat leben müssen?"

Dickmann beugt sich etwas vor. Was wird der Direktor sagen? Dickmann tut alles, was er kann. Er schenkt sich nichts. Keine Ausflüchte mehr. Geradeswegs auf die Frage los: ist Adam Kazmierziak Unrecht geschehen?

Der Direktor zuckt die Achseln: „Wir haben mehrere Korrigenden, die objektiv arbeitsunfähig sind. Die Frage der Kriegsverletzung ist nicht immer leicht zu klären. Sie wissen: die Versorgungsbehörden können auch nicht immer so, wie sie vielleicht gerne möchten. Es kommt oft vor, dass Leute keine Rente bekommen, wenn sich ihre Kriegsbeschädigung erst nach Jahren herausgestellt hat. Und diese einfachen Leute haben in der Regel nicht die Möglichkeit, ihre Rentenansprüche mit der nötigen Energie zu verfechten. Das dauert alles so lange. Und in der Zwischenzeit fangen sie eben an zu betteln ..."

Dickmann geht schweigend neben dem Direktor her. Der ist ein großer alter Mann mit einem frischen, roten Gesicht. Hellblaue Augen, aus denen eine Art energischer Güte spricht. Keine Sorgen hat er, keine Skrupel. Ist alles ganz einfach. Man tut den Leuten einen Gefallen, wenn man sie ins Arbeitshaus steckt. Wo sollen sie denn sonst hin? Hier haben sie wenigstens ihr warmes Bett und ihr gutes Essen. Das Ganze ist so ein Mittelding zwischen Gefängnis und Wohltätigkeitsanstalt. Freilich, arbeiten müssen die Leute. Und wer nicht arbeiten will, für den gibt es Arrest.

Hinten auf dem Hof steht so ein Gebäude. Vergitterte Fenster. „Jaja, ein richtiges kleines Gefängnis." Arrest bis zu vier Wochen. Kommt aber nicht oft vor.

In ganz Deutschland sind es wohl an die zehntausend Menschen, die in den Arbeitshäusern sitzen. Asoziale Elemente. Die Gesellschaft kann nichts mit ihnen anfangen.

„Die gegenwärtige Arbeitslosigkeit hat einen großen Teil unserer Arbeit sinnlos gemacht. Die Leute, die hier mal wieder arbeiten gelernt haben, können draußen beim besten Willen keine Arbeit finden. Ist ja traurig, aber wie gesagt: man tut den Leuten eigentlich einen Gefallen, wenn man sie ins Arbeitshaus steckt. Wo sollen die armen Kerle denn sonst hin?"

Dickmann schweigt. Er ist wie betäubt. Dann werden also Menschen bestraft nur dafür, dass sie nicht verhungern wollen? Weil sie keine Arbeit haben? Nur deswegen, weil sie arm sind? Lebensunfähig, geistig minderwertig? Werden zu asozialen Menschen gestempelt ohne ihre Schuld? Warum kümmert sich der Staat nicht um ausreichende Arbeitsmöglichkeiten? Hat nicht jeder Mensch ein Recht auf Arbeit? Reichsverfassung, Grundrechte der Deutschen.

Dickmanns Gedanken laufen automatisch ihre Bahnen.

Vielleicht sind es gar nicht Dickmanns Gedanken? Ist es nicht überhaupt sinnlos, sich über eine so nebensächliche Sache wie die Verurteilung eines bettelnden Kriegsverletzten derartig aufzuregen?

Das hieße ja, über einen Strohhalm stolpern!

Dickmann hat es doch eben gehört: dies hier ist eine Art strenge Wohltätigkeitsanstalt. Hinten steht das Arresthaus, Zellen, Gitter, Kübel, auch eine Vorrichtung zum Verdunkeln der Fenster gibt es da.

Dickmann hat einen Menschen dazu verurteilt, Wohltaten anzunehmen. Das ist alles. Das ist der tiefere Sinn des Betteleiparagraphen: der Staat und seine Gerechtigkeit zwingen die Bettler durch die Strafgewalt zu ihrem Glück. Denn sonst,

– wenn man das nicht so ansehen will, könnte denn sonst ein Mann bestraft werden, weil er nicht verhungern will?

„Wie stehen Sie zu dem Betteleiparagraphen?“, fragt der Landgerichtsrat plötzlich den Direktor des Arbeitshauses.

Der Direktor hebt die Augenbrauen. Das versteht er nicht. Was soll das heißen? „Ist ja doch Gesetz ...“

Richtig! Das hat Dickmann vergessen. Das ist Gesetz und darum gut. Er verzieht den Mund zu einem kleinen Lächeln. Dann sagt er sehr ernst: „Verzeihung!“ Und der Direktor hat noch nie einen so merkwürdigen Richter gesehen ...

Dabei gehen sie nebeneinander über Höfe, durch Arbeitssäle, Krankenzimmer. Eine Tür wird aufgeschlossen: in einem großen, niedrigen Raum sitzen hunderte von Menschen. Dickmann bleibt an der Tür stehen. Er will die Korrigenden nicht in ihrer Mittagspause stören.

Da sitzen sie, in schmutziges Braun gekleidet, stumpf, schweigend. Fahle Gesichter, erloschene Augen. Müde und jämmerlich.

Hin und wieder ist ein jüngeres Gesicht darunter. Hier humpelt einer an einer Krücke, der dort hat einen verkrüppelten Arm. Sie drücken sich scheu an den Aufsehern vorbei. Ihre geduckte, demütige Haltung zeigt an, dass sie längst zerbrochen sind.

Hier sitzen sie, verbraucht, hoffnungslos. Der Kreislauf ihres Lebens berührt immer wieder einmal diese dumpfen Räume, führt sie immer wieder ins Arbeitshaus. Ausgespien sind sie. Schädlinge. Schönheitsfehler am Leibe der Gesellschaft. Und wie man eine hässliche Krankheit verbirgt vor den Augen der Welt, so versteckt man diese in den Kellergewölben der Arbeitshäuser.

Ihr lasst den Armen schuldig werden ... Und die Gerechtigkeit?

Dickmann blickt starr auf diese menschlichen Trümmer. Wo ist ihre Schuld? Wo? Er sucht nach dem Gesicht des Adam Kazmierziak, aber er findet es nicht. Er hat ja auch längst vergessen, wie der Mann aussah.

„Auf Wiedersehen, Herr Landgerichtsrat. Hat mich sehr gefreut.“

„Vielen Dank für Ihre Liebenswürdigkeit, Herr Direktor.“

Vorstadtstraßen. Nebliger Nachmittag. Schmutz, Rauch und Staub. Dickmann wird doch nicht über einen Strohhalm stolpern?

Die Mittagspause wird jetzt vorbei sein. Die Korrigenden arbeiten wieder. Auch der mit der Krücke. Auch der mit dem verkrüppelten Arm. Arbeiten neun Stunden, zehn Stunden. Und in dieser Zeit verdienen sie drei Pfennig, fünf Pfennig, sieben Pfennig. Macht neunzig Pfennig im Monat. Oder eine Mark fünfzig. Was soll man auch mit solchen Leuten machen? Betteln darf man nun einmal nicht. Das ist verboten. Ist Gesetz, und das Gesetz hat recht.

Ein für diese Stadtgegend unpassend korrekt gekleideter Herr geht – fast ein Automat – der Stadt zu. Es scheint, als versage der Mechanismus manchmal, dann bleibt der Herr stehen.

Da ist eine Kneipe. Bier, Schnaps. Gott sei Dank, nicht mehr denken müssen. Gescheuerte Fichtentische. Pappteller. Ein elektrisches Klavier in der Ecke. Plakate: „Melde-Korn". „Das gute Riebeck-Bier."

Der Herr mit den Schmissen erregt Aufsehen: „Eine Molle und einen großen Kognak."

Ich kann nicht mehr!

Adam Kazmierziak!

Der Strohhalm!!

Dickmann spürt ein schmerzhaftes Ziehen im Kopf. Seine Lippen zittern.

Friedrich Mehnerts Kopf rollte in den Korb. Wie der Pfarrer schrie! Jakubowski ist tot. Selbstverständlich! Die Gesellschaft muss geschützt werden. Melde-Korn, das gute Riebeck-Bier.

Nicht mehr denken müssen ...

Wie das gut tut! Wie plötzlich alle Schatten schweigen. Wie weich man wird, wie leicht: „Herr Wirt, noch 'ne Molle."

„Rebenwein und Gerstensaft lieben wir ja alle, ja alle, ja alle, darum lasst mit Jugendkraft schäumen die Pokale, Pokale, Pokale. Bruder Deine Liebste heißt?"

Das ist überhaupt zum Lachen. Das ist ein ganz kolossaler Witz. Dickmann ist verrückt, dass er das ernst nimmt. Lustig, lustig! Die Gesellschaft muss geschützt werden, und weil der Gesellschaft die schlotternde Angst in den Knochen sitzt, darum gibt es Landgerichtsräte.

Pst! Das darf man nicht laut sagen. Wir sagen überhaupt nicht „die Gesellschaft", – wir sagen „Gerechtigkeit." Gesellschaft? Das ist doch kein ethisches Prinzip. Diese Gesellschaft jedenfalls nicht, die Adam Kazmierziak ins Arbeitshaus steckt. Na ja, der Mann ist unbequem. Überhaupt ekelhaft, diese Bettler, die einem mit ihrem unverschämten Geklingel den Mittagsschlaf stören. Wie sagt doch Schiller? Morde nicht den Schlaf!

Den Schlaf. Die Gesellschaft auch nicht. Schlaf – Gesellschaft, – die Gesellschaft muss schlafen. Der Staat muss schlafen. Denn wenn der Staat nicht schliefe, wenn die Gesellschaft eines Tages aufwachte, dann würde sie sehen, wie ungerecht sie ist. Das darf nicht sein. Und darum brauchen wir die Gerechtigkeit.

Und außerdem, – wo bliebe sonst die Sicherung des Bestehenden. Herr Wirt, geben Sie zu, dass das Bestehende wert und würdig ist, gesichert zu werden? Nein, das können Sie nicht, denn Adam Kazmierziak sitzt im Arbeitshaus, und Jakubowski ist tot. Das hat damit gar nichts zu tun! Bedauerliche Kunstfehler kommen immer vor. Das oberste deutsche Gericht, Senatspräsident Niedner, setzt die Strafprozessordnung außer Kraft. Richtig! Untersuchungsgefangene müssen schikaniert werden! Der Wortlaut des Gesetzes? Ein Kunstfehler!

Ruhe, Ruhe. Alles halb so schlimm, Dickmann. Du bist der Schlimmste nicht. Der Landgerichtsrat Dr. Friedrich Wilhelm Dickmann, der Gerichtsvollzieher, der Abdecker, der Schupomann an der Ecke, der Wäschereibesitzer Schmittke aus Magdeburg, – alles dasselbe. Nicht doch: Dickmann schlägt nicht mit Gummiknüppeln, er schießt nicht, er macht sich nicht die Hände schmutzig. Er legt nur das Recht aus. Immer korrekt. Er spricht Recht, damit die Gesellschaft schlafen kann. Na also!

„Eine Molle und einen Kognak!"

Hat doch keinen Zweck, immer in demselben Dreck herumzustochern.

Dickmann schließt die Augen. Das schlaffe Greisengesicht Wehmeyers erscheint vor ihm. Er hört die langsamen Worte:

„... dafür sorgen, dass die Welt besser wird, die Menschen milder, hilfreicher, gütiger ..."

Und dafür sitzt Wehmeyer nun im Gefängnis ... Pardon: sitzt dieser Kazmierziak und anderes unbrauchbares Volk im Gefängnis?

Ja, ja, die Mühle der Gerechtigkeit mahlt. Dafür gibt es Strafgesetzbücher und Landgerichtsdirektoren ...

Der Wirt hinter der Theke sieht unruhig auf seinen seltsamen Gast. Wie der Mann lacht! Mit dem ist es nicht richtig. Außerdem: was hat ein feiner Herr mit Schmissen in einer Kutscherkneipe in Lichtenberg verloren? Man muss aufpassen, dass da kein Unglück geschieht. Ob der Mann überhaupt Geld hat? Der Wirt zählt umständlich nach: drei Mark achtzig, vier Mark fünfundvierzig, – mein Gott, was säuft der sich zusammen! Dunkel ist es auch schon. Gleich werden die Stammgäste kommen.

„Wollen Sie nicht vielleicht nach Hause gehen, Herr? Ich glaube ..."

Dickmann lächelt freundlich: „Qu'est-ce que c'est que la justice?"

„Macht acht fünfundvierzig."

Der Wirt hilft ihm aufstehen. Dickmanns Mantel steht offen, der Hut sitzt schief.

Irgendwo heult eine Stimme in lang gezogenen Tönen immer die gleiche stumpfsinnige Melodie. Oft wird sie kurz überschrieen von einem grellen Lachen. Näher tönt ein betäubendes Murmeln.

Er schlägt die Augen auf. Die Fremdheit der Umgebung erfüllt ihn mit matter, schmerzender Verwunderung. Seine Glieder brennen in einem kalten Fieber. Die Haut seiner Beine zittert unaufhörlich. Ein bitteres und doch fades Ziehen in der Rachenhöhle zwingt zu schwachem Räuspern.

Stöhnend wälzt er sich auf die andere Seite und zieht fröstelnd die unangenehm raue Bettdecke bis zum Kinn hinauf.

Dann schreckt er unter dem schneidenden Gefühl drohender Gefahr zusammen.

Auf seinem Bettrand sitzt ein Mensch: ein großer Kerl mit struppigem schwarzen Schnauzbart. Er hat nichts an als ein kurzes Leinenhemd, unter dem seine haarigen dürren Beine hervorsehen. Unausgesetzt reibt er sich mit der Faust den Hinterkopf.

Der Mann im Bett starrt ihn mit ungläubigen Augen an. Er macht eine scheuchende Handbewegung, dann beugt er sich vor. Wie sein ausgestreckter Zeigefinger die Brust des Fremden berührt, und der letzte Zweifel an der Körperlichkeit der Erscheinung geschwunden ist, schreit er entsetzt.

Der andere sieht sich vorsichtig um. Sein Schnurrbart sträubt sich zu einem pfiffigen Grinsen. Während er sich ausdrucksvoll mit der Faust vor die Brust klopft, streckt er eine Hand weit von sich, wie um einen unberufenen Lauscher fernzuhalten, und flüstert geheimnisvoll:

„Ick bin ja nich mehr da. Ick bin ja nich mehr da!“ Und dabei schlägt er sich auf die dürren Schenkel und sieht den Mann im Bett mit offenkundigem Triumph an.

Der Schnauzbärtige grunzt befriedigt: „Ick bin schon letzten Sonntag entlassen. Ick bin schon in Tempelhof, und die Affen hier wissen det noch janich. Die denken, ick bin immer noch hier!“ Er bricht in ein hemmungsloses Wiehern aus, bis ein Krankenpfleger erscheint und den unausgesetzt vor sich hin kichernden Mann wegführt. Kopfschüttelnd und grinsend, mit kurzen Schritten, die Knie weit herausgedrückt, patscht der Idiot neben dem Wärter her.

Der Mann im Bett greift sich mit beiden Händen an den Kopf. Fiebernd vor Aufregung und Anstrengung versucht er, in den irrsinnigen Rundlauf seiner Gedanken einzugreifen. Vergebens. Die Gedanken sind alle auf einmal da, wollen alle auf einmal gedacht werden. Stoßen sich, drängen, wirbeln.

Er lässt den Kopf müde zurücksinken, und aus versteckten Winkeln steigt die Angst auf, die lähmende, krallende Angst. Zieht seinen Körper zusammen und presst dumpfe Laute aus seiner trockenen Kehle. Bis sich schließlich der Krampf in einem lautlosen, kindlichen Weinen löst. Und allmählich erstarrt alles in dem Gefühl unendlicher Leere. Dickmann ist wieder eingeschlafen.

Ein unsanftes Rütteln der Schulter weckt ihn. Ein hochgewachsener Herr in weißem Leinenkittel steht am Bett, und wie

Dickmann sich aufrichtet, fährt der Arzt mit gespieltem Entsetzen zurück: „Puh! Sie stinken ja immer noch nach Schnaps!“

Der Landgerichtsrat Dickmann will mit einem Fluch aus dem Bett fahren. Aber er ist so müde, so müde. Und nun geht alles wieder von vorn an: die Gerechtigkeit, das Gericht, Akten, Arbeit, Nachdenken ...

Der Professor sitzt an seinem Bett und fühlt ihm den Puls. Ein hinter ihm stehender jüngerer Arzt hat ihm einige aufklärende Bemerkungen zugeflüstert, und der ältere ist jetzt plötzlich sehr höflich, sehr ruhig. Er spricht mit einer milden und energischen Stimme herzliche Worte, von denen Dickmann nur die Hälfte versteht:

„Ich kann Sie doch nicht ohne weiteres für einen schweren Alkoholiker halten, Herr Landgerichtsrat. Schlimm genug, dass Sie uns beinahe abgerutscht wären. Man hat Sie von der Rettungswache hier eingeliefert. Waren beim besten Willen nicht wieder wachzukriegen. Liegen nun schon anderthalb Tage hier im Schlaf. Sehen Sie, es ist das Beste für Sie, wenn Sie sich hier in aller Ruhe pflegen lassen. Da sitzt bei Ihnen ein psychisches Moment, das müssen wir feststellen. Sie haben irgendeinen schweren Kollaps erlitten. Ein seelisches Trauma sozusagen. Ihre Alkoholvergiftung ist wohl erst der Schlusspunkt einer Reihe von anderen Krankheitserscheinungen gewesen, die wir noch nicht kennen. Wie?“

Der Professor sieht sich nach seinem Assistenten um: „Was hat er gesagt?“

Der Arzt verbeugt sich eilfertig: „Die Gerechtigkeit, Herr Professor.“

Der Professor nickt: „Phänomenale Depression!“, murmelt er anerkennend. Dann tätschelt er väterlich Dickmanns Hand. „Ja ja, die Gerechtigkeit! Kommt alles in Ordnung, wird alles gut. Die Sache mit der Gerechtigkeit werden wir auch schon erledigen. Wär’ ja noch schöner. Sie sind vor die rechte Schmiede gekommen, verehrter Herr. Ruhe, Ruhe und Pflege. Bisschen überarbeitet. Kleiner Nervenzusammenbruch, Suff, Alkoholvergiftung, – ist alles man halb so wild. Kommt alle Tage vor ...“

Der Professor redet und redet. Wenn er Dickmann doch nur zufrieden ließe! Er ist so laut, so gewalttätig. So herzlich und beleidigend vertraulich. Aber Dickmann ist zu schwach, um etwas zu sagen. Er hört nur noch mit halbem Ohr, was der Arzt sagt:

„Urlaubsgesuch ... Überarbeitung ... paar Wochen Ruhe. Erst pflegen wir Sie hier gesund, und dann sollen Sie mal sehen. Dann gehen Sie mit Ihrer verehrten Frau Mutter ein paar Wochen irgendwohin, wo es gut und teuer ist. Und dann geht es mit Herzenslust wieder an die Arbeit ..."

„Ich bin gar nicht krank", will Dickmann sagen. Aber er sagt es nicht. Denn er muss doch wohl krank sein.

Er ist aus der Aufnahmeabteilung der psychiatrischen Klinik in ein ruhiges sauberes Zimmer gelegt worden. Zweimal am Tage kommen die Ärzte und unterhalten sich mit ihm, erkundigen sich nach seinem Schlaf und wollen wissen, ob ihm das Essen schmeckt. Eine freundliche junge Krankenschwester schüttelt ihm die Kissen auf, lächelt ihn lieblich an und sagt „Herr Rat" zu ihm. Jeden Tag sitzt an seinem Bett ein vierschrötiger Arzt, erzählt ihm Witze von fragwürdiger Qualität und stellt an ihn Fragen, die wörtlich einem Lehrbuch für klinische Psychiatrie entnommen sind. Dann lässt er sich den toten Vater und die lebende Mutter beschreiben und äußert unbefangen gewagte Ansichten über eine unglückliche Blutmischung, der Dickmann angeblich sein Leben verdanken soll.

Manchmal ist auch Frau Landgerichtsdirektor da, die ihren Sohn mit angstvollen Kinderaugen betrachtet, nur mit halber Stimme spricht, und wenn er ihr antworten will, flehentlich zu ihm sagt: „Red' nicht so viel, Fietichen!" oder „Reg' dich nicht auf, Fietichen!"

Dickmann dehnt sich vor Behagen in der warmen Welle gewalttätiger Fürsorge, die ihn umgibt. Er will nicht sehen, dass sie sein Leben zur Lüge macht, seine dämmernde Erkenntnis zu einem kleinen Unglücksfall, der jedem mal passieren kann.

Einmal betritt auch Edith sein Zimmer, elegant, nach einem fremdartigen Parfüm duftend. Dickmann wundert und freut sich über ihre Herzlichkeit: sie küsst ihn auf den Mund, streicht ihm über das Haar, und er ist bereit, ihr viele ungute Gedanken abzubitten, die er gegen sie gehegt hat. Aber das Mädchen sagt erstaunliche Dinge: „Jetzt bist du mir zum ersten Mal nah. Jetzt bist du ein Mensch, kein korrekter Automat. Jetzt habe ich dich fast lieb ...“

Selbst diese beunruhigenden Worte können Dickmann nicht daran hindern, die Menschen gut und die Welt wunderschön zu finden. Sein Gesuch um Urlaub wird auffallend schnell genehmigt, Frau Landgerichtsdirektor schmiedet phantastische Reisepläne, wühlt mit ihren kurzen, dicken Fingern aufgeregt in Kursbüchern herum, bringt ihm Hotelprospekte und weiß nicht, ob sie Südtirol oder die Riviera für geeigneter halten soll, den Nervenzusammenbruch ihres Sohnes zu heilen.

Und bald glaubt Dickmann so fest an seine Krankheit, dass er nicht mehr imstande ist zu entscheiden, was ihn denn eigentlich an dem lächerlichen Fall des Arbeitshäuslers Adam Kazmierziak so maßlos erregt hat, dass er vor ihm erstarrte wie vor dem Untergang einer Welt.

Der Professor wird wohl recht haben, wenn er zärtlich sagt: „Sie sind zu schwer, lieber Doktor. Kein Wunder: alte Familie! Sie sind ein verkappter Melancholiker, und das sind gefährliche Leute: wenn sie mal die Balance verlieren, dann besorgen sie es gleich gründlich. Aber sehen Sie doch, Sie sind ein junger Mann, gesund, liebenswürdig, angesehen, – machen Sie die Augen auf, verehrter Herr, und sehen Sie, dass die Welt schön ist, und dass es sich zu leben lohnt!“

Es muss wohl so sein, denn auch Landgerichtsrat Wehmeyer sagt dasselbe. Dickmann wagt, ihm zögernd noch einmal von dem lächerlichen Fall Kazmierziak zu sprechen, und die Augen des alten Herrn leuchten warm: „Ich verstehe Sie ja so gut, und ich freue mich, dass Sie dies durchmachen mussten. Glauben Sie mir: dieser Fall hat Sie besser gemacht und der Vollkommenheit ein Stück näher gebracht. Wir sind schwache Menschen und können irren und sollten dieses Bewusstsein niemals verlieren, denn es ist unser bestes Teil. Die Justiz ist eine menschliche Einrichtung, und darum unvollkommen ...“

„Alles, was in den letzten Jahren geschehen ist ..."

„Es sind Ungeheuerlichkeiten geschehen, und es werden nicht die letzten gewesen sein. Aber wir arbeiten an unserem kleinen Teil daran, dass der Idee der Gerechtigkeit und dem Gesetz auf Erden Raum und Geltung verschafft wird."

„Und wenn das Gesetz schlecht ist?"

„Wir bleiben nicht stehen, wir arbeiten weiter, das Recht vervollkommnet sich von Tag zu Tag. Sie können mitarbeiten, Sie müssen es! Die heilige Idee der Strafe, der Schutz der Gesellschaft ..."

„Und wenn diese Gesellschaft ungerecht und nicht wert ist, geschützt zu werden?"

Landgerichtsrat Wehmeyer legt milde und bittend die Hände zusammen: „Wer sind Sie? Sind Sie der Mann, der die Ungerechtigkeit der Welt auf seine schwachen Schultern nehmen kann? Sie werden sehen, dass es Ihre Kraft übersteigt, die Gesellschaft umzugestalten. Ich rate Ihnen nicht zu Kompromissen; es sind keine Zugeständnisse, die ich Ihnen empfehle, es ist Klugheit, wenn man den Schutz des Bestehenden für wichtiger und notwendiger hält als den Umsturz. Die Dinge spitzen sich zu. Man muss sich entscheiden, und die Zukunft wird immer noch ein größeres Übel sein, als die Gegenwart, die wir retten müssen."

Dickmann trinkt die Worte wie ein Verdurstender. Er reicht dem Landgerichtsrat die Hand und lächelt erschüttert: „Ich danke Ihnen. Ich werde immer daran denken."

Und der Landgerichtsrat Wehmeyer geht von ihm in dem glücklichen Bewusstsein, einen wertvollen Menschen der rechtlichen Sache gerettet zu haben, einen heißen Idealisten, der einmal versucht war, mit dem Kopf durch die Wand zu gehen, und der nun in kluger Erkenntnis der tatsächlichen Gegebenheiten sich bescheiden und jene Kompromisse schließen wird, die der Sinn des Lebens sind.

„Kleiner Schock, lieber Donath, Überarbeitung, blödsinnig zu tun gehabt, und dann ein ganz lächerlicher Fall, den meine Nerven nicht ausgehalten haben. Muss ich Ihnen mal erzählen." Und Dickmann erzählt dem Rechtsanwalt Dr. Donath den Fall des Invaliden Adam Kazmierziak.

Donath zieht nervös an seinem Ohrläppchen, raucht scharfe englische Zigaretten und stellt nach diesem Bericht eine überraschende Frage: „Und wo ist der Mann jetzt?“

„Wen meinen Sie?“, fragt Dickmann unruhig.

„Nun, ihren unglückseligen Freund, den Kazmierziak.“

Ach so, – Dickmann versteht: „Der sitzt im Arbeitshaus“, sagt er abschließend, und Donath nickt ihm freundlich zu: „Damit ist die Sache ja restlos in Ordnung.“

„Was wollen Sie von mir?“, fragt Dickmann leise und bittend.

Donath legt ihm beruhigend die Hand auf den Arm: „Nichts. Ich will nichts von Ihnen.“ Und dann spricht er nachlässig vor sich hin: „Ja, Dickmann, da liegen Sie nun, trocken und gut gewickelt. Ihre Flasche kriegen Sie auch regelmäßig. Nichts geht Ihnen ab ... Stellen Sie sich auf die Straße und schreien Sie hinaus, was Sie wissen. Glauben Sie mir: Sie werden immer wieder im Sanatorium enden. Ikarus will zur Sonne fliegen, verbrennt sich die Flügel, aber er stirbt nicht daran. Er landet weich und wohlbehalten auf einem Misthaufen. Sie werden nie die Ehre haben, Dickmann, dass man Sie ernst nimmt. Sie bleiben immer eine Gestalt mittlerer Größe. Das Schlimmste, was uns geschehen kann, ist eine temporäre Verrücktheit, ein kleiner Unglücksfall, ein sympathischer Nervenzusammenbruch ...“

„Glauben Sie, ich liege hier zu meinem Spaß im Bett?“, fragt Dickmann scharf.

„Nein, nein“, wehrt Donath ab. „Sie waren krank und sind auf dem Wege der Genesung. Wir fühlen uns alle nicht recht wohl, lieber Dickmann, wir wünschen im Geheimen alle, uns einmal ins Bett legen und krank sein zu dürfen, um dann mit neuen Kräften an eine neue Arbeit zu gehen. Aber es gibt keine neue Arbeit für uns, wir müssen uns begnügen mit dem, was da ist, und das ist nicht viel. Aber gerade weil es so wenig ist, dürfen wir das Bewusstsein unserer heroischen Bedeutung haben. Wir sind die letzten Ritter! Wir stehen auf verlorenem Posten, Dickmann ...“

Dickmann schließt die Augen: „Sagen Sie das nicht. Man muss sich nur erst durchringen. Jetzt kenne ich meinen Platz, ich weiß, was ich zu tun habe!“

„Ja: Sie wissen es. Und ich wünsche Ihnen Glück dazu. Sie schließen die Augen und leben weiter. Das ist das einzige, was uns zu tun übrig bleibt. Wir sind die letzten, Dickmann. Wir wissen, dass eine Zukunft kommt, die über uns hinweggehen wird, bauen Dämme gegen das Kommende und haben unseren Wert, gerade weil diese Dämme einst zusammenstürzen müssen. Wir kämpfen um unsere Gegenwart. Wenig, – aber genug für bescheidene Seelen."

Ja, Dickmann schließt die Augen. Er will jetzt schlafen. Der Lärm der großen Stadt braust fern und schwächer. Bald wird er ihn nicht mehr hören ...

In dieser Nacht sitzen fünfundvierzigtausend Gefangene in deutschen Gefängnissen und Zuchthäusern in Qual und Verlassenheit. Sie können nicht schlafen, lauschen auf den klappenden Schritt der Aufseher, die in den weiten Korridoren patrouillieren, und stieren auf den grellen Nebel der Bogenlampen, deren Schein ihr enges Grab mit hartem, bösem Licht erfüllt.

Sie können nicht schlafen, weil in ihren Herzen der Hass wacht und die drohende Frage, warum das Unglück Verbrechen heißt.

Sie starren sehnsüchtig auf das Schachbrett, das die Gitterstäbe aus dem freien Himmel schneiden. Drei Stäbe quer, sieben Stäbe hoch ...

Fünfundvierzigtausend.

In dieser Nacht können ein paar tausend Frauen nicht schlafen. Mütter denken an ihre Söhne, Schwestern an ihre Brüder, Kämpferinnen an die Genossen ...

Vielleicht stöhnen viele jetzt vor sich hin, flüstern weinend einen Männernamen.

Vielleicht schreit ein gefangener Mensch jetzt auf in irrer Qual ...

Dickmann gähnt. Dickmann will schlafen.

Und tausende von deutschen Richtern werfen jetzt noch einen ruhigen Blick in das freundliche Dunkel ihres Zimmers und schlafen.

Sie schlafen gut. Sie haben ein ruhiges Gewissen.

Obwohl sie wissen, was sie tun.

Kurt Tucholsky
AUF DEM NACHTTISCH
(Rudolf Borchardt, *Deutsche Literatur im Kampf um ihr Recht*; Ernst Ottwalt, *Denn sie wissen, was sie tun*)

Jetzt wollen wir Rudolf Borchardt vom Nachttisch herunterwerfen – Fräulein Nelly kann das morgen aufsammeln. Da habe ich mir auf der Rückseite seiner Broschüre *Deutsche Literatur im Kampfe um ihr Recht* ein wimmelndes Nest von Notizen gemacht – damit kann ich aber keinem mehr kommen. Der Unsterbliche hat hier wieder einmal etwas geschrieben, das schon nach vierzehn Tagen verschimmelt ist. Die Vorwürfe stimmen gar nicht; einen Teil hat sein Verlag schon zurücknehmen müssen, und das Ganze ist lächerlich aufgepustet. Dieser Borchardt hat in geistigem Sinne etwas von einem Hochstapler – es ist mir unbegreiflich, wie man solchem Epigonen eines Nachahmers aus zweiter Hand auf seinen Kram hereinfallen kann. In diesem Heft will er nachweisen, daß der gesamte deutsche Verlagsbuchhandel – an der Spitze die Deutsche Verlags-Anstalt in Stuttgart – sich gegen den Erwerb der Verlage Alben Langen und Georg Müller durch den Deutschnationalen Handlungsgehilfenverband verschworen habe. Kein Wort wahr, oder wohl nur ein Achtel. Den beiden Verlagen ist kein Vorwurf zu machen, es ging ihnen nicht gut, und sie haben eine Transaktion gemacht, wie sie jedem erlaubt ist, um so mehr, als sie sie ja gar nicht verbergen. Der Verband, dem es finanziell bisher sehr gut ergangen ist, hat den Expansionsfimmel: „Wir haben eine eigne Licht- und Kraftversorgung und eine eigne Polizei und eine eigne Feuerwehr ...“ wir kennen diese Melodie. Die also legen sich einen Verlag zu, und sie werden sich wundern, daß das Geschäft zwar nicht ganz schlecht, aber bedeutend schlechter gehn wird, als sie sich das gedacht haben. Denn die nationale Gesinnungsliteratur ist nicht sehr repräsentativ (was die Klügeren unter den deutschen Nationalisten sehr genau wissen), und wer soll den Kram kaufen? Das vermiekerte Bürgertum, für das er geschrieben wird, hat kein

Geld. Borchardt ist eine traurige Nummer: gegen die Philister von links eifert er, und die Philister von rechts faßt er mit Samthandschuhen, Vergebung, mit Stulpenhandschuhen an. Wir Ritter tragen Stulpenhandschuhe. Der Junge hat wahrscheinlich eine Rüstung als Nachthemd. So feierlich möchte ich mich auch mal nehmen. Und ich will ihn ja auch gern feierlich nehmen. Aber nicht ernst.

Inzwischen ist das Heft von dem loyalen Verlag Georg Müller aus dem Buchhandel zurückgezogen worden. Bei jedem andern Autor entfiele also die Kritik. Bei dem da muß man keine Rücksicht nehmen – wer das Maul so aufreißt, dem gehören ein paar Kartoffelklöße hineingeworfen.

Ernst Ottwalt *Denn sie wissen, was sie tun* (erschienen im Malik-Verlag zu Berlin). Das ist eine recht beachtliche Sache – weniger als künstlerischeLeistung denn als gute Hilfe im Kampf gegen diese Justiz.

Mit den Mitteln des frühnaturalistischen Romans wird die Laufbahn eines deutschen Durchschnittsjuristen geschildert. Was mir gefällt, ist: dieser Jurist ist kein schwarzes Schwein, kein wilder Berserker kein besonders bösartiger Mensch – er ist das Produkt von Erziehung, Kaste und System. Es ist gut gesehn, wie die Rädchen des großen Unrechtgetriebes ineinandergreifen, Akte auf Akte, Paragraph auf Paragraph, die Verantwortung ist in unendlich winzige Teile zerteilt und zum Schluß ist es keiner gewesen. Jakubowski? Wenn die Klage eines Landgerichtsrats gegen seinen Hauswirt mit derselben Sorgfalt geführt würde wie dieser mecklenburger Prozeß, der um Tod oder Leben eines ehemaligen. russischen Kriegsgefangenen ging ... den Landgerichtsrat möchte ich schimpfen hören. Aber schließlich ist ja eine Klage um 125,40 Reichsmark eme ernste Angelegenheit.

Das hat Ottwalt gut begriffen. Seine Schilderungen sind noch flächig, sie haben keine Tiefendimensionen, es geht alles, klippklapp, wie man es braucht; Typen sind da und Argumente und Diskussionen – so sind jene, ja, ja, so sind sie. Aber das wird nur mitgeteilt, und es genügt nicht. Ohne Bosheit darf allen diesen Autoren immer wieder die große französische Romanschule empfohlen werden: sie werden mir das hoffentlich nicht als Ästhetentum auslegen. Wie etwa ein Gesellschaftsroman Stendhals aufgebaut ist: solcher Technik soll man nacheifern. Dazu muß man freilich sehr viel wissen. Und es ist so eingeteilt: die Bescheid wissen, können nicht schreiben, wollen nicht schreiben, dürfen nicht schreiben. Und die schreiben, wissen bestenfalls etwas Bescheid. Ich bin für das Buch von Ottwalt und seine Verbreitung. Es geht uns alle an. **1932**

Ernst Ottwald, ca. 1935

ERNST OTTWALT: FREIKORPS-KÄMPFER, KOMMUNIST, NAZI-GEGNER UND OPFER DER SOWJETS

Eine biographische Skizze

Ernst Ottwalt (eigentlich: Ernst Gottwalt Nicolas) wurde am 13. November 1901 im pommerschen Zippnow (heute Sypniewo) als Sohn des Pfarrers Heinrich Nicolas und seiner Frau Martha, geb. Moehr, als jüngstes von vier Kindern geboren – die beiden älteren Brüder fielen im Ersten Weltkrieg, die geliebte Schwester Anneliese beging Ende der 1920er-Jahre Selbstmord. Ottwalt besuchte das Stadtgymnasium in Halle a. S., das Abitur bestand er erst im zweiten Anlauf im September 1920.

Seine politische Biografie ist von einem radikalen Seitenwechsel geprägt. Im national-patriotischen Geist erzogen und von einem konservativ-monarchistischen Elternhaus geprägt, meldete sich Ottwalt 1919 nach dem Ende des Ersten Weltkriegs und vor dem Abitur beim „Freikorps Halle". Damit war er an der Niederschlagung der Revolution nach der Ausrufung der Weimarer Republik in Deutschland beteiligt. Als Freikorpsmann ließ sich Ottwalt in den Auseinandersetzungen mit dem „Proletariat" zu Spitzeldiensten missbrauchen und lieferte Berichte über revolutionäre Arbeiterversammlungen an die militaristischen Kreise um Kapp und Lüttwitz. Im Kapp-Putsch 1920 kämpfte er für die Errichtung einer Militärdiktatur und gegen die junge Republik.

Nach dem Abitur studierte Ernst Ottwalt Jura in Jena, brach das Studium jedoch im April 1922 ab. Danach trat er auf Vermittlung seines Vetters Friedrich Mattenklott eine Lehre in einer kleinen Privatbank an, die er jedoch auch nur acht Monate durchhielt. Von Ende September 1923 bis Ende Juni 1924 arbeitete er im Büro der Kesselschmiede der *Hohenzollern Aktiengesellschaft für Lokomotivbau* in Düsseldorf. Irgendwann in den Jahren zwischen 1924 bis 1927 nahm Ottwalt für einige wenige Monate Schauspielunterricht bei Agnes Straub. Ansonsten, so die Auskunft seiner Schwägerin Ilse Bartels an Ottwalts Biografen Andreas W. Mytze im Jahre 1973, lebte Ottwalt in der zweiten Hälfte der 20er-Jahre zumeist von Arbeitslosenunterstützung, er las viel und setzte sich theoretisch mit dem Marxismus auseinander. Vom 16. September 1927 bis zum 1. Mai 1928 war Ottwalt zeitweilig Redakteur für Reiseführer im Grieben Verlag. Lange hielt er es, wie die kurze Zeit der Anstellung vermuten lässt, auch in diesem Beruf nicht aus.

In diese Zeit fällt seine Bekanntschaft mit Waltraut Mattenklott, geb. Bartels, die seit 1924 mit dem jüngeren Bruder seines Vetters und Freundes Friedrich Mattenklott verheiratet war. Nachdem dieser nach langem Zögern seine Frau „freigegeben" hatte, heirateten Ernst Gottwalt Nicolas und Waltraut Bartels am 8. März 1929. Sie war schriftstellerisch als Gerichts-Berichterstatterin für die Deutsche Allgemeine Zeitung tätig. An ihren Gerichtsreportagen war Ernst Ottwalt, der zeitweilig Jura studiert hatte, inhaltlich maßgeblich beteiligt.

Vermutlich führten die Erfahrungen in der Lokomotivfabrik und als Arbeitsloser, die Bekanntschaft und spätere Freundschaft mit Bertolt Brecht und dem Malik-Verleger Wieland Herzfelde (wann genau diese begann, lässt sich nicht konkret datieren) sowie die Beschäftigung mit dem Marxismus Ottwalt an die Seite der Arbeiterklasse: Er wurde Kommunist, trat 1931 der KPD bei, sowie – das Eintrittsdatum ist nicht bekannt – dem Bund proletarisch-revolutionärer Schriftsteller, dem u.a. die Autoren Bruno Apitz, Erich Arendt, Theodor Balk, Johannes R. Becher, Willi Bredel, Ernst Glaeser, Egon Erwin Kisch, Berta Lask, Hans Marchwitza, Erwin Piscator, Ludwig Renn, Anna Seghers, Erich Weinert, F.C. Weiskopf, Friedrich Wolf und Hermynia zur Mühlen angehörten.

Über seine Wandlung schrieb Ottwalt: „Es war für mich eine erschütternde und im höchsten Maße beunruhigende Entdeckung, dass die Arbeiter sich den Anteil an den Bildungsgütern des Bürgertums, den die Schule ihnen vorenthielt, selbstständig und in erbitterter Arbeit errangen. (...) Lange habe ich mich gegen diese Gefühle und Erkenntnisse gesträubt. Ich versuchte qualvoll, mein ins Nichts zerfließendes und zerbrechendes Weltbild zusammenzuhalten (...)."

Im November 1930 inszenierte Friedrich Neubauer an der Piscator-Bühne Ottwalts nicht erhaltenes Bergarbeiterdrama *Jeden Tag vier* über ein Grubenunglück im schlesischen Neurode. Am Schicksal einer Bergarbeiterfrau, die Mann und Sohn bei der Bergwerkskatastrophe verloren hat, wird die Unmenschlichkeit der profitorientierten Wirtschaft deutlich. 1931 verfasste Ernst Ottwalt zusammen mit Bertolt Brecht und dem Regisseur Slatan Dudow das Drehbuch zum Arbeiterfilm *Kuhle Wampe oder: Wem gehört die Welt?* (Uraufführung am 14. Mai 1932 in Moskau, Filmmusik: Hanns Eisler)

Bekannt wurde Ernst Ottwalt jedoch in erster Linie durch seine Erzählungen und durch zwei Romane. Sein erster Roman *Ruhe und Ordnung. Roman aus dem Leben der nationalgesinnten Jugend*, der 1929 im legendären Malik-Verlag in einer Erstauflage von 15.000 Exemplaren erschien, ist, wie Ottwalt im Vorspann bekennt, „ein wahrheitsgetreues Protokoll eigener Erlebnisse".

Im Vorspann zum Roman schreibt Ottwalt weiter: „(...) Nicht Einmaliges und Zufälliges wird in diesem Buch geschildert: Es läuft ein roter Faden von den Novemberkämpfen über München (Anmerkung des Herausgebers: Gemeint ist die blutige Niederschlagung der Münchner Räterepublik), Kapp, Mitteldeutschland und Oberschlesien bis zu den Bombenattentaten der jüngsten Vergangenheit. Ich half diesen Faden zu spinnen. Dieses Buch soll ihn zerreißen helfen."

Der Roman zeigt in autobiografischer Schilderung die Verführung der Jugend durch nationalistische Demagogie und die politische Kurzsichtigkeit der Sozialdemokratie unter Führung von Friedrich Ebert und Gustav Noske bei der Niederschlagung des Spartakusaufstandes 1919, in deren Zuge u.a. Rosa Luxemburg und Karl Liebknecht ermordet wurden, sowie das verbrecherische Treiben der Freikorps.

Der junge Held des Romans kämpft zunächst bedenkenlos gegen das Proletariat und liefert Berichte über revolutionäre Arbeiterorganisationen. Er löst sich jedoch von seinen Überzeugungen, nachdem er klassenbewusste Arbeiter kennengelernt und von ihrer Ehrlichkeit und moralischen Haltung beeindruckt ist.

Kurt Tucholsky schrieb in seiner Rezension zu diesem Roman mit Blick auf die vielen Morde an Arbeitern, die von den Freikorps begangen und von Führern der Sozialdemokratie geduldet, wenn nicht gar unterstützt wurden: „Die Widmung fehlt dem Buch; eine schöne, hübsch gesetzte Widmung: Unseren sozialdemokratischen Auftraggebern in Dankbarkeit."

Was Kurt Tucholsky hier mit seiner „Widmung" bitter formuliert, ein seinerzeit offenes und nie juristisch geahndetes Geheimnis, wurde nach 1970 zur Gewissheit: Nach dem Tod von Waldemar Papst im Jahr 1970, einem Offizier, der die Morde an Rosa Luxemburg und Karl Liebknecht beauftragt hatte, wurde in dessen Nachlass die Abschrift eines Briefes aus dem Jahr 1969 gefunden: „Daß ich die Aktion ohne Zustimmung Noskes gar nicht durchführen konnte – mit Ebert im Hintergrund – und auch meine Offiziere schützen musste, ist klar. Aber nur ganz wenige Menschen haben begriffen, warum ich nie vernommen oder unter Anklage gestellt worden bin. Ich habe als Kavalier das Verhalten der damaligen SPD damit quittiert, daß ich 50 Jahre lang das Maul gehalten habe über unsere Zusammenarbeit."

Auf den Roman *Ruhe und Ordnung* folgte Ottwalts literarische Abrechnung mit der national-konservativ und monarchistisch geprägten Justiz der Weimarer Republik: In dem 1931, wiederum im Malik-Verlag in zwei Auflagen erschienenen und hier neu aufgelegten Justiz-Roman *Denn sie wissen, was sie tun. Ein deutscher Justiz-Roman*, stellt Ottwalt die Sozialstruktur der deutschen Richterschaft dar. Am Beispiel der Entwicklung und Berufsausübung des Landgerichtsrats Friedrich Wilhelm Dickmann, eines ehemaligen Offiziers, Doktors der Rechte und Sohn eines Landgerichtsdirektors, enthüllt Ottwalt den reaktionären, volksfeindlichen Charakter der Weimarer Klassenjustiz.

In seiner Vorbemerkung schreibt Ottwalt: „Dieses Buch ist kein Schlüsselroman. Die Figur des Richters Friedrich Wilhelm

Dickmann ist jedoch nur insofern Phantasieprodukt, als zu ihr kein bestimmter deutscher Richter Modell gestanden hat. Dagegen sind sämtliche Rechtsfälle, Gerichtsverhandlungen, Urteile und Ereignisse, die hier beleuchtet werden, als Tatsachen aus den Jahren 1920-1931 belegbar. Auf Tatsachen beruhen auch sämtliche Schilderungen des inneren Betriebs der deutschen Rechtspflege." Als (abgebrochener) Jurastudent, früheres Mitglied der Freikorps und – zumindest indirekt – Beteiligter am Kapp-Putsch sowie als Mitwirkender an den Gerichtsreportagen seiner Frau Waltraut kann man davon ausgehen, dass Ottwalt über sehr präzise Kenntnis der Materie verfügte.

Der Roman *Denn sie wissen, was sie tun* nahm auch zum Anlass, was der Mathematiker, Statistiker und Publizist Emil Julius Gumbel in seinen zahlreichen Dokumentationen wie u.a. *Vier Jahre politischer Mord* und *Lasst Köpfe rollen! Faschistische Morde 1924-1931* und was Kurt Tucholsky regelmäßig in der *Weltbühne* geschrieben und belegt haben: Dass die Richterschaft in der Weimarer Republik auf dem rechten Auge blind war, die Verbrecher von rechts schützte und, wenn überhaupt, allenfalls nur sehr milde bestrafte.

Als Statistiker ließ Gumbel dabei die Zahlen für sich sprechen. Er wies nach, dass die Zahl der Morde aus dem rechten Spektrum massiv überwog – im Zeitraum von 1919 bis 1922 waren von 376 politisch motivierten Morden 354 dem rechten Spektrum zuzuordnen, lediglich 22 dem linken. Die Einäugigkeit der Justiz in der Weimarer Republik war dabei frappierend: Die Mörder aus dem linken Lager wurden mit äußerster Strenge bestraft, es kam zu zehn Hinrichtungen infolge von 22 Morden. Mörder aus dem rechten Lager wurden jedoch mit großer Nachsicht behandelt: Bei 354 Morden kam es zu einer einzigen lebenslangen Strafe, keiner einzigen Hinrichtung und einem Strafmaß von insgesamt 90 Jahren Haft – im Durchschnitt also nur vier Monaten Haft pro Mord. Wobei viele Morde von rechts ganz und gar ungesühnt blieben.

Ganz abgesehen von der vorherrschenden Klassenjustiz, die geringfügige Vergehen wie Bettelei oder Landfriedensbruch von Arbeitern und Arbeitslosen hart bestrafte, während teils viel gravierendere Vergehen und Straftaten der (früheren) Elite aus Adel, Gutsbesitzern, Soldaten und Offizieren meist ungestraft blieben.

Was an Ottwalts Roman auffällt, ist der Verzicht auf Schwarz-Weiß-Malerei. In seiner dieser Ausgabe beigefügten Rezension urteilte Kurt Tucholsky 1932: „Was mir gefällt, ist: dieser Jurist ist kein schwarzes Schwein, kein wilder Berserker, kein besonders bösartiger Mensch – er ist das Produkt von Erziehung, Kaste und System. Es ist gut gesehn, wie die Rädchen des großen Unrechtsgetriebes ineinandergreifen, Akte auf Akte, Paragraph auf Paragraph, die Verantwortung ist in unendlich winzige Teile verteilt, und zum Schluss ist es keiner gewesen."

Ein Bild, das sich nach 1945 auf erschreckende Weise wiederholte – kaum ein Jurist, kaum ein Nazi-Richter wurde nach 1945 in der Bundesrepublik Deutschland für seine Verbrechen bestraft. Im Gegenteil! Der an der Kommentierung der Nürnberger Rassengesetze von 1935 maßgeblich beteiligte Hans Globke war von 1953 bis 1963 unter Bundeskanzler Konrad Adenauer Chef des Bundeskanzleramts. Hans Karl Filbinger, von 1943 bis 1945 Nazi-Marinerichter und an mehreren Todesurteilen beteiligt, war von 1966 bis 1978 baden-württembergischer Ministerpräsident. Und der Witwe des Volksgerichtshofpräsidenten Roland Freisler, Marion Freisler, wurde eine Kriegsopferfürsorge-Rente nach dem Bundesversorgungsgesetz und ab 1974 zusätzlich ein Berufsschadensausgleich zugesprochen. Diese Ausgleichszahlung wurde damit begründet, dass im Falle Freisler unterstellt werden müsse, dass er, wenn er den Krieg überlebt hätte, als Rechtsanwalt oder Beamter des höheren Dienstes wieder ein höheres Einkommen erzielt hätte.

Doch zurück zu Ernst Ottwalt: 1932 erschien mit *Deutschland erwache! Geschichte des Nationalsozialismus* seine ebenso frühe wie hellsichtige Studie über die Gefahr und den Siegeszug der nationalsozialistischen Bewegung. Bei der nationalsozialistischen Bücherverbrennung vom 10. Mai 1933 stand Ottwalts Werk auf der berüchtigten „Schwarzen Liste" – sein Name war zusätzlich mit einem Kreuz + versehen, um ihn als einen der „eigentlichen Schädlinge“ zu kennzeichnen – wie auch Lion Feuchtwanger, Alfred Kerr, Egon Erwin Kisch, Heinrich Mann, Erich Maria Remarque und Kurt Tucholsky.

Als die Nationalsozialisten 1933 an die Macht kamen, entkam Ottwalt der Verhaftung nur, weil er sich mit seiner Frau Waltraut versteckt hielt. 1934 verließ er Deutschland und ging zunächst ins Exil nach Dänemark, wo er mit seiner Frau sowie mit Bertolt Brecht und Helene Weigel bei der Schriftstellerin Karin Michaelis auf der Insel Thurö erste Unterkunft fand.

Ottwalts Flucht führte weiter über die Tschechoslowakei nach Moskau, für das sich der überzeugte Kommunist Ottwalt als endgültiges Exil entschieden hatte. Dort geriet er im Zuge der stalinistischen Säuberungen unter Spionageverdacht und in die Fänge der sowjetischen Geheimpolizei.

Ursache war möglicherweise lt. Jürgen Serke die 1936 geschriebene, jedoch nicht erhaltene Novelle *Der Spitzel*, die Geschichte eines Mannes, der, um sein Leben zu retten, einen Pakt mit der Gestapo eingeht, und dem nach gelungener Flucht in die UdSSR die ‚Rechnung‘ für die Kollaboration mit den Nazis präsentiert wird. Eine Fiktion Ottwalts, die auf grausame Weise zur Realität werden sollte, die aber auch nicht eines wahren biografischen Bezuges entbehrt – hatte doch Ottwalt als Freikorps-Mitglied selber gezielt Arbeiterorganisationen bespitzelt. Die Sowjets bezogen die Geschichte auf Ottwalt selbst und verhafteten ihn und seine Frau am 6. November 1936, am Vorabend des Jahrestages der sowjetischen Revolution.

Ilse Bartels, die Schwägerin Ottwalts, die dessen Verhaftung und die seiner Frau Waltraut, ihrer Schwester, in Moskau miterlebte, beschrieb die Situation in einem Brief an Ottwalts Biografen Andreas W. Mytze 1973 wie folgt: „(...) Am Abend vor den Oktoberfeierlichkeiten fanden auf dem Roten Platz die Proben für die große Parade statt. Wir hatten gut zu Abend gegessen und Wein getrunken und beim Zusehen gerieten Ottwalt und ich in einen völlig albernen Streit darüber, wieviele Soldaten in einer Reihe der Parade marschieren würden. Da wir diesen

Streit auch noch in deutscher Sprache austrugen, war es an sich kein Wunder, daß uns ein NKWD-Mann unter dem Vorwand eines Uhrendiebstahls auf das nächste Revier bat, wo wir kurz vernommen wurden. Wir fanden das Ganze zunächst eigentlich nur komisch. Aber dann wurden wir vom Revier in die Lubjanka gebracht, wo wir unter Bewachung die Nacht in einem Zimmer verbringen mußten. Ich glaubte noch immer, daß sich das Ganze am nächsten Morgen in Wohlgefallen auflösen würde. Aber es kam anders (...)"

Der Verhaftung Vorschub geleistet hatte möglicherweise auch Georg Lukács mit seinem Urteil in einer Kritik von Ottwalts Romanen: „Es bedarf nicht langer Erörterungen, um klar zu sehen, dass solche ‚Helden', ohne mit ihren Verfassern identisch zu sein, doch deren Klassenlage treu widerspiegeln."

Verhaftungen deutscher Emigranten waren damals in Sowjet-Russland an der Tagesordnung. Im Zuge der „Großen Säuberung" und der Schauprozesse gegen tatsächliche oder vermeintliche Trotzkisten, Feinde der Revolution oder Nazi-Spitzel in den Jahren 1936 bis 1938, von denen auch deutsche Exilanten betroffen waren, war das Schicksal Ottwalts und seiner Frau kein Einzelschicksal... Zu den neben Ernst Ottwalt prominentesten Opfern unter den Exilanten gehörten u.a. Zenzl Mühsam, die Witwe des von den Nazis brutal zu Tode gefolterten Schriftstellers Erich Mühsam, die berühmte Brecht-Schauspielerin Carola Neher, die 1942 in einem russischen Gefängnis starb und der frühere KPD-Funktionär und Chefredakteur der *Roten Fahne* Werner Hirsch.

Dem Ehepaar Ottwalt wurden Spionage, Trotzkismus und Agitation gegen den sowjetischen Staat vorgeworfen. Beide kamen ins Gefängnis, wurden getrennt interniert und 1939 nach mehrjähriger Untersuchungshaft zu je fünf Jahren Zwangsarbeit verurteilt. Im Herbst 1940 hörten die Eheleute das letzte Mal voneinander.

Ernst Ottwalt starb am 24. August 1943 im Lager Kuloi-Lag bei Archangelsk (Sibirien). Die konkreten Umstände seines Todes, ob durch Gewalt oder Entkräftung, sind nicht bekannt.

Seine Frau Waltraut Ottwalt-Nicolas kehrte 1941 vor dem Überfall der Nationalsozialisten auf die Sowjetunion im Rahmen der Auslieferungsklausel des deutsch-sowjetischen Freundschaftspaktes schwerkrank nach Deutschland zurück. Auskünfte an die Gestapo über deutsche Exilanten in der Sowjetunion und das dortige Lagersystem sowie ihr schlechter Gesundheitszustand bewahrten sie trotz einer Verurteilung wegen „Vorbereitung zum Hochverrat“ vor erneuter Haft. Über ihr Schicksal und das ihrer Mitgefangenen in der sowjetischen Gefangenschaft erschienen 1942 unter ihrem Pseudonym Irene Cordes das Buch *Laßt alle Hoffnung fahren* (Neuausgabe 1958 unter dem Titel *Die Kraft, das Ärgste zu ertragen, Frauenschicksale in Sowjetgefängnissen*) sowie 1960 der Titel *Viele tausend Tage. Erlebnisbericht aus zwei Ländern.*

Nach ihrer Rückkehr aus der Sowjetunion lebte Waltraut Ottwalt-Nicolas als Schriftstellerin und Übersetzerin russischer Märchen und Gedichte, sie war Mitarbeiterin an der Evangelischen Akademie Hermannsburg, leitete ein Heim für Rußlandheimkehrerinnen und engagierte sich in der kirchlichen Jugend- und Strafgefangenenarbeit.

Erst am 18. Januar 1958 erlangte sie durch das Rote Kreuz der UdSSR Gewissheit über das Schicksal und den Tod ihres Mannes Ernst Ottwalt am 24. August 1943.

Waltraut Ottwalt-Nicolas starb am 21. Oktober 1962 in Bad Godesberg.

BIBLIOGRAPHIE UND QUELLENANGABEN

ERNST OTTWALT, Denn sie wissen was sie tun. Ein deutscher Justiz-Roman. Berlin, Malik Verlag 1931. 1.–6–Tausend. / 2. Auflage: 7.–10. Tausend 1932

KURT TUCHOLSKY, Auf dem Nachtisch. Entnommen aus: Kurt Tucholsky, Literaturkritik. Mit einer Vorbemerkung von Fritz J. Raddatz. Reinbek, Rowohlt Taschenbuch Verlag, 1972. 32.–43. Tsd. 1985.

Für die biographische Skizze verwendete Quellen

WALTER FÄHNDERS, Ernst Ottwalt. In: Neue Deutsche Biographie (NDB). Band 19. Berlin, Duncker & Humblot, 1999

MARIANNE KRÖGER, Waltraut Nicolas. In: Neue Deutsche Biographie (NDB). Band 19. Berlin, Duncker & Humblot, 1999

ANDREAS W. MYTZE, Ottwalt. Leben und Werk des vergessenen revolutionären deutschen Schriftstellers. Berlin, Verlag europäische Ideen, 1977

ANDREAS W. MYTZE, Denn sie wissen was sie tun. Nachwort in: Ernst Ottwalt, Denn sie wissen was sie tun. Ein deutscher Justiz-Roman. Berlin, Verlag europäische Ideen, 1977 (Nachdruck der Ausgabe des Malik Verlages 1931)

ERNST OTTWALT, Schriften. Herausgegeben von Andreas W. Mytze. Berlin, Verlag europäische Ideen, 1976

JÜRGEN SERKE, Die verbannten Dichter. Mit Fotos von Wilfried Bauer. Weinheim und Basel, Beltz Verlag, 1977

VOLKER WEIDERMANN, Das Buch der verbrannten Bücher. Köln, Kiepenheuer & Witsch, 3. Auflage 2008

Wikipedia-Eintrag über Ernst Ottwalt

IMPRESSUM

Der **VERLAG DAS KULTURELLE GEDÄCHTNIS** und der Druck dieses Buches wurden ermöglicht und unterstützt von Jeffrey und Andrew Goldstein, Philipp Graf, Heinz Hörner, Kathrin Kunkel-Razum, Moritz Rauchhaus, Oliver Razum, Janine Stratmann, Beate Swoboda, den Gesellschaftern des Verlages sowie einigen Ungenannten, die im Dank eingeschlossen sind.

ISBN 978-3-946990-12-3   1. Auflage 2017
Verlag Das Kulturelle Gedächtnis GmbH, Berlin
„mis en bouteille au château"

Alle Rechte vorbehalten.
Weiterverwendung und Vervielfältigung nur mit ausdrücklicher Genehmigung des Verlages gestattet. Die auf dem Umschlag verwendete Illustration stammt von George Grosz, der sie für die Erstausgabe im Malik Verlag anfertigte. Dort wurde sie mit dem Lesebändchen verbunden als Lesezeichen verwendet. © Estate of George Grosz, Princeton, N. J. / VG Bild-Kunst, Bonn 2017.

EINBANDGESTALTUNG 2xGoldstein+Fronczek / studio stg
GESTALTUNG UND SATZ 2xGoldstein+Fronczek, Rheinstetten unter Mitarbeit von Erik Schöfer / www.2xgoldstein.de
UMSCHLAGABBILDUNG Rudolf Mönnich (1854-1922), Kriminalgericht und Untersuchungsgefängnis, Berlin-Moabit. Erweiterungsbau, © Architekturmuseum, Technische Universität Berlin
DRUCK UND BINDUNG CPI books GmbH, Ebner & Spiegel Ulm

Mehr zum Verlag auf www.daskulturellegedachtnis.de

IN EIGENER SACHE

Der **VERLAG DAS KULTURELLE GEDÄCHTNIS** verlegt zu Unrecht vergessene Bücher der Literatur- und Kulturgeschichte, um aktuelle Themen nicht aus der Hektik der Gegenwart, sondern aus historischer Perspektive, aus dem kulturellen Gedächtnis heraus zu betrachten: Denn wir sollten bei den Herausforderungen der Gegenwart die Erfahrungen der Menschen, die vor uns gelebt, gedacht, gehandelt und geschrieben haben nutzen.

In der Vergangenheit zu blättern, heißt für uns, eine Kultur der Teilhabe und des Austausches zu pflegen – deshalb machen die Gründer des Verlags gemeinsam das Programm, deshalb bieten wir die Möglichkeit, uns bei der Publikation unserer Bücher zu unterstützen.

Es gibt verschiedene Möglichkeiten, sich am **VDKG** und seinen Büchern zu beteiligen: Man kann dem Verlag als Stiller Teilhaber beitreten und ihn finanziell unterstützen. Man kann dem Verlag aber auch mit Dienst- und Sachleistungen helfen.

Es ist uns wichtig, zu betonen, dass der Verlag nicht auf das Erwirtschaften von Gewinnen ausgerichtet ist. Wir zahlen uns keine Gehälter aus, nur der Geschäftsführer erhält eine Aufwandsentschädigung in Höhe eines Praktikantengehalts. Eventuelle Überschüsse fließen ausschließlich in die Programmarbeit. Wenn Sie Interesse daran haben, den **VERLAG DAS KULTURELLE GEDÄCHTNIS** zu unterstützen, schreiben Sie uns einfach eine E-mail an: teilhabe@daskulturellegedaechtnis.de

Wir freuen uns sehr, von Ihnen zu hören!

DAS KULTURELLE GEDÄCHTNIS • VERLAG •

ASTV NON VI